부활 1

부활 1

레프 톨스토이 | 김학수 옮김

문예출판사

Воскресение
Лев Николаевич Толстой

차례

1부 • 9
2부(상) • 333

그때에 베드로가 나아와 이르되 주여 형제가 내게 죄를 범하면 몇 번이나 용서하여 주리이까 일곱 번까지 하오리이까, 예수께서 이르시되 네게 이르노니 일곱 번뿐 아니라 일곱 번을 일흔 번까지라도 할지니라.

− 〈마태복음〉 18장 21∼22절

어찌하여 형제의 눈 속에 있는 티는 보고 네 눈 속에 있는 들보는 깨닫지 못하느냐.

− 〈마태복음〉 7장 3절

그들이 묻기를 마지 아니하는지라 이에 일어나 이르시되 너희 중에 죄 없는 자가 먼저 돌로 치라 하시고.

− 〈요한복음〉 8장 7절

제자가 그 선생보다 높지 못하나 무릇 온전하게 된 자는 그 선생과 같으리라.

− 〈누가복음〉 6장 40절

• 본문의 주는 모두 옮긴이 주다.

1부

1

몇십만의 인간이 좁다란 곳에 모여 서로 밀치락달치락하며 그 땅을 보기 흉하게 만들려고 아무리 기를 쓰고 파헤쳐도, 아무것도 돋아나지 못하게 땅바닥에다 아무리 돌을 깔아도, 그 틈바구니로 싹터 오르는 풀들을 아무리 뽑아버려도, 석탄이나 석유로 아무리 그을려도, 또 아무리 나무를 자르고 짐승과 새들을 모조리 쫓아버려도, 도회지에서도 봄은 정녕 봄이었다. 햇볕은 따사롭고 풀은 소생하여 사람들이 뜯어버리지 않은 곳이면 어디든, 잔디밭이나 산책로뿐만 아니라 포석 틈새에서도 싹터 올라 푸르게 자라고 있었다. 자작나무며 미루나무며 벚나무 따위에도 끈적끈적하고 향기로운 새 잎이 피어나고, 보리수 새싹은 껍질을 터뜨리고 볼록하게 부풀어 오르고 있었다. 까치와 참새와 비둘기들은 봄철답게 기쁜 듯이 벌써 둥지 틀기에 바쁘고, 햇볕에 따스해진 바람벽에서는 파리가 윙윙거렸다. 초목도, 새도, 벌레도, 아이들도 모두 즐겁고 흥겨웠다. 그러나 사람들은, 다 자란 어른들만은 자기 자신을 속이고 괴롭히며 서로 남을 속이고 괴롭히기를 그치지 않았다. 사람들이 신성하고 중요하다고 생각하는 것은 이 봄날의 아침도 아니고, 온갖 생물의 행복을 위해 신이 마련해준 세계의 아름다움, 곧 평화와 화목과 사랑으로 이끌어주는 아름다움도 아니었다. 그들에게는 오직 서로가 남을 지배하기 위해 그들 자신이 궁리해낸 일들만이 신성하고 중요했다.

이와 같이 현청 소재지의 형무소 사무실에서도 신성하고 중요한 일이란 모든 짐승과 인간에게 봄날의 감격과 기쁨이 주어졌다는 사실이 아니라 4월 28일, 즉 오늘 오전 9시까지 현재 기소 중인 재감자 세 명, 곧 여자 두 명과 남자 한 명을 지방재판소에 출두시키라는 문서 번호와 제목과 직인이 찍힌 통고서가 전날 저녁에 접수되었다는 것이다. 그중 여죄수 한 명은 주범자라 하여 따로 떼어서 호송해야 했다. 그래서 이 명령에 따라 4월 28일 오전 8시에 악취가 풍기는 어두컴컴한 여자 감방 복도로 간수장이 들어왔다. 그 뒤를 따라 희끗희끗한 고수머리에 지쳐빠진 얼굴을 하고, 소매에 금몰을 두른 짧은 외투에 푸른 줄을 친 허리띠를 맨 여자가 들어왔다. 여자 간수였다.

"마슬로바를 부르러 오셨습니까?"

그녀는 당직 간수장과 함께 복도 쪽을 향한 감방 문 가운데 하나로 다가가면서 이렇게 물었다.

간수장은 쇳소리를 덜거덕거리며 자물쇠를 벗기더니 감방 문을 열고(그 안에서는 복도보다 더욱 심한 악취가 물씬 코를 찔렀다), 큰 소리로 외쳤다.

"마슬로바, 출정!"

그러고는 다시 가볍게 문을 닫고 안에서 나오기를 기다렸다.

형무소 뜰만 해도 바람이 시내 쪽으로 날라 온 상쾌하고 생기 찬 들판의 공기가 감돌고 있었다. 그러나 이 복도에는 배설물과 콜타르와 곰팡이 따위의 냄새가 밴, 티푸스균이라도 들끓을 듯싶은 메스꺼운 공기가 가득 차 있어서 처음 들어오는 사람이면 누구나 대번에 우울하고 서글퍼질 수밖에 없었다. 지금 밖에서 들어온 여자 간수만 해도 이런 나쁜 공기에는 익숙했는데도 그와 같은 느낌을 스스로 경험하지 않을 수 없었다. 복도에 들어서자마자 그녀는 갑자기 온몸이 나른해지면서 졸음이 오는 것을 느꼈다.

감방 안에서는 여자 몇 명의 목소리와, 맨발로 왔다 갔다 하는 부산스러운 소리가 들려왔다.

"뭘 해, 빨리 하지 않고. 마슬로바, 빨리 나오지 못할까!"

간수장이 감방 문 안으로 고함쳤다.

2분쯤 지났을 때, 문 안에서 자그마한 키에 앞가슴이 불룩 솟아오른 젊은 여자가 상큼상큼 걸어 나오더니, 홱 몸을 돌려 간수장 곁에 섰다. 흰 재킷과 흰 치마 위로 회색 죄수복을 걸쳐 입고 있었다. 발에는 긴 리넨 양말에 죄수용 방한화를 신고 머리에는 흰 머릿수건을 쓰고 있었으나, 그 수건 밑으로 분명히 일부러 그랬을 듯싶은 까만 고수머리가 조금 비어져 나와 있었다. 여자의 얼굴에는 오랫동안 감방에 갇혀 있던 사람에게서 흔히 볼 수 있듯이, 움 속의 감자 싹을 연상케 하는 그런 독특한 흰빛이 감돌았다. 조그맣고 통통한 손도, 죄수복의 커다란 깃 사이로 보이는 희고 토실토실한 목덜미도 역시 같은 느낌이었다. 그 얼굴에서 가장 눈에 띄는 것은 윤기 없는 창백한 살결과 대조적으로 유달리 반짝이는 새까만 두 눈이었다. 눈두덩은 조금 부어오른 듯했지만 그래도 그 눈은 생기에 차 있었고, 더욱이 한쪽 눈은 약간 사팔뜨기같이 보였다. 그녀는 풍만한 앞가슴을 내밀다시피 하며 지나칠 만큼 몸을 꼿꼿이 세웠다. 복도로 나오자 그녀는 약간 고개를 뒤로 젖히고, 요구하시는 일이면 무엇이든 당장 하겠습니다, 하는 얼굴로 간수장을 똑바로 쳐다보면서 그 옆에 멈추어 섰다. 간수장이 문을 닫으려 했을 때, 갑자기 안에서 반백의 머리에 수건도 안 쓴 노파가 주름살투성이의 깡마르고 창백한 얼굴을 불쑥 내밀더니 마슬로바에게 뭐라고 지껄이기 시작했다. 그러나 간수장이 문짝으로 노파의 머리를 홱 밀어 넣는 바람에 그 얼굴은 사라져버렸다. 감방 안에서는 누군가 여자의 목소리가 깔깔 웃어댔다. 마슬로바도 빙긋 웃으며 출입문에 뚫린 조그만 창살문 쪽을 돌아보았다. 노파는 다시 창살문에다 얼굴을 대고 쉰 목소리로 소리쳤다.

"쓸데없는 소린 절대 하지 마, 그게 제일 중요해. 끝까지 똑같은 한 가지 말만 되풀이하면 되는 거야."

"하긴 한 가지 말만 한다면 그 이상 더 나쁜 결과는 오지 않겠죠."

마슬로바는 머리를 흔들며 이렇게 말했다.

"그야 물론 할 말은 한 가지뿐이지 두 가지일 리가 있나."

간수장은 자신의 재치 있는 말솜씨를 확신하듯 상관답게 한마디 했다.

"자, 날 따라와!"

창살문으로 내다보던 노파의 눈이 사라지고 마슬로바는 복도 한가운데로 나왔다. 그리고 총총걸음으로 간수장의 뒤를 따라 걷기 시작했다. 그들은 돌층계를 내려가서, 여자 감방보다 더 고약한 냄새가 풍기고 더욱 소란스러운 남자 감방 옆을 지나갔다. 창살문마다 사내들의 눈이 두 사람을 내다보고 있었다. 그들은 총을 든 호송병 둘이 기다리고 있는 사무실로 들어갔다. 거기 앉아 있던 형무소 서기는 담배 냄새가 밴 종잇조각을 한 병사에게 건네주고는 방금 들어온 여죄수를 가리키며 말했다.

"자, 인수해 가시오."

니즈니노브고로드 지방 농민 출신인 불그레한 곰보 얼굴의 그 병사는 서류를 받아 외투 소매 속에 쑤셔 넣고는 히죽히죽 웃으면서 광대뼈가 불거져 나온 핀란드 출신 동료에게 여죄수를 가리키며 눈짓을 해 보였다. 두 병사는 여죄수를 데리고 층계를 내려가서 형무소 정문 쪽으로 갔다.

정문에서는 조그만 곁문이 열렸다. 곁문 문턱을 넘어 밖으로 나온 두 병사와 여죄수는 다시 울타리를 빠져나와 시내의 포장된 한길 한복판을 걸어갔다.

마부와 장사치, 식모과 노동자, 그리고 관리들이 걸음을 멈추고 호기심 어린 눈으로 여죄수를 아래위로 훑어보았다. 개중에는 고개를 흔들면서 '못된 짓을 하면 저 꼴이 되는 거야. 우리처럼 살기만 하면 아무 일 없을 텐데' 하고 생각하는 사람도 있었다. 아이들은 죄수를 보고 무서워했으나, 그래도 병정이 둘이나 붙어 있으니 이젠 설마 나쁜 짓이야 못 하겠지 생각하고 겨우 마음을 놓았다. 숯을 내다팔고 음식점에서 차를 잔뜩 마시고 나온 시골 농부 한 사람이 그녀에게 다가가서 성호를 긋고는 1코페이카짜리 동전 한 닢을 쥐여 주었다. 여죄수는 얼굴을 붉히며 고개를 숙이고는 뭐라고 입속으로 중얼거렸다.

사람들의 시선이 자신에게 쏠리고 있음을 느끼자, 여죄수는 고개를 수그린 채 자기를 보고 있는 그들을 곁눈질로 흘금흘금 바라보았다. 이렇게 여러 사람들이 자기에게 주의를 돌리고 있다는 것이 그녀에게는 유쾌하게 여겨졌다. 감옥 안에 비하면 한결 맑은 봄 공기 또한 그녀의 기분을 상쾌하게 해주었지만, 오랫동안 걸어보지 못한 발에 딱딱한 죄수용 방한화까지 신고 돌로 포장된 길을 걷는다는 것은 여간 괴로운 일이 아니었다. 그래서 그녀는 줄곧 자기 발 끝만 내려다보며 되도록 가볍게 발을 옮겨놓으려고 애썼다. 한 밀가루 가게 앞에는 아무도 해치려는 사람이 없어서 비둘기 몇 마리가 아장아장 걸어 다니고 있었다. 그 앞을 지날 때 여죄수는 푸른 비둘기 한 마리를 하마터면 발로 밟을 뻔했다. 비둘기는 푸드덕 날개를 치며 날아올라 바람을 일으키면서 그녀의 귓전을 스칠 듯이 날아갔다. 여죄수는 상긋 웃었으나, 곧 자기 신세를 생각하고 무거운 한숨을 내쉬었다.

2

여죄수 마슬로바의 과거는 지극히 평범했다. 마슬로바는 정식으로 시집간 적 없는 남의집살이하는 여자의 딸로 태어났는데, 이 여자는 지주인 두 자매가 소유한 마을에서 가축을 돌보는 늙은 어머니와 같이 살고 있었다. 마슬로바의 어머니란 사람은 원래 시집도 못 간 주제에 해마다 아이를 낳곤 했으나, 어느 시골에서나 흔히 그러하듯 갓난아이에게 세례를 주고는 바라지도 않는데 생겨나서 일에 방해나 되는 귀찮은 존재라 해서 젖을 통 먹이지 않았고, 그래서 아이는 굶어 죽곤 했다.

그렇게 죽은 아이가 다섯이나 되었다. 그 아이들 모두 세례만은 주었으나 먹이지를 않아서 죄다 죽고 말았다. 떠돌이 집시 사내한 테서 얻은 여섯 번째 아이는 계집애였다. 이 아이의 운명도 역시 마찬가지였을 텐데, 그때 마침 주인인 두 노처녀 중 하나가 외양간에 들렀기 때문에 그런 운명을 모면했다. 여주인이 외양간에 온 것은 크림에서 노린내가 난다고 외양간에서 일하는 여자들을 꾸짖기 위해서였다. 이때 외양간에는 토실토실 탐스럽게 생긴 갓난아이를 옆에 낀 산모가 누워 있었다. 노처녀인 여지주는 크림에서 노린내가 나는 일과 외양간에 산모를 놓아둔 데 대해 한바탕 꾸짖고 나서 돌아가려다가, 문득 갓난아이를 보자 갑자기 마음이 움직였는지 아이의 대모(代母)가 되어주겠노라고 자청했다. 그녀는 계집아이에게 세례를 주었고, 그 뒤로는 자기가 이름을 지어준 아이를 측은히 여겨 자주 우유를 주기도 하고 산모에게 돈을 주기도 했으므로 계집아이는 죽지 않고 살아남게 되었다. 그래서 지주인 노처녀 자매는 이 아이를 '하나님이 구해준 아이'라고 했다.

아이가 세 살 때 그 어머니는 그만 병이 들어 죽고 말았다. 젖소를 돌보는 아이의 할머니는 손녀를 귀찮아했으므로 두 여주인이 계집아이를 맡아서 기르게 되었다. 눈이 새까만 이 계집아이는 성장해 감에 따라 무척 활발하고 귀여워져서 여주인들의 마음을 즐겁게 해주었다.

두 여주인 중 동생인 소피야 이바노브나는 마음씨가 고운 편이라 아이에게 세례를 준 것도 바로 이 여자였다. 그러나 언니인 마리야 이바노브나는 좀 엄격한 편이었다. 소피야 이바노브나는 장차 계집아이를 양녀로 삼을 생각으로 고운 옷을 입히고 글도 가르쳤다. 그러나 마리야 이바노브나는 이 아이를 일 잘하는 하녀로 길러내야 한다고 우겼다. 그래서 잔소리를 하고 벌을 주기도 했으며, 간혹 기분 나쁠 때는 매질까지 했다. 이렇게 서로 다른 의견을 가진 두 주인 사이에서 자랐으므로 소녀가 다 성장했을 때는 결국 반 하녀 반 양녀 같은 존재가 되어버렸다. 그래서 이름도 비칭(卑稱)인 카티카나 애칭인 카텐카로 불리지 않고 그 중간인 카튜샤로 불렸다. 그녀는 바느질도 하고, 방을 정돈하기도 하고, 백묵으로 성상(聖像)을 깨끗이 닦기도 하고, 먹을 것을 볶거나 빻기도 하고, 커피를 끓여 내기도 하고, 이따금 여주인들과 함께 앉아서 그들에게 책을 읽어주기도 했다.

여러 곳에서 혼담이 들어왔으나, 그녀는 누구한테도 시집가려 하지 않았다. 편안한 지주네 집 생활에 젖은 그녀로서는 청혼해오는 그런 머슴살이 남자들과 살기가 너무 힘들 것이라고 생각했기 때문이다.

이럭저럭 그녀는 열여섯 살이 되었다. 그녀가 만 열여섯 살이 되었을 때 여주인네 조카이며 부유한 공작인 대학생이 고모들을 보러 찾아왔다. 카튜샤는 상대에게는 물론 자기 자신에게조차 감히 고백할 용기도 없으면서 그를 무척 사모하게 되어버렸다. 그로부터 2년 뒤에 바로 그 젊은 공작은 전쟁터로 나가는 길에 고모네 집에 들러 나흘 동안 머물렀는데, 출발하기 전날 밤에 마침내 카튜샤를 유혹하고야 말았다. 그리고 이튿날 그는 백 루블짜리 지폐 한 장을 그녀의 손에 쥐여주고는 그냥 훌쩍 떠나버렸다. 그가 떠난 지 다섯 달이 지난 뒤에 그녀는 자기가 임신했음을 확실히 깨달았다.

그때부터 그녀는 모든 일이 싫어졌다. 그저 어떻게 하면 앞으로 닥쳐올 수치를 모면할 수 있을까 하는 생각뿐이었다. 그래서 그녀는 마지못해 아무렇게나 여주인들의 시중을 들었을 뿐만 아니라, 한번은 자기도 모르게 울컥 화가 치밀어 올라 여주인들에게 마구 대들면서(하기는 그녀 자신도 곧 뉘우치기는 했으나) 이 집에서 나가게 해달라고 했다.

여주인들도 그녀를 몹시 못마땅하게 여기던 참이었으므로 자기들 집에서 내쫓고 말았다. 그녀는 그 집을 나와 어느 경찰서장네 집 하녀로 들어갔으나, 거기서도 겨우 석 달밖에 살지 못했다. 나이 쉰이나 된 그 서장이 그녀를 집적거렸는데, 하루는 너무 적극적으로 덤벼드는 바람에 그녀도 참지 못하고, "미친놈, 늙은 색마!"라고 소리치며 가슴을 힘껏 떠밀었더니 그만 벌렁 나자빠지고 말았다. 그래서 결국은 주인에게 난폭한 짓을 했다 해서 그 집에서도 쫓겨났던 것이다. 그러나 이미 해산이 임박했으므로 일자리를 구하는 것은 소용없는 일이었다. 하는 수 없이 그녀는 불법으로 술장사를 하는 시골 과부 산파네 집에 머무르기로 했다. 해산은 가볍게 끝났다. 그러나 마을의 한 병든 여자를 돌보아준 산파가 카튜샤에게 산욕열을 전염시켰고, 사내아이였던 갓난아기는 양육원으로 보낼 수밖에 없었다. 그러나 아이를 데려갔던 노파의 말에 따르면, 그 아이는 양육원에 도착하자마자 이내 죽어버렸다고 한다.

카튜샤는 산파 집에 들어올 때 수중에 127루블을 가지고 있었다. 그중 27루블은 그녀 자신이 번 돈이고, 백 루블은 그녀를 유혹한 사나이가 몸값으로 준 돈이었다. 그러나 그녀가 산파 집에서 나왔을 때는 겨우 6루블밖에 남아 있지 않았다. 그녀는 돈을 아낄 줄 몰랐기 때문에 자기 자신을 위해서도 돈을 함부로 썼지만, 누가 손을 내밀면 아무에게나 선뜻 내주곤 했다. 산파는 두 달 치 생활비로, 즉 식비와 찻값으로 40루블을 받아냈고, 아이를 양육원에 보내는 비용으로 25루블이 나갔으며, 산파가 젖소를 산다 해서 40루블을 꾸어주었고, 나머지 돈 약 20루블은 옷값이니 여관비니 해서 달아나버렸다. 그래서 카튜샤의 몸이 아주 완쾌되었을 때는 수중에 돈이라곤 거의 한 푼도 없어서 당장 일자리를 찾아야 했다. 이번엔 산림 감시인네 집에 일자리를 얻었다. 산림 감시인은 버젓이 아내가 있는 사람이었으나, 이전의 경찰서장과 마찬가지로 들어가는 첫날부터 카튜샤를 집적거리기 시작했다. 카튜샤는 이 사나이가 징그럽도록 싫었고, 그래서 그를 피하려고 무척 애를 썼다. 그러나 이런 면에서 그는 그녀보다 노련했고 무척 교활하기까지 했다. 그리고 무엇보다도 자기가 원하면 언제든 그녀를 내쫓을 수도 있는 주인이었다. 그는 기회를 노려서 마침내 그녀의 몸을 정복하고야 말았다. 이를 눈치챈 그의 아내는 어느 날 자기 남편과 카튜샤가 한방에 들어 있는 것을 보고 카튜샤를 때리려고 달려들었다. 카튜샤도 가만있지는 않았다. 한바탕 난투극이 벌어지고 카튜샤는 결국 월급도 못 받은 채 그 집에서 쫓겨나고 말았다. 하는 수 없이 카튜샤는 도시로 나와 친척 아주머니네 집에서 신세를 지게 되었다. 아주머니의 남편은 제본공이었는데, 전에는 괜찮게 살았으나 지금은 단골손님들을 죄다 잃고 아무거나 닥치는 대로 팔아서 술을 마셔버리는 주정꾼이 되어 있었다.

 그래서 아주머니는 조그만 세탁소를 직접 운영하면서 아이들을 부양하는 한편, 타락해버린 남편의 뒷바라지까지 하고 있었다. 아주머니는 마슬로바에게 자기 집에서 세탁부로 일해보라고 권했다. 그러나 마슬로바는 이 세탁소에서 일하고 있는 여자들의 고달픈 생활을 보고는 얼른 확답을 못 하고, 직업소개소에 찾아가서 하녀 일자리를 구해달라고 부탁했다. 중학교에 다니는 아들 둘이 있는 어느 귀부인네 집에 자리가 났다. 그런데 그녀가 들어가고 일주일이 되자, 코 밑에 수염이 나기 시작한 중학교 6학년생 이 집 맏아들이 공부는 집어치우고 마슬로바의 뒤꽁무니만 쫓아다니며 귀찮게 굴기 시작했다. 그의 어머니는 모든 것을 마슬로바 탓으로 돌려 그녀를 쫓아냈다. 새 일자리는 좀처럼 나타나지 않았으나, 어느 날 마슬로바는 하녀를 전문으로 소개하는 소개소에 갔다가 투실투실한 손에 팔찌와 보석 반지를 요란스레 낀 귀부인을 만나게 되었다. 그 귀부인은 일자리를 찾고 있는 마슬로바의 딱한 형편을 듣고는 자기 주소를 알려주며 한번 꼭 찾아오라고 했다. 마슬로바는 그 집을 찾아갔다. 부인은 친절하게 그녀를 맞아들여 피로그*며 달콤한 포도주를 대접한 뒤에 자기 집 하녀에게 편지를 들려 어디론지 심부름을 보냈다. 저녁이 되자 반백의 머리를 길게 기르고 역시 반백의 턱수염을 기른 키 큰 사나이가 방으로 들어왔다. 이 노인은 들어오자마자 마슬로바 옆에 붙어 앉더니, 사뭇 눈을 번쩍이고 연방 벙글거리면서 그녀를 찬찬히 훑어보고 농담을 걸어왔다. 여주인이 남자를 옆방으로 불러냈다. 마슬로바는 여주인이 "시골서 갓 올라온 아주 싱싱한 아이라니까요."라고 말하는 소리를 들었다. 그러고 나서 여주인은 마슬로바를 불러내더니, 저분은 돈 많은 소설가 양반이신데

---

* 고기만두의 일종이다.

만약 네가 저분 마음에 들기만 하면 무엇이든 조금도 아끼지 않으실 거라고 말했다. 소설가는 마슬로바가 마음에 들었다. 그는 앞으로 자주 만나기로 약속하고 그녀에게 25루블을 주었다. 그러나 아주머니네 밥값을 치러주고, 새 옷이며 모자며 리본 따위를 사고 나니 돈은 금세 다 없어지고 말았다. 며칠 후에 소설가는 다시 사람을 시켜 마슬로바를 불렀다. 그녀는 갔다. 그는 또 25루블을 주면서 따로 방을 얻어 이사하도록 권했다.

마슬로바는 소설가가 얻어준 집에서 사는 동안 같은 건물에 사는 쾌활한 점원을 사랑하게 되었다. 그녀는 이 사실을 솔직히 소설가에게 고백하고 딴 집에 조그만 방을 하나 얻어 이사했다. 그러나 결혼을 약속한 그 점원은 그녀에게 이렇다 할 말 한마디 없이 니즈니로 떠나버렸다. 여자를 버렸음이 틀림없었다. 마슬로바는 홀로 남게 되었다. 그녀는 그 집에서 그냥 혼자 살아가려 했으나 뜻대로 되지 않았다. 경찰관은 그녀에게 노랑 감찰*을 받고 건강진단에 응하지 않으면 그런 생활을 할 수 없다고 말했다. 그래서 그녀는 다시 아주머니네 집으로 갈 수밖에 없었다. 아주머니는 최신 유행의 옷에다 망토를 걸치고 모자까지 쓴 그녀의 모습을 보자 사뭇 경의를 표하는 태도로 맞아들였고, 이제는 제법 호화로운 생활을 하는가 보다 싶어 감히 세탁부가 되란 말을 꺼내지도 못했다. 마슬로바도 이제는 세탁부 노릇을 할 것인가 말 것인가 하는 문제는 생각할 여지도 없었다. 핏기 없는 얼굴에 뼈만 앙상한 팔을 드러낸 세탁부들(그중 몇 명은 이미 폐병에 걸려 있었다)이 가겟방에서 죄수나 다름없는 생

---

* 매춘부의 영업 감찰을 말한다.

활을 하는 것을 보고 그녀는 연민의 정을 느끼기까지 했다. 세탁부들은 여름이나 겨울이나 노상 창문을 열어놓고 30도나 되는 비누 증기 속에서 빨래를 빨고 다림질을 했다. 자기도 하마터면 저런 감옥살이 같은 처지에 빠질 뻔했었다고 생각하자 온몸에 소름이 끼쳤다.

생활을 돌봐줄 만한 남자가 나타나지 않아서 마슬로바가 무척 곤경에 빠져 있던 바로 그때, 유곽에 여자를 알선하는 뚜쟁이가 그녀를 발견했다.

마슬로바는 이미 오래전부터 담배를 피웠지만, 최근에 그 점원과 관계를 맺고 버림을 받은 뒤로는 술 마시는 버릇까지 생겼다. 그녀가 술에 끌린 것은 비단 술맛을 알게 되었기 때문만이 아니라, 무엇보다도 술이 그녀가 겪은 쓰라린 과거를 전부 잊게 하고, 술을 마시지 않고는 얻을 수 없는 마음의 안정과 자기 존엄에 대한 자신을 갖게 해주었기 때문이다. 술기운이 없을 때는 항상 우울한 수치감을 느꼈다.

뚜쟁이 여자는 아주머니에게 음식을 대접하고 마슬로바에게도 술을 잔뜩 먹여놓은 다음, 시내의 썩 좋은 업소에 들어가기를 권하면서 그곳 생활이 얼마나 편하고 유리한가를 침이 마르도록 설명했다. 마슬로바 앞에는 두 가지 길이 있을 뿐이었다. 주인 남자의 강요에 못 이겨 남몰래 일시적인 간음 행위를 해야 하는 굴욕적인 하녀살이를 할 것인가, 아니면 법적으로 보장된 편안한 상태에서 법률로서 공공연히 허용될 뿐만 아니라 돈벌이도 잘되는 연속적인 간음 생활을 할 것인가 하는 두 가지 길이었다. 마슬로바는 후자를 택하기로 했다. 그녀는 그렇게 함으로써 자기를 처음 유혹했던 남자와 그 점원에게, 그리고 자기한테 나쁘게 한 모든 사람에게 앙갚음을 하는 것이라고 생각했다. 그뿐만 아니라 비로드 옷이건 비단옷이건 어깨와 팔이 드러나는 야회복이건 무엇이든 맘대로 맞춰 입을 수 있다는 뚜쟁이의 말에 그녀는 마음이 쏠렸고, 이것은 그녀가 최종적인 결심을 하게 된 원인의 하나였다. 앞가슴을 넓게 파고 검은 비로드 끝동을 단 눈부신 황금빛 비단옷을 입은 자신의 모습을 상상해본 그녀는 더 고집을 부리지 못하고 뚜쟁이에게 신분증을 내주고 말았다. 그날 저녁 뚜쟁이 여자는 전세 마차를 잡아 유명한 키타예바의 유곽으로 그녀를 데려갔다.

그때부터 마슬로바에게는 하나님과 인간의 계율에 어긋나는 만성적인 죄악의 생활이 시작되었다. 그것은 오로지 국민 복지를 염려하는 정부 당국의 허가를 받고, 아니 그 보호까지 받아가며 몇십 몇백만의 여성들이 영위하고 있는 생활이었다. 그러나 이런 여성들의 십중팔구는 고약한 질병을 얻고 조로(早老)와 단명으로 그 생활을 끝마치기 일쑤였다.

밤새껏 부어라 마셔라 난장판을 벌이고 나서 아침과 낮에는 늘어지게 잠을 잔다. 2시나 3시경이 되어서야 지친 얼굴로 잠자리에서 부스스 일어난다. 해장 삼아 탄산수를 들이켜고 다시 커피를 마신 후, 실내복이나 재킷이나 자리옷 바람으로 이 방 저 방 어슬렁어슬렁 돌아다니기도 하고, 커튼을 들쳐 창밖을 멍청히 내다보기도 하고, 쉬어빠진 시들한 목소리로 서로 욕질을 하기도 한다. 그러다가 몸과 머리를 씻고 닦고 문지르고, 향수도 담뿍 뿌린다. 새 옷이 몸에 맞나 입어보고, 옷 모양 때문에 주인 마담하고 말다툼을 하기도 한다. 거울 앞에서 옷맵시를 살펴보고, 연지도 바르고 눈썹도 그리고,

달고 지방분 많은 음식을 먹는다. 그러고는 몸뚱어리가 거의 드러나 보이는 눈부신 비단옷을 입고서 밝고 화려하게 장식된 홀로 나간다. 손님들이 모여든다. 음악, 춤, 과자, 술, 담배, 그리고 간음 상대는 젊은 사람, 중년배, 애송이, 늙어빠진 노인, 독신자, 기혼자, 장사치, 점원, 아르메니아인, 유대인, 타타르인, 부자, 가난뱅이, 건강한 사람, 병든 사람, 술 취한 사람, 술 안 먹고 맨송맨송한 사람, 난폭한 사람, 친절한 사람, 군인, 문관, 대학생, 고등학생 할 것 없이 온갖 계층과 연령과 성격의 사내들이었다. 그리고 고함을 지르고, 농지거리를 하고, 음악과 담배와 술과, 또다시 술과 담배와 저녁부터 새벽까지 계속되는 음악. 아침이 되어서야 겨우 해방되어 또 깊은 잠에 빠져버린다. 일주일 내내 이러한 나날이 되풀이된다. 그리고 주말에는 국가 기관으로, 즉 경찰서로 나들이를 간다. 거기서는 나랏일에 종사하는 관리들과 의사들이, 남자들이 때로는 거드름스레 엄숙한 태도로, 때로는 장난스러운 쾌활한 태도로 죄악을 막기 위해 하나님이 인간뿐 아니라 짐승들에게까지 부여한 수치심을 아예 무시하고 이 여자들을 검진한 다음, 지난 일주일 동안 그들이 자기 상대자들과 해온 범죄 행위를 다시 계속해도 좋다는 허가장을 발급한다. 그러면 다시금 똑같은 일주일이 시작된다. 이렇게 날이면 날마다, 여름이건 겨울이건 평일이건 휴일이건 할 것 없이 같은 생활이 계속되었다.

  마슬로바는 이런 식으로 7년을 살았다. 그동안 그녀는 유곽을 두 번 옮기고, 한 번 병원에 입원했다. 창녀 생활을 시작한 지 7년째 되던 해, 그러니까 최초로 몸을 버린 뒤로 8년째인 스물여섯 살 때 그녀에겐 우연한 사건이 일어났다. 그 사건으로 말미암아 그녀는 구속 수감되어 6개월 동안이나 살인범이나 절도범 등의 여죄수들과 함께 감옥에 갇혀 있다가 이제야 법정에 끌려 나온 것이다.

3

먼 길을 걸어오느라 지칠 대로 지친 마슬로바가 병사들의 호위를 받으며 지방재판소 건물로 다가가고 있던 바로 그때, 그녀를 유혹하여 타락의 길로 몰아넣은 장본인이며 그녀를 길러준 여지주의 조카인 드미트리 이바노비치 네흘류도프 공작은 아직도 자기 집에서, 푹신푹신한 털요가 깔리고 스프링 장치가 잘되어 있는 두툼하고 높직한 침대에 누워서 앞가슴에 주름이 잡힌 깨끗한 네덜란드제 잠옷 깃을 펼치고 뻐끔뻐끔 담배를 피우고 있었다. 그는 눈앞의 한곳에 시선을 고정시킨 채 오늘 자기가 해야 할 일과 어제 있었던 일들을 골똘히 생각했다.

그는 유명한 부호인 코르차긴가(家)의 딸과 결혼하게 되리라는 소문이 자자했다. 그 집에서 보낸 엊저녁의 일을 다시 상기하면서 그는 꺼질 듯한 한숨을 내쉬었다. 그러고는 다 타버린 담배를 홱 던져버리고는 은제(銀製) 담배 케이스에서 또 한 개비를 꺼내려다가 그만두고, 미끈하고 희멀쑥한 두 다리를 침대 밑으로 내려 슬리퍼를 더듬어 신었다. 그는 살집 좋은 어깨에 비단 가운을 걸치고 빠른 걸음으로 뚜벅뚜벅 침실 옆에 붙은 화장실로 들어갔다. 엘렉시르며 오드콜로뉴*, 머릿기름과 향수 등 인공적인 향기가 온통 배어 있는

---

* 향수 제품의 일종으로 일반 향수보다 향기 지속 시간이 짧다.

화장실에서, 그는 여러 군데 때운 이를 특제 치약으로 깨끗이 닦은 뒤 향기로운 양치질을 하고 나서, 여러 가지 수건을 써가며 요리조리 골고루 문지르기 시작했다. 그다음엔 향내 나는 비누로 손을 씻고, 일부러 기른 손톱을 크고 작은 솔로 정성껏 다듬고, 커다란 대리석 세면대에서 얼굴과 굵은 목덜미를 씻고 나자, 이번엔 샤워기가 마련되어 있는 침실 옆 세 번째 방으로 들어갔다. 거기서 그는 기름지고 떡 벌어진 흰 몸뚱이를 냉수로 씻고는 두툼한 타월로 물기를 닦고 나서 깨끗이 다린 속옷을 입고, 거울처럼 광이 나는 구두를 신은 다음, 화장대 앞에 앉아서 빗 두 개로 알맞게 기른 곱슬곱슬한 검은 구레나룻과 숱이 성기어진 고수머리의 앞부분을 손질했다.

그가 몸치장을 위해 늘 쓰고 있는 물건들은 속옷이나 겉옷, 구두, 넥타이, 넥타이핀, 커프스단추 할 것 없이 모두가 최고급품에 속하며, 유별나게 눈에 띄지 않는 수수한 모양이면서도 견실하고 값진 물건들이었다.

네흘류도프는 열 가지나 되는 넥타이와 넥타이핀(한때는 새롭고 진기해서 마음에 들었던 것들이지만 지금은 전혀 관심 없는 물건들이었다) 중에서 아무거나 손에 닿는 대로 집어서 매고 미리 깨끗이 손질하여 의자에 걸쳐놓은 옷을 입고 나서, 생기발랄하다고는 못 해도 아주 말쑥하고 산뜻한 모습으로 방을 나서서 어제 하인 셋이 바닥에 깔린 목(木)타일을 반들반들하게 닦아놓은 길쭉한 식당으로 갔다. 식당에는 참나무로 만든 커다란 식탁이 놓여 있었으며, 흡사 사자의 발 모양으로 조각된 식탁 다리들이 넓찍하게 벌려진 모습은 어떤 장엄한 느낌마저 들게 했다. 주인 이름의 첫 글자를 모양 있게 수놓은, 빳빳하게 풀 먹인 상보를 씌운 식탁 위에는 향기로운 커피가

담긴 은제 커피잔이며, 역시 은으로 된 설탕 그릇과 끓인 크림이 든 접시, 갓 구워낸 흰 빵과 작은 건빵, 비스킷 등이 들어 있는 바구니가 놓여 있었다. 그 그릇들 옆에는 오늘 배달된 편지와 신문, 그리고 신간 잡지 《두 세계의 평론(Revue des deux Mondes)》*이 가지런히 놓여 있었다. 네흘류도프가 편지를 집으려 할 때, 복도로 통하는 문으로 앞머리 가르마를 감추다시피 레이스 실내모를 눌러쓰고 상복(喪服)을 입은 뚱뚱한 중년 부인이 둥실둥실 헤엄치듯 나타났다. 이 여자는 얼마 전 바로 이 집에서 세상을 떠난 네흘류도프 어머니의 하녀였지만, 지금은 이 집 가정부로서 옛 주인의 아들을 모시고 있는 아그라페나 페트로브나였다.

아그라페나 페트로브나는 네흘류도프의 어머니를 모시고 10여 년 동안이나 외국에서 지냈기 때문에, 그 겉모습이나 태도에 제법 귀부인다운 데가 있었다. 그녀는 네흘류도프네 집안에서 오래 살아왔으므로 드미트리 이바노비치가 아직 미텐카라고 불리던 어릴 때부터 그를 잘 알고 있었다.

"안녕히 주무셨어요, 드미트리 이바노비치."

"안녕하시오, 아그라페나 페트로브나. 뭐 새로운 소식은 없소?"

네흘류도프는 농담조로 물었다.

"공작 댁에서 편지를 보내왔어요, 그 댁 마님인지 아가씬지는 모르겠습니다만. 하녀가 가지고 와서 벌써부터 제 방에서 기다리고 있습니다."

---

* 1829년 창간된 프랑스 문학지로 현재까지 간행되고 있는 가장 오래된 정기 간행물 중 하나다.

아그라페나 페트로브나는 이렇게 말하고 편지를 내주면서 의미 있게 웃음을 지어 보였다.

"좋아, 어디 봅시다."

네흘류도프는 편지를 받으며 대답했으나, 아그라페나 페트로브나의 웃음에 담긴 뜻을 눈치채고 미간을 찌푸렸다.

아그라페나 페트로브나의 웃음은 이 편지가 앞으로 네흘류도프와 결혼하게 될 코르차긴 공작네 아가씨에게서 온 것이 틀림없다는 뜻이었다. 아그라페나 페트로브나의 웃음이 말해주는 이러한 추측이 네흘류도프는 불쾌했다.

"그럼 좀 기다리라고 말하겠어요."

아그라페나 페트로브나는 식탁 위에 잘못 놓여 있는 식탁용 솔을 집어 제자리에 옮겨두고는 역시 헤엄치는 듯한 걸음걸이로 식당에서 나갔다.

네흘류도프는 아그라페나 페트로브나가 가져다준 향내 풍기는 편지를 뜯어 읽기 시작했다.

    당신의 기억을 환기해드리는 것이 제 의무라고 생각하여 말씀드립니다.

두꺼운 회색 종이에 아래위 끝이 고르지 못한 날카로운 느낌이 드는 필체로 이렇게 쓰여 있었다.

    오늘은 4월 28일이므로 당신은 배심원으로서 재판소에 나가셔야 합니다. 그러니까 당신이 경솔하게도 어제 저희와 콜로소프에게 약속하신 미술 전람회 구경은 가실 수가 없을 것입니다. à monis que vous ne soyez disposé á payer d'assises les 300roubles d'amende, que vous vous refusez pour votre cheval(만약 당신이 말을 사려고 아껴둔 3백 루블이란 돈을 지방재판소에 벌금으로 낼 생각이 없다면 말이에요). 저는 어제 당신이 돌아가신 뒤에야 이 생각이 났어요. 잊지 마시도록 말씀드리는 거예요.

공작 영애 M. 코르차기나

편지지 뒷면에는 다음과 같은 추신이 있었다.

Maman vous fait dire que votre couvert vous attendra jusq'à la nuit. Venez absolument à quelle heure que cela soit(어머니의 전언입니다만, 오늘 만찬회 좌석은 밤늦게까지도 따로 잡아두시겠다고 합니다. 아무리 늦더라도 꼭 와주세요).

M. K.

네흘류도프는 눈살을 찌푸렸다. 이 편지는 공작 영애 코르차기나가 지난 두 달 동안 눈에 보이지 않는 실로 자신에게 그를 더욱더 얽어매려고 꾸준히 펼쳐온 교묘한 수법의 연장에 지나지 않았다. 그러나 네흘류도프로서는 이미 청춘기를 지나 어떤 여성이건 열정적으로 사랑할 수는 없게 된 인간이 결혼 문제에 당면했을 때 흔히 느끼는 망설임 말고도 어떤 중대한 이유가 또 하나 있었으므로, 설령 결혼을 결심했다 하더라도 그녀에게 당장 청혼을 할 수 없는 형편이었다. 그 이유란 그가 10년 전에 순진한 카튜샤를 유혹한 후 내버린 데 있는 것은 결코 아니었다. 그런 일은 이미 까맣게 잊어버려, 그것이 자기 결혼에 지장을 주리라고는 꿈에도 생각지 않았다. 그 중대한 이유란 다름 아니라, 그는 바로 이 무렵 어떤 유부녀와 관계를 맺고 있었는데 이쪽에서는 이미 서로의 관계가 끊어진 것으로 생각했지만 저쪽에서는 좀처럼 그렇게 인정하려 들지 않는다는 데 있었다.

 네흘류도프는 여자에 대해 몹시 소심한 편이었다. 그러나 바로 그 소심함이 그 유부녀로 하여금 그를 정복하려는 욕망을 일으키게 했다. 그 여자는 네흘류도프가 연고가 있어 선거 때마다 내려가곤 하는 바로 그 군(郡) 귀족단 단장의 부인이었다. 그 부인이 네흘류도프를 유혹하여 관계를 맺었던 것인데, 그는 날이 갈수록 이 관계에 깊이 빠져들면서도 한편으로는 점점 꺼림칙한 기분을 느끼고 있었다. 처음에 네흘류도프는 이 유혹을 물리칠 힘이 없었고, 나중엔 죄의식을 느끼면서도 그녀의 동의 없이는 도저히 이 관계를 끊을 수가 없었다. 네흘류도프가 설사 공작 영애 코르차기나한테 청혼할 의향이 있다 하더라도, 현재로서 자기에게는 그럴 자격이 없다고 생각한 이유는 바로 이것이었다.

 식탁 위에는 공교롭게도 그 부인의 남편한테서 온 편지가 놓여 있었다. 그 필적과 소인을 보자 네흘류도프는 얼굴이 화끈 달아올랐고, 어떤 위험이 다가오는 듯할 때면 항상 느끼곤 하는 긴장감을 느꼈다. 그러나 그의 이런 흥분은 공연한 것이었다. 그것은 네흘류도프의 주요한 영지가 있는 그 군의 귀족단 단장인 그 부인의 남편이 5월 말경에 열릴 임시 지방 회의에 꼭 참석해주기를 청하고, 그 회의의 주요 안건인 학교 신설과 철로 부설 문제에 대해 반동파의 맹렬한 반대 운동이 예상되므로 적극적인 지지를 바란다는 내용의 서신이었다.
　귀족단 단장은 자유주의적인 인물이었다. 그는 몇몇 동지들과 힘을 합쳐 알렉산드르 3세 시대에 대두한 반동 세력에 대항하는 투쟁에만 몰두했으므로 자기의 불행한 가정생활에 대해서는 아무것도 모르고 있었다.
　네흘류도프는 이 사람과의 관계에서 맛본 모든 괴로운 순간들을 상기했다. 어느 때고 남편이 알게 되면 결투를 신청해올 테고 그렇게 되면 자기는 공중에 대고 권총을 쏘겠다고 생각했던 일이며, 그 부인이 절망한 나머지 정원 연못에 투신자살하려고 달려가는 것을 자기가 쫓아가서 간신히 말리던 무서운 장면도 머릿속에 다시 떠올랐다. '그 여자한테서 회답을 받기 전엔 길을 떠날 수 없거니와 아무 일에도 손을 댈 수 없다'고 네흘류도프는 생각했다. 그는 일주일 전 그녀에게, 지난날 자신의 죄과에 대해선 어떤 종류의 속죄도 감수할 용의가 있지만 누구보다도 부인을 위해서 둘의 관계를 영원히 끊어버리는 게 상책이라고 생각한다는 내용의 결정적인 편지를 써 보냈던 것이다. 그러고는 그 편지에 대한 회답을 눈이 빠지도록 기다렸으나 아직 아무런 소식도 없었다. 하긴 회답이 없다는 것은 조금이나마 좋은 징조라고도 할 수 있었다. 만약 그녀가 헤어지는 데 동의하지 않는다면 벌써 뭐라고 편지를 써 보냈거나, 아니면 전에도 그랬듯이 자기 자신에게 달려오기라도 했을 것이다. 네흘류도프는 거기서 요즘 어떤 장교가 그 부인의 꽁무니를 열심히 쫓아다니고 있다는 소문을 들었다. 이 소문은 괴로운 질투심을 불러일으켰으나, 한편으로는 자기를 괴롭혀온 허위에서 벗어날 수 있으리라는 희망을 주어 그를 기쁘게 했다.

또 한 통의 편지는 영지 관리인한테서 온 것이었다. 토지 상속권을 확정하기 위해 네홀류도프가 직접 와주어야겠으며, 농지는 돌아가신 어머님이 관리하시던 것처럼 종전과 같은 방법으로 할지, 아니면 전에도 자기가 어머님께 건의한 바 있으며 지금도 젊은 공작에게 권하고 있는 방법, 즉 농민들에게 빌려준 모든 농지를 회수하고 농구를 늘려 직접 경작하는 방법을 취할지 결정해줘야겠다는 내용이었다. 관리인 자신의 의견으로는 직접 경작하는 편이 훨씬 유리하다는 것이었다. 그다음에 관리인은 초하룻날 해야 할 3천 루블 송금이 약간 늦어진 데 대해 사과하고, 돈은 다음 우편에 틀림없이 보낼 예정이며 송금이 늦어진 이유는 농민들이 점점 교활해져서 당국의 힘을 빌려 강제로 수금하지 않는 한 도저히 돈을 거둬들일 수가 없기 때문이라고 했다. 이 편지는 네홀류도프에게 한편으론 유쾌하고 또 한편으론 불쾌하기도 했다. 막대한 재산이 자신의 지배하에 있다고 생각하니 유쾌했다. 그러면서도 한편으로 불쾌감을 느낀 것은 다름 아니라, 스스로 대지주가 된 그가 일찍이 청년 시절 허버트 스펜서*의 열렬한 추종자였고 정의는 토지 사유를 허락하지 않는다는 《사회 평형론》에 깊이 감동한 적이 있었기 때문이다. 그 당시만 해도 청년다운 솔직성과 과단성을 갖고 토지는 사유재산의 대상이 될 수 없다고 주장하며 대학 졸업 논문에도 그렇게 썼을 뿐만 아니라, 실지로 토지 일부분을 농민들에게 나누어주기까지 했다

---

* 19세기 영국의 철학자이자 사회학자다. 사회 유기체설을 주창하고 사회 발전을 진화론적으로 설명했다.

(그 토지는 어머니 소유가 아니라 아버지한테서 그가 직접 상속받은 것이었다). 자기 신념을 배반하면서까지 토지를 소유하고 싶지 않았기 때문이다. 그러나 지금 어머니의 유산을 상속받아 대지주가 된 그는 10년 전 아버지의 유산인 2백 정보에 대해 단행했던 것처럼 자기 재산을 죄다 포기해버리든가, 아니면 이전 자신의 사상은 모두 그릇된 허위였음을 인정하고 그냥 침묵을 지키든가, 둘 중 하나를 택하지 않으면 안 되었다.

전자를 택할 수는 없었다. 그에게 토지 말고는 다른 어떠한 생활 수단도 없었기 때문이다. 그러나 일자리를 얻어 관계(官界)에 들어가기는 싫었다. 그러면서도 사치한 생활이 이미 몸에 배어버려서 도저히 그것을 떨어버릴 수는 없을 것 같았다. 그리고 굳이 그렇게 해야 할 필요도 없었다. 혈기 왕성했던 시절과 같은 굳은 신념도, 그런 결단성도, 사람들을 놀라게 하려는 허영 섞인 희망도 이제는 모두 사라지고 없었기 때문이다. 그렇다고 후자를 택하여 토지 사유는 불법이라는 그토록 명백한 결론을 부정하는 것도 그 당시 스펜서의 《사회 평형론》에 깊은 감동을 받고 훨씬 뒤의 일이지만 헨리 조지*의 저서에서도 그 확실한 논거를 발견한 그로서는 도저히 불가능한 일이었다.

이러한 사정이 있었기 때문에 그는 관리인의 편지가 불쾌하게 여겨졌던 것이다.

---

* 《진보와 빈곤》을 저술한 미국 경제학자다.

4

커피를 마시고 나서 네흘류도프는 서재로 갔다. 재판소에 몇 시까지 가야 하는지 통지서를 확인한 다음 공작 영애에게 답장을 쓰기 위해서였다. 서재로 가려면 화실을 지나야 했다. 화실에는 그리다 만 그림을 뒤집어놓은 이젤이 세워져 있고, 데생 여러 장이 걸려 있었다. 그가 2년 동안이나 애써 그린 유화와 데생들, 그리고 화실 전체의 광경은 최근 들어 그가 특히 통감해온 무력감, 즉 그림에서 더는 진보할 희망이 없으리라는 무력감을 되살아나게 했다. 이러한 느낌을 그는 지나칠 만큼 섬세하게 발달한 자신의 미적(美的) 감각 탓으로 설명하려 했으나, 어쨌든 무력감을 의식한다는 것은 매우 불쾌한 일이었다.

7년 전 그는 그림을 그리는 데 자기의 사명이 있다고 단정하고 군무(軍務)를 내동댕이쳐버렸으며, 예술가적 높은 견지에서 다른 모든 인간 활동을 약간 멸시하기까지 했다. 그러나 이제 그는 자신에게 그럴 자격이 없음을 알게 되었다. 그래서 이 문제를 상기시키는 모든 일이 그에게는 불쾌하기만 했다. 그는 씁쓸한 기분으로 화실의 사치스러운 도구들과 장식을 한번 훑어보고, 몹시 우울한 표정으로 서재에 들어갔다. 서재는 온갖 장식과 설비와 편의를 갖춘, 천장이 높직한 매우 넓은 방이었다.

재판소 통지서는 큼직한 탁자에 달린, '지급(至急)'이란 표지가 붙은 서랍 속에서 곧 발견되었다. 통지서에는 11시까지 재판소로 나오라고 적혀 있었다. 네흘류도프는 책상에 앉아서 공작 영애에게 답장을 쓰기 시작했다. 초대해주어 감사하며, 식사 때까지는 되도록 가겠노라고 적었다. 그러나 이렇게 한 장을 쓰고 나서, 그는 그것을 찢어버렸다. 너무 다정한 것 같았다. 다시 한 장을 썼으나 이번엔 거의 모욕적일 만큼 냉정해지고 말았다. 그는 또 찢어버리고, 벽에 달린 벨을 눌렀다. 회색 앞치마를 걸치고 시무룩한 표정을 한 중년의 하인이 문으로 들어왔다. 구레나룻만 남기고 깨끗이 면도질을 한 사내였다.

"마차를 불러주게."

"예, 분부대로 하겠습니다."

"그리고 저쪽에 코르차긴 댁에서 온 사람이 기다리고 있을 테니, '고맙습니다. 되도록 가겠습니다'라고 전하도록 일러주게."

"예, 알겠습니다."

'예의에 벗어나긴 하지만 아무래도 쓸 수가 없군. 어차피 오늘 저녁엔 만나게 될 테니까' 하고 네흘류도프는 생각하면서 옷을 갈아입으러 갔다.

옷을 갈아입고 현관 앞 층계에 나가니, 낯익은 마부가 벌써 고무바퀴 달린 마차를 몰고 와서 그를 기다리고 있었다.

"어제는 나리께서 코르차긴 공작 댁을 떠나신 직후에 제가 마중을 갔습죠. 문지기가 방금 돌아가셨다고 말하지 않겠어요."

마부는 루바시카*의 흰 칼라 속에서 햇볕에 그은 목을 반쯤 돌리며 말했다.

'마부들까지도 나와 코르차긴 댁의 관계를 알고 있군' 하고 네흘류도프는 생각했다. 그러자 코르차긴네 딸과 결혼해야 할지 말아야 할지 하는, 요사이 줄곧 그의 마음을 차지하고 있는 문제가 다시금

---

*   블라우스와 비슷한 러시아의 남성용 겉옷이다.

눈앞에 나타났다. 그러나 이때 그의 머릿속에 떠오른 다른 여러 문제들과 마찬가지로 이 문제 역시 그는 어느 쪽으로도 결정을 지을 수가 없었다.

결혼하는 편이 좋을 것이라는 이유로는 다음과 같은 점을 들 수 있었다. 첫째, 결혼은 가정적 단란함이라는 즐거움을 주고 부적절한 성생활을 멀리해 도덕적 생활을 가능하게 한다. 둘째, 이 점이 무엇보다 중요한데, 가정과 자식들이 무의미한 자신의 현재 생활에 어떤 의의를 부여해줄 수 있으리라고 그는 기대했다. 대체로 이것이 결혼에서 얻을 수 있는 이점이었다. 한편 결혼을 망설이는 이유는, 첫째로 이미 청년기를 지난 독신자들에게 공통된 것으로 자유를 잃으리라는 공포심과, 둘째로 불가사의한 존재 앞에서 느끼는 무의식적인 두려움이었다.

특히 미시(코르차긴 공작 영애의 이름은 마리야였으나, 그런 계층에 속하는 다른 모든 가정에서처럼 그녀에게도 이런 애칭이 있었다)와의 결혼이 주는 이점을 들면, 첫째로 그녀는 좋은 집안에서 태어났으므로 옷맵시부터 말씨라든가 걸음걸이, 웃는 모습에 이르기까지 보통 사람들과는 다른 데가 있었다. 그렇다고 무슨 특별한 차이가 있는 것은 아니고 그저 '품위가 있다'는 정도였다. 그는 그녀의 특질을 이런 말로밖엔 표현하지 못했으나, 아무튼 매우 가치 있게 보았다. 둘째로 그녀는 다른 누구보다도 그를 높이 평가했다. 즉 그의 생각에 따르면 그녀는 인간을 이해하고 있었다. 이러한 이해가, 다시 말해서 그의 뛰어난 장점을 인정하고 있다는 점이 네흘류도프로서는 그녀의 지성과 올바른 판단력을 증명하는 것으로 여겨졌다. 한편 미시와의 관계를 망설이게 하는 이유는, 첫째로 미시보다 훨씬 많은 장점을 지녔으며 따라서 그녀보다 더 마땅한 아가씨를 발견할 가능성도 얼마든지 있다는 점이었다. 둘째, 그녀는 벌써 스물일곱 살이나 되었으니까 과거에 이미 연애를 한 경험이 있으리라는 점이었다. 이런 생각을 하면 네흘류도프는 불쾌했다. 비록 과거의 일이라 하더라도 그녀가 다른 남자를 사랑했을지 모른다는 생각은 그의 자존심을 상하게 했다. 물론 그녀가 그를 만나게 되리라는 예측을 하지 못했을 테지만, 하여튼 이전에 다른 남자를 사랑했는지도 모른다고 생각할 때 그는 모욕을 느끼지 않을 수 없었다.

이와 같이 찬성과 반대 의견은 각각 반반씩이었다. 그래서 네흘류도프는 자기 자신을 뷔리당의 당나귀*라고 비웃었다. 그러면서도 여전히 뷔리당의 당나귀를 면하지 못하고, 양쪽의 말꼴 중에서 어느 것부터 먹어야 할지 모르고 있었다.

'어쨌든 마리야 바실리예브나(귀족단 단장의 부인)에게 회답을 받고, 그 문제를 완전히 결말짓지 않고는 아무것도 할 수 없지 않은가' 하고 그는 혼자 중얼거렸다.

이렇게 그는 자신의 결심을 미룰 수 있고, 또 미룰 수밖에 없다고 생각하자 마음이 한결 가벼워졌다.

'아무튼 이 일은 나중에 잘 생각해보기로 하자.' 그의 마차가 어느새 소리도 없이 아스팔트로 포장한 재판소 앞 주차장에 닿았을 때 그는 다시 중얼거렸다.

'지금은 언제나처럼 성심성의껏 내 사회적 의무를 이행해야 한다. 나는 그것을 마땅히 내가 해야 할 일이라 생각하고 있을뿐더러,

---

* '결단성 없는 사람'을 일컫는 말이다.

거기에 흥미를 느끼는 경우도 많으니까.' 그는 자기 자신을 타이르면서 수위가 서 있는 재판소 현관으로 들어섰다.

5

네흘류도프가 들어갔을 때, 재판소 복도에는 벌써 사람들이 부산스럽게 움직이고 있었다.

경위들은 명령서와 서류를 들고 이리저리 바쁘게 오갔다. 개중에는 마룻바닥에서 발을 거의 떼지 않고 종종걸음으로 숨을 헐떡이며 뛰어다니는 사람도 있었다. 정리(廷吏)와 변호사, 판검사들도 복도를 왔다 갔다 했으며, 원고나 감시자가 없는 피고들은 차례를 기다리면서 벽 옆에서 어슬렁거리기도 하고 거기 앉아 있기도 했다.

"지방재판소 법정은 어디요?"

네흘류도프는 한 경위에게 물었다.

"어딜 찾으시는데요? 민사 법정과 형사 법정이 있습니다."

"나는 배심원이오."

"그럼 형사 법정입니다. 진작 그렇게 말씀해주시지 않고요. 여기서 오른쪽으로 가서 왼쪽으로 꺾어지면 두 번째 문입니다."

네흘류도프는 가르쳐준 방향으로 걸어갔다.

두 번째 문 옆에는 두 남자가 개정을 기다리며 서성거리고 있었다. 그중 한 사람은 키가 크고 뚱뚱한 상인이었는데, 겉보기에도 호인답게 생긴 데다가 어디서 한잔 들이켜고 왔는지 기분이 몹시 좋아 보였다. 또 한 사람은 유대인 출신 점원이었다. 두 사람은 양털 시세에 대해서 이야기하고 있었다. 네흘류도프는 그들에게 가까이 가서, 여기가 배심원 대기실이냐고 물었다.
"예, 여깁니다, 여기예요. 나리께서도 역시 배심원이신가요?"
호인답게 생긴 상인은 유쾌한 듯이 눈을 껌벅거리며 물었다. 상인은 네흘류도프가 그렇다고 대답하자 계속해서 지껄였다.
"그럼 함께 수고하기로 합시다. 저는 2급 상인* 바클라쇼프올시다."
상인은 한 손으로는 잡기 거북할 만큼 큼직하고 부드러운 손을 내밀며 말했다.
"수고하셔야겠습니다. 그런데 나리께선 누구신지요?"
네흘류도프는 자기 이름을 밝히고 배심원 대기실로 들어갔다.
그다지 크지 않은 배심원실에는 여러 종류의 사람들이 열 명가량 모여 있었다. 모두 방금 도착해서 몇 사람은 의자에 앉아 있고, 또 몇 사람은 서로 흘금흘금 쳐다보기도 하고 초면 인사를 하기도 하면서 방 안을 거닐고 있었다. 군복을 입은 예비역 장교가 한 사람 있었으나 다른 사람들은 모두 프록코트나 양복 차림이었고, 러시아식 외투를 입은 사람은 한 명뿐이었다.
사람들은 대부분 자기 본업을 내던지고 와서 곤란하다는 말들을 하고 있었지만, 모든 사람의 얼굴에는 중요한 사회적 임무를 수행하고 있다는 일종의 만족감 같은 것이 엿보였다.
배심원들은 서로 정식으로 인사를 나눈 사람도 있었지만 개중에는 그저 짐작으로 상대방이 누구인지 알아차리고는 날씨 얘기, 이른 봄철 얘기, 눈앞으로 다가온 사건에 대한 얘기 등을 주고받았다. 아직 인사가 없는 사람들은 앞다퉈 네흘류도프에게 자기소개를 했

---

* 제정 러시아 시대에는 상인에도 여러 계층이 있었다.

다. 그와 안면을 익히는 것을 큰 영광으로 생각하는 모양이었다. 네흘류도프 쪽에서도 언제나 초면인 사람들 사이에서는 그러했듯이, 그것을 당연한 일인 양 받아들였다. 어째서 너는 자기 자신을 다른 모든 사람들보다 높이 생각하느냐고 묻는다면, 그는 대답할 말이 없었을 것이다. 그도 그럴 것이 그는 여태껏 이렇다 할 특별한 자질을 나타내 보인 적이 없었기 때문이다. 그가 영어, 프랑스어, 독일어를 훌륭히 구사한다는 점도, 그리고 일류 상점에서 산 셔츠나 양복이나 넥타이나 커프스단추로 몸을 단장하고 다닌다는 점도 결코 그가 우월하다는 하등의 이유가 될 수 없었다. 이것은 그 자신도 잘 알았다. 그런데도 그는 자신의 우월함을 아무런 의심 없이 인정했으며, 다른 사람들이 자기에게 표시하는 존경을 당연한 것으로 받아들였을 뿐만 아니라, 그렇지 않을 때는 도리어 모욕감을 느끼기까지 했다. 그런데 오늘 그는 배심원실에서 공교롭게도 그런 불손한 태도에 접하여 불쾌감을 맛보게 되었다. 배심원 중에는 마침 네흘류도프가 아는 사람이 하나 있었다. 표트르 게라시모비치(네흘류도프는 이제껏 그의 성을 알려고 한 적도 없었거니와 그것을 은근히 자랑으로 여기기까지 했다)라고 전에 네흘류도프의 누님네 집 가정교사 노릇을 한 적이 있는 사람이었다. 이 표트르 게라시모비치*는 대학을 마치고 현재 어느 중학교 교사로 있었다. 네흘류도프는 그의 버릇없는 태도와 자기 자신에 만족하는 듯한 너털웃음, 그리고 그의 '공산주의자연하는'(이것은 네흘류도프의 누님이 한 말이지만) 태도를 언제나 못마땅하게 여겼다.

---

* 표트르는 이름이고, 게라시모비치는 부칭(父稱)이다.

"여, 당신도 끌려 나오셨군요. 피하실 수 없었던가요?"
표트르 게라시모비치는 껄껄 웃으면서 네흘류도프를 맞았다.
"피하려는 생각도 없었소."
네흘류도프는 엄격하게, 그리고 침울한 어조로 대꾸했다.
"호, 참으로 시민다운 미덕이군요. 그렇지만 이제 두고 보십시오. 배가 고파오고 졸려서 눈이 자꾸 감기면, 그때는 아마 당신 입에서도 못 해먹겠다는 소리가 나올 겁니다."
더욱 큰 소리로 웃어대며 표트르 게라시모비치는 말했다.
'이러다간 이놈의 무당 아들놈한테 자네란 소릴 듣겠는걸' 하고 네흘류도프는 속으로 생각했다. 그래서 그는 일족이 모두 죽었다는 소식을 들었을 때나 지을 듯싶은 슬픈 표정을 나타내면서 중학교 교사 곁을 떠났다. 그러고는 키 크고 풍채가 의젓하며 수염을 말쑥하게 깎은 한 신사가 무언가 열심히 떠들어대는 소리를 빙 둘러서서 듣고 있는 사람들 쪽으로 다가갔다. 이 신사는 지금 민사 법정에서 심의 중인 소송 사건을 자세히 아는 것처럼 이야기하면서, 판사들과 유명한 변호사들을 성(姓)을 빼고 이름과 부칭으로만 불렀다. 유명한 어느 변호사가 놀라운 수완으로 사건을 뒤집어놓는 바람에 상대인 늙은 귀부인은 어디까지나 정당한데도 억울하게 막대한 금액을 이쪽에 지불하게 되었다는 것이다.
"그야말로 천재적인 변호사라니까요!" 하고 그는 말했다.
사람들은 존경의 빛을 띠면서 듣고 있었다. 개중에는 자기 의견을 말하려는 사람도 있었으나, 그는 모든 것을 정확하게 아는 것은 자기뿐이라는 듯이 다른 사람들의 말을 가로막았다.
네흘류도프는 꽤 늦게 왔는데도 오랫동안 기다려야 했다. 아직도 출근하지 않은 재판관 한 사람 때문에 개정이 지연되고 있었다.

6

재판장은 일찌감치 재판소에 나와 있었다. 재판장은 키가 큰 육중한 몸집에 희끗희끗한 구레나룻을 기른 사람이었다. 그는 아내가 있었으나 부부가 다 서로 경쟁이라도 하듯이 방탕한 생활을 했다. 두 사람은 서로의 생활을 간섭하지 않기로 하고 있었다. 오늘 아침에 그는 지난여름 그의 집에 가정교사로 있던 스위스 태생의 여자한테서 편지를 받았다. 지금 남부 지방에서 페테르부르크로 가는 길이므로, 오늘 오후 3시에서 6시 사이에 시내의 이탈리아 호텔에서 그를 기다리겠노라는 내용이었다. 그래서 그는 오늘 재판을 여느 때보다 좀 일찍 시작해 빨리 끝내고 6시까지는 이 빨간 머리털의 클라라 바실리예브나를 만나러 갈 작정이었다. 그는 지난여름 별장에서 이 여자와 관계를 맺었던 것이다.

자기 방으로 들어가자 그는 문을 잠근 다음 서류장 밑의 선반에서 아령 두 개를 꺼내 들고 아래위로, 앞뒤로, 좌우로 스무 번씩 흔든 다음, 아령을 머리 위로 쳐들고 무릎을 세 번 가볍게 굽혔다.

'냉수욕과 체조만큼 건강에 좋은 건 없거든.' 금반지를 낀 왼손으로 오른팔의 긴장한 상박근을 만져보면서 그는 이렇게 생각했다. 끝으로 회전 운동을 할 차례였으나(그는 장시간 법정에 나가 앉기 전에 언제나 이 두 가지 운동을 하곤 했다) 이때 갑자기 문이 흔들렸다. 누군가 문을 열려고 하는 모양이었다. 재판장은 황급히 아령을 제자리에 놓고 문을 열었다.

"아, 실례했소" 하고 그는 말했다.

방 안으로 들어온 것은 작달막한 키에 어깨가 올라가고 시무룩한 얼굴에 금테 안경을 쓴 배석판사였다.

"또 마트베이 니키티치가 안 나왔군요."

판사가 불만스럽게 말했다.

"아직 안 나왔소? 그 사람, 언제나 늦는단 말이야."

재판장은 법복을 입으며 대꾸했다.

"정말 기가 막혀서. 사람이 염치가 있어야지!"

판사는 이렇게 말하고 화를 내면서 의자에 주저앉아 담배를 꺼냈다. 이 배석판사는 무척 깐깐한 사람이어서 오늘 아침에도 아내와 불쾌한 언쟁을 하고 나온 참이었다. 다름 아니라 한 달 치 생활비로 준 돈을 아내가 기한도 되기 전에 죄다 써버렸기 때문이다. 아내는 다음 달 치를 미리 달라고 했으나, 그는 일단 정한 일이니 절대 안 된다고 고집했다. 그래서 한바탕 말다툼이 벌어졌다. 아내는 정 그렇다면 식사도 준비할 수 없으니 집에서 식사할 생각일랑 아예 말라고 말했다. 그쯤 하고 그는 집을 나와버렸지만, 아내는 무슨 짓이든 할 수 있는 여자니까 정말로 그 협박을 실행할지 모른다고 은근히 염려가 되었다. '모름지기 이 사람처럼 훌륭한 도덕적 생활을 해야 하는데' 하고 그는 겉보기에도 건강하고 명랑하고 선량하여 얼굴빛조차 훤한 재판장을 바라보며 속으로 생각했다. 재판장은 두 팔꿈치를 넓게 펴고서 허여멀쑥한 손으로 희끗희끗하고 숱 많은 구레나룻을 금실로 테를 두른 양쪽 옷깃 위쪽으로 쓰다듬어 붙이는 참이었다. '이 사람은 언제나 흡족하고 명랑한 표정을 띠고 있는데 나는 어째서 매일 이렇게 속을 썩여야 하나.'

서기가 무슨 서류를 들고 들어왔다.

"수고하네. 어떤 사건을 먼저 하기로 할까?"

재판장은 담배를 피워 물며 말했다.

"글쎄요, 독살 사건이 좋을 듯싶은데요."

서기는 아무래도 좋다는 어조로 대답했다.

"음, 좋아. 독살 사건도 괜찮겠지."

그런 사건이라면 4시까지 끝내버리고 퇴근할 수 있으리라는 생각에서 재판장은 이렇게 말했다.

"한데 마트베이 니키티치는 아직 안 나왔나?"

"아직 보이지 않습니다."

"그럼 브레베는 나왔나?"

"나왔습니다" 하고 서기는 대답했다.

"그럼 그 사람을 보거든 독살 사건부터 시작한다고 말해주게."

브레베는 오늘 공판에서 논고하기로 되어 있는 검사보였다.

복도로 나오자 서기는 브레베를 만났다. 그는 잔뜩 어깨를 치켜세우고 제복 앞섶을 헤친 채 서류 가방을 옆구리에 끼고서 빈손을 앞쪽으로 수직이 되도록 내저으며, 구두 소리를 또박또박 내가면서 복도를 급히 걸어왔다.

"미하일 페트로비치께서 준비가 다 됐는지 알아보라 하십니다" 하고 서기는 말했다.

"물론이지, 나는 언제나 준비가 되어 있으니까. 무슨 사건부터 시작하는가?"

"독살 사건입니다."

"그것도 좋지" 하고 검사보는 말했으나, 그로서는 하나도 좋을 것이 없었다. 그는 간밤에 한잠도 잠을 못 잤다. 동료의 송별회에서 잔뜩 마시고 2시경까지 트럼프를 했으며, 그다음엔 어떤 색싯집에 갔다. 그 집은 6개월 전까지 마슬로바가 있던 바로 그 유곽이었다. 그렇기 때문에 그는 독살 사건 관계 서류나 조서를 읽을 짬이 없었으며, 지금부터 대강 훑어보려던 참이었다. 서기는 그가 독살 사건의 서류를 읽어보지 못했음을 뻔히 알면서도 일부러 그 사건부터 먼저 시작하자고 재판장에게 권했던 것이다. 서기는 자유주의자라기보다 오히려 급진적인 사상을 가진 사람이었다. 그러나 브레베는 보수적이고 러시아에서 근무하는 독일인이란 모두가 그렇듯이 러시아 정교(正敎)에 귀의하고 있었기에, 서기는 그를 좋아하지 않았고 또한 그의 지위를 시기했다.

"그럼 거세 종파(去勢宗派)* 사건은 어떻습니까?" 하고 서기는 물어보았다.

"그건 할 수 없다고 내가 말하지 않았나" 하고 검사보는 말했다.

"증인이 없는데 어떻게 해? 난 재판부에 못 하겠다고 분명히 말하겠네."

"하지만 어차피……."

"나는 할 수 없다니까!"

검사보는 이렇게 말하고, 다시금 한쪽 손을 내저으며 뛰다시피 자기 방으로 가버렸다.

그다지 중요하지도 않고 필요하지도 않은 증인이 없다는 구실로

---

* 악의 근원이 성적 욕망에 있다고 보고 거세로 자신들을 지키려 한 러시아의 기독교 분파다.

그가 거세 종파 사건을 미루어온 까닭은, 배심원이 주로 지식층으로 구성되어 공판에서 무죄로 판결이 나기 쉬웠기 때문이다. 결국 재판장과의 합의하에 이 사건은 군청 소재지의 하급 재판소로 회송하게 되어 있었다. 그곳에서는 배심원들이 대부분 농민층이라 유죄 판결의 가능성이 그만큼 컸기 때문이다.

복도는 점점 붐비기 시작했다. 그중에서도 가장 사람이 많은 곳은 민사 법정 근처였는데, 그곳에서는 소송 사건에 남달리 흥미를 느끼는 그 풍채 좋은 배심원이 방금 이야기하던 바로 그 사건의 심리가 진행 중이었다. 휴정이 선포되자 그 법정에서 한 늙은 부인이 나왔다. 이 노부인은 천재적인 변호사 때문에 자기 재산을 아무 권리도 없는 원고 측에 빼앗기게 된 장본인이었다. 이런 사정은 재판관들도 알고 있었고 누구보다도 원고와 그 변호인 자신이 더 잘 알았다. 그러나 원고 측 변호인이 매우 교묘하게 일을 꾸몄기 때문에 재판관들은 부득이 노부인의 재산을 몰수하여 원고에게 넘겨줄 수밖에 없었다. 노부인은 뚱뚱한 몸집에 화려한 옷차림을 하고 커다란 꽃이 달린 모자를 쓰고 있었다. 그녀는 법정을 나와 복도에서 걸음을 멈추고는 짧고 투실투실한 두 팔을 벌리면서 자기 변호사에게, "이건 대체 어떻게 되는 거예요? 이런 기막힌 일이 어디 있느냐 말이에요!" 하고 같은 말만 되풀이했다. 변호사는 그녀의 모자에 달린 꽃만 바라보면서 그 말엔 귀도 기울이지 않고 무언가를 열심히 생각하고 있었다.

노부인의 뒤를 따라 민사 법정 문에서 넓게 파인 조끼 사이로 앞가슴을 내밀고 만족스러운 얼굴을 번득이면서, 그 유명한 변호사가 빠른 걸음으로 나타났다. 이 사람의 수완으로 모자에 꽃을 단 노부인은 무일푼이 되었고, 그에게 보수 1만 루블을 약속한 원고는 10만 루블 이상의 돈을 받게 된 것이다. 모든 사람의 시선이 그에게로 쏠렸다. 변호사도 그것을 느꼈는지, '뭐, 그렇게까지 감탄하는 얼굴들을 할 건 없어'라고 말하는 듯이 의기양양하게 여러 사람들 앞을 성큼성큼 지나갔다.

7

마침내 마트베이 니키티치도 출근을 했다. 목이 기다랗고 몸집이 호리호리한 데다가 걸음걸이가 옆으로 쏠리는 버릇이 있고 아랫입술도 한쪽으로 일그러진 것처럼 보이는 정리가 배심원실로 들어왔다.

이 정리는 대학 교육까지 받은 정직한 인간이었으나, 술을 지나치게 좋아했기에 어디서나 한자리에 오래 붙어 있지를 못했다. 석 달 전에 아내의 보호자 격인 모 백작 부인이 재판소에 취직을 알선해주었는데 오늘까지 무사히 붙어 있으므로 스스로 매우 기뻐하고 있었다.

"자, 여러분, 다 모이셨습니까?"

그는 코안경을 쓰고 그 안경 너머로 방 안을 둘러보며 말했다.

"다들 모인 것 같군요" 하고 쾌활한 상인이 대답했다.

"그럼 호명을 해봅시다."

정리는 이렇게 말하고 호주머니에서 종잇조각을 꺼내서 한 사람 한 사람 호명하고는 코안경 너머로, 때로는 안경알을 통해서 호명된 사람들의 얼굴을 바라보곤 했다.

"5등관 I. M. 니키포로프 씨!"
"출석이오."
모든 재판 사건에 정통한 그 풍채 좋은 신사가 대답했다.
"예비역 대령 이반 세묘노비치 이바노프 씨."
"출석이오."
예비역 군복을 입은 홀쭉한 사람이 대답했다.
"2급 상인 표트르 바클라쇼프 씨."
"여기 있습니다. 염려 맙쇼."
호인답게 생긴 상인이 입을 한껏 벌리고 웃으면서 대답했다.
"근위 중위 드미트리 네흘류도프 공작."
"출석이오" 하고 네흘류도프는 대답했다.
정리는 코안경 너머로 특별히 공손하게 그를 바라보면서 고개를 숙였다. 그것으로 그를 다른 사람들과 구별이나 하는 듯 보였다.
'유리 드미트리예비치 단첸코 대위, 상인 그리고리 예피모비치 쿨레쇼프' 등등.
두 사람만 빼놓고는 모두 다 모인 셈이었다.
"그럼 여러분, 법정으로 가십시다."
정리는 상냥한 표정으로 문 쪽을 가리키며 말했다.
모두 움직이기 시작했다. 문께서 서로 먼저 나가라고 길을 내주면서 복도로 나와, 복도에서 다시 법정으로 들어갔다.
법정은 큼직하고 기다랗게 생긴 방이었다. 한쪽 끝은 층계가 3단으로 된 높다란 단이 차지하고 있었다. 그 높은 단 위 한복판에는 검푸른 술이 달린 녹색 상보를 씌운 탁자가 놓여 있었다. 탁자 뒤에는 참나무를 다듬어 만든 무척 높은 등받이가 붙은 안락의자가 세 개 나란히 놓였으며, 안락의자 뒤쪽 벽에는 금빛 액자에 넣은 황제 폐하의 전신상이 걸려 있었다. 황제는 장군 군복에 훈장을 달고 한쪽 발을 뒤로 비스듬히 디디고서 한 손을 군도(軍刀) 위에 얹은 모습으로 서 있었다. 오른쪽 구석에는 가시관을 쓴 그리스도 상을 모신 틀이 걸려 있고, 그 밑에 성서대(聖書臺)가 하나 놓여 있었다. 바로 그 오른쪽에 검사용 책상이, 그리고 그 검사석 맞은편인 왼쪽 깊숙이 서기용 탁자가 놓여 있었다. 방청석 가까이 참나무로 된 격자 칸막이가 있고, 그 뒤로 아직은 비어 있는 피고석이 있었다. 단상 오른쪽에는 역시 높다란 등받이가 붙은 배심원들의 의자가 두 줄로 놓여 있고, 그 아래로 한 단 낮은 곳에 변호인석이 마련되어 있었다. 이 모두는 칸막이로 갈라놓은 법정 앞부분에 배치되어 있었다. 법정 뒷부분은 전부 방청인들을 위한 벤치가 차지했는데, 방청석은 한 단씩 높아지면서 뒷벽까지 이어져 있었다. 방청석 앞쪽 벤치에는 여직공 아니면 식모인 듯싶은 여자 네 명과 직공 차림 남자 두 사람이 앉았는데, 그들은 이 법정의 장엄한 분위기에 위축된 듯 서로 조심스럽게 소곤거리고 있었다.

배심원들이 제자리에 앉자 곧 정리가 게걸음으로 중앙으로 걸어 나와, 그 자리에 모인 사람들을 위압하려는 듯이 커다란 소리로 외쳤다.

"개정(開廷)!"

모두 다 일어섰다. 그러자 재판관들이 단상에 나타났다. 구레나룻을 멋지게 기른 늠름한 체격의 재판장에 이어, 금테 안경을 쓰고 침울한 표정을 한 배석판사가 따라 들어왔다. 그는 아까보다도 표정이 더 어두웠다. 그도 그럴 것이 개정 직전에 판사보로 있는 처남을 만났는데, 그가 식사 준비는 절대 하지 않겠노라는 누이의 말을 전해주었기 때문이다.

"그러니 매부, 오늘 저녁엔 선술집에나 갑시다."

처남은 웃으면서 말했다.

"웃을 일이 아니야" 하고 판사는 대꾸했고 얼굴 표정은 더욱 침통해졌다.

맨 뒤에 나타난 세 번째 판사가 바로 상습 지각자인 마트베이 니키티치였다. 턱수염을 탐스럽게 기르고 눈꼬리가 아래로 처진, 선량해 보이는 눈이 서글서글한 사람이었다. 이 판사는 위염으로 고생하고 있었는데, 의사의 권고에 따라 오늘 아침부터 새로운 치료법을 시작하면서 여느 때보다 더 오래 집에서 꾸물거렸던 것이다. 그는 언제나 자기 스스로 여러 가지 질문을 던지고는 그것을 온갖 방법으로 점치는 버릇이 있었기 때문에 지금도 단상에 오르면서 무엇엔가 정신을 집중하고 있는 듯한 표정을 하고 있었다. 지금 그는 만약에 판사실 문에서 법정 판사석까지 걸음 수가 3으로 나눠떨어진다면 새로운 치료법으로 위염을 고칠 수 있고, 나눠떨어지지 않는다면 고칠 수 없으리라는 것을 점치고 있었다. 걸음 수는 26이 될 것이었으나, 그는 일부러 걸음을 좁게 걸어서 꼭 스물일곱 걸음으로 자기 자리에 닿도록 했다.

옷깃을 금실로 수놓은 법복을 입고 단상에 나타난 재판장이나 판사들의 모습은 사람들에게 위압감을 주기에 충분했다. 그들 자신도 그것을 알고 세 사람 다 자기들의 위엄에 스스로 어색함을 느끼는 듯이, 겸손하게 눈을 떨어뜨리고서 녹색 상보가 덮여 있는 탁자 앞 안락의자에 얼른 앉았다. 탁자 위에는 독수리 문장(紋章)으로 장식된 세모꼴 문진*과, 식당 같은 데서 과자 따위를 담는 데 쓰는 유리 쟁반, 잉크스탠드와 펜, 깨끗한 백지, 뾰족하게 깎은 크고 작은 연필 등이 놓여 있었다.

재판관들과 함께 검사보도 들어왔다. 여전히 서류 가방을 옆구리에 끼고 한 손을 크게 내저으며 창가에 있는 자기 자리로 바삐 가더니, 1분이라도 아껴서 준비를 해두려는 듯이 곧 일건서류를 읽고 검토하는 데 열중하기 시작했다. 이 검사보가 법정에서 논고를 하는 것은 이번이 겨우 네 번째였다.

그는 무척 허영심이 강한 인간이라 반드시 입신출세하고야 말겠다고 굳게 결심한 바 있었으므로, 무슨 사건이든 자기가 논고를 맡은 사건은 모두 유죄로 판결이 내려야만 한다고 생각했다. 독살 사건의 요점은 그도 대강 알았고 논고 초안도 이미 만들어놓았지만, 그래도 좀 더 자료를 보충할 필요가 있어서 지금 조급히 일건서류 속에서 내용을 발췌하고 있었다.

서기는 단상 반대쪽에 자리 잡고 앉아서 낭독할 필요가 있을 듯싶은 서류를 모조리 준비해놓고는, 어제 입수하여 읽어본 판금(販禁)된 논문을 다시 훑어보았다. 그는 자기와 항상 견해가 일치하는, 턱수염이 탐스러운 판사와 이 논문에 대해 한번 이야기해보고 싶었기 때문에 그전에 미리 내용을 잘 알아두려는 것이었다.

---

* 삼각추 모양의 각 면에 표트르 1세의 정의에 대한 3훈(三訓)이 적혀 있어 정의의 상징으로 삼았다.

8

 재판장은 서류를 한번 훑어보고 나서 정리와 서기에게 몇 가지 질문을 하여 이상이 없음을 확인한 다음, 피고인들을 연행하라고 지시했다. 그러자 곧 격자 칸막이 뒤의 문이 열리고 군도를 빼 든 헌병 두 사람이 모자를 쓴 채로 들어왔다. 그 뒤로 붉은 머리에 주근깨 투성이 남자 피고가 한 사람 들어왔고, 또 그 뒤로는 여자 피고 두 사람이 따라 들어왔다. 남자 피고는 몸에 안 맞는 길고 헐렁헐렁한 죄수복을 입고 있었다. 법정에 들어올 때 그는 커다란 손가락을 쭉 펴 바지 솔기에 갖다 대고서, 너무 긴 소매가 밑으로 흘러내리지 않도록 꼭 누르고 있었다. 그는 판사석이나 방청석에는 눈길도 주지 않고 피고석 벤치만을 바라보며 그 벤치를 한 바퀴 돌았다. 벤치 앞으로 나오자 그는 다른 두 피고의 자리를 남겨놓고 한쪽 귀퉁이에 앉더니, 이번엔 재판장을 똑바로 쳐다보면서 무언가 중얼거리듯 볼 근육을 움직거리기 시작했다. 바로 그의 뒤를 따라 들어온 것은 역시 죄수복을 입은 중년 여자였다. 여자는 죄수용 머릿수건을 썼으며, 잿빛 어린 창백한 얼굴에는 눈썹도 속눈썹도 없는 데다가 눈만 빨갰다. 이 여자는 아주 태연해 보였다. 자기 자리로 걸어가는 길에 죄수복이 무엇엔가 걸렸으나 그녀는 당황하는 기색도 없이 차근차근 그것을 벗기고 제자리에 앉았다.

 세 번째 피고가 마슬로바였다.

 그녀가 들어오자 법정 안에 있는 사나이들의 시선이 일제히 그쪽으로 쏠렸다. 그리고 검은 눈이 윤기 있게 반짝이는 그 흰 얼굴과, 죄수복 밑으로 불룩하게 솟아오른 앞가슴에서 오랫동안 눈을 떼지 못했다. 심지어 헌병조차 그녀가 앞을 지나 자기 자리에 갈 때까지 눈을 떼지 못하고 멍하니 바라보다가, 완전히 자리에 앉은 다음에야 무슨 나쁜 짓이라도 한 것처럼 황급히 고개를 돌리며 몸을 흠칫 흔들고는 정면에 있는 창문에다 시선을 고정했다.

재판장은 피고들이 제자리에 앉기를 기다리다가 마슬로바가 앉는 것을 보자 곧 서기 쪽으로 얼굴을 돌렸다.

배심원 점호, 결석자에 대한 심의, 그들에 대한 벌금 명령, 사퇴서를 제출한 자에 대한 결의, 결원 보충 등 항상 하는 순서대로 공판이 시작되었다. 그러고 나자 재판장은 조그만 카드를 집어 유리 쟁반에 놓더니, 금몰이 달린 법복 소매 끝을 조금 추켜올리고 징그럽게 털이 많은 팔뚝을 드러내면서, 마치 요술쟁이 같은 동작으로 카드를 한 장 한 장 꺼내 가지고 펴서 읽기 시작했다. 그 일이 끝나자 재판장은 소매를 내리고 배심원 선서를 집행하도록 전속 사제에게 일렀다.

누렇게 떠 보이는 허연 얼굴에 갈색 제의(祭衣)를 걸치고 가슴엔 금빛 십자가를 걸었으며, 그 밖에 또 무언가 조그마한 훈장까지 달고 있는 늙은 사제는 역시 부은 듯한 발을 느릿느릿 제의 밑으로 옮기면서 성상 아래에 놓인 성서대로 다가갔다.

배심원들도 일어나서 한데 몰려 성서대 쪽으로 나갔다.

"이리로 오십시오."

사제는 부석부석한 손을 가슴의 십자가에 갖다 대고 배심원들이 다가오기를 기다리면서 이렇게 말했다.

이 사제는 이미 46년 동안이나 이 직책을 맡아왔기에 앞으로 3년만 더 있으면 얼마 전 대성당의 주교가 했던 것처럼 성직 50주년 기념 축하식을 거행할 작정이었다. 이 지방재판소 창설 당시부터 줄곧 근무해온 그는 여태까지 몇만 명에 달하는 사람들의 선서를 집행해왔고, 이미 늙을 만큼 늙었음에도 교회와 조국과 가족의 번영을 위해 여전히 자기 직무를 수행하고 있으며, 가족들에게는 현재 살고 있는 가옥 말고도 유가증권으로 3만 루블 이상의 재산을 남겨줄 수 있다는 것 등을 매우 자랑스럽게 여기고 있었다. 재판소에서 그의 직무란 요컨대 본시부터 선서를 금하고 있는 성서를 앞에 놓고 사람들에게 선서를 시키는 일이었으나, 그것이 옳지 못한 행위라는 생각은 한 번도 그의 머릿속에 떠오른 적이 없었다. 그런 문제 때문에 기가 죽기는커녕 직무상 훌륭한 신사들과 사귈 수 있는 기회가 많아서 익숙해진 이 일에 애착까지 느꼈다. 오늘도 그는 그 유명한 변호사와 알게 되어 적이 만족한 기분이었다. 모자에 커다란 꽃을 단 노부인 사건 하나만으로 1만 루블이나 사례금을 받았다는 사실이 그 변호사에 대한 깊은 존경심을 그의 마음속에 불러일으켰다.

배심원들이 층계로 해서 단상에 오르자, 사제는 거의 벗겨진 반백 머리를 한쪽으로 갸우뚱하고 때 묻은 영대를 목에 걸고는 듬성듬성한 머리털을 한번 쓰다듬은 다음 배심원들 쪽을 향했다.

"오른손을 드십시오. 그리고 손가락을 이렇게 하고."

손가락마다 마디가 움푹 파인 투실투실한 손을 들어 물건을 집을 때처럼 손가락을 합쳐 보이면서, 그는 늙은이다운 목소리로 천천히 말했다. "그럼 내가 말하는 대로 따라하십시오" 하고는 선서문을 읽기 시작했다. "거룩한 성경과 생명의 근원인 십자가 앞에서 전지전능하신 하나님께 맹세합니다. 이 사건을 심리함에 있어……" 하고 그는 한 마디 한 마디 끊어가며 말했다. "아, 손을 내리지 마십시오, 그대로 들고 계셔야 합니다" 하고 그는 손을 내린 젊은 배심원에게 주의를 주었다.

"이 사건을 심리함에 있어……."

구레나룻을 기른 풍채 좋은 신사와 대령, 상인, 그리고 다른 몇 사람은 마치 어떤 특별한 만족감을 느끼는 듯 사제가 시키는 대로 손가락을 합친 오른손을 유난히 높이 쳐들고 있었으나, 그 밖의 사람들은 그저 마지못해 하는 듯 시들한 태도였다. 어떤 사람은 '어쨌든 난 이렇게 선서를 하고 있다' 하는 표정으로 공연히 악을 쓰듯 커다란 소리로 사제의 말을 되뇌는가 하면, 또 어떤 사람은 중얼중얼 작은 소리로 되뇌면서 혼자 점점 뒤떨어졌다가 깜짝 놀라서 엉뚱한 대목으로 뒤쫓아 가기도 했다. 그리고 또 어떤 사람은 무엇을 떨어뜨릴까 염려되기라도 하는 듯이 힘껏 손가락을 합친 손을 높직이 쳐들고 있는가 하면, 어떤 사람은 손가락을 모았다 벌렸다 했다. 모두 어색한 기분이었다. 다만 늙은 사제만이 자기가 매우 중요하고도 유익한 일을 하고 있음을 믿어 의심치 않았다. 선서가 끝나자 재판장은 배심원들에게 배심원 대표를 선출하도록 권했다. 배심원들은 자리에서 일어나 서로 앞을 다투듯 회의실로 들어가기 무섭게 거의 모두가 즉시 담배를 꺼내서 피우기 시작했다. 누군가가 풍채 좋은 신사를 배심원 대표로 선출하면 어떻겠느냐고 말을 꺼내자 전원이 즉석에서 찬성했으므로, 모두 피워 물었던 담배를 발로 비벼 끄고는 법정으로 되돌아왔다. 선출된 배심원 대표가 결과를 재판장에게 보고하고, 일동은 다시 서로 발을 타고 넘으면서 높은 등받이가 달린 안락의자에 두 줄로 자리 잡고 앉았다.

모든 일이 순조롭고 신속하게, 그리고 제법 엄숙하게 진행되었다. 그 규칙적인 정확함과 엄숙함이 자신들은 진지하고 중요한 공적 임무를 수행하고 있다는 의식을 관계자들에게 보증해줌으로써 어떤 만족감을 느끼게 한 듯싶었다. 네흘류도프도 그런 기분을 맛보았다.

배심원들이 모두 앉자, 재판장은 그들의 권리와 의무 및 책임에 대하여 한바탕 연설을 했다. 연설하는 동안 재판장은 쉴 새 없이 자세를 바꾸었다. 왼쪽 팔꿈치를 세우는가 하면 오른쪽 팔꿈치를 세우기도 하고, 의자 등받이에 기대는가 하면 팔걸이에 몸을 기대기도 하고, 서류 끝을 가지런히 맞추는가 하면 이번엔 종이 자르는 나이프나 연필을 만지작거렸다.

재판장의 말에 따르면, 배심원은 재판장을 통하여 피고에게 질문을 할 수 있고 종이와 연필을 사용할 수 있으며 증거 물품을 검사할 수 있는 권리가 있다고 했다. 그리고 배심원의 의무란 거짓 없는 공정한 판단을 내리는 것이라고 했다. 또한 책임은 무엇인가 하면, 심의의 비밀을 누설하거나 외부인과 연락을 취하거나 하는 경우에 처벌을 받는다는 것이었다.

배심원들은 정중한 태도로 주의 깊게 들었다. 상인은 술 냄새를 풍기며 솟구쳐 오르는 하품을 간신히 참으면서 한 마디 한 마디에 크게 고개를 끄덕여 보였다.

9

연설이 끝나자 재판장은 피고석으로 얼굴을 돌렸다.
"시몬 카르틴킨, 일어서시오" 하고 그는 말했다.
시몬은 후닥닥 튀어 일어났다. 그의 볼 근육은 더욱 빨리 움직이기 시작했다.

"이름은?"

"시몬 페트로프 카르틴킨입니다."

미리 대답할 말을 준비하고 있었는지 탁 터지는 듯한 목소리로 그는 얼른 대답했다.

"신분은?"

"농민입니다."

"출생지는 어느 현 어느 군이오?"

"툴라 현 크라피벤스키 군 쿠판스카야 면 보르키 마을입니다."

"나이는?"

"서른네 살입니다. 18○○년생입니다."

"종교는?"

"우리 모두 러시아 정교를 믿습죠."

"결혼은 했소?"

"아직 안 했습니다."

"직업은?"

"마브리타니야 호텔의 종업원입니다."

"전에 재판을 받은 일이 있소?"

"재판 같은 건 한 번도 받아본 적이 없습니다. 저는 여태까지 살아오기를……."

"여태까지 재판을 받은 일이 없단 말이오?"

"천만의 말씀을. 한 번도 없습니다."

"기소장 사본(寫本)은 받았소?"

"예, 받았습니다."

"앉아도 좋소. 예브피미야 이바노브나 보치코바" 하고 재판장은 다음 피고를 불렀다.

그러나 카르틴킨은 여전히 그 자리에 선 채 보치코바를 막고 있었다.

"카르틴킨, 앉으시오!"

그래도 카르틴킨은 그냥 버티고 서 있었다. 정리가 달려가서 고개를 한쪽으로 기울이고 부자연스럽게 눈을 부릅뜨고는 비통한 목소리로 속삭이듯이 "앉아, 앉으란 말이야!"라고 했을 때에야 비로소 그는 자리에 앉았다.

카르틴킨은 일어설 때처럼 앉을 때도 황급히 앉았다. 그리고 죄수복 앞섶을 여미고 다시금 소리도 없이 볼 근육을 움직거리기 시작했다.

"이름은?"

재판장은 앞에 놓인 서류를 뒤적여 무엇인가를 확인하면서 상대방은 보지도 않고 맥 빠진 하품과 함께 두 번째 피고에게 물었다. 재판장으로서는 이런 사건에 너무 익숙해서 심리를 빨리 진행시키기 위해 한 번에 두 가지 일을 해낼 수 있을 정도였다.

보치코바는 43세, 신분은 콜로멘스코예 출신인 소시민으로 직업은 같은 마브리타니야 호텔의 하녀였다. 전에 재판이나 예심을 받은 일은 없고, 기소장 사본은 받았다고 했다. 보치코바는 매우 대담한 말투로 대답했으며, 한 마디 한 마디 답변을 할 때마다 마치 '그래요, 예브피미야랍니다. 보치코바예요. 사본은 틀림없이 받았어요, 난 그게 자랑이랍니다. 누구든 날 얕보다간 큰코다칠걸요'라는 듯한 어조였다. 그녀는 심문이 끝나자마자 앉으라는 말이 떨어지기도 전에 냉큼 앉아버렸다.

"이름은?"

여자를 좋아하는 재판장은 세 번째 피고에게 특별히 상냥하게 말을 건넸다.

"일어서야지."

마슬로바가 그냥 앉아 있는 것을 보자 그는 부드럽고 친절하게 덧붙였다.

마슬로바는 재빠른 동작으로 일어나더니 자연스러운 표정으로 불룩한 앞가슴을 내밀고서, 묻는 말엔 대답도 않고 웃음 띤 약간 사팔뜨기로 보이는 까만 눈으로 재판장의 얼굴을 똑바로 쳐다보았다.

"이름은 뭐라고 하지?"

"류보피라고 해요."

그녀는 빠른 소리로 대답했다.

한편 네흘류도프는 그동안 코안경을 쓰고, 차례로 심문을 받는 피고들을 바라보고 있었다. '그럴 리가 없을 텐데' 하고 그는 여자 피고의 얼굴에서 눈을 떼려 하지 않고 생각했다. '하지만 류보피라니, 어쩐 일일까?' 그녀의 대답을 듣자 그는 또 이렇게 생각했다.

재판장은 그냥 심문을 계속하려 했으나, 금테 안경을 쓴 판사가 화난 듯이 뭐라고 속삭여 그를 제지했다. 재판장은 동의의 표시로 고개를 끄덕여 보이고 피고 쪽으로 얼굴을 돌렸다.

"류보피라니? 조서에 기록된 이름은 그게 아닌데?" 하고 재판장이 말했다.

피고는 잠자코 있었다.

"피고의 본명이 무엇인지 묻고 있는 거요."

"세례명이 뭐냐 말이오?"
성미가 급한 판사가 물었다.
"전에는 카테리나*라고 했어요."
'아니야, 그럴 리가 없어.' 네흘류도프는 여전히 속으로 되풀이했다. 그러나 그는 이미 의심의 여지도 없이 피고가 바로 그녀라는 것을 알았다. 그가 한때 반했으며(그렇다, 정말 반했었다), 그래서 미칠 듯한 욕망에 사로잡혀 유혹했고, 그러고는 그냥 차버렸던 바로 그 처녀다. 그의 고모 집에 양녀 겸 하녀로 있던 바로 그 처녀인 것이다. 그 뒤로 그는 한 번도, 그녀를 한 번도 생각해본 적이 없었다. 요컨대 그 추억이 너무 괴로웠기 때문이며, 그토록 자기의 고결함을 자랑으로 여기고 있는 그가 이 여자에 대해서는 고결은커녕 비열하기 짝이 없는 짓을 했다는 것을 너무나 똑똑히 들추어내 보여주었기 때문이다.

그렇다, 분명히 그녀였다. 이제 그는 한 사람의 인간을 다른 인간과 구별하여 둘도 없는 유일한 존재로 만들어주는 그 사람만의 신비한 특징을 똑똑히 분간할 수가 있었다. 얼굴이 부자연스럽게 창백한 데다가 통통하게 살이 쪘음에도 그 사랑스러운 그녀만의 특징은 얼굴에서도, 입술에서도, 약간 사팔뜨기로 보이는 눈에서도, 그리고 특히 웃음 띤 순진한 눈길에서도, 얼굴뿐만 아니라 몸 전체에 감도는 자연스러운 표정에서도 느낄 수가 있었다.

"처음부터 그렇게 대답했어야지" 하고 재판장은 이번에도 특별히 상냥한 어조로 말했다.

---

* 카튜샤의 정식 이름이다.

"그럼 부칭은?"
"저는 사생아예요."
마슬로바는 중얼거리듯 대답했다.
"그래도 대부(代父)의 이름은 있을 게 아니오?"
"미하일로바입니다."
'대체 저 여자가 무슨 짓을 저질렀을까?' 네흘류도프는 간신히 숨을 몰아쉬며 여전히 속으로 생각했다.
"성은 뭐라고 부르지?"
재판장은 심문을 계속했다.
"어머니 성을 따라 마슬로바라고 합니다."
"신분은?"
"소시민입니다."
"종교는 정교요?"
"네, 정교예요."
"직업은? 무슨 일에 종사했소?"
마슬로바는 잠자코 있었다.
"무슨 일을 했소?"
재판장이 되풀이했다.
"영업집에 있었습니다" 하고 그녀는 말했다.
"무슨 영업을 하는 집이지?"
금테 안경을 쓴 판사가 엄격한 어조로 물었다.
"뭣 하는 집인지 잘 알면서 그러시네요."
마슬로바는 이렇게 말하고 방긋 웃었으나, 곧 주위를 재빨리 둘러보고는 다시 재판장의 얼굴을 똑바로 바라보았다.

그녀의 표정에는 어떤 예사롭지 못한 빛이 엿보였고, 그녀의 입에서 나온 말에도 그 미소에도, 그리고 법정 안을 흘긋 둘러본 그 시선에도 무섭고도 처량한 무언가가 느껴졌으므로 재판장은 얼른 눈을 내리깔았다. 한순간 법정 안은 쥐 죽은 듯 조용해졌다. 그 정적은 방청석에서 일어난 누군가의 웃음소리로 깨졌다. 그러자 또 누군가가 쉿 하고 제지했다. 재판장은 고개를 쳐들고 심문을 계속했다.
"전에 재판이나 예심을 받은 일은 없소?"
"없어요."
마슬로바는 한숨 섞인 목소리로 나직이 대답했다.
"기소장 사본은 받았소?"
"네, 받았습니다."
"앉으시오" 하고 재판장은 말했다. 피고는 정장을 한 여자들이 치맛자락을 매만질 때와 똑같은 동작으로 치마 뒷자락을 살짝 쳐들고 제자리에 앉았다. 그러고는 희고 자그마한 손을 죄수복 소매 속에 낀 채 여전히 재판장에게 시선을 고정했다.
증인들의 호출과 퇴정, 감정의(鑑定醫)에 대한 결정과 그의 법정 소환 등이 시작되었다. 그다음 서기가 일어나서 기소장을 낭독하기 시작했다. 그는 큰 소리로 명확하게 읽기는 했으나 너무 빨리 읽는 바람에 L과 R 발음이 분명치 못한 그의 음성은 졸음을 유발하는 연속되는 하나의 굉음으로 들릴 지경이었다. 재판관들은 안락의자 좌우 팔걸이에 번갈아가며 몸을 기대기도 하고, 때로는 탁자에 또 때로는 등받이에 기대기도 하면서 눈을 지그시 감기도 하고, 눈을 뜨고 서로 소곤거리기도 했다. 헌병 한 사람은 하품이 나오려고 아래턱이 벌어지는 것을 몇 번이나 억지로 참아냈다.

세 피고 가운데 카르틴킨은 쉴 새 없이 양쪽 볼을 실룩거렸고, 보치코바는 어디까지나 태연하게 똑바른 자세로 앉아서 가끔 손가락으로 머릿수건 밑 목덜미를 긁곤 했다.

마슬로바는 서기가 낭독하는 것에 귀 기울이고 그 얼굴을 바라보면서 꼼짝 않고 앉아 있다가 갑자기 몸을 부르르 떨며 반박이라도 하려는 듯이 얼굴을 붉히기도 했으나, 이윽고 꺼질 듯 한숨을 내쉬면서 손의 위치를 바꾸고 주위를 둘러보고는 다시 서기에게 시선을 고정했다.

네흘류도프는 앞줄 끝에서 두 번째에 있는 높은 등받이 의자에 앉아 코안경을 벗고서 마슬로바를 지켜보았으나, 그의 마음속에서는 복잡하고도 괴로운 작업이 진행되고 있었다.

10

기소장은 다음과 같았다.

"1880년 1월 17일, 마브리타니야 호텔에서 숙박 중인 서(西)시베리아 쿠르간 주(州) 출신인 2급 상인 페라폰트 예멜리야노비치 스멜리코프가 급사했다.

4관구 경찰 소속의 의사는 과음에 따른 심장 파열이 사인(死因)이라고 단정했다. 스멜리코프의 시체는 매장되었다.

그런데 며칠 후, 스멜리코프와 같은 고향 사람이며 동료인 상인 티모힌이 페테르부르크에서 돌아와 스멜리코프가 죽었을 때의 여러 가지 상황을 알아보고 나서, 소지금 강탈을 목적으로 한 독살일지 모른다는 의혹을 표명했다.

이 의혹은 예심에 의해 확인됨으로써 다음과 같은 사실이 밝혀졌다.

첫째, 스멜리코프는 죽기 직전 은행에서 은화로 3천8백 루블을 찾았다. 그러나 고인의 소지품 목록과 함께 보관되어 있는 돈은 불과 312루블 16코페이카뿐이었다.

둘째, 스멜리코프는 죽기 전날 온종일, 그리고 밤새도록 유곽과 마브리타니야 호텔에서 매춘부 류브카(본명 예카테리나 마슬로바)와 함께 지냈는데, 예카테리나 마슬로바는 스멜리코프의 부탁을 받고 유곽에서 마브리타니야 호텔로 돈을 가지러 가서, 마브리타니야 호텔 종업원 예브피미야 보치코바와 시몬 카르틴킨 입회하에 스멜리코프가 맡긴 열쇠로 트렁크를 열고 돈을 꺼냈다. 마슬로바가 스멜리코프의 트렁크를 열었을 때 그 속에 백 루블짜리 지폐 뭉치가 들어 있는 것을 입회하고 있던 보치코바와 카르틴킨이 보았다.

셋째, 스멜리코프가 매춘부 류브카를 데리고 유곽에서 마브리타니야 호텔로 돌아왔을 때 류브카는 호텔 종업원 카르틴킨의 권고에 따라 카르틴킨이 주는 백색 분말을 코냑 잔에 타서 스멜리코프에게 마시도록 한 사실이 있다.

넷째, 이튿날 아침 매춘부 류브카는 스멜리코프한테서 선사받은 것으로 추측되는 다이아몬드 반지를 자기의 포주인 유곽 여주인 키타예바에게 팔았다.

다섯째, 마브리타니야 호텔 하녀 예브피미야 보치코바는 스멜리코프가 사망한 이튿날 상업 은행에다 자기 명의로 1천8백 루블을 예금했다.

감정 의사의 소견, 시체 해부 및 스멜리코프의 내장(內臟)에 대한 화학 검사를 통해 그의 신체 조직 가운데 분명히 독물이 존재한다는 점이 발견되었고, 독약에 의한 사망이라고 단정할 수 있는 근거가 제시되었다.
　용의자로 기소된 마슬로바, 보치코바 및 카르틴킨은 모두 자신들의 무죄를 주장하면서 다음과 같이 진술했다. 즉 마슬로바의 진술에 따르면, 그녀는 틀림없이 스멜리코프의 부탁을 받고 자기가 일하던(그녀 자신의 표현을 빌리면) 가게에서 마브리타니야 호텔로 돈을 가지러 가서, 상인이 맡긴 열쇠로 트렁크를 열고 부탁받은 대로 은화로 40루블을 꺼내기는 했지만 그 이외의 돈은 꺼내지 않았으며, 이것은 그때 입회했던 보치코바와 카르틴킨이 증언할 수 있을 것이라고 했다. 또한 그녀의 진술에 따르면, 두 번째로 상인 스멜리코프의 호텔 방에 갔을 때 카르틴킨의 권유로 무슨 분말을 코냑에 타서 스멜리코프에게 마시게 한 것은 사실이지만, 자기는 그것이 수면제인 줄로만 알았으며 빨리 상인이 잠들어 자기를 놓아주기를 바랐기 때문에 그렇게 했을 뿐이라고 했다. 반지는, 스멜리코프가 때리기에 자기가 울면서 도망쳐 돌아가려 하자 그가 직접 준 것이라고 했다.
　예브피미야 보치코바의 진술에 따르면, 그녀는 분실된 돈에 관해서는 아무것도 모른다고 했다. 또한 상인의 방에 들어간 일이 없거니와 그 방에서는 류브카 혼자 제멋대로 행동했으니까, 만약 상인의 돈이 없어졌다면 그것은 류브카가 상인의 열쇠를 갖고 돈을 가지러 왔을 때 한 짓이 틀림없을 것이라고 했다……."
　낭독이 이 대목에 이르렀을 때 마슬로바는 흠칫 몸을 떨며 어이없다는 듯이 입을 벌리고 보치코바를 돌아보았다. 서기는 낭독을 계속했다.
　"예브피미야 보치코바 명의로 된 은화 1천8백 루블의 예금 통장이 제시되고, 그 돈의 출처를 추궁받자, 그녀는 자기와 결혼을 약속한 시몬 카르틴킨과 둘이서 12년 동안 벌어서 모은 돈이라고 대답했다.

한편 시몬 카르틴킨은 처음 진술에서, 자기는 유곽에서 열쇠를 가져온 마슬로바의 교사를 받고 보치코바와 함께 돈을 훔쳤고, 그 돈을 마슬로바 및 보치코바와 셋이서 나눠 가졌다고 자백했다."

이 말을 듣자 마슬로바는 또다시 몸을 떨고 얼굴이 빨개져서 뭐라고 입을 열며 일어서려 했으나, 정리가 얼른 그녀를 제지했다.

"그리고 마침내" 하고 서기는 낭독을 계속했다.

"카르틴킨은 상인을 잠재우기 위해 가루약을 마슬로바에게 주었다는 것도 자백했다. 그러나 그는 두 번째 진술에서, 자기는 돈을 훔치는 데 가담한 일도 없거니와 마슬로바에게 가루약을 준 사실도 없다고 부인하면서, 모든 것을 마슬로바 한 사람의 죄라고 주장했다. 보치코바가 은행에 예금한 돈에 대해 그는 보치코바와 마찬가지로 그들 두 사람이 12년 동안 호텔에서 일하는 동안 손님들한테서 팁으로 받은 돈이라고 진술했다."

이어 기소장에는 대질 심문의 결과 보고, 증인들의 증언, 감정 의사의 소견 등이 계속되었다.

기소장의 결론은 다음과 같았다.

"위와 같은 사실에 근거하여 보르키 마을 출신 농민 시몬 페트로프 카르틴킨(33세), 소시민 예브피미야 이바노브나 보치코바(43세), 소시민 예카테리나 미하일로바 마슬로바(27세)는 1880년 1월 17일 서로 공모하여 상인 스멜리코프의 소지금 은화 2천5백 루블과 반지를 훔친 후 스멜리코프를 살해할 목적으로 그에게 독약을 먹여 죽음에 이르게 한 데 대해 유죄임을 인정한다.
 이 범죄는 형법 제1453조 4항 및 5항에 해당된다. 그러므로 형사소송법 제201조에 의거하여 농민 시몬 카르틴킨, 소시민 예브피미야 보치코바 및 예카테리나 마슬로바를 배심원 참여 지방재판소 법정에 기소하는 바이다."
 이렇게 긴 기소장 낭독을 마치자, 서기는 서류를 접고 양손으로 기다란 머리털을 매만지며 제자리에 앉았다. 드디어 이제부터 심리가 시작되면 당장에 모든 것이 밝혀져서 정의가 승리하게 되리라는 유쾌한 의식을 품으면서 모두 마음이 가벼워졌다는 듯이 안도의 한숨을 내쉬었다. 오직 네흘류도프만은 그러한 기분을 느낄 수가 없었다. 그는 10년 전에 귀엽고 순진하기만 한 처녀로서 알고 있던 바로 그 카튜샤가 이처럼 무서운 죄를 저질렀다는 데 아연실색할 수밖에 없었다.

11

 기소장 낭독이 끝나자, 재판장은 배석한 판사들과 협의한 뒤에 이젠 자신들이 모든 걸 소상히 밝혀낼 테니 그리 알라는 듯한 표정을 짓고 카르틴킨을 향했다.
 "농민 시몬 카르틴킨."
 그는 몸을 왼쪽으로 기울이며 입을 열었다.
 시몬 카르틴킨은 여전히 볼을 실룩거리면서 두 손을 바지 솔기에 갖다 댄 채 온몸을 앞으로 구부리고 벌떡 일어났다.
 "피고는 188○년 1월 17일, 예브피미야 보치코바, 예카테리나 마슬로바와 공모하여 상인 스멜리코프의 트렁크에서 그의 돈을 훔쳤으며, 그 후 비소를 가져와 그 독약을 술에 타서 상인 스멜리코프에게 먹이도록 예카테리나 마슬로바를 교사함으로써 스멜리코프를 독살했다고 기소되었소. 피고는 자기 죄를 인정하오?"
 재판장은 이렇게 말하고 이번엔 오른쪽으로 몸을 기울였다.
 "원, 천만의 말씀입니다. 저희 일은 손님들의 시중을……."
 "그런 말은 나중에 하시오. 피고는 자기 죄를 인정하느냐 말이오?"
 "절대로 그런 일은 없습니다. 저는 그저……."
 "그런 말은 나중에 하라지 않소. 피고는 자기 죄를 인정하느냐 말이오?"
 재판장은 조용히, 그러나 단호하게 되풀이했다.
 "제가 어떻게 그런 짓을 할 수 있겠습니까! 저는 원래……."
 그러자 다시금 정리가 시몬 카르틴킨한테 달려가서 비통한 어조로 뭐라고 속삭여 그를 제지했다.
 재판장은 이것으로 한 가지 일이 끝났다는 표정으로 서류를 들고 있는 쪽 팔꿈치의 위치를 바꾸고 나서, 이번엔 예브피미야 보치코바에게 물었다.
 "예브피미야 보치코바, 피고는 1880년 1월 17일 마브리타니야 호텔에서 시몬 카르틴킨, 예카테리나 마슬로바와 더불어 상인 스멜리코프의 트렁크에서 현금과 반지를 절취하여 서로 나누어 가진 다음, 범행을 감추기 위해 상인 스멜리코프에게 독약을 먹여 그를 죽였다는 죄로 기소되었는데, 피고는 자기 죄를 인정하오?"
 "저는 아무 죄도 없어요. 저는 그 방에 들어가지도 않았으니까요……. 여기 이 망할 년이 들어갔었으니까 이년이 했겠죠."

여자 피고는 겁내는 기색도 없이 똑똑한 어조로 말했다.
"그런 말은 나중에 하시오. 그럼 피고는 자기 죄를 인정하지 않는단 말이오?"
여전히 부드러우면서도 단호한 어조로 재판장은 말했다.
"저는 돈도 훔치지 않았고 독약도 먹이지 않았습니다. 그 방엔 들어가지도 않았으니까요. 만약 제가 방에 들어갔었다면 그런 년은 당장 끄집어내고 말았을 거예요."
"그러니까 죄를 인정하지 않는단 말이지?"
"네, 그렇다니까요."
"그럼 좋소. 예카테리나 마슬로바" 하고 재판장은 세 번째 피고에게 질문을 시작했다. "피고는 상인 스멜리코프의 열쇠를 가지고 유곽에서 마브리타니아 호텔 방에 갔을 때 그 트렁크에서 현금과 반지를 절취하여" 하고 재판장은 암기한 교과서를 읽어 내려가듯이 줄줄 말했다. 그러면서도 한편으로는 증거 물품 목록에 유리병이 들어 있지 않다고 보고하는 왼쪽 배석판사의 말에 귀를 기울였다. "그 트렁크에서 현금과 반지를 절취하여" 하고 재판장은 다시 되풀이했다.
"절취한 물건을 나누어 가진 후, 다시 상인 스멜리코프와 함께 마브리타니아 호텔로 갔을 때 스멜리코프에게 독약을 탄 술을 마시게 하여 그를 죽였다는 죄로 기소되었는데, 피고는 자기 죄를 인정하오?"
"전 아무런 죄도 없어요."
그녀는 빠른 목소리로 말했다.
"몇 번 물으신대도 제가 처음에 말씀드린 그대로 대답할 수밖에 없어요. 저는 절대로 훔치지 않았어요. 아무것도 훔치지 않았다니까요. 반지는 그 사람이 저한테 직접 준 거예요……."

"그럼 피고는 2천5백 루블을 절취한 데 대해 아무런 죄도 없단 말이오?" 하고 재판장은 물었다.

"거듭 말하지만요, 저는 40루블 이외에는 거기서 한 푼도 꺼내지 않았어요."

"그렇다면 상인 스멜리코프에게 가루약을 타서 먹인 데 대해서는 자기 죄를 인정하오?"

"인정합니다. 그러나 저는 그것이 수면제이며 아무런 탈도 없다는 말을 들었기 때문에 그런 줄만 알았어요. 독살을 한다는 건 꿈에도 생각지 않았고, 도둑질도 하지 않았습니다. 하나님 앞에 맹세해요, 그런 생각은 정말 조금도 없었습니다."

"그러니까 피고는 상인 스멜리코프의 현금과 반지를 절취한 데 대해서는 자기 죄를 인정하지 않지만, 가루약을 타 먹인 데 대해서는 인정한단 말이오?"

재판장이 말했다.

"인정할 수밖에 없겠지요. 그러나 저는 그것이 수면제인 줄만 알았어요. 그 사람을 빨리 잠들게 하려고 먹였을 뿐, 그 밖의 다른 생각은 털끝만큼도 없었습니다."

"좋소. 그럼 그때의 일을 처음부터 이야기해보시오."

심문 결과에 만족한 듯이 재판장은 말했다. 그는 의자 등받이에 몸을 기대고 두 손을 탁자 위에 얹어놓으며 말했다.

"모든 것을 사실 그대로 다 말하시오. 정직하게 자백하면 죄가 가벼워질 수도 있으니까."

마슬로바는 여전히 재판장에게 똑바로 시선을 고정한 채 말이 없었다.

"그때 일을 처음부터 이야기해봐요."

"그때 일 말인가요?"

갑자기 마슬로바는 빠른 소리로 입을 열었다.

"저는 그때 호텔에 도착해서 그 방으로 안내되었는데, 거기에 바로 그분이 몹시 취해가지고 있었어요."

그녀는 특히 겁먹은 듯한 표정으로 눈을 크게 뜨며 '그분'이라는 말을 했다.

"전 곧 돌아가려 했지만 그분이 놓아주질 않았어요."

여기서 그녀는 기억의 실마리를 잃어버리기라도 한 듯이, 아니면 무슨 다른 일이 생각난 듯이 갑자기 말을 끊었다.

"그래서 그다음은?"

"그다음엔 어떡했느냐고요? 잠깐 거기 있다가 돌아왔죠, 뭐."

이때 검사보가 어색한 몸짓으로 한쪽 팔꿈치를 짚으면서 몸을 일으켰다.

"질문이 있습니까?" 하고 재판장은 물었다. 검사보가 그렇다고 대답하자, 그는 질문을 해도 좋다는 뜻으로 고개를 끄덕여 보였다.

"내가 질문하고 싶은 것은 피고가 그전부터 시몬 카르틴킨과 아는 사이였는가 하는 점입니다."

검사보는 마슬로바 쪽은 보지도 않고 말했다. 이렇게 질문을 하고 나자 그는 입술을 굳게 다물고 미간을 찌푸렸다.

재판장이 그 질문을 되풀이했다. 마슬로바는 겁먹은 눈으로 검사보를 응시했다.

"시몬하고요? 네, 아는 사이였어요." 하고 그녀는 말했다.

"그다음에 알고 싶은 것은, 피고와 카르틴킨은 어떤 관계였나 하는 점입니다. 두 사람은 자주 만났습니까?"

"어떤 관계냐고요? 손님이 있을 때 저를 불러주곤 했을 뿐, 그 밖엔 아무런 관계도 없었어요."

마슬로바는 불안한 눈으로 검사보와 재판장을 번갈아 바라보면서 대답했다.

"그럼 카르틴킨은 왜 다른 여자들은 부르지 않고 주로 마슬로바만을 손님들에게 불러다 주었는지 그 점을 알고 싶습니다."

눈을 가늘게 뜨고 악마 같은 교활한 웃음을 띠면서 검사보는 말했다.

"모르겠어요. 그걸 제가 어떻게 알아요? 자기가 부르고 싶으니까 불렀겠죠."

마슬로바는 놀란 듯이 주위를 돌아보다가 네흘류도프에게 시선을 멈추고 이렇게 대답했다.

'나를 알아본 건 아닐까?' 네흘류도프는 온몸의 피가 얼굴로 쏠리는 것을 느끼며 공포에 휩싸여 생각했다. 그러나 마슬로바는 그를 다른 사람들과 구별하지 않는 듯 곧 시선을 옮겨 다시금 겁먹은 표정으로 검사보를 응시했다.

"그렇다면 피고는 카르틴킨과 어떤 친밀한 관계는 아니었다고 부정하는 겁니까? 좋습니다. 더 질문할 것은 없습니다."

이렇게 말하고 검사보는 곧 탁자에서 팔꿈치를 떼고 무언가 적기 시작했다. 그러나 사실은 아무것도 쓰지 않았다. 그는 다만 미리 적어놓은 글자 위에다 펜을 대고 공연히 긁적거리고 있었는데, 다른 검사들이나 변호사들이 흔히 교묘한 질문을 한 뒤에 상대방을 눌러버릴 수 있는 구절을 적어 넣는 것을 보아왔기 때문이다.

재판장은 이내 피고 쪽을 돌아보지는 않았다. 마침 그때 미리 준비해서 기록해둔 질문 방식에 대해 이의가 없는지 금테 안경을 쓴 판사에게 묻고 있었기 때문이다.

"그래서 그다음은 어떻게 됐소?" 하고 재판장은 질문을 계속했다.

"집으로 돌아갔어요."

이제는 어느 정도 대담한 눈초리로 재판장만을 바라보며 마슬로바는 대답했다.

"돌아가서 주인 마담에게 돈을 주고 잠자리에 들었지요. 막 잠이 들었는데, 함께 있는 베르타라는 애가 나를 깨웠어요. '일어나요, 일어나. 당신 손님인 그 상인이 또 왔어요'라고 하면서 말이에요. 저는 나가고 싶지 않았지만 주인 마담이 나가라는데 어떡해요. 나가서 보았더니 그분은……."

그녀는 그분이라는 말을 할 때 다시금 공포의 빛을 나타냈다.

"그분은 우리 가게 아이들에게 술을 산 모양이에요. 다 마시고 또 한 병 가져오라고 했지만 수중에 돈이 없어서 외상을 달라고 했어요. 그러나 주인 마담이 외상은 안 된다고 해서 그분은 저를 자기 호텔로 심부름 보내기로 하고, 어디에 돈이 있으니 돈 얼마를 가져오라고 했어요. 그래서 제가 심부름을 갔던 거예요."

재판장은 이때 왼편에 앉은 판사와 귀엣말을 하느라고 마슬로바의 말을 듣지 못했다. 그러나 다 듣고 있었다는 것을 보여주기 위해 그녀의 마지막 말을 되받았다.

"그래서 심부름을 갔었다……. 그래 어떻게 했소?" 하고 그는 말했다.

"호텔에 가서 그분이 이르는 대로 했어요. 그분의 방으로 갔지요.

그러나 혼자 간 게 아니고 시몬 미하일로비치와 여기 이 여자를 불러서 같이 들어갔어요."

그녀는 보치코바를 가리키면서 말했다.

"거짓말이에요. 들어가긴 누가 들어갔다고……" 하고 보치코바가 끼어들었으나 곧 제지당하고 말았다.

"두 사람이 보는 데서 10루블짜리 지폐 넉 장을 꺼냈어요."

마슬로바는 보치코바 쪽은 보지도 않고 미간을 모으면서 계속했다.

"그럼 40루블을 꺼낼 때, 피고는 거기 돈이 얼마나 더 있었는지 보지 못했습니까?"

검사보가 또 질문을 했다.

검사보의 질문을 받자 마슬로바는 흠칫 몸을 떨었다. 뭐가 어떻게 돌아가는지는 잘 몰랐지만, 하여튼 이 사람이 자기에게 악의를 품고 있다는 것을 느꼈기 때문이다.

"세어보지는 않았지만 백 루블짜리 지폐가 꽤 많이 있는 걸 봤습니다."

"피고는 백 루블짜리 지폐 뭉치를 보았단 말이지요? 나는 더 물을 것이 없습니다."

"그래서? 돈을 가져왔소?"

재판장은 시계를 들여다보며 계속했다.

"가져왔어요."

"그다음은?" 하고 재판장은 물었다.

"그다음에 그분은 또 저를 호텔로 데리고 갔어요." 하고 마슬로바는 말했다.

"그럼 어떻게 가루약을 주었소?"

재판장은 물었다.
"어떻게 주었느냐고요? 술에다 가루약을 타서 주었어요."
"왜 주었소?"
그녀는 대답 대신에 땅이 꺼질 듯 무거운 한숨을 내쉬었다.
"그분은 언제까지나 저를 놓아주지 않았어요."
잠시 입을 다물고 있다가 그녀는 말했다.
"저는 그분한테 진저리가 날 지경이었어요. 그래서 복도로 나와 시몬 미하일로비치에게 '이제 그만 놓아주었으면 좋으련만. 정말 피곤해 죽겠어요'라고 말했더니, 시몬 미하일로비치가 '우리도 그 손님이라면 지긋지긋하다니까. 그래서 잠자는 약을 먹일까 하는데, 그 사람이 잠들면 당신도 물론 돌아갈 수 있지'라고 말하더군요. 그래서 나는 '그것이 좋겠군요'라고 대답했죠. 나는 그것이 해롭지 않은 가루약인 줄만 알았어요. 시몬 미하일로비치가 약봉지를 갖다주었어요. 방에 들어가니까 그분은 칸막이 뒤에 누워서 나더러 곧 코냑을 가져오라 했어요. 저는 탁자에서 고급 코냑 병을 집어서 그분과 제 몫으로 잔 두 개에 술을 따른 다음, 그분 잔에다 가루약을 타서 갖다주었어요. 그것이 그런 약인 줄 알았으면 제가 어떻게 그걸 주었겠어요?"
"그럼 반지는 어떻게 해서 피고의 손에 들어갔소?"
재판장이 물었다.
"반지는 그분이 직접 저한테 주신 거예요."
"그걸 피고한테 준 건 언제요?"
"제가 그분과 함께 호텔 방에 갔을 때, 제가 나가려 하니까 그분이 제 머리를 때려서 빗을 분질렀어요. 그래서 제가 막 화를 내며 돌아가겠다고 했더니, 그분은 제발 돌아가지 말라고 하면서 자기 손에 끼고 있던 반지를 빼서 저한테 주었어요." 하고 그녀는 말했다.

그때 검사보가 다시 엉거주춤 몸을 일으키더니 여전히 일부러 꾸민 듯 소박한 태도로 보충 질문을 하겠다고 청했다. 허락을 받자 그는 금실로 수놓은 옷깃 위로 고개를 잔뜩 기울이고 질문을 했다.

"나는 피고가 상인 스멜리코프의 방에 얼마 동안이나 있었는지 그 점을 알고 싶습니다."

다시금 마슬로바의 얼굴에 공포의 표정이 나타났다. 그녀는 불안한 듯이 검사보한테서 재판장에게로 시선을 옮기며 급히 대답했다.

"얼마 동안인지 잘 생각이 나지 않습니다."

"그럼 피고는 상인 스멜리코프의 방에서 나온 후 그 호텔의 다른 방에 들른 일이 있는지 없는지 기억합니까?"

마슬로바는 잠시 생각했다.

"옆의 빈방에 들어갔었습니다."

"거긴 뭣 하러 들어갔었습니까?"

검사보는 갑자기 흥미를 나타내며 그녀에게 직접 물었다.

"옷매무새를 고치려고 들어가서 마차를 기다렸습니다."

"카르틴킨도 피고와 함께 그 방에 있었습니까?"

"그도 그 방에 들어왔었어요."

"뭣 하러?"

"상인이 마시던 고급 코냑이 남아서 저랑 둘이서 마셨어요."

"같이 마셨단 말이지? 좋습니다. 그렇다면 피고와 카르틴킨은 무슨 얘기든 했을 텐데, 무슨 얘기를 했습니까?"

마슬로바는 갑자기 미간을 찌푸리고 얼굴이 빨개져서 빠른 어조로 대답했다.

"무슨 얘기를 했느냐고요? 아무 얘기도 하지 않았어요. 이제 그때 일은 죄다 말씀드렸어요. 더는 아무것도 몰라요. 어서 저를 원하는 대로 하세요. 그렇지만 전 아무 죄도 없어요. 다 말씀드렸어요."

"나도 더 물을 것이 없습니다" 하고 검사보는 재판장에게 말한 다음, 보기에 어색할 만큼 어깨를 추어올리고 시몬과 빈방에 같이 있었다는 피고의 진술을 급히 자신의 논고문에 적어 넣었다. 잠시 침묵이 흘렀다.

"더 할 말은 없소?"

"죄다 말씀드렸습니다."

그녀는 한숨을 쉬면서 대답하고 자리에 앉았다.

그녀의 대답을 듣고 재판장은 서류에다 무엇인가 쓴 뒤에 왼편 배석판사가 귀엣말로 소곤거리는 말을 귀담아듣고 나서, 10분간 휴정을 선언하고는 급히 일어나서 퇴정했다. 이때 재판장과 키 크고 서글서글한 눈에 구레나룻이 탐스러운 왼편 배석판사 사이에 이루어진 협의는 다름 아니라, 왼편 배석판사가 위가 좀 거북해서 마사지를 하고 물약을 마시고 싶다는 뜻을 귀엣말로 전했고 재판장은 이 부탁을 받아들여 휴정을 선언한 것뿐이었다.

재판관들의 뒤를 따라 배심원, 변호사, 증인들도 자리에서 일어나 중요한 일의 일부를 해결했다는 어떤 쾌감을 의식하면서 뿔뿔이 움직이기 시작했다.

네흘류도프는 배심원실에 들어가서 창가에 앉았다.

12

그렇다, 그녀는 카튜샤였다.

네흘류도프와 카튜샤의 관계는 다음과 같았다.

네흘류도프는 대학 3학년 때 토지 사유에 관한 논문을 준비하기 위해 고모들 집에서 한 해 여름을 보내러 갔을 때 처음으로 카튜샤를 보았다. 그전까지는 언제나 어머니와 누나와 함께 모스크바 교외에 있는 어머니 소유의 광대한 영지에서 여름을 보내곤 했다. 그러나 그해는 누나가 결혼을 했고, 어머니도 외국 온천으로 여행을 떠나버렸다. 네흘류도프는 논문을 써야 했기 때문에 고모들 집에서 여름을 보내기로 했다. 고모들이 살고 있는 외딴 시골은 무척 조용한 곳이라 오락이라 할 만한 것은 아무것도 없었다. 고모들은 자신들의 상속자이기도 한 조카에게 애정을 쏟았으며, 그 또한 고모들을 사랑하고 그녀들의 소박한 옛날식 생활을 좋아했다.

고모들 집에서 보낸 그해 여름에 네흘류도프는 환희에 가득 찬 감격을 경험했다. 그것은 청년이 처음으로 남의 가르침 없이 스스로 인생의 모든 아름다움과 소중함을 인식하고, 인생에서 인간에게 맡겨진 일의 크나큰 의의를 깨닫고, 자신과 온 세계의 무한한 완성의 가능성을 발견하고, 자기가 공상하고 있는 완성의 경지에 도달할 수 있다는 단순한 희망뿐만 아니라 완전한 자신감까지 품으면서 그 완성에 전심전력을 기울여 몰두할 때 경험할 수 있는 바로 그 감격이었다. 그해 여름방학 전에 그는 스펜서의 《사회 평형론》을 읽었다. 그 자신이 대지주의 아들이었으므로 토지 사유에 관한 스펜서의 학설은 특히 그에게 깊은 감명을 주었다. 그의 아버지는 그다지 부유하지 않았으나, 어머니는 결혼할 때 친정에서 약 1만 헥타르의 토지를 받아 가져왔던 것이다. 그는 그때 비로소 토지 사유 제도의 가혹함과 부당함을 깨닫게 되었다. 그는 원래 도덕적 요구라는 이름 아래 행해지는 희생을 최고의 정신적 기쁨으로 생각하는 그런 종류의 인간이었으므로, 토지에 대한 사유권을 행사하지 않기로 결심하고 아버지에게 유산으로 받은 토지를 즉시 농민들에게 분배해 주었다. 그리고 그는 바로 이것을 주제로 논문을 쓰고 있었다.

그해 여름 고모네 시골에서 보낸 그의 생활은 다음과 같았다. 아침은 무척 일찍이, 때로는 3시경에 일어나서 아직도 새벽안개가 자옥한 산기슭 강으로 미역을 감으러 갔다가, 풀잎과 꽃잎에 맺힌 이슬이 채 사라지기 전에 집으로 돌아오곤 했다. 아침에는 커피를 마시고 나서 책상에 앉아 논문을 쓰거나 참고 자료를 읽기도 했으나, 대개는 읽고 쓰기를 그만두고 집을 빠져나와 들이나 숲을 거닐었다. 점심 전에 정원 한구석에서 한잠 자고, 식사 때는 그 쾌활한 말솜씨로 고모들을 놀리거나 웃기기도 했으며, 그 뒤에는 승마를 하거나 보트를 타곤 했다. 저녁에는 또 책을 읽든가 고모들과 어울려 트럼프 놀이를 쳤다. 밤중에도, 특히 달 밝은 밤에는 아주 커다란 삶의 기쁨을 느끼며 가슴이 울렁거림을 억누를 수가 없어서 좀처럼 잠을 이루지 못할 때가 많았다. 그래서 그는 잠을 자는 대신 공상이나 사색에 잠기면서 날이 새기까지 정원을 거닐기도 했다.

고모네 집에서 보낸 처음 한 달을 이처럼 행복하고 평온하게 지내는 동안 그는 이 집 하녀인지 양녀인지 알 수 없는, 눈이 새까맣고 동작이 민첩한 소녀 카튜샤에게 아무 주의도 기울이지 않았다.

그 당시 네홀류도프는 어머니 품안에서 고이 자란 탓으로 열아홉 살이 되었어도 완전히 순결한 청년이었다. 그의 공상 속에는 다만 아내로서의 여성이 있을 뿐이었다. 그의 아내가 될 수 없는 여성은 그에게 여성이 아니라 그저 한 인간에 지나지 않았다. 그런데 그해 여름 그리스도 승천제(昇天祭) 날에 이웃 영지의 여지주가 아이들을 데리고 고모네 집에 찾아왔다. 일행은 여지주를 비롯하여 나이 찬 두 딸과 중학생 아들, 그리고 그들 집에 손님으로 와 있는 농민 출신 젊은 화가였다.

차를 마신 뒤에 이미 풀베기가 끝난 집 앞 풀밭에서 술래잡기 놀이를 하기로 했다. 카튜샤도 불러냈다. 몇 번인가 짝이 바뀌고 난 다음, 네흘류도프는 카튜샤와 함께 도망치게 되었다. 네흘류도프는 카튜샤를 보면 기분이 좋았지만, 그렇다고 자신과 그녀 사이에 무슨 특별한 관계가 생길 수 있으리라고는 생각해본 일조차 없었다.

"저 두 사람이 한패가 됐으니 도저히 잡을 수가 없겠는걸" 하고 술래가 된 쾌활한 화가가 말했다. 그는 다리가 짧고 구부정했으나 원래 농민 출신인지라 빠르고 힘차게 달렸다.

"발이라도 걸려 넘어져주면 좋으련만."

"당신한텐 아마 붙잡히지 않을걸요."

"하나, 둘, 셋!"

사람들이 세 번 손뼉을 쳤다. 간신히 웃음을 참으면서 카튜샤는 재빨리 네흘류도프와 자리를 바꾸었다. 그러고는 살갗이 까칠까칠해진 조그만 손으로 그의 큼직한 손을 꼭 붙잡고 왼쪽으로 쏜살같이 달리기 시작했다. 풀 먹인 치마가 버석버석 소리를 냈다.

네흘류도프는 빨리 달렸다. 그는 화가에게 지고 싶지 않았으므로 기를 쓰고 달렸다. 뒤를 돌아다보니 화가가 카튜샤를 쫓고 있는 것이 보였으나, 그녀는 탄력 있는 젊은 발을 민첩하게 움직이면서 술래의 손에 잡히지 않고 왼쪽으로 멀리 떨어져 갔다. 앞쪽에는 라일락이 우거진 화단이 있었으나 아직 그 뒤로 도망친 사람은 아무도 없었다. 카튜샤는 네흘류도프를 돌아보고 화단 뒤에서 만나자는 뜻으로 고개를 흔들어 보였다. 그도 그 뜻을 알아차리고 수풀 뒤로 달려 들어갔다. 그러나 라일락 수풀 뒤에는 뜻밖에도 쐐기풀로 덮인 도랑이 있었다. 그는 도랑에 발끝이 걸려 넘어지는 바람에 쐐기풀에 손이 찔리고, 벌써 내리기 시작한 저녁 이슬에 흠뻑 젖었다. 그러나 그는 곧 그런 꼴이 된 자기 자신이 우습다고 생각하며 툭툭 털고 일어나 잡초가 없는 장소로 달려 나왔다.

카튜샤가 온 얼굴에 웃음을 띠고 젖은 포도 알 같은 눈을 반짝이며 그에게 달려왔다. 두 사람은 서로 달려들어 손과 손을 맞잡았다.

"손이 찔리셨군요. 아마 나도 찔렸을 거예요."

다른 한 손으로 흐트러진 머리를 매만지면서 카튜샤는 숨을 가쁘게 몰아쉬고 웃음 띤 눈으로 똑바로 그를 쳐다보고 말했다.

"그런 데 도랑이 있을 줄은 정말 몰랐어."

그녀의 손을 꼭 쥔 채 그는 웃는 얼굴로 말했다.

그녀는 한 걸음 다가섰다. 그러자 그는 저도 모르게 그녀에게로 얼굴을 내밀었다. 피하려는 것 같지는 않았다. 그는 카튜샤의 손을 더욱 힘 있게 잡으며 그 입술에 키스를 했다.

"어머나!"

그녀는 이렇게 말하며 재빨리 자기 손을 빼내더니 얼른 달아나버렸다.

라일락 수풀까지 달려간 그녀는 이미 지기 시작한 하얀 라일락 가지를 두 개 꺾어서 뜨겁게 달아오른 얼굴을 토닥토닥 두드렸다.

그러고는 그를 돌아다보며 두 손을 크게 흔들고 여러 사람들이 있는 쪽으로 되돌아갔다.

이때부터 네흘류도프와 카튜샤의 관계는 아주 달라져서, 서로 마음이 끌리는 순진한 청년과 역시 순진한 처녀 사이에서 흔히 볼 수 있는 그런 특별한 사이가 되었다.

카튜샤가 방에 들어오거나 그녀의 하얀 앞치마 자락이 멀리 보이기만 해도 네흘류도프는 마치 모든 것이 햇빛을 받아 환하게 빛나는 듯 보였고, 모든 것이 더한층 흥미롭고도 즐겁고 가치 있게 여겨져 생활 자체가 사뭇 즐겁기만 했다. 그녀도 역시 같은 기분을 경험하고 있었다. 그러나 비단 카튜샤가 눈앞에 있거나 가까이 있을 때만 네흘류도프에게 그러한 기분이 일어나는 것은 아니었다. 그저 카튜샤라는 처녀가, 또 그녀에게는 네흘류도프라는 청년이 이 세상에 존재한다는 한 가지 의식만으로도 두 사람은 능히 그러한 기분이 되었다. 네흘류도프는 어머니한테 불쾌한 편지를 받거나, 논문이 뜻대로 진척되지 않거나, 또는 청년기 특유의 이유 없는 고독감을 느끼거나 할 때도 '카튜샤가 있다, 그녀의 모습을 볼 수 있다'는 생각을 떠올리는 것만으로도 모든 것이 연기처럼 사라져버렸다.

카튜샤는 집안에서 해야 할 일이 많았지만 모든 일을 솜씨 있게 재빨리 해치우고는 틈나는 대로 책을 읽었다. 네흘류도프는 자기가 먼저 읽고 나서 곧 그녀에게 도스토옙스키나 투르게네프의 소설을 빌려주곤 했다. 무엇보다 그녀의 마음에 든 것은 투르게네프의 《정적(靜寂)》이었다. 두 사람의 대화는 복도나 발코니나 뜰에서 우연히 마주쳤을 때, 또는 카튜샤와 함께 지내고 있는 고모네 늙은 하녀 마트료나 파블로브나의 방으로 네흘류도프가 가끔 차를 마시러 갔을 때 잠깐씩 주고받는 것이 고작이었다. 마트료나 파블로브나가 함께 있을 때의 대화는 더없이 유쾌했으나, 둘만 있을 때는 어쩐지 어색하기만 했다. 입으로 하고 있는 말과는 동떨어진 훨씬 심각한 그 무엇을 그들의 눈이 앞질러 말하기 시작하고, 입술이 말을 안 들어 몹시 서먹서먹해져서 두 사람은 허둥지둥 헤어지기 일쑤였다.

네흘류도프와 카튜샤의 이러한 관계는 그가 첫 번째로 고모네 집에 가서 머무는 동안 쭉 계속되었다. 고모들은 이러한 관계를 눈치채고는 질겁할 듯 놀라서 외국에 가 있는 네흘류도프의 어머니인 옐레나 이바노브나 공작 부인에게 편지로 이 사실을 알리기까지 했다. 큰고모인 마리야 이바노브나는 드미트리가 카튜샤와 육체관계를 맺지나 않을까 걱정했다. 그러나 그것은 기우에 지나지 않았다. 스스로 의식하지 못했지만 네흘류도프는 가장 순결한 사람들이 사랑을 하듯 카튜샤를 사랑했으며, 그러한 사랑이야말로 그에게나 그녀에게나 타락을 막아주는 중요한 방패 구실을 했던 것이다. 그는 그녀를 육체적으로 소유하려는 욕망 같은 것이 전혀 없었을 뿐만 아니라, 그런 관계를 그녀와 맺을 수 있으리라 생각만 해도 공포감을 느꼈다. 한편 로맨틱한 작은고모 소피야 이바노브나는 드미트리가 그 순수하고 과감한 성격 때문에 일단 젊은 여자를 사랑하기만 하면 그녀의 가문이나 처지 따위는 전혀 염두에 두지도 않고 결혼할 생각을 하지나 않을까 염려했는데, 이런 염려가 훨씬 더 현실적이었다.

만약 그 당시에 네흘류도프가 카튜샤에 대한 사랑을 분명히 의식하고 있었더라면, 그리고 특히 옆에서 누가 그런 여자와 평생의 운명을 같이한다는 것은 절대로 안 될 일이라고 그를 타이르려 들었더라면, 모든 면에 고지식하고 직선적인 성격인 그인지라 상대방이 어떤 처녀건 자기가 사랑하는 이상 결혼 못 할 이유는 없다고 단정해버렸을지도 모를 일이다. 그러나 고모들이 자신들의 염려를 한마디도 입 밖에 내지 않았으므로, 그는 카튜샤에 대한 사랑을 의식하지 못한 채 그대로 떠나버렸다.

그는 카튜샤에 대한 자신의 감정이 그 당시 그의 전 존재를 가득 채운 삶에 대한 기쁨의 한 표현일 뿐이며 그 감정을 사랑스럽고 쾌활한 소녀와 함께 나누어 느낀 데 지나지 않는다고 확신했다. 그러나 마침내 출발할 날이 되어 카튜샤가 고모들과 함께 현관 앞 층계에 서서 약간 사팔눈인 새까만 눈에 눈물을 글썽이며 전송해주었을 때, 그는 다시는 얻지 못할 아름답고 값진 그 무엇인가를 버리고 가는 것만 같은 느낌이 들었다. 그래서 그는 몹시 서글퍼졌다.

"잘 있어, 카튜샤, 여러 가지로 고마웠어."

마차에 올라타면서 그는 소피야 이바노브나의 모자 너머로 말했다.

"안녕히 가세요, 드미트리 이바노비치."

언제나처럼 듣기 좋은 상냥한 목소리로 그녀는 이렇게 말하고, 솟구쳐 오르는 눈물을 참으면서 마음 놓고 울 수 있는 현관 안으로 뛰어 들어갔다.

13

그 뒤로 3년 동안 네흘류도프는 카튜샤를 만나지 못했다. 그리고 장교로 임관되고 나서 부대로 부임하는 길에 고모들한테 들렀을 때 다시 만나게 되었으나, 이때 그는 3년 전에 한 해 여름을 여기서 보내던 시절과는 전혀 다른 사람이 되어 있었다.

그 당시만 해도 그는 선한 일이라면 무엇에건 기꺼이 자기 몸을 바칠 수 있는 성실하고도 헌신적인 청년이었다. 그러나 지금은 오직 향락만 탐내고 사교적으로 세련된 방탕한 이기주의자가 되어 있었다. 그 당시만 해도 신이 창조한 이 세상이 신비롭게만 여겨져 기쁨과 감격으로써 그 신비를 풀어보려고 노력했었으나, 지금의 그에게 인생의 모든 것은 단순 명료했으며 자기가 처한 생활환경에 따라 규정되었다. 그 당시의 그에게는 자연과의 교감이나 자기보다 이전에 생활하고 사색하고 느낀 사람들(철학가나 시인)과의 교류가 필요하고 중요했으나, 지금의 그에게 필요하고 중요한 것은 인간사회의 제도이고 동료들과의 교제였다. 그 당시만 해도 여성이란 신비로워 보였으며 또한 그 신비성 때문에 매혹적인 존재였으나, 지금의 그에게는 가족이나 친구의 아내들을 제외한 모든 여자의 존재 의의가 지극히 명백했다. 즉 여자란 이미 맛들인 쾌락의 도구로서 가장 뛰어난 것 가운데 하나에 지나지 않았다. 그 당시는 돈 같은 것은 소용이 없었기 때문에 어머니가 주는 돈의 3분의 1이면 쓰고도 남을 지경이었고 아버지한테 상속받은 영지를 농민들에게 나누어줄 수도 있었으나, 지금은 어머니에게 매달 받는 1천5백 루블도 부족하여 돈 때문에 벌써 몇 번이나 어머니와 불쾌한 말을 주고받기까지 했다. 그 당시의 그는 자신의 정신적 존재를 참된 '자아'라고 생각했으나, 지금은 건강하고 씩씩한 동물적 '자아'를 자기 실체라고 생각하고 있었다.

그에게 이런 무서운 변화가 일어난 것은 요컨대 그가 자기 자신을 믿지 않고 남을 믿기 시작한 데 그 원인이 있었다. 자신을 믿지 않고 남을 믿게 된 것은 자신을 믿고 생활하기가 너무나 어려웠기 때문이다. 자신을 믿고 생활하려면 안이한 쾌락을 좇는 동물적 자아를 만족시키는 방향에서가 아니라, 그와 정반대되는 방향에서 모든 문제를 해결하지 않으면 안 되었다. 반면에 남을 믿기만 하면 새삼스레 해결해야 할 일은 아무것도 없고, 모든 일이 이미 해결되어 있었다. 더욱이 그것은 정신적 자아와는 상반되고 동물적 자아에 맞도록 해결되어 있었다. 그뿐만 아니라 자신을 믿고 생활하면 항상 남의 비판을 받아야 하지만, 남을 믿고 있으면 주위 사람들에게 칭찬을 받을 수 있었다.

예를 들어 네흘류도프가 신(神)에 대하여, 진리에 대하여, 부(富)에 대하여, 빈곤에 대하여 생각하거나 읽거나 말하거나 하면 주위 사람들은 모두 그것을 몹시 어색한, 약간 우스꽝스러운 일로 보았으며, 어머니와 고모는 그를 악의 없이 비꼬아서 notre cher philosophe (우리의 친애하는 철학자)라고 부르기까지 했다. 반면에 그가 소설을 읽거나 외설스런 이야기를 하거나 프랑스 극단의 저속한 희극을 보고 와서 흥겹게 그 이야기를 들려주거나 하면, 모두 손뼉을 치면서 그를 칭찬했다. 욕망을 절제할 필요가 있다는 생각에서 낡은 외투를 입거나 술을 마시지 않거나 하면 모두 이상하게 여기면서 그 어떤 허영심에서 일부러 그런 짓을 한다고 생각했지만, 사냥을 하거나 화려한 서재를 새로 만드는 데 막대한 돈을 쓰거나 하면 모든 사람이 그의 고상한 취미를 칭찬하면서 값비싼 선물을 보내왔다. 그가 결혼하기 전까지는 동정을 지키려 했을 때 집안사람들은 그의 건강에 지장이 있지 않을까 염려했다. 심지어는 어머니까지도 그가 제대로 남자가 되어 친구한테서 어떤 프랑스 여자를 빼앗았다는 소문을 들었을 때 슬퍼하기는커녕 오히려 기뻐했을 정도였다. 그러면서도 카튜샤와의 에피소드, 곧 그가 이 처녀와 결혼할 마음까지 가졌을지도 모른다는 것을 생각하면 어머니 공작 부인은 공포감에 휩싸이지 않을 수 없었다.

마찬가지로 네흘류도프가 성년이 되어 토지 사유는 부당한 일이라 여기고 아버지에게 상속받은 약간의 토지를 농민들에게 분배했을 때, 이 행동은 어머니를 비롯하여 친척들을 깜짝 놀라게 했으며 두고두고 그들의 비난과 조소의 대상이 되었다. 토지를 분배받은 농민들이 마을에다 선술집을 셋이나 차려놓고 일은 전혀 하지 않게 되어 재산이 늘어나기는커녕 오히려 가난해졌다는 이야기를 그는 수시로 들어야 했다. 그러나 네흘류도프가 근위대에 들어가서 명문가의 동료들과 어울려 막대한 돈을 유흥에 쓰거나, 도박에 져서 엘레나 이바노브나가 은행에서 기본 재산의 일부를 찾아야만 했을 때도 그녀는 별로 슬퍼하는 기색이 없었다. 어머니 생각으로 그런 일은 당연할 뿐만 아니라 우두를 맞는 이치와 같아서, 그것도 상류사회에서 경험을 한다면 오히려 좋은 일이라고 여겼다.

처음에는 네흘류도프도 싸워보았으나, 그 싸움은 너무나도 어려웠다. 왜냐하면 그 자신이 선한 일이라고 믿는 모든 일을 다른 사람들은 악으로 생각했고, 반대로 그가 스스로 악이라고 믿는 일을 그를 둘러싼 모든 사람은 선으로 생각했기 때문이다. 결국 네흘류도프는 두 손을 들었으며, 자기 자신 믿기를 단념하고 남을 믿게 되었다. 처음에는 이러한 자기부정이 불쾌했으나, 그 불쾌감도 오래 지속되지는 않았다. 네흘류도프는 마침 그때 술과 담배를 배우기 시작해 그런 불쾌감을 맛보지 않게 되었으며, 오히려 마음이 홀가분해지기까지 했다.

네흘류도프는 원래 천성이 열정적인지라 주위 모든 사람이 장려하는 이 새로운 생활에 몰두하게 되었으며, 다른 무엇을 요구하는 마음속의 소리를 완전히 묵살해버리고 말았다. 이러한 변화는 그가 페테르부르크로 이사한 뒤부터 시작되어 군에 복무하게 됨으로써 완성되었다.

대체로 군대 근무라는 것은 인간을 타락시킨다. 왜냐하면 군에 복무하는 사람들을 완전한 무위와 나태의 상태, 즉 유익한 지적 행동이 결여된 상태로 끌어넣어 일반적인 인간의 의무에서 해방시키는 대신에 연대니 군복이니 군기(軍旗)니 하는 명예만을 내세우기 때문이다. 또한 누군가에게는 무한한 권력을 부여하고 다른 누군가에게는 노예적 복종을 요구하기 때문이다.

군복과 군기 숭배, 폭력과 살인의 용인 따위가 따르기 마련인 군부는 일반적으로 사람을 타락시키는 법이지만, 특히 부유한 명문가 자제들만 근무하고 있는 선발된 근위대에서 볼 수 있듯이 그 타락에 황족(皇族)과의 친분이라든가 하는 데서 오는 타락이 겹칠 때 그런 환경에 빠져든 인간의 타락은 마침내 에고이즘의 완전한 광적 상태에까지 이르게 된다. 네흘류도프도 군대에 들어가서 동료들과 똑같은 생활을 하게 된 뒤부터 바로 이러한 에고이즘의 광적 상태에 빠져 있었다.

하는 일이라곤 아무것도 없었다. 자기 손이 아닌 남의 손으로 멋지게 재봉되고 손질된 군복을 입고 군모를 쓰고, 역시 남의 손으로 만들어지고 손질되어 제공된 무기를 들고, 역시 남의 손으로 사육되고 길들여진 훌륭한 말을 타고, 동료들과 함께 훈련이나 사열에 나가서 말을 달리고, 군도를 휘두르고, 총을 쏘고, 다른 사람에게 그런 일을 가르치는 것밖에는 할 일이 없었다. 그런데도 가장 고귀한 사람들, 곧 젊은이나 늙은이, 황제와 그 측근들까지도 이 일을 인정해줄 뿐만 아니라 찬양하고 또 고마워했다. 그러한 일이 끝난 다음에는 장교 클럽이나 최고급 레스토랑에 모여서 먹고 마시고 하기 위해, 특히 술을 마시기 위해 어디서 나왔는지 모를 돈을 물 쓰듯이 쓰는 것이 중요하고 훌륭한 일이라고 생각했다. 그다음에는 연극, 무도회, 여자, 그리고 또 말을 타고 칼을 휘두르며 훈련을 한다. 그러고는 또 돈을 뿌리고 술, 도박, 여자. 이런 생활이 되풀이되었다. 이런 생활이 군인들에게 특히 퇴폐적인 작용을 하는 것은 다름이 아니고, 만약 군인이 아닌 사람이 이런 생활을 한다면 속으로 그 생활을 부끄럽게 여기지 않을 수 없을 테지만 군인은 당연하다고 생각하며 이런 생활을 자랑으로 여기고 자만하기 때문이다. 특히 전시에는 더욱 그러하다. 네흘류도프도 마침 터키에 선전포고를 한 직후에 군에 들어갔으므로 역시 마찬가지였다. '우리는 싸움터에서 목숨을 바칠 각오로 있으니까 이러한 낙천적인 유쾌한 생활이 허용되어야 할 뿐만 아니라 필요 불가결하다. 그래서 우리는 이런 생활을 하고 있는 것이다.'

  네흘류도프는 자기 생애의 그 시기에 막연하게나마 이렇게 생각하고 있었다. 그는 전에 스스로에게 부과했던 모든 도덕적 구속에서 해방된 기쁨을 줄곧 느끼면서 여전히 만성적인 에고이즘의 광적 상태에 빠져 있었다.

  3년 만에 고모네 집에 들렀을 때 그는 바로 이런 상태였다.

14

 네흘류도프가 고모들 집에 들른 것은 그 영지가 이미 전방으로 이동된 자기 연대로 부임하는 길목에 있었고 고모의 간곡한 청이 있었기 때문이기도 했으나, 그보다 중요한 이유는 다시 한번 카튜샤를 만나보고 싶었기 때문이다. 어쩌면 이미 고삐에서 풀려나온 동물적 자아의 속삭임을 듣고 카튜샤에 대한 음흉한 의도가 마음속 깊은 곳에서 고개를 쳐들고 있었는지도 모르지만, 그 자신이 의식하지는 않았다. 그저 전에 쾌적한 나날을 보낸 곳에 들러서 언제나 눈에 띄지 않게 애정과 칭찬의 분위기로 그를 감싸주는, 좀 우스꽝스러운 데가 있기는 하지만 선량한 고모들을 만나고, 그토록 즐거운 추억을 남겨준 사랑스러운 카튜샤를 한번 보고 싶었을 뿐이다.
 그는 3월 말 그리스도 수난의 금요일에 퍼붓는 비를 맞으며 눈이 녹아 질퍽거리는 길을 따라 고모네 집에 도착했다. 온몸이 함빡 젖어 후들후들 떨릴 지경이었으나, 그 당시는 언제나 그러했듯이 기분만은 원기 왕성했다. '그 처녀는 아직 있을까!' 지붕에서 떨어진 눈이 가득히 쌓이고 벽돌담으로 둘러싸인 낯익은 고모네 구식 저택의 뜰 안으로 마차를 몰고 들어가면서 그는 속으로 이렇게 생각했다. 그는 카튜샤가 말방울 소리를 듣고 현관 층계로 나와주기를 기대했으나, 하녀 방 입구 층계로 나온 것은 마루를 닦고 있었는지 양동이를 들고 옷자락을 걷어 올린 맨발의 두 하녀였다. 현관 앞 층계에도 그녀의 모습은 보이지 않았다. 마중 나온 것은 역시 청소를 하고 있었는지 앞치마를 걸친 티혼이라는 하인뿐이었다. 현관방으로 들어가자 비단옷을 입고 실내모를 쓴 작은고모 소피야 이바노브나가 나왔다.

"어서 오렴! 마셴카*는 몸이 좀 불편하단다. 교회 갔다 와서 피곤한 모양이야. 우린 벌써 성찬(聖餐)을 받았단다."

소피야 이바노브나는 그에게 키스를 하면서 말했다.

"축하합니다, 소냐** 고모님."

네흘류도프는 소피야 이바노브나의 손에 키스를 하면서 말했다.

"죄송합니다, 고모님 옷을 적셔버렸군요."

"어서 네 방으로 가거라. 옷이 함빡 젖었구나. 아니 벌써 수염을 다 길렀구나……. 카튜샤! 카튜샤! 커피를 빨리 내오너라."

"네, 곧 가져가요."

귀에 익은 쾌활한 목소리가 어디선가 들렸다.

네흘류도프는 기쁨으로 가슴이 두근거렸다. '있었구나!' 그것은 마치 태양이 검은 구름 사이로 얼굴을 내민 것 같은 느낌이었다. 네흘류도프는 티혼의 안내를 받아 전부터 자기가 쓰던 방으로 옷을 갈아입으러 갔다.

네흘류도프는 티혼에게 카튜샤에 대해 물어보고 싶었다. 그녀는 무엇을 하고 있는지, 어떻게 지내고 있는지, 아직 혼담은 없는지 여러 가지로 물어보고 싶었던 것이다. 그러나 티혼의 태도가 지나치게 공손하고 딱딱한 데다 자기 손으로 직접 젊은 나리의 손에 세숫물을 부어주겠다고 우기는 바람에, 네흘류도프는 카튜샤에 대해 물어보기가 어색해서 티혼의 손자들과 '형님'이라고 불리는 수말과 집 지키는 개 폴칸에 대해서만 물어보고 그만두었다. 모두 별고

---

*   마리야의 애칭이다.
** 소피야의 애칭이다.

없이 잘 지내고 있으나 폴칸만은 지난해 광견병에 걸려 죽었다고 했다.

네흘류도프가 젖은 옷을 죄다 벗어버리고 새 옷으로 갈아입기 시작했을 때, 바쁜 걸음 소리가 들리더니 누군가 문을 두드렸다. 네흘류도프는 그 발소리와 노크 소리가 누구의 것인지 알 수 있었다. 그렇게 걷고 노크하는 사람은 그녀뿐이었다.

그는 젖은 외투를 걸치고 문으로 다가갔다.

"들어와요!"

역시 그녀, 카튜샤였다. 그때의 모습 그대로였으나 전보다 더 예뻐 보였다. 약간 사팔눈 기미가 있는, 웃음을 머금은 티 없이 까만 눈을 치뜨며 쳐다보는 모양도 전과 다름이 없었다. 전과 마찬가지로 새하얀 앞치마를 두르고 있었다. 그녀는 고모의 심부름으로 갓 포장을 뜯은 향수 비누와 수건 두 장을 가지고 왔다. 하나는 커다란 러시아식 수건이고, 또 하나는 폭신폭신한 목욕용 수건이었다. 아직 손을 대지 않아 새겨진 글자가 뚜렷한 새 비누도, 수건도, 그녀 자신도, 전부 다 신선하고 손때가 묻지 않아 기분이 좋았다. 꼭 다문 그녀의 붉은 입술은 그를 보자 그전처럼 기쁨을 누르지 못하고 귀엽게 오므라들었다.

"참 반갑습니다, 드미트리 이바노비치!"

간신히 이 한마디를 입 밖에 내고 그녀는 얼굴을 빨갛게 물들였다.

"아, 오랜만이군……. 오랜만이오."

그는 그녀에게 어떤 말씨를 써야 할지 몰라서 그녀와 마찬가지로 얼굴이 빨개졌다.

"잘 있었소?"

"덕분에……. 이건 고모님이 갖다드리라 해서……. 당신이 좋아하시는 장밋빛 비누예요."

그녀는 비누를 탁자에 놓고 수건은 안락의자 팔걸이에 걸어놓으면서 말했다.

"나리는 자기 것을 가지고 계신단 말이야" 하고 티혼은 손님의 자주성을 주장하면서 은 뚜껑이 열려 있는 커다란 세면도구 상자를 자랑스러운 듯이 가리켰다. 그 속에는 크고 작은 여러 개의 병, 솔, 머릿기름, 향수, 그 밖의 온갖 화장 도구가 가득 들어 있었다.

"고모님께 고맙다고 말씀드려요. 오길 참 잘했어."

전에도 그랬듯 가슴속이 밝아지며 뭉클해오는 것을 느끼면서 네흘류도프는 이렇게 말했다.

그녀는 대답 대신 방긋 웃어 보이고 방에서 나갔다.

언제나 네흘류도프를 사랑하던 두 고모는 예전보다 훨씬 더 그를 환영해주었다. 드미트리는 싸움터에 나가는 길이므로 어쩌면 부상을 당하거나 전사를 할지도 모르는 일이었다. 그래서 고모들의 마음이 특히 애틋했던 것이다.

이번 여행 일정에 따르면 네흘류도프는 고모네 집에서 하룻밤만 묵을 예정이었으나, 카튜샤를 보고 나자 생각이 달라져서 이틀 후에 있을 부활제를 고모들과 함께 맞기로 했다. 그래서 그는 오데사에서 만나기로 약속한 친한 동료 셴보크에게 자기 고모네 집에 들러 가라고 전보를 쳤다.

카튜샤를 본 그날부터 네흘류도프는 그녀에게 이전과 같은 감정을 느꼈다. 그는 전처럼 카튜샤의 하얀 앞치마를 보기만 해도 가슴이 두근거렸으며, 그녀의 목소리와 그녀의 웃음소리를 듣기만 해도 기쁨을 느꼈다. 그리고 젖은 딸기 같은 까만 그녀의 눈을, 특히 그녀가 방긋 웃을 때 보면 언제나 감동을 느꼈다. 그러나 무엇보다도 그녀가 자신을 만날 때마다 얼굴을 붉히는 것을 보면 당황하지 않을 수 없었다. 그는 자신이 사랑에 빠졌음을 느꼈으나 그것은 이미 이전과는 다른 사랑이었다. 전에 그에게 사랑이란 신비로운 것이었으며 일생에 한 번밖엔 할 수 없다고 믿고 있었기 때문에 사랑에 빠졌음을 스스로 인정할 용기가 없었다. 그러나 지금은 자기 스스로가 인정하고 기쁨을 느끼면서 사랑하고 있었다. 그리고 비록 자기 자신에게 숨기기는 했지만, 이 사랑이 어떤 것이고 그 결과가 어떻게 되리라는 것은 막연하게나마 알고 있었다.

네흘류도프의 마음속에는 다른 모든 사람과 마찬가지로 두 가지 자아가 있었다. 하나는 남에게 행복이 되고 자기에게도 행복이 될 수 있는 그러한 행복만을 찾는 정신적 자아였고, 다른 하나는 오직 자기 자신만의 행복을 추구하며 그 행복을 위해서라면 전 세계의 행복까지도 능히 희생시킬 수 있는 동물적 자아였다. 페테르부르크 생활과 군대 생활로 야기된 에고이즘의 발광 상태에 있던 이 시기에는 동물적 자아가 그의 내면에 군림하여 정신적 자아를 완전히 압도하고 있었다. 그런데 카튜샤를 보고 그전에 그녀에게 품었던 감정을 다시 느끼게 되자 정신적 자아가 다시 고개를 쳐들고 자신의 권리를 주장하기 시작했다. 그래서 네흘류도프의 내면에서는 부활제까지의 이틀 동안 그 자신이 의식하지 못하는 갈등이 줄곧 벌어지고 있었다.

마음속 깊은 곳에서는 이젠 떠나야 하고 더는 고모네 집에 머물 이유가 없음을 그는 알고 있었으며, 이러고 있다가는 결과가 좋을

리 없으리라는 것도 잘 알고 있었다. 그러나 너무나 즐겁고 유쾌했으므로 그는 자기 자신에게 그것을 분명히 말하지도 못하고 그대로 주저앉아 있었다.

그리스도 부활제 전날인 토요일 저녁에 사제가 부제와 하인 하나를 데리고 새벽 기도를 드리기 위해 교회에서 3킬로미터나 되는 길을, 그들의 말을 빌리자면 썰매를 타고 물웅덩이 속을 헤엄치다시피 해서 간신히 도착했다.

네흘류도프는 두 고모와 하인들과 함께 기도식에 참석했으나, 문가에 서서 향로를 나르고 있는 카튜샤만을 줄곧 지켜보고 있었다. 이윽고 식이 끝나 그는 사제와 고모에게 부활제 축하 키스를 한 다음 침실로 물러가려 했으나, 그때 복도에서 늙은 하녀 마트료나 파블로브나와 카튜샤가 부활제용 빵과 케이크를 신성하게 하기 위해서 교회로 가져갈 준비를 하고 있다는 말을 들었다. '나도 가자'고 그는 생각했다.

교회로 가는 길은 마차도 썰매도 갈 수 없었으므로 고모네 집에서 자기 집처럼 행동하고 있던 네흘류도프는 '형님'이라는 수말에 안장을 얹어놓으라고 명령하고, 자기 방에 가서 잠을 자는 대신 금몰이 번쩍이는 군복에 가랑이가 좁은 승마 바지를 입고 그 위에다 외투를 걸친 다음, 이제는 너무 살이 쪄서 몸이 무거워지고 울어대기만 하는 늙은 말에 올라타 물웅덩이와 눈이 깔린 어두운 길을 따라 교회로 갔다.

15

이날의 새벽 미사는 그 후 네흘류도프의 일생에서 가장 밝고도 강렬한 추억의 하나가 되었다.

군데군데 눈이 희끗희끗할 뿐인 캄캄한 밤길을 헤치고 물웅덩이 속을 절벅거리면서, 교회 주위에 달아놓은 초롱불을 보고 귀를 쫑긋거리기 시작한 말을 몰아 그 교회 구내로 들어갔을 때 의식은 이미 시작되고 있었다.

농부들은 그가 마리야 이바노브나의 조카임을 알고 말을 내릴 수 있는 마른 곳으로 데려가고는, 말을 끌어다 매는 일까지 거들어주고 교회당 안으로 안내했다. 교회당 안은 축제 기분에 들뜬 군중으로 가득 차 있었다.

오른편은 농부들의 자리로, 노인들은 집에서 짠 긴 웃옷에 짚신을 신고 새하얀 각반을 치고 있었으며, 젊은 사람들은 새 나사로 지은 새 웃옷에다 화려한 빛깔의 허리띠를 매고 가죽 장화를 신고 있었다. 왼편은 아낙네들의 자리로, 붉은 비단 스카프를 머리에 쓰고 비로드로 만든 소매 없는 재킷 밑으로 새빨간 소매를 내보이며 푸른색, 초록색, 빨간색 등 여러 빛깔의 치마를 입고 징 박은 구두를 신고 있었다. 흰 수건을 머리에 쓰고 회색 웃옷에 구식 치마를 입고 단화나 새 짚신을 신은 검소한 노파들은 젊은 여자들 뒤에 서 있었다. 그 사이사이에는 머릿기름을 반질반질하게 바르고 새 옷을 한껏 차려입은 아이들이 끼여 있었다. 남자들은 성호를 긋고 머리털을 흔들어대면서 절을 했고, 여자들, 특히 노파들은 촛불이 켜진 한 성상에 빛 잃은 눈동자를 고정하고 가지런히 모은 손가락을 수건 쓴 이마와 양어깨와 가슴에 꼭꼭 누르고는 무엇인가 속삭이면서 선

채로 허리를 굽히기도 하고 무릎을 꿇기도 했다. 아이들은 남이 볼 때만 어른들 흉내를 내면서 열심히 기도를 하는 척했다. 금빛 성상대(聖像臺)는 금박을 입힌 커다란 양초를 사방에서 둘러싸고 있는 수많은 양초 불빛에 비쳐 번쩍거렸다. 큰 샹들리에도 초들이 빽빽하게 꽂혀 있고, 성가대석에서는 굵은 저음과 가느다란 보이소프라노가 뒤섞인 명랑한 노래가 들려왔다.

네흘류도프는 앞으로 나아갔다. 교회당 중앙은 귀족들의 자리로 지주 부부와 세일러복을 입은 그 아들, 경찰서장, 전신 기사, 운두 높은 장화를 신은 상인, 훈장을 단 촌장 등의 모습이 보였다. 설교대 오른쪽 지주 부인 뒤에는 얼룩얼룩한 빛깔의 옷을 입고 레이스 달린 흰 숄을 걸친 마트묘나 파블로브나와, 앞가슴에 주름이 잡힌 흰 옷에 하늘빛 띠를 두르고 검은 머리에 빨간 리본을 단 카튜샤가 서 있었다.

모든 것이 축제일답게 장엄하고 즐겁고 아름다웠다. 밝은 은빛 바탕에 금빛 십자가 무늬가 있는 제의를 입은 사제도, 축제일용인 금빛 은빛 가운을 걸친 부제나 복사들도, 머릿기름을 바르고 새 옷을 차려입은 성가대원들도, 무도곡처럼 흥겨운 느낌을 주는 축제일의 노랫소리도, 꽃으로 장식된 3색 양초로 사람들을 축복하며 '예수 부활하셨네! 예수 부활하셨네!' 하고 끊임없이 큰 소리로 되풀이되는 사제들의 축하 인사도 모두가 다 아름다웠다. 그러나 무엇보다도 아름다운 것은 흰옷에 하늘빛 허리띠를 매고 머리에 빨간 리본을 달고서 환희에 찬 눈을 반짝이고 있는 카튜샤였다.

네흘류도프는 그녀가 비록 얼굴을 돌리지는 않았지만 자기를 보고 있음을 느꼈다. 그녀의 옆을 지나 제단 쪽으로 나갈 때 그는 분명히 눈치챘다. 그는 별로 할 말이 없었으나 일부러 생각해내서 지나는 길에 말을 건넸다.

"고모님이 두 번째 미사가 끝난 다음에 부활절 잔치를 여신다더군."

언제나 그를 볼 때면 그렇듯이 젊은 피가 그녀의 귀여운 얼굴을 확 물들이고 까만 두 눈은 웃음을 머금고 반짝이면서 네흘류도프를 쳐다보았다.

"저도 알고 있어요."

그녀는 빵긋 웃으며 대답했다.

그때 커피 끓이는 놋그릇을 든 복사가 군중을 헤치면서 카튜샤 옆을 지나갔는데, 그녀 쪽을 보지 않았기 때문에 가운 자락으로 그녀를 스쳤다. 아마도 그는 네흘류도프에게 경의를 표하기 위해 비켜 가려다가 카튜샤를 스친 모양이었다. 하지만 그것이 네흘류도프에겐 놀라운 일이었다. 어째서 이 사내는 모른단 말인가? 여기 있는 모든 것은, 아니 이 세상의 모든 것은 오직 카튜샤만을 위해 존재하지 않는가. 비록 이 세상의 모든 것을 무시할지라도 그녀만은 무시할 수 없을 것이다. 왜냐하면 그녀가 모든 것의 중심이니까. 성상대의 금빛도 그녀를 위해서 빛나고 있고, 샹들리에나 수많은 촛대에 세워진 촛불도 그녀를 위해서 타고 있으며, '주님 부활하셨네, 모두 기뻐할지어다'라는 기쁜 찬송가도 그녀를 위해서 불리고 있다. 이 세상에 존재하는 모든 아름다운 것은 오직 그녀만을 위한 것이었다. 그리고 카튜샤 자신도 모든 것이 자기를 위해서 존재하고 있음을 알고 있는 듯 그에게는 느껴졌다. 가슴에 주름이 잡힌 흰옷을 입은 날씬한 모습과 한 가지 일에만 정신을 집중하고 있는 기쁨에 찬 얼굴을 보았을 때, 네흘류도프는 정말 그런 생각이 들었다. 그녀의 얼굴 표정을 보고 그는 자기가 마음속에서 부르고 있는 것과 똑같은 노래를 그녀도 마음속으로 부르고 있다는 것을 깨달았다.

첫 번째 미사와 두 번째 미사 사이에 네흘류도프는 교회 밖으로 나왔다. 사람들은 그에게 길을 비켜주면서 인사를 했다. 그가 누군지 아는 사람도 있고, "뉘 집 나리시지?" 하고 묻는 사람도 있었다. 그는 입구에서 발을 멈추었다. 거지들이 그를 둘러쌌다. 그는 지갑에 있던 잔돈을 나누어주고 층계를 내려갔다.

벌써 날은 훤하게 밝아왔으나 해는 아직 떠오르지 않았다. 사람들은 교회 주변에 있는 묘지 여기저기에 흩어져 앉아 있었다. 카튜샤는 아직 교회 안에 남아 있었으므로 네흘류도프는 그녀가 나오기를 기다리며 걸음을 멈추었다.

사람들이 잇달아 밖으로 나왔다. 그들은 구두 징 소리를 딸깍딸깍 울리면서 층계를 내려와 교회 안뜰과 묘지 쪽으로 흩어져 갔다.

마리야 이바노브나의 단골 과자 직공인 꼬부랑 노인이 머리를 흔들거리면서 네흘류도프를 붙잡고 부활제 키스를 했다. 주름투성이 목을 비단 머릿수건 밑으로 드러낸 그의 늙은 아내는 손수건 속에서 노랗게 물들인 달걀을 꺼내 그에게 주었다. 그러자 이번엔 새로 지은 반코트에 녹색 띠를 두른 건장한 젊은이가 싱글싱글 웃으면서 다가왔다.

"예수 부활하셨네."

그는 눈으로 웃으면서 이렇게 말하고 네흘류도프에게 다가오더니, 농부 특유의 상쾌한 체취를 풍기면서 곱슬곱슬한 턱수염으로 상대방을 간질이며 뻣뻣하고 성성한 입술로 네흘류도프의 입술 한가운데다가 세 번 키스를 했다.

네흘류도프가 젊은 농부와 축하 키스를 나누고 그에게서 다갈색 달걀을 받았을 때 마트료나 파블로브나의 얼룩얼룩한 옷과 빨간 리본을 단 귀여운 까만 머리가 눈에 띄었다.

그녀는 앞서서 나아가는 사람들의 머리 너머로 곧 그를 발견했고, 그는 그녀의 얼굴이 대번에 환해지는 것을 보았다.

그는 마트료나 파블로브나와 함께 교회당 입구로 나오자 잠깐 걸음을 멈추고 거지들에게 적선을 했다. 코가 떨어져나간 자리에 붉은 딱지가 붙어 있는 거지가 카튜샤에게 다가갔다. 그녀는 손수건에서 무엇인가 꺼내 거지에게 준 다음 그에게 다가서더니, 싫은 기색을 보이기는커녕 오히려 기쁜 듯이 눈을 반짝이면서 세 번 키스를 했다. 거지와 키스를 하고 있을 때 그녀의 눈이 네흘류도프의 시선과 마주쳤다. 그녀는 마치 '이렇게 해도 괜찮겠죠? 내가 잘못된 일을 하는 건 아니겠죠?' 하고 묻는 것 같았다.

'그래도 좋고말고. 다 좋고, 다 훌륭해. 나는 사랑한다.'

그들이 입구 층계를 내려왔으므로 그는 그쪽으로 걸어갔다. 부활제 키스를 하고 싶었다기보다 그저 그녀의 곁에 있고 싶었던 것이다.

"예수 부활하셨네!"

마트료나 파블로브나는 고개를 갸우뚱하고 상글상글 웃으면서 말했으나, 그것은 '오늘만은 누구나가 다 평등하답니다'라고 말하고 싶어 하는 듯한 어조였다. 그녀는 똘똘 뭉친 손수건으로 입을 닦고는 그에게 입술을 내밀었다.

"진실로 부활하셨네" 하고 네흘류도프는 대답하면서 키스했다.

그는 흘끗 카튜샤 쪽을 돌아보았다. 그녀는 얼굴이 빨개졌으나 곧 그에게 다가왔다.

"예수 부활하셨네, 드미트리 이바노비치."

"진실로 부활하셨네" 하고 그는 대답했다. 두 사람은 두 번 키스를 하고는, 한 번 더 해야 할지 잠깐 생각한 다음 해야 한다는 결론을 얻기라도 한 것처럼 세 번째 키스를 했다. 그러고 나서 두 사람 다 방긋 웃었다.

"사제님한테 가보지 않겠소?" 하고 네흘류도프는 물었다.

"아니에요. 드미트리 이바노비치, 우린 여기 좀 앉아 있을게요."

카튜샤는 마치 즐거운 일을 하고 난 뒤처럼 가슴을 펴고 숨을 크게 몰아쉰 다음, 약간 사시기 있는 정애(情愛)에 넘치는 상냥한 눈초리로 상대방의 눈을 똑바로 바라보면서 이렇게 말했다.

남녀 간의 애정에는 반드시 그 사랑이 절정에 달하는 순간이 있으며, 그 순간에는 의식적이고 타산적인 것이라곤 아무것도 없거니와 감각적인 것도 전혀 없는 법이다. 네흘류도프에게 이 부활제 전야는 바로 그러한 순간이었다. 이제 와서 그가 카튜샤와의 일을 회상할 때, 그녀를 본 여러 상황 중에서도 이 순간은 그 밖의 모든 것을 덮어버렸다. 까맣게 윤기 있는 매끈매끈한 머리, 날씬한 처녀다운 몸매와 불룩 솟아오른 가슴을 싸고 있는 주름 잡힌 흰옷, 불그레한 뺨, 밤샘을 해서 사시기가 약간 더해진 듯싶은 반짝이는 검은 눈동자, 이런 모든 것을 통하여 그녀에게는 꽤 두드러진 특징이 있었다. 그것은 처녀성의 순결함과 그 사랑의 순결함이었다. 더욱이 그것은 그 한 사람만이 아니고 (그도 알고 있었지만) 모든 사람, 모든 사물에 대한 사랑이었다. 비단 이 세상에 존재하는 훌륭한 것에 대한 사랑만이 아니고, 방금 그녀가 키스한 그 거지에게까지도 베푸는 그런 사랑이었다.

그녀의 내면에 이러한 사랑이 깃들어 있음을 그는 잘 알고 있었다. 왜냐하면 그 자신 그날 밤부터 아침 사이에 자신의 내면에서 그러한 사랑을 의식했으며, 그런 사랑으로 말미암아 그녀와 하나로 융합되었음을 의식하고 있었기 때문이다.

아아, 모든 것이 그날 밤 품었던 그 감정만으로 멈춰버렸더라면!
'그렇다, 오늘의 이 무서운 사건은 실로 그 부활제 날 밤이 지나자마자 바로 일어났던 것이다!' 그는 지금 배심원 대기실 창가에 앉아서 속으로 이렇게 생각했다.

16

교회에서 돌아오자 네흘류도프는 고모들과 함께 부활제 음식을 먹고, 연대에서 익힌 습관에 따라 피로 회복을 위해 보드카와 포도주를 마신 다음 자기 방으로 돌아가 옷도 갈아입지 않고 그대로 잠이 들어버렸다. 문을 두드리는 소리에 그는 잠이 깼다. 노크 소리로 카튜샤라는 것을 알자 눈을 비비고 기지개를 켜면서 일어났다.
"카튜샤, 카튜샤지? 들어와요."
그는 자리에서 일어나며 말했다.
그녀는 문을 방긋이 열었다.
"식사하러 나오시랍니다" 하고 그녀는 말했다.
그녀는 흰옷을 그대로 입고 있었으나 머리에 리본은 없었다. 네흘류도프의 눈을 흘긋 보고는 마치 무슨 반가운 소식을 전하기라도 한 것처럼 그녀의 얼굴이 갑자기 환해졌다.
"곧 가지"라고 대답하면서 그는 머리를 빗으려고 빗을 집어 들었다.

그녀는 잠시 동안 그냥 머뭇거렸다. 그는 그것을 눈치채고 빗을 내던지고 그녀 쪽으로 다가갔다. 그러나 그 순간 그녀는 재빨리 몸을 돌려 가볍고 빠른 걸음으로 복도에 깔린 양탄자 위를 달려 도망쳐버렸다.

"나는 참 바보야. 어째서 붙잡지 않았을까?" 하고 네흘류도프는 중얼거렸다.

그는 얼른 뒤쫓아 가서 복도에서 그녀를 따라잡았다. 그녀에게 무엇을 바라는지 그 자신도 알 수 없었다. 그러나 그녀가 방에 들어왔을 때 그런 경우 누구나 다 하는 어떤 일을 그만 하지 않고 말았다는 생각이 들었다.

"카튜샤, 잠깐만" 하고 그는 말했다.

그녀는 돌아다보았다.

"왜 그러세요?"

발을 멈추면서 그녀는 물었다.

"아무것도 아니야, 그저……."

그는 자기 자신을 부추기면서, 이런 경우 그와 같은 처지에 있는 사람이라면 누구나가 흔히 하는 일을 떠올리고 카튜샤의 가는 허리를 끌어안았다.

그녀는 멈춰 선 채 그의 눈을 쳐다보았다.

"안 돼요, 드미트리 이바노비치, 안 된다니까요."

그녀는 금세 눈물이라도 나올 만큼 얼굴이 새빨개져서 이렇게 말하고는, 까칠까칠하고 억센 손으로 자기를 끌어안은 남자의 손을 뿌리쳤다.

네흘류도프는 그녀를 놓아주었다. 한순간 그는 쑥스럽고 부끄러웠을 뿐만 아니라 자기 자신에 혐오를 느끼기까지 했다. 그는 이때 자기 자신을 믿었어야 했다. 그러나 그는 이 쑥스럽고 부끄러운 생각이 겉으로 드러나려고 애쓰는 자기 영혼의 가장 선량한 감정임을 미처 깨닫지 못하고, 도리어 자기가 못난 탓이라 여기며 모든 사람이 하듯이 자기도 그렇게 해야 한다고 생각했다.

그는 다시 한번 뒤쫓아 가서 그녀를 껴안고 그 목덜미에 키스했다. 이번 키스는 전에 했던 두 번의 키스, 처음 라일락 숲 뒤에서 얼떨결에 했던 키스나 오늘 아침 교회에서 했던 두 번째 키스와는 전혀 성질이 달랐다. 이번에는 무서운 키스였다. 그녀도 그것을 느꼈다.

"아이, 왜 이러세요?"

마치 한없이 귀중한 무엇을 다시는 회복할 수 없을 만큼 그가 깨뜨려버리기라도 한 듯 그녀는 이렇게 외치고는 그대로 달아나버렸다. 그는 식당으로 들어갔다. 화려하게 차려입은 두 고모와 의사와 이웃 마을 여지주가 벌써 자쿠스카*를 들고 있었다. 모든 것이 여느 때와 다름없었으나, 네흘류도프의 마음속에는 폭풍이 불고 있었다. 그는 누군가 말을 걸어와도 무슨 뜻인지 알아듣지 못하고 엉뚱한 대답을 했다. 오직 카튜샤만 생각하며 조금 전 복도에서 쫓아가 한 그 키스의 감촉을 되새기고 있었다. 그 이외에는 아무것도 생각할 수가 없었다. 그녀가 방으로 들어올 때마다 그는 그쪽을 보지 않고도 자신의 전 존재로 그녀가 그곳에 있음을 느꼈다. 그래서 그는 그녀 쪽을 보지 않으려고 무척 애써야 했다.

식사가 끝나자마자 자기 방으로 돌아간 그는 흥분에 휩싸여 오랫

---

* 러시아에서 전채 요리를 일컫는 말이다.

동안 방 안을 왔다 갔다 하면서, 집 안의 소리에 귀 기울이며 그녀의 발소리를 기다렸다. 그의 마음속에 도사리고 있던 동물적 자아는 이제 고개를 쳐들었을 뿐 아니라 그가 처음 이곳에 왔을 때, 그리고 오늘 아침 교회에 갔을 때만 해도 건재하던 그 정신적 자아를 발밑에 짓밟고 있었다. 그리하여 지금은 동물적 자아만 혼자 그의 마음을 지배하게 되었다. 네흘류도프는 줄곧 그녀의 동정을 살피고 있었지만 그날은 단둘이서 만날 기회가 한 번도 없었다. 아마도 그녀 쪽에서 그를 피하고 있는 모양이었다. 그러나 저녁에 그녀는 네흘류도프의 옆방에 오지 않으면 안 될 일이 생겼다. 의사가 묵고 가게 되어 카튜샤는 손님을 위해 잠자리를 준비해야 했던 것이다. 그녀의 발소리를 듣자 네흘류도프는 마치 무슨 범죄라도 저지르려는 듯 숨소리를 죽이고 살그머니 그녀의 뒤를 따라 들어갔다.

　그녀는 두 손을 새하얀 베갯잇에 넣고 양쪽 귀를 쥔 채 그를 돌아다보면서 생긋이 웃었으나, 전과 같은 밝고 기쁜 웃음이 아니라 겁먹은 듯한 애처로운 웃음이었다. 그 웃음은 마치 그를 향해, 당신이 지금 하려는 짓은 좋지 않은 일입니다, 라고 말하는 듯했다. 그는 한순간 멈추어 섰다. 이때만 해도 아직 투쟁의 가능성이 있었다. 그녀의 처지, 그녀의 감정, 그녀의 생활에 대하여 그에게 속삭여주는 진정한 애정의 목소리가 약하기는 하지만 아직은 그의 귀에 들려오고 있었다. 그러나 정신 차려라, 우물쭈물하다간 쾌락을, 행복을 놓치고 만다, 라고 부추기는 또 다른 소리가 있었다. 이 두 번째 소리가 첫 번째 소리를 눌러버렸다. 그는 단호히 그녀에게로 다가갔다. 억제할 수 없는 무서운 동물적 감정이 그의 온몸을 휩싸버렸다.

　그리하여 카튜샤를 꼭 껴안은 채 네흘류도프는 그녀를 침대에 앉했다. 그리고 또 뭔가 해야겠다고 느끼며 자기도 그 옆에 앉았다.

"드미트리 이바노비치, 제발 놓아주세요" 하고 그녀는 애원하듯 말했다.

"마트료나 파블로브나가 와요!"

그녀는 빠져나가려고 몸부림을 치면서 소리쳤다. 정말 누군가 문 가까이 다가오는 것 같았다.

"그럼 오늘 밤에 갈 테야. 혼자 있겠지?" 하고 네흘류도프는 속삭였다.

"무슨 말씀이세요? 안 돼요! 오지 마세요" 하고 그녀는 말했으나 그것은 말뿐이었고, 흥분하고 혼란에 빠진 그녀의 몸 전체는 다른 말을 하고 있었다.

문 가까이 온 사람은 다름 아닌 마트료나 파블로브나였다. 그녀는 담요를 손에 들고 방으로 들어왔다. 그리고 나무라는 듯한 눈초리로 네흘류도프를 흘겨보고는, 카튜샤에게 화난 목소리로 담요를 잘못 가지고 왔다고 꾸짖었다.

네흘류도프는 잠자코 방에서 나왔다. 부끄럽다는 생각조차 없었다. 그는 마트료나 파블로브나의 표정으로 그녀가 자기를 비난한다는 것도, 그 비난이 정당하다는 것도 알 수 있었으며, 또 자기가 하고 있는 일이 옳지 못하다는 것도 알 수 있었다. 그러나 전에 그녀에 대하여 품고 있던 아름다운 애정 뒤에서 불쑥 나타난 동물적 감정이 이제는 그를 완전히 정복하여, 다른 것은 아무것도 인정하지 못하도록 그의 안에 군림했다. 이제 그는 그 감정을 만족시키기 위해서는 어떻게 해야 하는지 깨닫고, 그 실행을 위한 수단을 모색하고 있었다.

저녁 내내 그는 마음이 들떠 있었다. 고모네 방에 들어가보거나 현관 앞 층계에 나가보기도 했지만, 어떻게 하면 그녀와 둘이서만 만날 수 있을까, 그것만을 생각했다. 그러나 그녀 자신도 그를 피하려 했으며, 마트료나 파블로브나도 그녀한테서 잠시도 눈을 떼지 않고 있었다.

17

이렇게 초저녁은 지나고 밤이 되었다. 의사는 자기 침실로 물러갔다. 고모들도 잠자리에 들었다. 네흘류도프는 마트료나 파블로브나가 고모 침실로 가서 지금 하녀 방에는 카튜샤 혼자 있다는 것을 알고 있었다. 그는 다시 현관 앞 층계로 나왔다. 바깥은 캄캄하고 축축했으나 따뜻했다. 봄의 잔설이 녹으면서, 녹아가는 눈 때문에 더욱 퍼져가는 흰 안개가 공중에 가득 차 있었다. 집에서 백 걸음쯤 떨어진 낭떠러지 밑을 흐르고 있는 강에서는 이상한 소리가 들려왔다. 얼음이 갈라지는 소리였다.

네흘류도프는 현관 층계를 내려가서 물웅덩이를 피해 버석버석 얼어붙은 눈을 밟고 하녀 방 창문 앞으로 다가갔다. 심장은 귀에 들릴 만큼 무섭게 고동치고, 숨은 끊어졌다가 무거운 한숨이 되어 터져 나오곤 했다. 하녀 방에는 조그만 등불이 켜져 있었다. 카튜샤는 무엇인가 생각에 잠긴 채 책상 앞에 앉아 하염없이 앞을 바라보고 있었다. 아무도 보는 사람이 없을 때 그녀가 무엇을 하는지 알고 싶어서 네흘류도프는 오랫동안 꼼짝도 않고 그녀를 지켜보았다. 2분쯤 그녀는 그러고 앉아 있다가 눈을 들어 방긋 웃고는, 자기 자신을 책망하듯 머리를 흔들더니 자세를 고쳐 갑자기 두 손을 책상 위에 얹어놓고서 앞쪽을 응시했다.

그는 그 자리에 선 채 그녀를 바라보면서 자기 심장의 고동 소리와 강 쪽에서 들려오는 기묘한 소리에 저도 모르게 귀 기울였다. 안개 싸인 강에서는 어떤 완만한 활동이 쉴 새 없이 이어지고 있었다. 무언가 코 고는 것 같은 소리가 나는가 하면 쩡쩡 쪼개지는 소리가 들려오기도 하고, 무언가 부서지는 듯한 소리가 나는가 하면 유리같이 얇은 얼음장이 쨍그랑쨍그랑 날카로운 음향을 내기도 했다.

네흘류도프는 마음속 갈등으로 고민하고 있는 카튜샤의 생각에 잠긴 얼굴을 바라보면서 가만히 서 있었다. 그는 그 처녀가 가엾어졌으나, 이상하게도 이 연민의 정은 그녀에 대한 욕망을 더욱 강하게 할 뿐이었다. 욕정이 그의 온몸을 사로잡았다.

그는 창문을 똑똑 두드렸다. 그녀는 마치 감전이라도 된 듯 온몸을 부르르 떨었다. 순간 공포의 빛이 그 얼굴에 나타났다. 이윽고 의자에서 벌떡 일어나더니 창가로 다가와서 얼굴을 유리창에 댔다. 그리고 두 손을 말 눈가리개처럼 눈 위에 댔다. 그를 알아보았을 때도 공포의 빛은 사라지지 않았다. 그녀의 얼굴은 몹시 심각해 보였다. 그녀가 이런 얼굴을 하고 있는 것을 그는 이제껏 본 적이 없었다. 그가 웃어 보이자 그녀는 비로소 미소를 띠었다. 미소를 띠기는 했지만 다만 그의 미소에 대한 응답으로 마지못해 웃었을 뿐, 그녀의 마음속에 있는 것은 미소가 아니었다. 공포였다. 그는 밖으로 나오라고 손짓을 했다. 그러나 그녀는 '싫어요, 나가지 않겠어요' 하는 듯이 고개를 살래살래 흔들면서 창가에 그대로 서 있었다. 그는 다시 얼굴을 유리에 가까이 대고 나오라고 소리치려 했으나, 그때 그녀가 문 쪽을 휙 돌아보았다. 누군가 그녀를 부르는 모양이었다. 네흘류도프는 창문에서 물러섰다. 안개가 매우 짙었으므로 집에서 다섯 발짝만 떨어져도 벌써 창문은 보이지 않고, 다만 시커먼 물체 속에서 엄청나게 커 보이는 붉은 등불 빛이 비칠 뿐이었다. 강 쪽에서는 여전히 코 고는 듯한 이상한 소리와 찰랑찰랑하는 소리, 얼음이 갈라지는 소리, 유리가 깨지는 것 같은 소리가 들려왔다. 가까운 뜰 안 안개 속에서 수탉 한 마리가 홰를 치고 울자, 이웃에서 다른 닭들이 따라 울었다. 이윽고 먼 마을에서도 서로 뒤범벅되기도 하고 한데 어울리기도 하면서 닭들이 우는 소리가 들려왔다. 강 쪽에서 들려오는 소리를 빼놓고 주위는 쥐 죽은 듯 고요하기만 했다. 벌써 두 해째 닭 우는 소리가 들려왔다.

　네흘류도프는 몇 번이나 물웅덩이에 빠지면서 집 모퉁이를 두세 번 왔다 갔다 하다가 다시 하녀의 창문 쪽으로 다가갔다. 등불은 여전히 켜져 있었으며 카튜샤도 아까처럼 홀로 책상 앞에 앉아서 무엇인가 망설이고 있는 것 같았다. 그가 창문으로 가까이 다가가자, 그녀는 창문을 흘끔 쳐다보았다. 그는 창문을 똑똑 두드렸다. 그러나 누가 두드렸는지 알아보려 하지도 않고 그녀는 느닷없이 하녀 방에서 달려 나갔다. 뒤이어 현관문이 열렸다가 철커덕 닫히는 소리가 그의 귀에 들렸다. 그는 얼른 현관 쪽으로 앞질러 가서 그녀를 기다렸다. 그리고 말없이 다짜고짜 그녀를 포옹했다. 그녀도 바싹 몸을 붙이고 얼굴을 쳐들어 입술로 그의 키스를 받았다. 그들은 눈이 녹아 마른 현관 모퉁이에 서 있었다. 그의 온몸은 충족되지 못한 괴로운 욕망으로 가득 찼다. 그런데 갑자기 또 현관문이 철컥 열리는 소리가 나더니 마트료나 파블로브나의 성난 목소리가 들렸다.

"카튜샤!"

그녀는 남자의 품에서 빠져나와 하녀 방으로 갔다. 문 잠그는 소리가 들렸다. 그러고는 모든 것이 조용해졌고, 창문의 붉은 불도 꺼져버렸으며, 다만 안개와 강 쪽에서 일어나는 소음만이 남았다.

네흘류도프는 창문으로 다가갔다. 아무도 보이지 않았다. 똑똑 두드려보았다. 아무도 대답하는 사람은 없었다. 네흘류도프는 정면 현관으로 해서 집 안으로 들어갔으나 좀처럼 잠을 이룰 수가 없었다. 그는 신을 벗고 맨발로 복도를 따라 마트료나 파블로브나의 방과 붙어 있는 카튜샤의 방문 쪽으로 다가갔다. 처음에는 마트료나 파블로브나의 코 고는 소리가 들렸으므로 살그머니 하녀 방 복도로 들어가려 했으나, 갑자기 그녀가 기침을 하기 시작하면서 삐거덕거리는 침대 위에서 돌아눕는 소리가 났다. 그는 멈칫하고 한 5분쯤 숨을 죽이고 서 있었다. 이윽고 주위가 다시 조용해지고 코 고는 소리가 들리기 시작했을 때, 그는 되도록 삐걱거리지 않는 마루 널빤지를 골라 디디면서 다시 앞으로 나아가 그녀의 방문 바로 앞까지 다다랐다. 아무 소리도 들리지 않았다. 숨소리가 들리지 않는 것으로 보아 그녀는 아직 잠들지 않은 모양이었다. 그가 "카튜샤" 하고 속삭이기가 무섭게 그녀는 벌떡 일어나 문께로 다가와서 성난 듯한 목소리로 돌아가달라고 부탁하기 시작했다.

"왜 이러세요? 이게 무슨 짓이에요? 고모님들이 들으시면 어떡하려고" 하고 그녀의 입은 말했지만, 그녀의 온몸은 '나는 완전히 당신 것이에요'라고 말하고 있었다.

네흘류도프는 그것만은 재빨리 알아챘다. "자, 잠깐만 열어줘, 제발 부탁이야" 하고 그는 무의미한 말을 지껄였다.

그녀는 잠잠해졌다. 좀 있다가 열쇠를 찾느라고 부스럭거리는 소리가 들렸다. 열쇠 소리가 찰칵 나자마자 그는 열린 문 안으로 미끄러져 들어갔다.

그는 뻣뻣한 속옷만 입은 채 두 팔을 드러내놓고 있는 카튜샤를 붙들자 그대로 번쩍 안아 들고 밖으로 나왔다.

"어머나! 왜 이러세요?"

그녀는 속삭였다.

그러나 그는 그 말엔 귀도 기울이지 않고 자기 방으로 그녀를 안아서 데려갔다.

"아아, 안 돼요. 놓아주세요" 하고 입으로는 말했으나 그녀 자신은 남자에게 바싹 들러붙어 있었다.

그녀가 그의 말에 한마디 대꾸도 없이 오들오들 온몸을 떨면서 말없이 나간 뒤에 그는 현관 앞 계단으로 나와 방금 일어났던 일의 의미를 생각해보려고 애쓰면서 걸음을 멈추었다.

바깥은 좀 더 밝아졌다. 아래쪽 강에서는 얼음이 갈라지는 소리, 무언가 술렁거리는 것 같은 소리, 유리가 깨지는 듯한 소리가 더욱 요란해졌고, 물이 졸졸 흐르는 소리까지 더해졌다. 안개는 점점 아래로 가라앉기 시작해 마치 성벽처럼 보이는 그 안개 뒤에서 그믐달이 검고 무서운 무언가를 음울하게 비추면서 떠올랐다.

'과연 무엇일까? 지금 나에게 일어난 일은 큰 행복일까? 아니면 큰 불행일까?' 하고 그는 자기 자신에게 물어보았다. '아니, 언제나 이런 거야, 누구나 다 이런 거야.' 그는 이렇게 중얼거리면서 잠을 자러 들어갔다.

18

이튿날 한껏 멋을 부린 쾌활한 셴보크가 네흘류도프를 만나러 고모네 집으로 왔다. 그는 우아하고 상냥하고 쾌활하면서 돈도 잘 쓰는 데다가 특히 드미트리를 향한 우정으로 고모들을 완전히 매혹했다. 돈 잘 쓰는 그의 버릇은 고모들의 마음에 들긴 했지만 정도가 너무 지나쳤으므로 고모들도 좀 어리둥절해했다. 마침 찾아온 눈먼 거지에게 1루블이나 주는가 하면, 하인들에게 팁으로 15루블을 나누어주기도 했다. 또 그가 있는 데서 소피야 이바노브나의 스피츠 종 강아지 슈제트카가 다쳐 피를 흘리자, 그 개에게 붕대를 매주겠노라고 자청하며 그 자리에서 가장자리를 감친 고급 손수건을(소피야 이바노브나가 알기로 그러한 손수건은 한 타에 15루블이 넘었다) 쭉 찢어 슈제트카를 위해 붕대를 만들었다. 고모들은 이런 사람을 본 일도 없고, 더욱이 셴보크에게는 도저히 갚을 길 없는 20만 루블이라는 빚이 있어 25루블쯤은 늘건 줄건 그에게 문제도 되지 않는다는 것을 알 턱이 없었다.

셴보크는 그날 하루를 지내고 밤늦게 네흘류도프와 함께 출발했다. 연대로 돌아갈 기일이 다 되었으므로 그들은 더 머물러 있을 수가 없었다.

지난밤의 기억이 생생하게 남아 있는 네흘류도프의 마음속에서는 고모네 집에서 보낸 그 마지막 하루 동안 두 가지 감정이 고개를 쳐들고 서로 싸우고 있었다. 하나는 동물적 정사(기대만큼 만족스럽지는 못했지만)의 타는 듯하고 육감적인 강렬한 추억과, 어쨌든 목적을 달성했다는 일종의 자기만족이었다. 또 하나는 자신이 아주 못된 짓을 저질렀고 이 못된 짓은 반드시 보상해야 한다, 그녀를 위해서라기보다 자기 자신을 위해서 보상해야 한다는 의식이었다.
　이기주의의 광적 상태에 빠져 있던 네흘류도프는 자기 생각밖에 하지 않았다. 카튜샤에게 한 짓이 세상에 알려지면 비난을 받게 될 것인가, 비난받는다면 어느 정도로 받을 것인가 하는 생각만 했을 뿐, 그녀가 얼마나 고민하고 있으며 앞으로 어떻게 될 것인가에 대해서는 생각도 해보지 않았다.
　그는 셴보크가 자신과 카튜샤의 관계를 눈치챘다고 생각하고 자존심에 만족을 느꼈다.
　"자네가 별안간 고모들을 좋아하게 된 것도 무리가 아니야. 그래서 일주일이나 여기 묵었군그래. 하긴 내가 자네 처지였더라도 이내 떠나지 않았을 걸세."
　셴보크는 카튜샤를 보자 네흘류도프에게 이렇게 말했다.
　네흘류도프는 또 이렇게 생각했다. 그녀와의 사랑을 충분히 향락하지 못하고 이렇게 떠나기에는 미련이 남지만, 어차피 오래 지속하기 어려운 관계라면 빨리 끊어버리고 떠나는 편이 유리하지 않을까. 그는 또 이런 생각도 했다. 그녀에게 돈을 줄 필요가 있다, 그녀를 위해서 주는 것도 아니고 또 그녀에게 돈이 필요할 것 같아서 주는 것도 아니다, 이런 경우 누구나 다 그렇게 하기 때문이다, 만일 그녀를 농락하고 돈도 주지 않는다면 성의 없는 인간이라는 말을 들을 것이 아닌가. 그래서 네흘류도프는 자기와 그녀의 처지로 보아 적당하다고 생각되는 금액을 그녀에게 주었다.
　떠나는 날 점심 후에 그는 문간방에서 카튜샤를 기다렸다. 그녀는 네흘류도프를 보자 얼굴이 빨개져서 문이 열려 있는 하녀 방을 눈짓으로 가리키며 그냥 옆을 지나가려고 했다. 그러나 그는 그녀를 붙잡았다.

"작별 인사를 하고 싶었어. 이건 그저……."

그는 백 루블짜리 지폐 한 장이 든 봉투를 손에 꾸겨 쥐면서 말했다. 그녀는 그 뜻을 알아차리자, 눈살을 찌푸리고 머리를 흔들면서 그의 손을 밀어냈다.

"아니야, 받아둬."

그는 중얼거리면서 그녀의 품속에다 봉투를 쑤셔 넣고는 무엇에 데기라도 한 사람처럼 얼굴을 찌푸리고 신음 소리를 내며 자기 방으로 도망쳐 들어갔다.

그러고는 오랫동안 방 안을 왔다 갔다 했다. 저도 모르게 몸을 비틀기도 하고 껑충껑충 물러서기도 하면서, 조금 전 그 장면이 생각날 때마다 몸에 통증이라도 느끼듯이 신음 소리를 냈다.

'그렇지만 할 수 없지 않나? 누구나 다 하는 일이다. 셴보크 말로는 그와 여자 가정교사의 관계도 그랬었고, 또 아버지도 시골에서 살 때 어떤 농부의 딸하고 관계하여 지금도 살아 있는 미텐카라는 사생아를 낳게 했다. 그 경우도 역시 마찬가지 아닌가. 모두 그렇게 하고 있으니 나도 그러는 게 당연하다.' 이렇게 그는 자위하려 했으나 어떻게 해도 위안이 되지 않았다. 자기 행위에 대한 기억이 자꾸만 그의 양심을 찔렀다.

마음속 깊은 곳에서는 그도 자기가 한 짓이 추악하고 비겁하고 잔인하다는 것을 알았다. 자신의 이런 행동을 의식하는 한 타인을 비판할 수도 없을뿐더러 세상에 얼굴을 들고 나갈 수조차 없을 것만 같았다. 더구나 지금까지와 마찬가지로 스스로를 훌륭하고 고상하고 관대한 청년이라고 생각한다는 것은 도저히 불가능한 일이었다. 그러나 기를 펴고 유쾌하게 생활해나가려면 그렇게 생각할 필요가 있었다. 그러기 위한 한 가지 방법은 그녀와의 사건을 잊어버리는 것이다. 그는 그렇게 실행했다.

그가 발을 들여놓은 생활, 즉 새로운 임지, 동료, 전쟁 등이 그 실행에 도움을 주었다. 그래서 세월이 지날수록 차츰 잊어버렸고, 결국은 완전히 잊어버리고 말았다. 그러나 꼭 한 번, 전쟁이 끝난 후 그는 그녀를 만나 보려고 고모네 집에 들렀으나 카튜샤가 이미 떠나고 없음을 알게 되었다. 그녀는 그때 그가 떠난 뒤로 해산하려고 집을 나가서 어디선가 아이를 낳았지만, 고모들이 들은 풍문으로는 이제 완전히 타락해버렸다고 했다. 이 소식을 듣자 그는 가슴이 죄어드는 것 같았다.

달수를 따져보니 그녀가 낳은 아이는 자기 아이 같기도 하고 아닌 것 같기도 했다. 고모들은 그녀가 타락해버린 것은 성질이 제 어미와 똑같이 방탕하기 때문이라고 말했다. 고모들의 이런 판단은 그를 변명해주는 것 같아 듣기에 좋았다. 그래도 처음에는 카튜샤와 아이를 찾아보려고 했지만, 나중에는 그런 생각을 하기도 몹시 괴롭고 부끄러워서 찾아보려는 노력조차 하지 않게 되어 죄를 잊어버리고 그녀 생각을 하지 않게 되었다.

그런데 지금 이 놀랍고도 우연한 재회는 그에게 모든 것을 회상시키고, 양심에 그러한 죄를 지닌 채 10년 동안이나 안온하게 살아올 수 있었던 자기 자신의 무정함과 잔인함과 비열함을 스스로 인정하도록 요구하기 시작했다. 그러나 그가 그것을 자인하기에는 아직도 거리가 멀었다. 현재의 그로서는 이제 와서 모든 것이 알려지지나 않을까, 그녀 또는 그녀의 변호인이 뭇사람들 앞에서 모조리 폭로함으로써 창피를 당하지나 않을까 오직 그것만을 염려했다.

19

법정을 나와 배심원실로 들어갔을 때 네흘류도프의 정신 상태는 이러했다. 그는 창가에 앉아 주위에서 주고받는 대화에 귀 기울이면서 연방 담배를 피웠다.

쾌활한 상인은 분명히 상인 스멜리코프의 유흥 기분에 공감이 가는 모양이었다.

"그만하면 멋지게 놀았다고 할 수 있지, 시베리아식이야. 그 친구 제법 눈이 높은데, 그런 계집을 골라낸 걸 보니."

배심원 대표는 모든 문제가 감정 여하에 달려 있다는 의견을 말했다. 표트르 게라시모비치는 유대인 점원과 무슨 농담을 하면서 함께 큰 소리로 웃어댔다. 네흘류도프는 누가 말을 걸어도 마지못해 간단히 대꾸했을 뿐, 제발 자기를 조용히 내버려둬주기만을 바랐다.

몸을 기우뚱하고 게걸음을 걷는 정리가 배심원들에게 다시 법정으로 들어가라는 말을 전하러 왔을 때, 네흘류도프는 재판을 하러 가는 것이 아니라 재판을 받으러 끌려 나가는 것 같은 공포를 느꼈다. 그는 내심으로는 자기가 사람들 앞에 얼굴을 쳐들고 다닐 수도 없는 비열한 인간임을 느끼고 있었음에도, 몸에 밴 습관대로 자신 있는 태도로 단에 올라가 배심원 대표 옆 두 번째 자리에 다리를 포개고 앉아 코안경을 만지작거리기 시작했다.

피고들도 어디론지 끌려갔다 다시 끌려온 모양이었다.

법정에는 새로운 증인들이 있었다. 네흘류도프는 마슬로바가 비단과 비로드로 화려하게 차려입은 어느 뚱뚱한 부인한테서 시선을 뗄 수 없다는 듯이 여러 번 그쪽을 돌아다보는 것을 알아챘다. 그 부인은 커다란 리본을 단 운두 높은 모자를 쓰고 팔꿈치까지 드러낸 손에 우아한 핸드백을 든 채 칸막이 난간 앞 첫째 줄에 앉아 있었다. 나중에야 알았지만 그녀는 마슬로바가 있던 유곽의 여주인으로 증인 가운데 한 사람이었다.

증인들의 인정신문이 시작되었다. 이름, 종교 등을 물었다. 그리고 증인들에게 선서를 시킬지 말지에 대하여 원고 측과 피고 측에 문의한 후, 다시금 그 늙은 사제가 간신히 다리를 질질 끌다시피 하면서 나타났다. 그리고 또 아까처럼 비단 제의 가슴에 걸린 금빛 십자가의 위치를 바로잡으면서, 참으로 유익하고 중요한 일을 하고 있다는 자신을 가지고 침착하게 증인과 감정인들에게 선서를 시켰다. 선서가 끝나자 다른 증인들은 일단 퇴장시키고, 유곽의 여주인인 키타예바만 남게 했다. 그녀는 이 사건에 관해서 아는 바를 심문받았다. 키타예바는 억지로 웃음을 띠고 말끝마다 모자를 끄덕이면서 독일식 악센트가 섞인 말로 상세하고 조리 있게 진술했다.

안면 있는 호텔 하인인 시몬 카르틴킨이 돈 많은 시베리아 상인을 위해서 여자를 데리러 자기 집으로 온 데서 사건은 시작되었다고 했다. 그래서 그녀는 류바샤*를 보내주었고, 잠시 후에 류바샤는 상인과 함께 돌아왔다.

"상인은 그때 벌써 얼근해서 기분이 무척 좋았습니다" 하고 가볍

---

* 카튜샤의 가명이다.

게 웃으면서 키타예바는 말했다. "우리 집에 와서도 술을 마셨으며, 아이들에게도 한턱냈습니다. 그러나 그는 돈이 모자라서 자기가 홀딱 반해버린 류바샤를 호텔의 자기 방으로 보냈습니다" 하고 피고 쪽을 돌아다보면서 말했다.

네흘류도프의 눈에는 이때 마슬로바가 생긋 웃는 것처럼 보였으나, 그 미소는 어쩐지 불쾌한 인상을 주었다. 야릇한 증오와 동정이 뒤섞인 기이한 감정이 그의 가슴속에서 솟아올랐다.

"마슬로바에 대해서 당신은 어떤 의견을 갖고 있습니까?"

마슬로바의 관선 변호인인 판사보가 얼굴을 붉히고 머뭇머뭇하면서 물었다.

"최고랍니다. 교양 있는 멋진 아이지요. 좋은 가정에서 자랐기 때문에 프랑스어도 읽을 줄 안답니다. 가끔 지나치게 마시는 일은 있어도 정신을 잃지는 않았습니다. 정말 좋은 아이예요."

키타예바는 답변했다.

카튜샤는 여주인을 보고 있다가 문득 배심원석으로 시선을 돌려 네흘류도프의 얼굴에 눈을 멈추었다. 그녀의 얼굴은 심각하다기보다 오히려 험악하게 변했다. 험악해진 한쪽 눈은 사팔뜨기였다. 꽤 오랫동안 그 두 눈은 이상하게 네흘류도프를 바라보았다. 그는 덜컥 겁이 났으나 흰자위가 유난히 맑은 그 사팔눈에서 시선을 뗄 수가 없었다. 얼음 터지는 소리, 안개, 특히 새벽녘에 시커멓고 이상한 무언가를 비추던 그믐달과 더불어 그 무서운 하룻밤 일이 생생하게 되살아났다. 그를 보는 것 같기도 하고, 그의 옆을 보는 것 같기도 한 까만 눈은 그때의 그 시커멓고 이상한 것을 연상시켰다.

'알아본 모양이구나……' 하고 그는 생각했다. 네흘류도프는 금세 자기에게 가해질 타격을 생각하고 몸을 움츠리는 듯한 심정이었다. 그러나 그녀는 그를 알아보지 못했다. 맥없이 한숨을 내쉬고 다시 재판장을 바라보기 시작했다. 네흘류도프도 한숨을 내쉬었다. '아아, 빨리 끝나주었으면' 하고 그는 생각했다. 지금 그가 맛보고 있는 감정은 마치 사냥터에서 상처 입은 새의 숨통을 끊어야 했을 때 경험한 감정과 흡사했다. 꺼림칙하기도 하고 불쌍하기도 하고 화가 나기도 했다. 아직 죽지 않은 새가 사냥 주머니 속에서 꿈틀거리면 불쾌하기도 하고 불쌍하기도 해서 속히 죽여 잊어버리고 싶어지는 법이다.

네흘류도프는 지금 증인들의 진술을 들으면서 이런 복잡한 감정을 맛보았다.

20

그러나 마치 일부러 그러는 것처럼 재판은 오래 걸렸다. 증인들과 감정인들에 대한 개별적인 심문이 끝나고, 언제나처럼 검사보와 변호인이 거드름을 피우면서 쓸데없는 질문을 한 차례 하고 나서, 재판장은 배심원들에게 증거물을 검사하도록 제의했다. 증거물이라야 굵직한 집게손가락에 끼었던 듯싶은 커다란 다이아몬드 반지와 독약을 검출한 시험관뿐이었다. 그 물건들은 봉인되어 조그마한 딱지가 붙어 있었다.

배심원들이 그 물건을 검사하려고 할 때 검사보는 다시 엉거주춤 일어나서 증거물을 검사하기 전에 의사의 검시 보고서를 낭독하도록 요구했다.

되도록 빨리 사건을 처리하고 스위스 여자한테 달려가려던 재판장은 그런 서류 낭독이 지루할 뿐만 아니라 식사 시간을 지연하는 것 말고는 아무 효과도 없으며, 검사보가 그 낭독을 요구하는 것은 자기에게 그럴 권리가 있음을 과시하려는 데 지나지 않는다는 것도 잘 알았다. 그러나 차마 거절할 수가 없어서 승낙했다. 서기는 서류를 꺼내서 L과 R 발음이 분명치 않은 흐리멍덩한 목소리로 읽기 시작했다.

"외부 검시 결과는 다음과 같다.

(1) 페라폰트 스멜리코프의 신장은 195.6센티미터."

"키가 꽤 큰 사람이었군요."

배심원 가운데 한 사람인 상인이 네흘류도프에게 속삭였다.

"(2) 외모로 본 연령은 40세 전후로 추정됨.

(3) 시체는 부어 있었음.

(4) 살결은 온통 푸른빛이 감돌고 군데군데 까만 반점이 있었음.

(5) 피부 표면에는 크고 작은 수포가 여러 개 생기고 여러 곳이 벗겨져서 커다란 헝겊 조각처럼 달려 있었음.

(6) 머리털은 밤색이고 숱이 많으며 손을 대기만 하면 쉽사리 빠졌음.

(7) 눈알은 눈구멍에서 튀어나와 있고 각막은 흐려져 있었음.

(8) 콧구멍, 귀, 구강에서 거품을 뿜는 혈장성(血漿性) 점액이 흘러나오고 입은 열려 있었음.

(9) 얼굴과 가슴이 현저히 부어올라 목을 거의 분간할 수 없었음"

등등.

이 도시에서 방탕 끝에 비참한 최후를 마치고 부어올라서 썩어간, 보기만 해도 무서운 크고 뚱뚱한 상인의 시체에 관한 외부 검시 보고서가 이렇게 4쪽 27개 항목에 걸쳐 아주 상세히 적혀 있었다. 네흘류도프가 느낀 막연한 혐오감은 이 검시 보고서 낭독으로 더욱 커졌다. 카튜샤의 생활, 콧구멍에서 흘러나온 혈장성 액체, 눈구멍에서 튀어나온 눈알, 그녀에 대한 자기 자신의 행위 등은 모두 같은 성질의 것이어서, 그는 사면팔방으로 그런 것들에 둘러싸이고 삼켜지는 듯 느껴졌다. 외부 검시 보고서 낭독이 겨우 끝나자 재판장은 무거운 한숨을 쉬고 이제야 끝났구나 하며 고개를 들었다. 그러나 서기는 곧이어 내부 검시에 대한 보고서를 읽기 시작했다.

　재판장은 다시 고개를 숙이고 한쪽 팔꿈치를 세워 턱을 괴고서 눈을 감았다. 네흘류도프의 옆자리에 앉은 상인은 간신히 졸음을 참으면서 이따금 머리를 꾸뻑거렸다. 피고들과 그 뒤에 서 있는 헌병들은 꼼짝도 않고 앉아 있었다.

　"내부 검시 결과는 다음과 같다.

　(1) 두개골 표피는 용이하게 두개골로부터 벗겨졌으며 피하 출혈의 흔적은 전연 인정할 수 없었음.

　(2) 두개골 두께는 보통이며 손상은 없었음.

　(3) 견고한 뇌막에 약 10센티미터 크기의 변색 반점이 두 군데 있었으며, 뇌막 그 자체는 창백하고 윤기가 없었음" 등등이고, 그 밖에 13개 항목이나 있었다.

　그다음엔 입회인들 호명과 서명이 이어졌고, 마지막으로 의사의 결론이 있었다. 그 결론에 따르면, 시체 해부 때 발견되어 조서에 기입된 위와 장 및 신장의 일부에서 볼 수 있는 변화는 술과 함께 위 속으로 들어간 독물 작용이 스멜리코프의 사인이 되었다는 확신을 갖고 결론을 내리는 근거가 되었다는 것이다. 위장 속에서 인정되는 변화만으로는 어떠한 독물이 위 속으로 들어갔는지 단정하기 곤란하지만, 그 독물이 술과 함께 들어갔다는 것은 스멜리코프의 위에서 다량의 술이 발견된 점으로 추측할 수 있다고 했다.

"상당히 술을 많이 마시는 친구였나 보죠."

잠이 깬 상인이 또 이렇게 속삭였다.

이 조서의 낭독은 약 한 시간이나 계속되었으나, 그래도 검사보는 만족하지 않았다. 조서 낭독이 끝나자 재판장은 그를 돌아보면서 말했다.

"내장 부검 보고서는 낭독할 필요가 없다고 생각하는데요."

"아니, 그 보고서도 낭독해주시기 바랍니다."

검사보는 비스듬히 몸을 약간 일으키면서 재판장 쪽은 보지도 않고 딱딱한 어조로 말했다. 그 어조에는 보고서 낭독을 요구하는 것이야말로 자기의 권리이므로 그 권리를 포기할 수는 없다, 만약 거절한다면 상소라도 하겠다는 기세가 엿보였다.

탐스러운 턱수염을 기르고 호인답게 눈꼬리가 처진 배석판사는 위염 때문에 몹시 피로감을 느끼면서 재판장에게 말했다.

"무엇 때문에 그런 걸 읽는단 말입니까? 공연히 시간만 끌 뿐입니다. 저런 애송이들은 마치 새 비와 같아서 말끔하게 쓸리지도 않으면서 청소하는 데 시간만 오래 걸린단 말이오."

금테 안경을 쓴 배석판사는 아무 말도 하지 않고 어둡고 단호한 표정으로 앞만 바라보았다. 그는 자기 아내한테서도, 인생 자체에서도 즐거운 일이라곤 하나도 기대할 수 없는 처지였다.

보고서 낭독이 시작되었다.

"1880년 2월 15일, 아래에 서명한 본인은 의무국 위촉 제638호에 의하여" 하고 서기는 참석한 모든 사람을 괴롭히고 있는 졸음을 쫓아버리기라도 하려는 듯이 한층 소리를 높여 단호한 어조로 낭독을 시작했다.

"검시관보 입회하에 내장 검사를 실시했음.

(1) 우측 폐와 심장(6파운드들이 유리병 속에 들어 있음).
(2) 위 내용물(6파운드들이 유리병 속에 들어 있음).
(3) 위(6파운드들이 유리병 속에 들어 있음).
(4) 간장, 비장, 신장(3파운드들이 유리병 속에 들어 있음).
(5) 장(6파운드 유리병 속에 들어 있음)······."

재판장은 이 낭독이 시작되었을 때 배석판사 가운데 한 사람 쪽으로 몸을 굽히고 무엇인지 귀엣말로 속삭인 다음 또 한 사람의 배석판사에게 귀엣말을 하고 동의를 얻자 여기서 낭독을 중지시켰다.

"법정은 보고서 낭독이 필요 없다고 인정합니다."

그는 말했다. 서기는 입을 다물고 서류를 챙기기 시작했고, 검사보는 화가 난 듯이 무엇인가 써 넣기 시작했다.

"배심원 여러분, 증거물은 보셔도 좋습니다" 하고 재판장은 말했다.

배심원 대표와 배심원 두세 사람이 일어나서 자기 손을 어떻게 해야 할지, 어떻게 움직이면 좋을지 난처해하면서 탁자로 가까이 다가가 반지, 유리병, 시험관 등을 차례로 구경했다. 상인은 반지를 자기 손가락에 껴보기까지 했다.

"손가락도 꽤 크더군요."

그는 자기 자리로 돌아와서 말했다. "굵직한 오이만 했나 봐요" 하고 덧붙였다. 독살당한 상인을 옛날이야기에 나오는 호걸처럼 상상하고 혼자 즐거워하는 눈치였다.

21

증거물 검사가 끝나자 재판장은 심리 종결을 선언했다. 그리고 한시바삐 끝내버리고 싶은 마음에서 휴게 시간도 없이 검사의 논고를 촉구했다. 재판장은 검사보 역시 인간인 이상 담배도 피우고 싶고 식사도 하고 싶을 것이며, 또 여러 사람의 사정도 봐주리라 기대했다. 그러나 검사보는 자기 자신에게도 남에게도 무자비했다. 이 검사보는 원래 우둔한 인간인 데다가 불행하게도 중학교를 금메달로 졸업하고 대학에서는 로마법에서의 용익권(用益權)에 관한 논문으로 상까지 받았기 때문에 더할 수 없이 자존심이 강했으며 자기만족에 빠져 있었다. (게다가 여자들한테 인기가 있어서 더욱 그렇게 되었다.) 이런저런 까닭으로 그는 형편없는 바보가 되어버렸다. 지금 발언이 허용되자 그는 천천히 일어나 금몰이 붙은 제복으로 감싼 늘씬한 몸매를 뽐내며 두 손을 책상 위에 놓고 가볍게 고개를 기울이고는, 피고들의 시선을 피해 법정 안을 한번 둘러본 다음 이렇게 입을 떼었다.

"배심원 여러분, 지금 여러분에게 맡겨진 이 사건으로 말하면 이런 표현이 적합할지는 모르겠습니다만, 지극히 특이한 범죄입니다."

그는 조서와 보고서가 낭독되는 동안 준비해두었던 논고를 시작했다.

검사보는 자신의 논고가 이미 유명해진 변호사들이 했던 유명한 변론과 마찬가지로 사회적 의의를 지녀야 한다고 생각했다. 물론 방청객이라고는 재봉사와 식모와 시몬의 누이동생, 이렇게 여자 셋과 마부 한 사람밖에 없었으나 그런 것은 아무 문제도 아니었다. 명성을 획득한 선배들도 처음에는 다 그랬던 것이다. 검사보가 신조로 삼고 있는 것은 항상 자기 본연의 임무를 충실히 수행하겠다는 것, 즉 범죄의 심리적 의의를 깊이 파고들어 사회 병폐를 폭로하겠다는 것이었다.

"배심원 여러분, 여러분은 지금 특이한, 이를테면 세기말적인 범죄를 눈앞에 보고 계십니다. 이것은 슬퍼해야 할 부패와 타락 현상의 특징을 남김없이 구비하고 있습니다. 오늘날 우리 사회에서 이런 프로세스의 특히 강렬한 광선 밑에 노출되고 있는 분자(分子)는 모두 그 부패 작용에서 벗어나지 못하고 있는 실정입니다……."

검사보는 한편으론 자기가 준비해둔 멋진 문구를 모조리 생각해내려고 애쓰면서, 다른 한편으론 (이것이 가장 중요한 점이지만) 잠시도 쉬지 않고 계속 한 시간 15분 동안 청산유수처럼 웅변을 토하려고 노력하면서 아주 장황하게 지껄여댔다. 꼭 한 번 그는 말문이 막혀서 꽤 오랫동안 침묵을 지켰으나, 곧 자세를 바로잡고 더욱 웅변을 토함으로써 잠시 동안의 정체를 만회하기 시작했다. 그는 가끔 배심원들을 바라보고 양쪽 발의 위치를 앞뒤로 바꿔가면서 다정하고 스며드는 듯한 목소리로 지껄이는가 하면, 때론 수첩을 들여다보며 나지막한 사무적 말투로 바꾸었으며, 때론 청중과 배심원들을 번갈아 바라보면서 언성을 높여 도덕적 말투로 열변을 토하기도 했다. 다만 자기를 뚫어지게 바라보고 있는 세 피고 쪽으로는 한 번도 시선을 돌리지 않았다. 그의 논고에는 그 당시 그들 사회에서 유행하고 학문의 최신 지식으로 간주되던, 아니 지금도 그렇게 여겨지는 가장 새로운 어휘가 빠짐없이 포함되어 있었다. 유전성이 나오는가 하면 선천적인 범죄성도 나오고, 롬브로소*와 타르드**가 나오는가 하면 진화론도, 생존경쟁도, 최면술도, 암시도, 샤르코***도, 심지어 데카당스도 튀어나왔다.

검사보의 정의에 따르면, 스멜리코프라는 상인은 활달한 천성을 지닌 굳세고 순수한 러시아인의 전형이며 남을 너무 잘 믿는 관대한 성질 때문에 극도로 타락해버린 인간들의 손아귀에 빠져 희생된 것이었다.

시몬 카르틴킨은 농노제의 산물로서 교육도 받지 못하고 자기 주관도 없을 뿐 아니라 종교조차 없는 보잘것없는 인간이고, 예브피미야는 그의 정부로서 유전의 희생자였다. 그녀에게서는 퇴폐한 인간의 모든 특징을 엿볼 수 있었다. 그러나 범죄의 가장 중요한 원동력이 된 것은 마슬로바이며, 그녀야말로 가장 저급의 데카당스적인 현상을 보여주는 한 사람의 대표자라고 말할 수 있었다.

검사보는 그녀 쪽을 보지 않고 말했다.

"이 여자로 말하면 방금 이 법정에서 그녀의 여주인이 증언한 바와 같이 교육도 받았습니다. 읽고 쓸 줄 알 뿐만 아니라 프랑스어까지 알고 있습니다. 그녀도 고아이기 때문에 아마도 애초부터 범죄의 싹을 지니고 있었을지도 모릅니다. 그녀는 교양 있는 귀족 가정에서 양육되었으므로 정직한 노동으로 생활할 수 있었음에도, 은인

---

* 이탈리아의 형법 학자로 범죄인류학의 창시자다.
** 프랑스의 유명한 사회학자이자 범죄학자로 심리학적 사회학을 확립했다.
*** 프랑스의 유명한 신경병리학자로 신경 계통 질병을 처음으로 보고했다.

을 버리고 정욕을 만족시키기 위해 유곽에 몸을 던졌습니다. 그곳에서 그녀는 동료들보다 단연 뛰어난 존재가 되었습니다만, 교육을 받았다는 점도 있겠으나 무엇보다 중요한 것은 배심원 여러분도 이 자리에서 여주인의 말을 들어 아시다시피 최근의 학문, 특히 샤르코 일파에 의해 연구되어 암시라는 이름으로 알려진 그 신비로운 힘으로 손님들을 매혹하는 능력을 지니고 있었기 때문입니다. 그녀는 이 힘을 이용해 러시아 민화의 용사 사드코 같은 선량하고 남을 잘 믿는 부자 상인의 마음을 사로잡아 처음에는 돈을 훔치기 위해, 다음에는 그 생명을 빼앗기 위해 그의 신용을 악용했던 것입니다."

"아니, 저 친구 약간 탈선이 심한데."

재판장은 쓴웃음을 짓고 엄숙한 표정을 하고 있는 배석판사 쪽으로 몸을 기울이며 말했다.

"기막힌 돌대가리죠" 하고 배석판사는 엄숙한 얼굴로 대꾸했다.

그러는 동안에도 검사보는 가느다란 허리를 우아하게 움직이면서 말을 계속했다.

"배심원 여러분, 이 피고들의 운명은 여러분의 손에 달려 있습니다만, 사회 전체의 운명 또한 어느 정도 여러분의 손에 달려 있습니다. 왜냐하면 여러분의 판정이 곧 사회에 영향을 미치기 때문입니다. 아무쪼록 이 범죄의 의의를 살리시고 마슬로바 같은, 말하자면 병원균적인 인간 때문에 사회가 받게 될 위험을 이해하시어 그 전염을 예방해주시기 바랍니다. 사회의 건전하고 무고한 사람들을 전염과 멸망에서 구해주시기 바랍니다."

분명히 자기 논고에 완전히 탄복한 듯싶은 검사보는 마치 눈앞에 다다른 판결의 중대성에 압도되기라도 한 것 같은 태도로 자리에 앉았다.

 그가 펼친 논고의 요지는 갖가지 미사여구를 빼버리면 다음과 같았다. 즉 마슬로바는 상인에게 최면술을 걸어 교묘하게 그의 신용을 얻은 다음 돈을 꺼내기 위해 열쇠를 받아 호텔로 갔으며, 돈을 몽땅 가로채려 했으나 시몬과 예브피미야에게 들켰으므로 그들과 나누어 갖지 않으면 안 되었고, 그 후 자기 범죄의 증거를 없애기 위해 상인과 함께 다시 호텔로 가서 그를 독살했다.

 검사보의 논고가 끝난 다음, 프록코트 밑으로 빳빳하게 풀 먹인 흰 와이셔츠 가슴을 크게 반원형으로 드러낸 중년 신사가 변호인석에서 일어나 기운찬 어조로 카르틴킨과 보치코바의 변론을 시작했다. 이 사람은 그들이 3백 루블로 의뢰한 변호사였다. 변호사는 두 사람의 무죄를 주장하며 모든 죄를 마슬로바에게 뒤집어씌웠다. 그는 돈을 꺼냈을 때 보치코바와 카르틴킨이 그 자리에 함께 있었다는 마슬로바의 진술을 무시해버리면서, 독살 용의자인 그녀의 진술 따위는 믿을 만한 것이 못 된다고 주장했다. 2천5백 루블은 성실하고 근면한 두 사람이 능히 벌어 모을 수 있는 돈인데, 왜냐하면 그들은 호텔 손님들한테서 하루 3루블 내지 5루블까지도 팁을 받았기 때문이라고 변호인은 말했다. 그리고 상인이 갖고 있던 돈은 마슬로바가 훔쳐서 누구한테 주었거나, 그렇지 않으면 제정신이 아니었던 그녀가 잃어버렸을 것이라고 했다.

 이 같은 이유로 그는 배심원들을 향해, 카르틴킨과 보치코바를 금전 절취에 관해 무죄로 인정해주기를 바란다고 말했다. 두 사람이 설사 절도죄를 자백했다손 치더라도 독살과는 무관하며, 또한 사전에 범행 의도를 갖지 않았다는 것이 변호인의 주장이었다.

결론으로 변호인은 검사보의 약점을 찌르기 위해 유전에 관한 검사보의 고견은 유전의 학술적 설명이 될지는 모르겠으나 이 경우에는 적합하지 않다면서, 그 이유로 보치코바는 부모를 알 수 없는 사생아라는 점을 지적했다.

검사보는 금세 물어뜯기라도 할 듯이 화가 나서 종이에다 무엇인가 적어 넣더니 멸시하는 듯한, 어이없다는 표정을 짓고 어깨를 으쓱해 보였다.

그다음에는 마슬로바의 변호인이 일어서서 더듬더듬 자신 없는 어조로 변론을 시작했다. 그는 마슬로바가 절도에 가담했다는 점을 부인하지 않고, 다만 스멜리코프를 독살할 의도는 없이 그저 그를 빨리 잠들게 하려고 가루약을 먹였을 뿐이라고 주장했다. 그는 여기서 한 차례 웅변을 시도해보기 위해, 마슬로바는 처음에 어떤 남자의 유혹에 빠져 타락의 길로 끌려들었는데 그 남자는 아무 벌도 받지 않고 그녀만이 타락의 고통을 짊어지게 되었다고 일반적 개론을 시도했으나, 그의 이 심리학적 영역에 걸친 논조는 매우 어설퍼서 듣고 있는 쪽에서 오히려 얼굴이 뜨거워질 지경이었다. 그가 남성의 잔인함과 여성의 무력한 처지에 대하여 더듬거리면서 논하기 시작했을 때, 재판장은 그를 곤경에서 구해주려는 심정으로 사건의 본질에서 벗어나지 말도록 주의를 주었다.

이 변호인 다음으로 다시 검사보가 자리에서 일어났다. 그는 첫 번째 변호인에 대해서 유전에 관한 자신의 학설이 옳다는 것을 옹호하기 위해, 설사 보치코바가 부모를 모르는 사생아일지라도 유전설의 진리는 조금도 손상되지 않으며, 유전 법칙은 과학으로 이미 완전히 확립되어 있고 오늘날에는 유전에서 범죄 가능성의 인자를 구할 뿐만 아니라 범죄에서 유전 인자를 추론할 수 있을 정도라고 말했다. 그리고 그다음 변호인이 말한 가정, 곧 마슬로바가 가상의 (그는 이 '가상의'라는 말을 비꼬는 투로 발음했다) 유혹자에 의해 타락하게 되었다는 데 대해서는, 도리어 모든 자료가 그녀 자신이 유혹자임을 증명하고 있으며 그녀의 손에 걸린 수많은 남성이 희생되었다는 것을 말해준다고 잘라 말하고는 의기양양하게 자리에 앉았다.

그 뒤에 피고들에게 변명의 기회가 주어졌다.

예브피미야 보치코바는 자신은 아무것도 모른다, 아무런 관계도 없다고만 되풀이하면서 모든 죄는 마슬로바에게 있다고 끈덕지게 우겨댔다. 시몬은 똑같은 말을 몇 번 되풀이했을 뿐이다.

"어서 마음대로 하십시오. 저에게는 죄가 없습니다. 저는 누명을 쓴 겁니다."

마슬로바는 아무 말도 하지 않았다. 자신에게 유리한 일이 있거든 말하라고 재판장이 권하자 그녀는 그저 눈을 들어 그를 바라볼 뿐이었다. 그러다가 막다른 곳에 몰린 짐승처럼 여러 사람을 둘러보고는 곧 시선을 떨어뜨리고 큰 소리로 흐느껴 울기 시작했다.

"아니, 왜 그러시오?"

갑자기 네흘류도프가 이상한 소리를 내는 것을 듣고 옆에 앉아 있던 상인이 이렇게 물었다. 그것은 터져 나오려는 오열을 참는 소리였다.

네흘류도프는 아직도 자신이 현재 놓여 있는 상태가 무엇을 의미하는지를 완전히 이해하지 못하고 있었다. 그래서 간신히 참아낸 오열과 눈에 고인 눈물을 신경쇠약 탓으로 돌렸다. 그는 눈물을 감추기 위해 코안경을 쓰고 손수건을 꺼내 코를 풀었다.

만약 이 법정에 있는 모든 사람이 자기가 저지른 행위를 알게 된다면 큰 치욕을 받게 될지 모른다는 공포심이, 그의 마음속에서 눈뜨기 시작한 양심의 소리를 억눌러버렸다. 이때만 해도 이 공포심이 그의 마음속 무엇보다도 강했던 것이다.

22

피고들의 최후 진술이 끝나자, 질문을 어떤 형식으로 제출하는가에 대한 원고 측과 피고 측 사이의 협의가 꽤 오래 이어진 다음 이윽고 질문 사항도 결정되었으므로 재판장이 사건 개요를 설명하기 시작했다.

사건을 설명하기에 앞서 그는 배심원들에게 듣기 좋은 허물없는 말투로 강도는 강도이고, 절도는 절도이며, 폐쇄된 장소에서의 약탈은 폐쇄된 장소에서의 약탈이고, 개방된 장소에서의 약탈은 개방된 장소에서의 약탈이라고 장황하게 설명했다. 이렇게 설명하면서 그는 특히 네흘류도프 쪽을 자주 바라보았다. 마치 자기가 말하는 중대한 사태를 그가 이해하고 동료들에게 이해시켜주리라는 기대를 걸고 있는 것 같았다. 이윽고 배심원들이 이 진리를 충분히 깨달았다고 생각했는지 이번에는 또 다른 진리를 부연하기 시작했다. 즉 살인이란 인간을 죽음에 이르게 하는 행위를 일컬으므로 독약을 먹이는 것도 역시 살인 행위라는 것이었다. 이 진리도 배심원들이 이해했다고 판단하자, 그는 또 만약에 절도와 살인이 동시에 행해졌다면 절도 살인죄라는 범죄가 성립된다고 설명했다.

재판장 자신도 빨리 끝마치고 싶었고 벌써 스위스 여자가 기다리고 있을 시각이었는데도, 그는 자기 직무에 너무나 익숙한 나머지 일단 입을 연 이상 지껄이는 것을 중단할 수가 없었다. 그래서 그는 배심원들을 향하여, 만약 여러분이 피고를 유죄라고 인정한다면 유죄로 인정할 권리를 가지고 있고 무죄라고 인정한다면 무죄로 인정할 권리가 있다, 그리고 만약 어떤 점에서는 유죄라고 인정하더라도 다른 점에서는 무죄라고 생각한다면 한 가지 점에서는 유죄라고 인정하고 다른 한 가지 점에서는 무죄라고 인정할 권리가 있다고 상세히 설명해주었다. 그리고 배심원들은 이 권리를 부여받기는 했지만 이것을 이성적으로 행사하지 않으면 안 된다고 덧붙였다. 그리고 그는 또, 만약 배심원들이 제출된 질문에 대해서 긍정적인 대답을 한다면 그들은 그 질문에 포함된 전부를 인정하는 것이 되지만, 만약 그들이 질문에 제출된 사항 전부를 인정하는 것이 아니라면 인정하지 않는 점을 분명히 밝힐 필요가 있음을 설명하고 싶었다. 그러나 시계를 보니 벌써 3시 5분 전이었으므로 곧 사건 개요 설명으로 넘어가기로 했다.

"본 건의 개요는 다음과 같습니다" 하고 그는 서두를 꺼냈다. 그리고 이미 변호인이나 검사보, 증인들이 몇 번이나 한 말을 그대로 되풀이했다.

재판장이 말하고 있을 때 양쪽에 앉은 배석판사들은 자못 의미심장한 표정으로 귀를 기울이고, 이 개요 설명은 참으로 훌륭하다, 즉 마땅히 갖춰야 할 조건을 다 갖추고 있다고 여기면서도 너무 길어서 탈이라고 생각하며 가끔 시계를 들여다보곤 했다. 검사보도, 그 밖의 재판소 관리들도, 법정에 모여 있는 모든 사람이 역시 그렇게 느꼈다. 재판장은 사건 개요 설명을 끝마쳤다.

이것으로 할 말은 다 한 것 같았다. 그러나 재판장은 발언권과 좀체 헤어지려 하지 않았다. 설득력 있는 자기 목소리에 귀 기울이고 있는 것이 매우 기분 좋기 때문이었다. 그래서 그는 배심원에게 부여된 권리가 얼마나 중대한가에 대해서, 또 그 권리를 행사하는 데는 주의 깊고 신중해야 하며 남용해서는 안 된다는 것, 그들은 선서를 했고 따라서 그들은 사회의 양심이라는 것, 평의실의 비밀은 신성해야 한다는 것 등에 대해서 몇 마디 더 주의를 환기시킬 필요를 느꼈다.

재판장이 사건 개요 설명을 시작한 그때부터 마슬로바는 한마디도 놓치지 않으려는 듯이 눈도 깜박이지 않고 그를 지켜보았다. 네흘류도프는 그녀와 시선이 마주칠 염려가 없어졌으므로 줄곧 그녀만 바라보았다. 그러자 그의 마음속에는 이런 경우에 흔히 있는 현상이 일어났다. 오랫동안 헤어져 있던 사랑하는 사람의 얼굴을 보았을 때 처음에는 그동안에 생긴 외부적 변화에 놀라게 되지만, 차츰 그 얼굴은 몇 해 전의 모습으로 되살아나서 달라졌다고 여겨지던 점은 사라지고 마음의 눈앞에는 그 사람만이 짓는 정신적 개성의 주요한 표정만이 떠오르는 법이다.

지금 네흘류도프의 마음속에는 바로 이러한 일이 일어났다.

그렇다. 비록 죄수복을 입고 있기는 하지만, 몸이 나고 가슴이 불룩 솟아올랐기는 하지만, 얼굴 아랫부분엔 둥그렇게 살이 붙었고 이마와 관자놀이엔 잔주름이 생겼으며 눈은 부석부석하게 부은 것 같기는 하지만, 그것은 틀림없는 카튜샤였다. 부활제 날의 기쁨과 삶의 충만함으로 빛나는 웃음을 띠고, 사모의 정이 넘치는 눈으로 사랑하는 그를 순진하게 쳐다보던 바로 그 카튜샤였다.

'그러나 이 얼마나 놀라운 우연이냐! 이 사건이 바로 내가 재판소에 나오는 날에 걸리다니. 10년 동안 어디서도 만나지 않았는데 하필이면 여기서, 이 피고석에서 만나게 되다니! 대체 이 일은 어떻게 될 것인가! 한시바삐 끝나주었으면!'

그는 마음속에서 속삭이기 시작한 회오의 소리에 아직도 순종하려 하지 않았다. 이것은 다만 우연이며 자신의 생활을 파괴하는 일 없이 곧 지나가버리고 말 것이라고 생각했다. 지금 자신의 처지는 마치 방 안에서 똥을 쌌다고 해서 주인에게 목덜미를 잡혀 자기가 싸놓은 오물 속에 콧등을 틀어박히는 강아지와 똑같다고 생각되었다. 강아지는 깽깽 울면서 뒷걸음질 치고 자기가 싸놓은 오물에서 되도록 멀리 도망치려고 바동대지만, 엄격한 주인은 절대로 놓아주지 않는다. 그와 마찬가지로 네흘류도프도 자기가 저지른 행위의 추악함을 충분히 느끼고, 또한 주인의 억센 팔도 느끼고 있었다. 그러면서도 여전히 자기가 저지른 행위의 의미를 이해하지 못했으며, 그 주인의 존재조차 인정하려 하지 않았다. 그는 자기 눈앞에 놓여 있는 것이 자신의 소행임을 아직도 믿고 싶지가 않았다. 그러나 눈에 보이지 않는 엄격한 손은 꼼짝 못하게 그를 누르고 있었다. 그도 이제는 도저히 빠져나갈 수 없다는 것을 예감했다. 그는 그래도 여전히 허세를 부리고, 몸에 밴 습관대로 다리를 포개고, 아무렇지 않은 척 코안경을 만지작거리면서 첫째 줄 두 번째에 있는 자기 자리에 자신만만한 자세로 앉아 있었다. 그러나 이미 마음속으로는 그 행위뿐만 아니라 나태하고 방종하며 냉혹하고 방자한 자기 생활 전체의 무자비함과 비열함과 저속함을 느끼고 있었다. 그리고 어떤 기적으로 과거 12년 동안이나 그의 범죄와 그 후의 생활까지도 감취주었던 두려운 장막이 이제는 흔들리기 시작하여, 기회 있을 때마다 그 뒤에 숨어 있는 것이 그의 눈에 띄기 시작했다.

23

마침내 재판장은 개요 설명을 끝내고, 점잖게 질문서를 집어 앞으로 가까이 나온 배심원 대표에게 주었다. 배심원들은 퇴정할 수 있게 된 것을 기뻐하면서 자리에서 일어나 무언가 부끄러운 듯 손을 어디에 둘지 몰라 하면서 줄줄이 평의실로 들어갔다. 그들이 들어가고 문이 닫히자 헌병 한 사람이 문 앞으로 다가서더니 칼집에서 군도를 뽑아 어깨에다 대고 문 옆에 섰다. 판사들도 일어서서 퇴정했다. 피고들도 끌려 나갔다.

평의실로 들어온 배심원들은 아까처럼 우선 담배를 꺼내 피우기 시작했다. 그들이 법정의 자기 자리에 앉아 있는 동안 많건 적건 모두 느끼고 있던 부자연스러움과 어색함은 평의실에 들어와서 담배를 피우기 시작하자 씻은 듯이 사라졌고, 제각기 가벼운 기분으로 자리를 잡고 앉아 곧 떠들어대기 시작했다.

"그 아이한텐 죄가 없습니다. 끌려 들어간 것뿐이죠. 정상을 참작할 필요가 있어요."

사람 좋은 상인이 말했다.

"바로 그것을 지금 심의하자는 게 아닙니까? 우리는 사적 인상에 지배되어서는 안 됩니다."

배심원 대표가 말했다.

"재판장의 사건 개요 설명은 훌륭했어요" 하고 대령이 말했다.

"흥, 훌륭하다고! 난 졸음이 와서 혼났어요."

"요는 마슬로바가 공모하지 않았다면 호텔 하인들이 돈이 있는 걸 알 수가 없었다는 점입니다" 하고 유대인 점원이 말했다.

"그럼 당신은 그녀가 훔쳤다는 건가요?"

배심원 가운데 한 사람이 물었다.

"난 절대로 그렇게 믿지 않습니다. 모두 그 눈이 빨간 악당 년이 한 짓이에요."

호인답게 생긴 상인이 소리쳤다.

"다 똑같은 자들이지, 뭐" 하고 대령이 말했다.

"그러나 그 여자는 방에 들어가지 않았다고 하지 않습니까?"

"그 소릴 믿는군요. 난 그런 악당 년은 절대 믿을 수가 없어요."

"하지만 당신이 안 믿는다는 것만 가지곤 아무 소용도 없지 않소" 하고 점원이 말했다.

"열쇠는 그 애가 갖고 있었다지 않소."

"가지고 있었다고 해서 그게 무슨 상관입니까?" 하고 상인이 반박했다.

"그럼 반지는?"

"그건 그 애가 말하지 않았소. 그 상인이란 자는 성미가 급한 데다가 한잔했기 때문에 그 애를 때렸단 말이에요. 그러고 나선 불쌍한 생각이 들었겠죠. 그래서, 이것을 줄 테니 울지 마라, 하면서 달랜 거예요. 내가 듣기론 키가 190센티미터가 넘고 몸무게는 130킬로그램이나 되는 위인이었다는군요!"

상인이 다시 말했다.

"그게 문제가 아닙니다" 하고 표트르 게라시모비치는 말을 가로챘다.

"문제는 그녀가 교사해서 모든 일을 꾸며댔느냐, 아니면 하녀가 했느냐에 달려 있습니다."

"하녀 혼자서는 할 수 없습니다. 열쇠는 그녀가 가지고 있었으니까요."

두서없는 문답이 꽤 오랫동안 계속되었다.

"자, 그러면 여러분, 탁자에 앉아서 심의하기로 합시다."

배심원 대표가 의장석에 앉으면서 말했다.

"그런 계집들은 다 도둑년이에요."

점원은 이렇게 말하고, 주범은 마슬로바라는 의견을 증명하기 위해 어떤 매춘부가 가로수 길에서 자기 친구의 시계를 훔친 이야기를 늘어놓았다.

그러자 이번엔 대령이 은제 사모바르를 도난당한, 더 놀랄 만한 사건을 이야기했다.

"여러분, 질문 사항에 관해 심의해주십시오."

배심원 대표가 연필로 책상을 두드리면서 말했다.

모두 입을 다물었다. 질문 사항은 다음과 같이 적혀 있었다.

(1) 크라피벤스키 군 보르키 촌의 농민 페트로프 카르틴킨(33세)은 1880년 1월 17일 N시에서 상인 스멜리코프의 돈을 강탈할 목적으로 다른 두 사람과 공모해서 그 살해를 도모하고, 독약이 든 코냑을 주어 스멜리코프를 치사케 하고, 현금 약 2천5백 루블과 다이아몬드 반지 한 개를 절취한 데 대해 유죄인가?

(2) 소시민 예브피미야 이바노브나 보치코바(43세)는 1번 질문에 기술된 범죄에서 유죄인가?

(3) 소시민 예카테리나 미하일로바 마슬로바(27세)는 1번 질문에 기술된 범죄에서 유죄인가?

(4) 만약 피고 예브피미야 보치코바가 1번 질문에 기술된 범죄에서 무죄라면, 1880년 1월 17일, N시의 마브리타니야 호텔에서 일하다가 이 호텔 손님인 스멜리코프의 방에 있는 가방에서 남몰래 2천 5백 루블의 돈을 훔치려고 자기가 가져온 열쇠로 그 자리에서 가방을 열어 목적을 달성한 데 대하여 유죄인가, 아닌가?

배심원 대표가 첫 번째 질문을 읽었다.

"자, 어떻습니까, 여러분?"

이 문제에 대해서는 즉시 대답이 나왔다. 카르틴킨이 독살과 절도에 가담한 것을 인정하고 '유죄'라는 데 모두 동의했다. 다만 늙은 협동조합원 한 사람만이 카르틴킨을 유죄로 인정하는 데 찬성하지 않았는데, 그는 어느 질문에 대해서나 피고를 변호하는 뜻의 답변을 했다.

배심원 대표는 이 노인이 이해하지 못하는 줄 알고, 카르틴킨과 보치코바가 유죄라는 것은 모든 점으로 보아 의심의 여지가 없다고 설명해주었다. 그러나 협동조합원은 자기도 잘 알지만 동정하는 것이 더 좋은 일이라고 대답했다.

"우리 자신도 성인은 아니니까요."

노인은 이렇게 말하고 끝까지 의견을 고집했다.

보치코바에 관한 두 번째 질문에 대해서는 오랜 토의와 심의 끝에 독살에 가담한 확실한 증거가 불충분하므로 '무죄'로 결정지었다. 이에 대해서는 특히 그녀의 변호인이 강조했던 것이다.

상인은 마슬로바를 무죄로 하려는 마음에서 보치코바야말로 모든 일의 주모자라고 주장했다. 여러 배심원들이 그에 동의했으나, 배심원 대표는 어디까지나 합법적인 태도를 지키기 위하여 그녀를 독살 공모자로 인정할 만한 근거가 없다고 말했다. 오랜 논의 끝에 배심원 대표의 의견이 승리했다.

보치코바에 관한 네 번째 질문에 대해서는 '유죄'로 결정되었으나 협동조합원의 간청에 따라 '단, 정상을 참작할 것'을 덧붙였다.

마슬로바에 관한 세 번째 질문에 대해서는 격렬한 논쟁이 벌어졌다. 배심원 대표는 마슬로바가 절도와 독살에 대해 다 유죄라고 주장했으나 상인이 반대했고, 대령과 점원과 협동조합원도 상인 편을 들었다. 나머지 사람들은 모두 동요하고 있는 눈치였다. 그러나 배심원 대표의 의견이 점점 우세해지기 시작했다. 그것은 특히 배심원들이 피로를 느끼고 있어서 되도록 빨리 결말을 지을 수 있고, 따라서 빨리 그들을 해방해줄 듯한 의견에 가담하는 편이 좋다고 생각했기 때문이다.

법정 심리에서 드러난 모든 점을 보더라도, 그리고 자기가 알고 있는 마슬로바의 사람됨으로 미루어 보더라도 네흘류도프는 그녀가 절도나 독살에 대해서 무죄임을 확신했고, 처음에는 모든 사람이 그렇게 인정할 것으로 믿었다. 그러나 상인의 어설픈 변호와(그것은 상인 자신이 숨기지 않고 말했듯이 마슬로바의 외모가 그의 마음에 들었다는 데 동기가 있었음에 분명하다) 그의 마음을 눈치챈 배심원 대표의 반박, 더욱이 모든 배심원이 느끼는 피로 때문에 결정은 유죄로 점점 기울어졌다. 이를 지켜보던 네흘류도프는 반박하고 싶었지만 마슬로바를 위해서 말하기가 어쩐지 두려웠다. 자신과 그녀의 관계를 당장 여러 사람들이 눈치챌 것 같았기 때문이다. 한편으로는 이 문제를 이대로 놔둘 수 없으며 기어코 반박을 해야 한다고 느꼈다. 그가 얼굴을 붉으락푸르락하면서 겨우 입을 열려고 했을 때, 이때까지 잠자코 있던 표트르 게라시모비치가 배심원 대표의 강압적인 어조에 격분했는지 갑자기 그를 반박하면서 네흘류도프가 하려던 말을 그대로 하기 시작했다.

"그렇지만 말입니다. 마슬로바가 열쇠를 가지고 있었으니까 그녀가 훔쳤다고 하지만 그녀가 돌아간 뒤에 호텔 하인들이 딴 열쇠로 그 가방을 열 수도 있지 않습니까?"

그가 말했다.

"옳습니다, 옳아요" 하고 상인이 맞장구를 쳤다.

"그녀는 돈을 훔칠 수 없었습니다. 그녀의 처지로서는 돈을 감출 만한 데가 없었으니까요."

"바로 그 점입니다, 내가 하고 싶은 말은" 하고 상인이 또 거들었다.

"그보다도 오히려 그녀가 왔다 간 데서 하인들이 힌트를 얻어, 기회를 엿보아 돈을 훔친 다음 모든 것을 그녀에게 덮어씌웠다고 봐야 할 겁니다."

표트르 게라시모비치는 흥분해서 말했다. 그의 흥분은 배심원 대표에게 옮아갔고, 이 때문에 배심원 대표는 더욱 완강하게 자기의 반론을 고집했다. 그러나 표트르 게라시모비치의 말은 이치에 닿았으므로 사람들 대부분이 그에 동의하고, 마슬로바는 돈과 반지를 훔치는 데 관계가 없으며 반지는 그녀가 선물받았을 뿐이라는 점을 인정했다. 그녀가 독살에 관계했는가 하는 점에 대해서는 그녀의 열렬한 옹호자인 상인이, 그녀에게는 독살할 이유가 하나도 없었으므로 무죄로 인정해야 한다고 말했다. 그러나 배심원 대표는 그녀 자신이 가루약을 먹였다고 자백했기 때문에 무죄로 할 수는 없다고 주장했다.

"먹이기는 했지만 아편인 줄 알고 먹였던 겁니다" 하고 상인은 말했다.

"아편으로도 생명을 뺏을 수가 있으니까요."

문제의 핵심에서 벗어나기를 좋아하는 대령이 말했다. 이것을 기회로 그는 자기 처남의 아내가 아편을 먹고 자살을 기도했는데 만약 근처에 의사가 없어서 응급치료를 하지 못했더라면 그대로 죽을 뻔했다는 얘기를 늘어놓았다. 얘기를 하는 대령의 태도에 설득력이 있었으며 자신만만한 데다가 위엄까지 있었기 때문에 아무도 감히 그의 말을 막지 못했다. 다만 점원만은 대령을 본떠 자기도 한 가지 이야기를 하려고 대령의 말을 가로채려 들었다.

"그렇지만 개중에는 점점 습관이 되어" 하고 그는 입을 열었다.

"마흔 방울쯤 먹고도 아무렇지 않은 사람도 있습니다. 제 친척 한 사람도……."

그러나 대령은 하던 이야기를 멈추지 않고, 아편이 처남의 아내에게 어떠한 영향을 미쳤는가에 대해 이야기를 계속했다.

"여러분, 벌써 4시가 지났습니다."

배심원 가운데 한 사람이 말했다.

"그럼 어떻게 하면 좋겠습니까, 여러분? 유죄라고 인정은 하지만, 강탈할 의도는 없었으며 실지로 재물을 빼앗지도 않았다. 이렇게 하면 어떻습니까?"

배심원 대표는 여러 사람에게 물었.

표트르 게라시모비치는 자신의 승리에 만족하여 찬성의 뜻을 표시했다.

"그러나 정상참작을 해야 한다, 라고 해야죠."

상인이 덧붙였다.

모두 찬성했다. 다만 협동조합원만이 "아니, 무죄요" 하고 끝까지 주장했다.

"결국 그렇게 되는 겁니다. 강탈할 의도는 없고 재물도 취하지 않았다고 하면 당연히 무죄가 아닙니까?"

배심원 대표가 설명했다.

"그리고 나서 정상참작의 필요가 있음, 이라고 해둡시다. 이제는 마지막 손질만 남은 셈이죠" 하고 상인은 기분이 좋아서 말했다.

모두 지칠 대로 지친 데다가 논쟁 때문에 머리가 혼란스러웠으므로, 답신서에 '유죄임, 단 살해 의도는 없었음'이라고 덧붙여야 한다는 데 아무도 생각이 미치지 못했다.

네흘류도프는 몹시 흥분해 있었으므로 역시 그 점을 깨닫지 못했다. 그리하여 답신서는 그냥 그대로 기록되어 법정에 제출되었다.

라블레*가 이런 이야기를 한 일이 있다. 어떤 법률가가 소송 사건을 가지고 온 사람에게, 온갖 법률 조항을 들춰 보여주고 무의미한 라틴어 법률서를 20페이지나 읽어준 다음 결국은 주사위를 던져 홀짝을 알아보라고 제의했다고 한다. 만약 짝수가 나오면 원고 승소이고, 홀수가 나오면 피고가 이긴다는 것이었다.

이 경우도 마찬가지였다. 바로 이런 결의가 채택된 것도 실은 전원의 의견이 일치했기 때문이 아니다. 첫째로는 그토록 오랜 시간

---

* 르네상스 시대의 프랑스 작가다.

에 걸쳐서 사건 개요를 늘어놓은 재판장이 언제나 반드시 하던 말, 즉 배심원들은 질의에 대한 답신서에 '유죄임, 단 살해 의도는 없었음'이라고 쓸 수도 있다는 말을 잊고 빠뜨려버렸기 때문이다. 둘째로는 대령이 자기 처남의 아내에 대한 이야기를 너무 오랫동안 지루하게 늘어놓았기 때문이다. 셋째로는 네흘류도프가 너무 흥분한 나머지 '살해 의도는 없었음'이란 단서가 빠진 줄 모르고 '강탈 의도는 없었음'이란 단서만으로 기소가 기각될 수 있다고 생각했기 때문이다. 넷째로는 배심원 대표가 질문 사항과 답신 사항을 낭독할 때 표트르 게라시모비치가 밖에 나가고 그 자리에 없었기 때문이다. 그러나 무엇보다도 중요한 이유는 모두가 지쳐버려서 한시라도 빨리 자유로워지고 싶은 마음에서 빨리 끝장이 날 듯한 결의에 찬성을 했기 때문이다.

 배심원들은 벨을 울렸다. 군도를 빼 들고 입구에 서 있던 헌병은 군도를 칼집에 도로 넣고 옆으로 비켜섰다. 이윽고 재판관들이 자리에 앉고, 배심원들도 한 사람씩 평의실에서 나왔다.

 배심원 대표는 엄숙한 태도로 답신서를 받들고 재판장에게 다가가 제출했다. 재판장은 답신서를 한 번 읽어보고 나서, 어이가 없다는 듯이 두 손을 벌리고서 배석판사 쪽을 돌아보고 의논을 시작했다. 재판장은 배심원들이 '강탈 의도는 없었음'이란 단서는 붙이면서 '살해 의도는 없었음'이란 둘째 단서를 붙이지 않은 데 놀랐던 것이다. 배심원들의 결의에 따른다면, 마슬로바는 훔치지도 않고 강탈도 하지 않았으나 그와 동시에 이렇다 할 목적도 없이 사람을 독살했다는 얘기가 된다.

 "이것 좀 보시오, 이런 바보 같은 짓이 어디 있담! 이렇게 되면 징역을 보낼 수밖에 없지 않소, 그 여자는 죄가 없는데 말이오."

그는 왼쪽 배석판사에게 말했다.

"아니, 어째서 죄가 없다는 겁니까?"

엄격한 표정을 하고 있는 판사가 말했다.

"죄가 없으니까 없다는 거죠. 내 생각에 이건 제818조를 적용해야 할 것 같소."(제818조는 만약 재판부가 유죄 결정을 부당하다고 인정할 경우 배심원 결의를 폐기할 수 있다고 규정한 조문이다.)

"당신은 어떻게 생각하시오?"

재판장은 선량하게 생긴 배석판사에게 물었다.

선량한 판사는 이내 대답을 하지 않았다. 그는 자기 앞에 놓인 서류 번호를 힐끔 보고는 그 수를 합하여 3으로 나누어보았다. 만약 나눠떨어지면 찬성하려고 했지만, 나눠떨어지지 않았는데도 그는 워낙 선량한 위인인지라 그냥 찬성하고 말았다.

"나도 그게 정당하다고 생각합니다" 하고 그는 말했다.

"그럼 당신은 어떻소?"

재판장은 화를 잘 내는 배석판사에게 물었다.

"절대로 반대입니다. 그렇지 않아도 신문에서는 배심원들이 범인을 무죄로 만든다고 공격하고 있는데, 재판부 자체가 무죄로 만든다면 뭐라고 떠들어댈지 모릅니다. 나는 절대로 반대입니다."

그는 딱 잘라서 말했다.

재판장은 시계를 들여다보았다.

"가엾기는 하지만 어쩔 수 없군" 하고는 답신서를 배심원 대표에게 주어 낭독시켰다.

모두 자리에서 일어났다. 배심원 대표는 발의 위치를 바꾸면서 우선 헛기침을 하고 나서, 질문과 답신을 낭독했다. 재판소 관리들은 서기에서 변호인, 검사보에 이르기까지 모두 놀란 기색을 나타냈다.

피고들은 답신의 의미를 제대로 이해하지 못했는지 태연히 앉아 있었다. 모두 다시 자리에 앉았다. 재판장은 검사보에게 피고들을 어떤 형에 처해야 할지 물었다.

검사보는 마슬로바에 관해 뜻밖의 성공을 거두어 기분이 우쭐해졌고, 그것이 자신의 웅변 덕분이라고 생각하고는 잠깐 서류를 뒤적여 조사한 다음 일어서서 말했다.

"시몬 카르틴킨은 형법 제1452조 및 제1453조 4항에 의거하여, 예브피미야 보치코바는 제1659조, 예카테리나 마슬로바는 제1454조에 의거하여 각각 그 형을 적용해야 한다고 생각합니다."

그들에게 과할 수 있는 가장 무거운 형이었다.

"판결문 작성을 위해 휴정을 선언합니다."

재판장은 일어서면서 말했다. 모두 그 뒤를 따라 자리에서 일어섰다. 그리고 훌륭한 일을 처리했다는 쾌감을 느끼며 법정에서 나가기도 하고 그 근처를 서성거리기도 했다.

"허 참, 우리가 정말 형편없는 실수를 저질렀군. 우리가 억지로 그 여자를 징역 보내는 거나 다름없게 됐어요."

표트르 게라시모비치가 네흘류도프에게 다가오면서 말했다. 네흘류도프는 이때 배심원 대표가 하는 말을 듣고 있었다.

"뭐라고요?"

네흘류도프는 저도 모르게 소리를 질렀다. 이때만은 이 교사의 불쾌하고 허물없는 태도에 조금도 마음이 쓰이지 않았다.

"그렇지 뭡니까. 우리는 그 답신서에다 '유죄임, 단 살해 의도는 없었음'이라고 써 넣는 것을 잊어버렸어요. 방금 서기한테서 들었는데, 검사가 그 여자에게 징역 15년을 구형했답니다."
 표트르 게라시모비치가 말했다.
 "하지만 모두 그렇게 결의를 하지 않았습니까?" 하고 배심원 대표가 말했다.
 표트르 게라시모비치는 그녀가 돈을 훔치지 않은 이상 살해할 의도가 없었다는 것은 너무나 당연한 일이 아니냐고 반론을 폈다.
 "그렇지만 나는 법정에 들어가기 전에 여러분 앞에서 답신서를 낭독했어요. 아무도 이의를 제기하는 사람이 없지 않았습니까."
 배심원 대표는 변명을 했다.
 "나는 그때 마침 방에 없었어요. 하지만 당신은 어째서 그냥 멍청하게 있었습니까?"
 표트르 게라시모비치는 말했다.
 "나도 그런 생각은 미처 하지 못했어요."
 네흘류도프는 대답했다.
 "허허, 그런 생각은 하지 못했다니."
 "아니, 그런 건 정정할 수 있을 겁니다."
 네흘류도프는 말했다.
 "아닙니다, 안 돼요. 이제 와서는 다 틀렸습니다."
 네흘류도프는 피고들을 바라보았다. 이미 운명이 결정된 그들은 여전히 꼼짝도 않고 헌병들의 감시를 받으며 칸막이 저쪽에 앉아 있었다. 마슬로바는 무엇 때문인지 웃음을 짓고 있었다.
 순간 네흘류도프의 마음속에는 좋지 않은 감정이 움직이기 시작했다. 이때까지는 그녀가 무죄로 석방되어 이 도시에서 그냥 살게 될 경우를 예상했으므로 그녀에 대하여 어떤 태도를 취해야 할지 결단을 내리지 못하고 있었다. 사실 그녀에 대한 태도는 골치 아픈 문제였다. 그런데 징역과 시베리아 유형은 그녀에 대해 어떤 태도든 취해야 하는 가능성을 한꺼번에 제거해준다. 숨이 완전히 끊어지지 않은 새는 사냥 주머니 속에서 푸덕거리면서 마침내 자신의 존재를 상기시키지 않게 될 것이다.

24

표트르 게라시모비치의 예측은 옳았다.

평의실에서 돌아오자 재판장은 선고문을 들고 낭독했다.

"188○년 4월 28일 황제 폐하의 칙령을 받들어 지방재판소 형사부는 배심원 제씨의 결의에 따라 형사소송법 제771조 3항 및 제776조, 제777조에 의거해서 다음과 같이 선고한다. 농민 시몬 카르틴킨 33세와 평민 예카테리나 마슬로바 27세에 대해서는 형법 제28조를 적용하여 일체의 신분권을 박탈하고 카르틴킨은 8년, 마슬로바는 4년의 징역에 처한다. 평민 예브피미야 보치코바 43세는 형법 제49조에 의거해서 공사(公私)의 특권을 모두 박탈하고 3년의 금고형에 처한다. 본 사건의 재판 비용은 균등하게 각 피고가 분담하기로 하고, 그 능력이 없을 경우에는 국고 부담으로 한다. 본 사건에 관련된 증거물은 공매에 부치되 반지는 반환하고, 시험관은 파기한다."

카르틴킨은 여전히 꼿꼿이 몸을 펴고 손가락을 벌린 두 손을 옷솔기에 댄 채 볼을 실룩거리며 서 있었다. 보치코바는 태연자약해

보였다. 마슬로바는 판결을 듣자 얼굴빛이 적자색으로 변해버렸다.
"전 죄가 없어요, 죄가 없어요! 이건 너무해요. 전 아무 죄도 없어요. 전혀 모르는 일이에요. 생각조차 못한 일이에요. 정말이에요, 정말이라고요."

별안간 그녀의 울부짖는 목소리가 온 법정에 울려 퍼졌다. 그러고는 벤치 위에 쓰러져 목을 놓고 통곡하기 시작했다.

카르틴킨과 보치코바가 퇴장한 뒤에도 그녀는 여전히 벤치에 앉아 울고 있었다. 그래서 헌병은 하는 수 없이 그녀의 옷소매를 잡아당겼다.

'아니다, 이대로 내버려둘 수는 없다.' 네흘류도프는 자신의 추악한 감정 따위는 완전히 잊어버리고 이렇게 혼잣말로 중얼거렸다. 그러고는 자기도 모르게 다시 한번 그녀를 보기 위해 복도로 바삐 걸어 나갔다. 사건을 끝낸 것을 만족스럽게 생각하는 변호사와 배심원들이 활기 있게 무리 지어 문으로 나가고 있었기 때문에, 그는 잠시 동안 문 앞에서 지체할 수밖에 없었다. 그가 복도로 나왔을 때 마슬로바는 이미 멀리 떨어져 있었다. 그는 남의 주의를 끄는 것도 생각하지 않고 재빨리 그녀의 뒤를 따라가서 앞지른 다음 걸음을 멈추었다. 그녀는 이미 울음을 그쳤으나, 때때로 세차게 울먹이면서 빨갛게 얼룩진 얼굴을 머릿수건 끝자락으로 닦고 있었다. 마슬로바는 그를 보지도 않고 옆을 지나쳐버렸다. 그녀를 지나 보낸 다음 그는 재판장을 만나려고 급히 제자리로 되돌아왔으나, 재판장은 이미 퇴정한 뒤였다.

네흘류도프는 재판장의 뒤를 쫓아서 간신히 수위실에서 따라잡았다.

"재판장님."

네흘류도프는 재판장 옆으로 다가가서 말했다. 재판장은 벌써 엷은 색깔의 외투를 걸친 후 수위가 내준, 은 손잡이가 달린 단장을 받아 쥐고 있었다.

"방금 선고가 내려진 사건에 대해서 좀 말씀드리고 싶습니다만, 전 배심원입니다."

"네, 알고 있습니다. 네흘류도프 공작이시지요? 참 반갑습니다. 우린 벌써 만난 적이 있죠."

재판장은 그의 손을 잡고, 처음으로 네흘류도프를 만나던 그날 밤에 그가 다른 청년들보다도 멋지고 유쾌하게 춤을 추던 모습을 흐뭇한 기분으로 회상하면서 이렇게 말했다.

"그런데 무슨 일이시죠?"

"실은 마슬로바에 관한 답신서에 잘못이 있었습니다. 그 여자는 독살에 죄가 없었는데도 징역을 선고받은 겁니다."

네흘류도프는 몹시 암담한 표정으로 이렇게 말했다.

"하지만 법정은 당신들이 제출한 답신서에 입각해서 판결을 내린 겁니다. 하긴 법정에서도 그 답신서가 타당성을 잃은 것처럼 느껴지긴 했습니다만."

재판장은 출구 쪽으로 걸어가면서 말했다.

그는 자기가 배심원들에게 설명할 때, 그들의 답신이 '유죄임' 하는 것만으로도 살의(殺意)의 부정이 없으면 고의적 살인을 확인하게 된다는 점을 주의시키려고 했으나 빨리 끝내려고 서두른 탓에 그 말을 하지 못했던 것이 생각났다.

"네, 그렇지만 잘못을 수정할 수는 없습니까?"

"상고 이유는 언제든지 있는 법입니다. 변호사에게 상의해보시죠."

재판장은 비뚜름하니 모자를 쓰고 여전히 출구 쪽으로 걸음을 옮기면서 이렇게 말했다.

"그렇지만 그건 무서운 일이 아니겠어요."

"사실 말이지, 마슬로바는 둘 중 어느 쪽이든 가능했던 겁니다."

재판장은 출구 쪽으로 걸어 나가면서, 네흘류도프에게 되도록 상냥하고 정중하게 대하려는 듯이 외투 깃 위로 나온 턱수염을 쓰다듬기도 하고 살짝 그의 팔꿈치를 잡아주기도 하면서 말을 이었다.

"당신도 가시는 길이죠?"

"네."

네흘류도프는 이렇게 말하고 황급히 외투를 입으면서 그와 나란히 걸음을 옮겼다.

그들은 상쾌한 햇빛이 눈부시게 비치는 밖으로 나왔다. 그러자 포도(鋪道)를 달리는 요란스러운 마차 바퀴 소리 때문에 큰 소리로 말을 해야 했다.

재판장은 큰 소리로 말을 이었다.

"정말이지 이상하게 돼버렸어요. 그 마슬로바라는 여자는 두 가지 중 하나를 택하게 되어 있었던 거죠. 즉 거의 무죄판결과 다름없게 되어 오늘까지의 수감 일수를 통산한 금고나 구류 정도가 아니면 유형을 받게 돼 있었어요. 그 중간은 있을 수 없었습니다. 당신들이 '그러나 살해 의도는 없었음'이라고 한마디만 덧붙였어도 그 여자는 무죄판결을 받았을 테죠."

"그것을 빠뜨린 것은 나의 큰 실수였습니다."

네흘류도프는 말했다.

"모든 문제는 거기 있었던 겁니다."

재판장은 웃음을 지으면서 시계를 보고는 말했다.

클라라가 정한 최후의 시간까지는 이제 45분밖에 남지 않았다.

"정 원하신다면 변호사를 찾아가보세요. 상고의 이유를 찾아야 하니까요. 하지만 그런 건 언제나 찾을 수 있죠."

그는 이렇게 말하며 마부에게 이어 대답했다.

"드보랸스카야까지 30코페이카, 그 이상은 줘본 일이 없으니까."

"좋습니다. 어서 타십시오."

"그럼 실례하겠습니다. 용무가 있으시면, 드보랸스카야 거리의 드보르니코프로 오십시오. 기억하기 쉬울 겁니다."

그리고 그는 정답게 인사를 하고 떠나가버렸다.

25

재판관과 나눈 대화와 맑은 바깥 공기가 어느 정도 네흘류도프의 마음을 가라앉혔다. 그가 지금까지 느끼고 있는 감정은 아침부터 너무나 생소한 환경에서 시간을 보낸 탓에 매우 과장되어 있는 듯한 생각이 들었다.

'그야말로 놀랍고도 충격적인 해후였다! 이렇게 된 이상, 난 그녀의 운명을 덜어주기 위해서 가능한 모든 일을 다 해야겠다. 그것도 한시바삐 서둘러야 한다. 지금 당장이라도. 그렇지, 지금 곧 재판소로 돌아가서 파나린이나 미키신의 주소를 알아둬야겠다.' 그는 유명한 변호사 둘을 생각해냈다.

네흘류도프는 재판소로 돌아오자 외투를 벗고 2층으로 올라갔다. 그는 첫 번째 복도에서 파나린을 만났다. 그는 파나린을 붙잡고 그에게 볼일이 있다고 말했다. 파나린은 그의 얼굴과 이름을 알고 있어서, 무슨 일이든지 기꺼이 해주겠다고 말했다.

"좀 피곤하긴 합니다만…… 오래 걸리지 않는 일이라면 지금 말씀해주시죠. 자, 이리 오세요."

파나린은 어느 법관의 사실(私室)인 듯한 방으로 네흘류도프를 안내했다. 두 사람은 책상 옆에 자리를 잡았다.

"그런데 무슨 용건이시죠?"

"먼저 부탁드리고 싶은 것은 이 사건에 제가 관계하고 있다는 걸 절대 비밀로 해달라는 겁니다."

네흘류도프가 입을 열었다.

"그야 말씀 안 하셔도 잘 알고 있습니다. 그래 용건은?"

"전 오늘 배심원의 한 사람이었습니다만, 우리는 한 여자를 징역형에 처하고 말았습니다. 그것도 죄가 없는 여자를. 이게 마음에 걸려 죽겠어요."

네흘류도프는 저도 모르게 얼굴을 붉히면서 말을 더듬었다.

파나린은 그를 흘긋 쳐다보고는 다시 눈을 내리깔고, 그의 말에 귀를 기울였다.

"네, 그래서요" 하고 그는 말했을 뿐이다.

"죄 없는 여자에게 선고를 내렸으니까, 저는 그 판결을 파기하고 최고 법원에 상고하고 싶습니다."

"원로원 말씀이군요" 하고 파나린은 정정해주었다.

"그래서 실은 이 사건을 당신께 부탁드리고 싶어서."

네흘류도프는 가장 어려운 문제를 한시바삐 끝마치고 싶어서 곧 이렇게 말했다.

"이 사건에 대한 보수와 비용은 얼마가 들더라도 제가 모두 책임지겠습니다" 하고 그는 얼굴을 붉히면서 말했다.

"네, 그렇게 약속하죠."

변호사는 경험 없는 상대에게 겸손한 웃음으로 답하면서 이렇게 말했다.

"대관절 어떤 사건입니까?"

네흘류도프는 대충 설명해주었다.

"좋습니다. 내일 서류를 받아서 조사해보겠습니다. 그럼 내일모레, 아니 목요일 저녁 6시경에 저한테 와주시면 회답을 해드리겠습니다. 괜찮겠습니까? 그럼 가보시죠. 전 여기서 좀 더 조사할 게 있어서."

네흘류도프는 변호사와 작별하고 밖으로 나왔다.

변호사와의 상담, 그리고 마슬로바를 보호하기 위해 이미 한 발을 내디뎠다는 사실이 그의 마음을 한층 더 누그러뜨렸다. 그는 마당으로 나왔다. 상쾌한 날씨였다. 그는 즐거운 마음으로 봄의 대기를 마음껏 들이마셨다. 마부들이 마차를 권했으나 그는 그대로 걷기로 했다. 그러자 곧 카튜샤의 일이며 그녀에게 자신이 저지른 짓에 대한 가지가지의 상념과 추억들이 그의 머릿속에서 맴돌기 시작했다. 그는 다시 슬퍼졌고 또다시 모든 것이 우울해 보였다. '아니다, 이 문제는 나중에 다시 생각하도록 하자' 하고 그는 스스로에게 말했다. '지금은 반대로 이 모든 괴로운 인상에서 벗어나야만 한다.'

그는 코르차긴가의 만찬회를 떠올리고 시계를 들여다보았다. 아직 그렇게 늦지는 않아서 만찬까지는 대어 갈 것 같았다. 철도마차가 방울을 울리며 옆으로 지나갔다. 그는 뛰어가서 마차에 올라탔다. 광장에서 철도마차를 내린 그는 다시 훌륭한 마차를 집어탔고, 10분 뒤엔 거대한 코르차긴가 현관에 도착해 있었다.

26

"어서 오십시오, 공작님, 모두 기다리고 계십니다."
거대한 코르차긴가의 상냥하고 뚱뚱한 문지기가 영국제 돌쩌귀가 달린 현관의 참나무 문을 소리도 없이 열면서 이렇게 말했다.
"식사는 이미 시작됐습니다만, 공작님만은 모시라는 분부였습니다."
문지기는 층계 쪽으로 가서 2층으로 통하는 초인종을 눌렀다.
"누가 또 와 있소?"
네흘류도프는 외투를 벗으면서 물었다.
"콜로소프 씨와 미하일 세르게예비치 씨가 와 계실 뿐 나머지는 모두 집안 식구들입니다" 하고 문지기는 대답했다.
연미복을 입고 하얀 장갑을 낀 미남 하인이 층계에서 얼굴을 내밀었다.
"어서 오십시오, 공작님. 어서 모시라는 분부입니다."
그는 말했다.
네흘류도프는 층계를 올라가서 넓고 화려한 낯익은 홀을 지나 식당으로 들어갔다. 식당에는 한 번도 자기 방에서 나와본 적 없는 공작 부인 소피야 바실리예브나를 제외한 온 가족이 식탁에 둘러앉아 있었다. 식탁 상석에는 코르차긴 노인이 앉고, 그와 나란히 왼쪽에는 의사가, 오른쪽에는 전에 현의 귀족단장을 지냈고 지금은 은행

중역으로 있는, 자유주의 사상을 지닌 코르차긴의 친구 이반 이바노비치 콜로소프가 손님으로 앉아 있었다. 그리고 그 왼쪽에는 미시의 네 살 난 여동생이 가정교사 미스 레데르 양과 함께 앉아 있고, 오른쪽 맞은편에는 미시의 남동생이며 코르차긴가의 외아들인 중학 6학년생 페탸가 앉아 있었다. 이 아이의 시험 때문에 가족 전체가 이 도시에 남아 있는 것이다. 그 옆에 가정교사로 있는 대학생, 그 왼쪽에는 40세 노처녀인 카테리나 알렉세예브나라는 슬라브주의자, 그 맞은편에 미하일 세르게예비치 또는 미샤 텔레긴이라고 하는 미시의 사촌 오빠가 앉았고, 미시 자신은 탁자 맨 끝자리에 앉아 있었으며, 그 옆에는 접시를 갖추어놓은 빈자리가 하나 마련되어 있었다.

"마침 잘 왔소. 자, 앉으시오. 지금 막 생선을 들기 시작한 참이오."

코르차긴 노인은 눈꺼풀이 처져 잘 보이지 않는 충혈된 눈으로 네흘류도프를 쳐다보고 틀니로 우물우물 조심스럽게 생선을 씹으면서 이렇게 말했다. "스테판" 하고 그는 입안에 생선을 가득 문 채, 의젓하게 생긴 뚱뚱한 식당지기에게 빈자리를 눈짓으로 가리켰다.

네흘류도프는 코르차긴 노인을 잘 알았고 식사 때도 여러 번 본 일이 있었지만, 오늘은 어째선지 조끼에 끼운 냅킨 위에서 육감적으로 입을 우물거리는 그 불그스름한 얼굴이며 기름진 목덜미, 특히 살찐 군인 타입의 장군 모습이 유달리 불쾌하게 느껴졌다. 네흘류도프는 왠지는 모르지만 이 노인이 지방 장관으로 있을 때 보여줬다는 잔인성이 문득 떠올랐다. 명문가 출신에 부자였으므로 근무상 입신출세 따위는 필요치 않아서 백성들을 태형에 처하기도 하고 교수형에 처하기도 했다.

"네, 곧 가져옵니다, 각하" 하고 스텐판은 은 쟁반이 가득 들어 있는 찬장에서 커다란 스푼을 꺼내면서 말했다. 그러고는 볼수염을 기른 미남 하인에게 턱을 끄덕였고, 하인은 곧 미시 옆에 놓여 있는 주인 없는 식기들을 바로 놓았다. 그 접시 위에는 문장(紋章)이 돋보이도록 맵시 있게 접은 빳빳한 냅킨이 얹혀 있었다.

네흘류도프는 여러 사람과 악수를 나누면서 식탁을 한 바퀴 돌았다. 그가 옆으로 왔을 때 코르차긴 노인과 부인들을 제외하고는 모두 자리에서 일어섰다. 그들 대부분과는 한 번도 말해본 적이 없는데도 이렇게 식탁을 돌면서 여러 사람과 악수를 한다는 것이 오늘은 특히 불유쾌하고 우스꽝스럽게 느껴졌다. 그는 늦은 것을 사과하고 미시와 카테리나 알렉세예브나 사이의 빈자리에 앉으려고 했으나, 코르차긴 노인은 보드카는 마시지 않아도 좋으니 새우, 생선 알, 치즈, 청어가 놓여 있는 식탁으로 가서 좀 들라고 권했다. 네흘류도프는 그다지 시장한 줄 몰랐으나, 치즈 얹은 빵을 먹기 시작하자 도중에 그만둘 수가 없어 게걸스럽게 먹어댔다.

"그런데 어떻습니까, 기초를 뒤집어엎었습니까?" 하고 콜로소프는 배심원 제도에 반대하는 보수파 신문의 논조를 빌려 비꼬는 투로 이렇게 말했다.

"범인을 무죄로 만들고, 죄 없는 사람을 유죄로 만드셨겠죠, 네?"

"기초를 뒤집어엎는다…… 기초를 뒤집어엎어……."

자유주의 동지인 친구의 기지와 학식에 무한한 신뢰를 품고 있는 공작은 웃으면서 이렇게 되풀이했다.

네흘류도프는 실례가 되리라 생각은 하면서도 콜로소프에게 아무런 대답도 하지 않고, 김이 무럭무럭 나는 수프를 앞에 놓고 계속

먹기만 했다.

"이분이 천천히 잡수실 수 있도록 놔두세요."

미시는 '이분'이라는 대명사를 씀으로써 두 사람 사이의 친근함을 알리려는 듯이 방긋 웃으면서 이렇게 말했다.

콜로소프는 그동안에도 그를 분개시킨 배심원제 반대론의 내용을 큰 소리로 이야기하고 있었다. 조카인 미하일 세르게예비치도 맞장구를 치면서, 그 신문에 실린 다른 기사에 대해서 이야기했다.

미시는 여느 때와 같이 특별히 우아하고 아름답게 차려입고 있었으나, 그다지 튀지 않는 고상한 옷차림이었다.

"굉장히 피곤하고 시장하셨나 봐요?"

그녀는 네흘류도프가 입속에 든 것을 씹어 삼키기를 기다렸다가 이렇게 말했다.

"뭐, 그렇지도 않습니다. 그런데 당신은 어떻습니까? 전람회에는 다녀오셨나요?" 하고 그는 물었다.

"아니요, 연기했어요. 저희는 살라마토프 씨 댁으로 테니스 구경을 하러 갔었답니다. 크루크스 씨는 정말 잘하시더군요."

네흘류도프가 이리로 온 것은 기분 전환을 하기 위해서였다. 이 집에 오면 언제나 기분이 즐거웠다. 그의 감정에 유쾌한 영향을 주는 고상하고 사치스러운 환경 때문이기도 했거니와, 은연중에 그를 둘러싸는 아양 어린 애무의 분위기 때문이기도 했다. 그런데 오늘은 이상하게도 이 집의 모든 것이 불쾌했다. 문지기부터 층계, 꽃, 하인들, 식탁 위 장식을 비롯하여 미시에 이르기까지 모든 것이 기분에 거슬렸다. 특히 미시는 오늘따라 유달리 매력이 없고 부자연스럽게 여겨졌다. 또 콜로소프의 자신만만하고 저속한 자유주의적

어조도 불쾌했고, 코르차긴 노인의 황소같이 자신에 찬 육감적인 모습도 불쾌했으며, 슬라브주의자 카테리나 알렉세예브나의 프랑스어와 남녀 가정교사의 비굴한 모습들도 불쾌했고, 특히 그를 가리켜 '이분'이라고 말한 대명사가 불쾌하기 짝이 없었다…….

네흘류도프는 미시를 대하는 태도에서 항상 두 가지 사이를 방황했다. 어떤 때는 눈을 가늘게 뜨고 보거나 달빛 아래서 보듯이 그녀의 모든 것이 아름답게만 보였다. 그럴 때면 그녀는 싱싱하고 아름다우며, 총명하고 자연스럽게 느껴지곤 했다. 그러나 때로는 마치 밝은 햇빛 아래서 보듯이 그녀의 결점이 모조리 드러나 보이기도 했다. 아니, 보지 않을 수 없었던 것이다. 오늘은 마침 그런 날이었다. 그는 오늘 그녀의 얼굴에 나타난 잔주름을 보았으며, 헝클어진 머리칼과 뾰족한 팔꿈치를 보았고, 특히 자기 아버지의 손가락을 연상케 하는 엄지손가락의 커다란 손톱을 보았다.

"따분하기 짝이 없는 경기죠." 하고 콜로소프는 테니스 이야기를 했다.

"그런 것보다는 우리가 어릴 때 하던 라프타* 쪽이 훨씬 재미있어요."

"아니에요, 해보지 않으셔서 그래요. 그건 정말 재미있는 경기예요." 하고 미시가 반박했으나, 네흘류도프에게는 그 '정말'이란 말의 발음이 특히 부자연스럽게 여겨졌다.

그래서 논쟁이 벌어졌다. 미하일 세르게예비치와 카테리나 알렉세예브나도 모두 그 논쟁에 끼어들었다. 다만 가정교사 두 사람과 아이들만은 입을 다문 채 지루하게 앉아 있었다.

---

* 일종의 공치기 놀이다.

"논쟁이 그칠 새가 없군그래!"

코르차긴 노인은 껄껄 웃으면서 이렇게 말하고 조끼에서 냅킨을 벗기더니 의자를 덜커덕거리면서 자리에서 일어났다. 하인이 곧 그 의자를 붙잡았다. 뒤를 따라 다른 사람들도 일어나서 물그릇과 향기롭고 따뜻한 물이 놓여 있는 작은 탁자로 가서 양치질을 한 다음, 다시 흥미도 없는 논쟁을 이어갔다.

"그렇지 않나요?" 하고 미시는 경기를 할 때만큼 그 사람의 성격을 나타내는 경우도 없다는 자기 의견을 시인해달라는 듯이 네흘류도프에게 말했다. 그녀는 그의 얼굴에서 자기가 언제나 두려워하는, 무엇인가 골똘히 생각하는 듯하고 무엇인가 비난하는 듯한(그녀에게는 그렇게 생각되었다) 표정을 보았으므로 그 원인이 무엇인지 알고 싶었다.

"잘 모르겠군요. 나는 그런 일을 생각해보지도 않았으니까요" 하고 네흘류도프는 대답했다.

"어머니한테 가실까요?" 하고 미시는 물었다.

"네, 그럽시다" 하고 그는 담배를 꺼내면서 대답했으나, 그것은 분명히 가고 싶지 않다는 듯한 말투였다.

그녀가 말없이 의아한 눈으로 그를 바라보자 그도 좀 멋쩍은 생각이 들었다. '이러면 정말이지 남들을 불쾌하게 만들려고 온 거나 다름없지 않나?' 하고 그는 자기 자신을 반성하고는 되도록 상냥하게 하려고 애쓰면서, 만약 공작 부인이 만나주신다면 기꺼이 가보겠다고 고쳐 말했다.

"그럼요, 어머니는 반가워하시고말고요. 담배는 거기서도 피우실 수 있어요. 이반 이바노비치도 거기 계세요."

이 집의 안주인인 소피야 바실리예브나 공작 부인은 늘 자리에 누워 있었다. 그녀는 벌써 8년째나 손님이 있건 없건 레이스와 리본으로 치장을 하고 비로드, 금박, 상아, 청동, 칠기, 꽃 속에 파묻혀 누워 지냈다. 그녀는 밖으로 한 발도 나가지 않고, 그녀의 말을 빌리자면 다만 '자기 친구'만을 방에 들어오게 하고 있었다. 그녀의 의견에 따르면, 그들은 어떤 점에서 보통 사람들보다 뛰어난 사람들이었다. 네흘류도프는 이 '친구' 가운데 한 사람에 속했는데, 그것은 그가 총명한 청년이기 때문이기도 했으나 그보다는 그의 어머니가 이 집안 사람들과 친한 사이였고 또 미시가 그와 결혼하면 좋겠다는 그녀의 바람 때문이기도 했다.

소피야 바실리예브나 공작 부인의 방은 크고 작은 두 객실 뒤에 있었다. 큰 객실에 들어섰을 때, 네흘류도프 앞에서 걸어가던 미시는 결심이나 한 듯이 걸음을 멈추고 금박을 한 조그마한 의자 등받이를 잡으면서 그를 쳐다보았다.

미시는 결혼을 몹시 서두르고 있었다. 그리고 네흘류도프는 알맞은 배필이기도 했다. 그뿐만 아니라 그녀는 그가 마음에 들었으므로 네흘류도프가 자기 것이 되리라고 은연중 믿고 있었다(자기가 그의 것이 되는 것이 아니라 그가 자기 것이 되는 것이다). 그녀는, 정신병자들에게서 흔히 볼 수 있듯이, 저도 모르게 집요하고 간사한 꾀를 부려가면서 자기의 목적을 달성해나갔다. 지금도 그녀는 상대방의 심중을 털어놓게 하려는 생각에서 다음과 같이 입을 열었다.

"아무래도 오늘 당신에게 무슨 일이 있는 것 같아요. 도대체 무슨 일이죠?"

그녀는 말했다.

그는 법정에서의 해후를 생각하고, 눈살을 찌푸리며 얼굴을 붉혔다.
"네, 있었습니다. 그것도 보통 일이 아닌, 기묘하고 중대한 일이었습니다."
그는 정직해야겠다고 생각하면서 이렇게 말했다.
"무슨 일인데요? 제게 말씀해주실 순 없나요?"
"지금은 말씀드릴 수 없습니다. 용서하십시오. 제 신변의 일에 대해서 아직 완전히 생각을 정리하지 못했으니까요."
그는 이렇게 말하고 더욱더 얼굴을 붉혔다.
"제게도 말씀해주시지 않겠다는 건가요?"
그녀의 얼굴 근육이 바르르 떨렸다. 그녀가 붙잡고 있던 조그만 의자가 움직였다.
"네, 말씀드릴 수 없습니다."
그녀에게 이렇게 대답함으로써 스스로에게도 대답하고 있다고 느끼면서, 그리고 실제로 무언가 매우 중대한 일이 자신에게 일어났음을 의식하면서 그는 대답했다.
"그래요, 그럼 가세요."
마치 쓸데없는 상념을 떨쳐버리려는 듯 그녀는 머리를 한 번 흔들고는 여느 때보다 빠른 걸음걸이로 앞장서서 걷기 시작했다.
그는 미시가 눈물을 참느라고 부자연스럽게 입을 꼭 다물고 있는 듯이 생각되었다. 그녀의 마음을 슬프게 했다는 것이 무척 괴롭고 안타까웠으나, 여기서 조금만 마음을 약하게 먹으면 자기 자신을 파멸시킨다는 것, 즉 자기 몸을 속박하게 된다는 것을 그는 잘 알고 있었다. 그는 오늘 무엇보다도 그 점을 두려워하고 있었으므로 공작 부인의 방까지 가면서도 말없이 그녀의 뒤를 따를 뿐이었다.

27

소피야 바실리예브나 공작 부인은 정성껏 만든 매우 영양가 높은 식사를 방금 끝마친 뒤였다. 그녀는 이런 아름답지 못한 식사 광경을 남에게 보이지 않으려고 언제나 혼자서 식사를 했다. 침대용 소파 옆 조그만 탁자에는 커피가 놓여 있고, 그녀는 파히토스카*를 피우고 있었다. 소피야 바실리예브나 공작 부인은 긴 치아에 크고 검은 눈을 하고 여위고 호리호리한, 아직도 젊은 티를 내려고 하는 갈색 머리의 부인이었다.

세상에는 그녀와 의사의 관계에 대해서 좋지 못한 소문이 떠돌았다. 네흘류도프는 지금껏 잊어버리고 있었으나 오늘은 그 일을 생각해냈을 뿐만 아니라, 기름을 발라 번질번질한 턱수염을 좌우로 가른 의사가 그녀의 옆에 있는 것을 보자 메스꺼워질 만큼 불쾌해졌다.

콜로소프가 소피야 바실리예브나 공작 부인과 나란히 조그만 탁자를 앞에 두고 낮고 폭신폭신한 안락의자에 앉아서 커피를 젓고 있었다. 조그만 탁자 위에는 리큐어 술잔이 놓여 있었다.

미시는 네흘류도프와 함께 어머니 방으로 들어갔으나, 그곳에 머무르지는 않았다.

"어머니가 피곤하다고 쫓아내시거든 제 방으로 오세요."

그녀는 두 사람 사이에 아무 일도 없었다는 듯이 콜로소프와 네흘류도프에게 이렇게 말하더니, 즐거운 듯이 방긋 웃음 짓고는 양탄자 위를 소리도 없이 밟으면서 밖으로 나가버렸다.

---

* 옥수수잎으로 만 궐련이다.

"어서 와요. 자, 앉아서 얘기나 좀 해주세요."

소피야 바실리예브나 공작 부인은 진짜와 혼동될 만큼 감쪽같이 만든 아름답고 긴 틀니를 드러내고 마음에도 없는 억지웃음을 지어 보이면서 말했다. 그러고는 프랑스어로 이어 말했다.

"당신은 몹시 우울한 표정으로 재판소에서 돌아오셨다고 들었어요. 인정 많은 사람에게는 참으로 괴로운 일일 거라고 생각해요."

"네, 그건 사실입니다. 이따금 느끼죠……. 스스로 남을 재판할 권리가 없다는 걸 느끼곤 해요……."

네흘류도프는 대답했다.

"Comme c'est vrai(맞는 말이에요)."

그녀는 그의 진실된 말에 경탄이라도 하듯이 언제나처럼 교묘하게 상대방의 비위를 맞추면서 이렇게 소리쳤다.

"그런데 당신 그림은 어떻게 됐나요? 난 그림에 무척 흥미가 있어요. 몸이 이렇게 부자유스럽지만 않다면 벌써 댁으로 찾아가서 보았을 텐데."

그녀는 덧붙였다.

"전 그림을 완전히 집어치웠습니다" 하고 네흘류도프는 건성으로 대답했다. 오늘은 어째선지 그녀의 그 허황된 아첨이 그녀가 숨기고 있는 노쇠와 마찬가지로 너무나도 빤히 들여다보이는 것만 같았다. 그는 상냥하게 대하려고 노력했으나 아무래도 기분이 내키지 않았다.

"그러시면 안 돼요! 아시는지 모르지만 레핀 씨까지도 제게 말씀하셨어요, 이분에게는 틀림없이 재능이 있다고요" 하고 그녀는 콜로소프 쪽을 보면서 말했다.

'저런 거짓말을 하면서도 부끄럽지 않은가 보군' 하고 네흘류도프는 눈살을 찌푸리면서 생각했다.

네흘류도프의 기분이 좋지 않아 유쾌하고 지적인 대화로 끌어들이지 못하겠다고 단정하자, 소피야 바실리예브나는 콜로소프 쪽을 돌아보고 새로 나온 희곡에 대한 그의 의견을 물었다. 그것은 마치 콜로소프의 의견이 모든 의혹을 해결하고 그 한 마디 한 마디가 불후의 가치를 지님을 믿는다는 듯한 말투였다. 콜로소프는 희곡을 비난하고, 겸해서 예술에 관한 자기 의견까지 늘어놓았다. 소피야 바실리예브나 공작 부인은 그 의견의 진실성에 탄복하고, 희곡 작가를 위하여 옹호론을 시도해보기도 했으나 곧 손을 들어버리는가 하면 절충설을 꺼내놓기도 했다. 네흘류도프는 그 모양을 보기도 하고 듣기도 했으나, 사실 그가 보고 듣는 것은 눈앞에서 일어나고 있는 일과는 거리가 먼 것이었다.

네흘류도프는 때론 소피야 바실리예브나의 말을, 때론 콜로소프의 이야기를 들으면서, 첫째로 소피야 바실리예브나나 콜로소프에게 그 희곡은 대수롭거나 무슨 관계가 있는 것도 아니며 그저 식사 후의 혓바닥과 목구멍 근육을 움직이고 싶은 생리적 욕구를 만족시키기 위해서 서로 이야기하고 있을 뿐임을 알았다. 둘째로 콜로소프는 보드카와 포도주, 리큐어 따위를 마셔서 약간 취해 있었으나 그것은 어쩌다가 마시는 농부들의 취기와 달라서 항상 술을 마시는 사람들의 거나한 취기였다. 그는 비틀거리지도 않고 실없는 소리를 지껄여대지도 않았지만, 여느 때와는 다른 흥분된 자기만족 상태였다. 셋째로 그는 소피야 바실리예브나가 이야기하는 도중에 불안스러운 듯이 창문을 바라본다는 것을 알았다. 비스듬히 비쳐 들어오는 태양 광선이 그녀에게까지 뻗어 와서 그녀의 나이를 여실히 드러낼 우려가 있기 때문이었다.
"정말 그렇군요."
그녀는 콜로소프의 어떤 의견에 대해 이렇게 말하고는 안락의자 옆 벽에 붙은 벨을 눌렀다.
그때 의사는 자리에서 일어나더니, 집안 사람이기라도 한 듯이 아무 말도 없이 훌쩍 방에서 나갔다. 소피야 바실리예브나는 눈으로 그를 전송하면서 이야기를 계속했다.
"필리프, 제발 그 커튼을 좀 내려줘요."
벨 소리를 듣고 쫓아온 미남 하인에게 그녀는 창문 커튼을 눈으로 가리키면서 말했다.
"아니에요, 아무리 말씀하셔도 거기에는 신비로움이 있어요. 그리고 신비로움이 없다면 시라는 것도 있을 수 없지요."
그녀는 커튼을 내리고 있는 하인의 동작을 까만 한쪽 눈으로 화가 난 듯이 주시하면서 말했다.
"시가 없는 신비주의는 미신이고, 신비주의가 없는 시는 산문일 뿐이에요" 하고 그녀는 서글픈 웃음을 짓고는, 커튼을 고치고 있는 하인에게서 눈을 떼지 않으면서 말을 계속했다.
"필리프, 그 커튼이 아니라 큰 창문 거야" 하고 소피야 바실리예브나는 이 정도 말을 하는 데도 노력을 해야 하는 자기 자신이 불쌍하다는 듯이 수난자다운 말투로 주의를 주었으나, 곧 마음을 진정시키기 위해 반지를 수두룩하게 낀 손으로 향기로운 연기가 피어오르는 파히토스카를 입으로 가져갔다.
가슴이 넓고 잘생긴 필리프는 마치 사과라도 하듯이 가볍게 고개를 숙이고, 장딴지가 불룩 튀어 나온 억센 다리로 양탄자를 사뿐사뿐 밟으며 말없이 다음 창문으로 얌전히 옮겨 가더니, 조심스럽게 공작 부인 쪽을 바라보면서 한 줄기 햇살도 부인 쪽으로 비치지 않도록 커튼을 고치기 시작했다. 그러나 여기서도 그는 부인의 마음에 들게 하지 못했으므로, 약이 오를 대로 오른 소피야 바실리예브나는 신비주의에 대한 이야기를 멈추고 지독하게도 자기 속을 썩여 주는 둔해빠진 필리프에게 다시 지적하지 않으면 안 되었다. 그 순간 필리프의 두 눈에서 불이 번쩍 일었다.

'젠장, 어떻게 하라는 건지 알 수가 있어야지…….' 그는 아마 속으로 이렇게 말했을 것이다. 네흘류도프는 이 광경을 지켜보면서 이렇게 생각했다. 그러나 잘생기고 힘이 센 필리프는 곧 성난 기색을 감추고, 쇠약하고 무력하며 온몸이 거짓으로 뭉쳐진 공작 부인이 하라는 대로 순종하기 시작했다.

"물론 다윈의 학설에는 다분히 진리가 있습니다. 그러나 좀 지나친 데가 있어요, 그래요" 하고 콜로소프는 낮은 안락의자에 몸을 기대고 거슴츠레한 눈으로 소피야 바실리예브나 공작 부인을 바라보면서 말했다.

"당신은 유전이라는 것을 믿으세요?" 하고 소피야 바실리예브나 공작 부인은 침묵을 지키고 있는 네흘류도프가 마음에 걸렸는지 이렇게 물어보았다.

"유전이라고요?" 하고 네흘류도프는 되물었다. "아뇨, 믿지 않습니다"라고 대답은 했으나, 그는 이 순간 어째선지 자기 상상 속에 떠오른 이상한 환상에 사로잡혀 있었다. 그는 힘세고 잘생긴 필리프 옆에 콜로소프의 발가벗은 몸을 세워놓은 꼴을 상상했던 것이다. 수박같이 둥근 배, 벗겨진 대머리, 근육이라고는 전혀 없는 채찍 같은 두 팔, 그와 동시에 지금은 비단이나 비로드로 덮여 있지만 소피야 바실리예브나의 진짜 어깨는 어떤 모습일까 하는 것도 막연하게 그의 마음에 떠올랐으나, 이 생각을 몰아내려고 애쓰고 있었다.

소피야 바실리예브나는 뚫어질 듯이 그를 바라보았다.

"참, 미시가 당신을 기다리고 있을 거예요, 그 애한테 가보세요. 그 애는 슈만의 신곡을 들려드리겠다고 하더군요. 참 재미있는 곡이에요."

그녀는 말했다.

'그녀가 피아노를 칠 생각이 있을 리 있나. 무엇 때문에 저렇게 거짓말을 하는 걸까.' 네흘류도프는 자리에서 일어나 뼈만 앙상하고 투명해 보이는 소피야 바실리예브나의 반지투성이 손을 쥐면서 속으로 생각했다.

응접실에서는 카테리나 알렉세예브나가 그를 맞아주었고, 그녀는 곧 말을 걸어왔다.

"아무튼 당신은 배심원이란 직무가 몹시 괴로우셨던 모양이군요" 하고 그녀는 언제나처럼 프랑스어로 말했다.

"그렇습니다. 용서하십시오. 오늘 제 기분이 좋지 않아서 다른 분들에게까지 불쾌한 기분을 끼쳐드린 것 같아 죄송하게 생각합니다" 하고 네흘류도프는 대답했다.

"어째서 기분이 나쁘세요?"

"그 까닭은 묻지 말아주십시오."

그는 자기 모자를 찾으면서 말했다.

"언제나 바른말을 해야 한다던 당신의 말씀을 기억하세요? 그리고 당신은 우리 앞에서 지나칠 정도로 가혹하게 올바른 말씀을 하셨잖아요. 그런데 왜 오늘은 말씀하시지 않는 거죠? 미시, 너도 기억하지?"

카테리나 알렉세예브나는 때마침 들어온 미시를 보고 말했다.

"하지만 그땐 게임을 하고 있었으니까요. 농담이라면 말할 수 있습니다. 그러나 막상 현실로 접어들면 우리 모두가 추악하기 때문에, 아니 나라는 인간이 추악하다는 겁니다. 적어도 진실로 말할 수 없을 만큼 내가 추악하기 때문이죠."

네흘류도프는 정색을 하며 대답했다.

"변명은 그만두세요. 그보다 어째서 우리가 그렇게 추악한가를 말씀해주세요" 하고 카테리나 알렉세예브나는 네흘류도프의 심각한 표정을 모르는 체하고 희롱하는 말투로 이렇게 말했다.

"기분이 나쁘다고 자인하는 것처럼 나쁜 일은 없어요. 저는 그런 걸 절대로 자인하지 않아요. 그래서 언제나 쾌활하지요. 자, 제 방으로 가세요. 우리가 당신의 mauvaise humeur(울적한 기분)를 바꿔드릴게요."

미시는 말했다.

네흘류도프는 마치 재갈을 물리고 안장을 얹기 위해 쓰다듬어줄 때 말이 경험하는 것 같은 그런 기분을 느꼈다. 그러나 그는 오늘따라 유달리 마차를 끌고 싶지 않았다. 그는 아무래도 돌아가야겠다고 사과하면서 인사를 하기 시작했다. 미시는 여느 때보다 오랫동안 그의 손을 잡고 있었다.

"당신한테 중대한 일은 당신 친구에게도 중대하다는 걸 잊지 마세요. 내일 또 오시겠어요?"

그녀는 말했다.

"글쎄요, 어떻게 될지" 하고 네흘류도프는 말했다. 그리고 자기 때문인지 그녀 때문인지 저도 모르게 부끄러워 얼굴을 붉히면서 허둥지둥 밖으로 나와버렸다.

"어떻게 된 일일까? Comme cela m'intrigue(아무래도 좀 수상해). 내가 꼭 알아낼게. Affaire d'amour-propre, il est très susceptible notre cher(무슨 자존심에 관련된 사건인지도 몰라. 우리 미탸*는 너무나 다정다감한 사람이니까)."

네흘류도프가 나가자 카테리나 알렉세예브나가 말했다.

'Plutôt une affaire d'amour sale(차라리 더러운 연애 사건인지도 몰라)' 하고 미시는 말하고 싶었으나 입 밖에 내지는 않았다. 그녀는 네흘류도프를 보고 있을 때와는 달리 시름에 잠긴 어두운 표정으로 앞을 바라보았다. 그녀는 이런 신통찮은 재담을 카테리나 알렉세예브나에게도 말하지 않고, 다만 "누구나 기분 나쁜 날도 있고 좋은 날도 있는 법이에요" 하고 중얼거렸을 뿐이다.

'그분도 사람을 속일까? 이렇게까지 된 뒤에도 그렇다면, 그분도 좋은 사람은 아냐' 하고 그녀는 생각했다.

'이렇게까지 된 뒤에도'란 말이 과연 무슨 뜻인지 설명하라고 한다면, 미시 자신도 뭐라고 분명히 말할 수는 없었다. 그런데도 그녀는 잘 알고 있었는데, 그는 그녀의 마음속에 희망을 불러일으켰을 뿐만 아니라 거의 약속까지도 했다. 어떤 뚜렷한 말로 하지는 않았지만, 눈짓과 미소, 암시와 무언(無言)의 말들이었다. 그러나 어쨌든

---

* 드미트리의 애칭이다.

그녀는 그를 자기 것으로 생각했으므로 그를 잃는다는 것은 도저히 참을 수 없는 일이었다.

28

'부끄럽고 더러운 일이다, 더럽고 부끄러운 일이다.' 네흘류도프는 낯익은 거리를 지나 자기 집으로 돌아가면서 이렇게 생각했다. 미시와 나눈 대화에서 얻은 괴로운 감정은 그의 머리에서 떨어지지가 않았다. 형식적으로는, 만약 그런 식의 표현이 허용된다면, 그는 그녀에 대해서 공명정대했다고 느꼈다. 그는 자기 자신을 속박할 만한 말은 한마디도 하지 않았고, 결혼 신청 같은 것도 한 적이 없었다. 그러나 본질적으로 그는 자신을 그녀와 결부시키고 있었으며 그녀에게 약속한 것과 다름없다고 느꼈다. 그런데 그는 오늘 그녀하고는 도저히 결혼할 수 없다는 것을 온몸으로 느꼈다. '부끄럽고 더러운 일이다, 더럽고 부끄러운 일이다.' 미시와의 관계뿐만 아니라 모든 것이 그렇다고 느끼면서, 그는 마음속으로 되풀이했다. '모든 것이 더럽고 부끄럽다.' 자기 집 현관으로 들어가면서 그는 이렇게 되풀이했다.

"저녁 식사는 안 하겠다."

그를 따라 식당에 들어온 코르네이를 보고 그는 이렇게 말했다. 식당에는 식기와 차가 준비되어 있었다.

"물러가도 좋다."

"알겠습니다" 하고 코르네이는 대답했으나, 나가지 않고 식탁을 치우기 시작했다.

네흘류도프는 코르네이를 바라보며 어쩐지 기분 나쁜 생각이 들었다. 모두 자기에게 무관심해주었으면 좋겠는데 일부러 심술궂게 자신을 괴롭히는 것 같았기 때문이다. 코르네이가 식기를 가지고 나가자 네흘류도프는 차를 따르기 위해 사모바르 쪽으로 다가가려 했다. 그러나 이때 아그라페나 페트로브나의 발소리가 들렸으므로 그 얼굴을 보지 않으려고 급히 객실로 들어가 문을 닫았다. 3개월 전 어머니가 돌아가신 바로 그 객실이었다. 반사경이 달린 램프 두 개가 각각 아버지 초상화와 어머니 초상화를 비치고 있는 이 방에 들어서자 그는 임종하기 전 어머니에 대한 자신의 태도가 생각났다. 그러자 그 태도가 부자연스럽고 언짢게 느껴졌다. 그 역시 부끄럽고 더러웠다. 병든 어머니의 생애가 끝나갈 무렵 자기가 어머니의 죽음을 바라던 일을 생각해냈다. 그는 어머니가 고통에서 벗어나기를 바라는 마음에 그렇게 바랐던 것이라고 스스로에게 변명하기는 했으나, 실은 그 자신이 어머니의 고통을 보는 것에서 벗어나고 싶기 때문이었다.

그는 어머니에 관한 좋은 추억을 되살려보려고 유명한 화가에게 5천 루블을 주고 그려달라고 한 어머니의 초상화를 바라보았다. 그녀는 가슴을 드러낸 검은 비로드 옷을 입고 있었다. 화가는 그 가슴, 특히 양쪽 유방 사이의 옴폭 들어간 곳이며 눈이 부실 만큼 아름다운 어깨며 목을 특별히 공들여 그렸음이 분명했다. 정말 부끄럽고 더러운 일이었다. 어머니를 반나체의 미인으로 그려낸 이 그림에는 지저분하고 모독적인 무언가가 있었다. 하물며 석 달 전에는 같은 이 방에서, 같은 이 여자가 미라처럼 시들어빠진 몸으로 이 방뿐만 아니라 온 집 안에 참을 수 없는 고약한 냄새를 풍기면서 누워 있었다고 생각하니 더욱더 참을 수가 없었다. 그는 지금도 그 냄새가 코에 배어 있는 것만 같았다. 그리고 또 죽기 전날 어머니가 거무스름하고 뼈만 앙상하게 남은 손으로 억세고 뽀얀 아들의 손을 붙잡고, 그 눈을 들여다보면서 "미탸, 내가 못한 일이 있더라도 제발 나를 책망하지 말아다오" 하면서 고통 때문에 빛을 잃은 눈에 눈물을 글썽거리던 일을 생각했다. '아, 더럽다!' 그는 대리석처럼 아름다운 어깨와 속을 드러내고 자랑스러운 듯한 웃음을 띤 반나체의 여인상을 바라보면서 다시 한번 이렇게 중얼거렸다. 초상화의 벌거숭이 가슴은 며칠 전에 본 또 한 사람의 젊은 여자를 떠올리게 했다. 바로 미시였다. 그녀는 무도회에 나가는 자신의 야회복을 보여주려고 일부러 그를 밤에 불러냈었다. 그는 그녀의 아름다운 어깨와 팔을 생각하자 구역질이 났다. 더욱이 잔인무도한 과거를 가진 그 거칠고 짐승 같은 그녀의 아버지, 그리고 또 수상한 소문을 퍼뜨리며 bel esprit(정신이 아름답다)*라는 그 어머니, 이 모든 것이 구역질 나도록 더럽고 부끄러웠다. 부끄럽고 더럽고, 더럽고 부끄러웠다.

'아니다, 아니다' 하고 그는 생각했다. '우선 자유로운 몸이 돼야 한다. 그 허위에 찬 모든 관계에서, 그 코르차긴 일가나 마리야 바실리예브나나 유산이나 그 밖의 모든 것에서, 자유로워져야 한다⋯⋯. 그렇다, 그리고 자유롭게 호흡을 하는 거다. 외국으로 가자, 로마로 가서 그림 공부나 하자.' 여기서 그는 재능에 대해 품고 있던 회의를 생각해냈다. '하지만 아무려면 어때. 그저 자유롭게 숨만 쉴 수 있으면 되는 거야. 먼저 콘스탄티노플로 갔다가 다음에는 로마로 가자.

---

*   여기서는 반어적 표현으로 쓰였다.

다만 되도록 빨리 그 배심 사건을 정리해야겠다. 변호사하고도 상의를 해야겠고.'

그러자 갑자기 까만 사팔눈의 여죄수 모습이 너무도 생생히 그의 머릿속에 떠올랐다. 피고에게 최후 발언이 허용되었을 때 울음을 터뜨리던 그 모습! 그는 황급히 그녀의 모습을 지워버리면서 피우던 담배를 재떨이에 비벼 끄고는, 다시 새로 한 대를 붙여 물고 방 안을 왔다 갔다 했다. 그러자 그녀와 함께 지내던 가지가지의 순간들이 하나하나 되살아나기 시작했다. 그는 그녀와의 마지막 데이트를 떠올리고, 그때 그를 지배하던 동물적인 욕정과 그 욕정을 만족시키고 경험한 환멸을 상기했다. 그는 또 하늘색 허리띠의 흰옷을 떠올리고, 새벽 미사를 상기했다. '하지만 나는 그녀를 사랑했던 게 아닐까? 그날 밤 나는 아름답고도 순수한 참된 애정으로 그녀를 사랑했던 거다. 아니 그전부터, 맨 처음 내가 고모네 집에서 논문을 쓸 때부터 나는 이미 그 여자를 사랑하고 있었던 거다!' 그는 그 당시의 자신을 상기했다. 그러자 싱싱하고 젊고 알찬 삶의 숨결이 풍기는 것 같아서 그는 한없이 슬프고 우울해졌다.

그 당시의 그와 현재의 그 사이에는 커다란 차이가 있었다. 그 차이는 마을 교회당에 있던 카튜샤와, 오늘 아침 재판하고 온 그녀, 곧 상인을 상대로 술을 마시는 매춘부가 된 카튜샤의 차이 못지않을 만큼 컸다. 그 무렵의 그는 무한한 가능성의 앞날이 열려 있는 원기 왕성하고 자유로운 청년이었다. 그러나 지금의 그는 어리석고 공허한, 아무 목적도 없는 무가치한 생활의 굴레 속에 사방팔방으로 얽매여 있는 자기 자신을 느꼈다. 게다가 그는 거기서 벗어날 출구를 모를뿐더러 벗어날 생각조차 하지 않는 나태한 인간으로 변해 있었다. 그는 또 자신도 언젠가는 정직함을 자랑으로 알고 항상 진실만을 말하는 것을 신조로 삼던 공명정대한 사내였음을 상기했다. 그러나 지금은 가장 무서운 허위, 자기를 둘러싼 모든 사람들이 진실이라고 인정하는 그 무서운 허위에 온몸이 젖어 있었다. 그러나 이 허위에서 빠져나갈 수 있는 길은 하나도 없었다, 적어도 그의 눈에는 보이지 않았다. 그리고 그는 그 속에 어울려 친숙해지고, 거기서 위안을 찾고 있었던 것이다. 마리야 바실리예브나와의 관계를 끊고 그녀의 남편이나 그 자식들을 아무 거리낌 없이 바라볼 수 있으려면 대체 어떻게 해야 할까? 어떻게 하면 미시와의 관계를 거짓 없이 해결할 수 있을까? 토지 사유를 부정이라고 인정하면서도 어머니의 유산을 차지하고 있는 이 모순에서 벗어나려면 어떻게 해야 할까? 어떻게 하면 카튜샤에게 속죄할 수 있을까? 그 여자를 이대로 버려둘 수는 없다. '사랑했던 여자를 이대로 버려둘 수는 없다. 변호사에게 돈을 주어 그녀를 징역의 고통에서 구해주는 것만으로 만족할 수는 없다. 돈으로 속죄할 수는 없는 거다. 그것은 마치 그때 그녀에게 돈을 줌으로써 내가 할 일은 다 했다고 생각했던 것과 똑같은 짓이다!'

그러자 그는 복도에서 그녀를 따라잡은 뒤에 그녀에게 돈을 쑤셔 넣고 도망치던 일이 생생하게 떠올랐다. '아아! 그 돈!' 그때와 똑같은 공포와 혐오를 느끼면서 그는 그 순간을 상기했다. '아, 아! 얼마나 더러운 짓이냐!' 역시 그때와 마찬가지로 그는 소리 내어 이렇게 말했다. '악당이나 불량배만이 그런 짓을 할 수 있는 것이다! 그러니 나도 악당이나 불량배와 다를 게 없다!' 하고 그는 소리 내어 말했다. '정말, 정말 나는' 하고 그는 걸음을 멈추었다. '정말 나는 악당이란 말인가? 아니 그렇지 않다면 뭐란 말이냐?' 하고 그는 자문자답했다. '그리고 과연 이 일 한 가지뿐일까?' 하고 그는 자기 자신에 대한 책망을 이어갔다. '마리야 바실리예브나와 그 남편에 대한 네 태도는 과연 비열하지 않단 말인가, 더러운 행위가 아니란 말인가? 재산에 대한 태도는 또 어떠냐? 어머니한테서 받았다는 구실로 불법이라고 인정은 하면서도 그 재산을 이용하고 있지 않느냐 말이다. 그리고 게으르고 추잡한 네 생활 전체는 어떠냐! 그중에서도 가장 더러운 것은 카튜샤에 대한 네 행위다. 불량배, 악당! 그들 세상 사람들은 나를 마음대로 비판할 테지. 그들을 속일 수는 있어도 나 자신을 속일 수는 없다.'

여기서 그는 최근 다른 사람들에게 느끼고 있는 혐오, 특히 오늘 코르차긴 공작이나 소피야 바실리예브나, 미시나 코르네이에게 느낀 혐오의 감정은 바로 자기 자신에 대한 혐오였음을 홀연히 깨달았다. 그리고 또 놀랍게도 자신의 비열함을 스스로 인정하는 이 감정 속에는 병적이면서도 동시에 마음을 기쁘게 하고 안정시키는 무언가가 있었다.

네흘류도프는 지금까지 그 스스로 '마음의 정화'라고 부르는 과정을 여러 번 겪어왔다. 마음의 정화란 가끔 시일이 꽤 지난 뒤에 불현듯 내면의 생활이 느려지거나 때로는 멈추는 것을 의식하고 마음속에 쌓여서 이러한 정지의 원인이 된 찌꺼기를 일소하고 싶어지는 정신 상태를 말한다.

언제나 이런 각성이 있은 뒤에 네흘류도프는 스스로 자기 생활 규범을 만들어서 영원히 지키려고 생각했다. 일기를 쓰고, 새로운 생활을 시작하고, 앞으로는 절대로 이 규범을 위반하지 않겠다고 각오했다. 새로운 페이지를 펼친다, 그는 속으로 이렇게 부르고 있었다. 그러나 항상 속세의 유혹에 빠져서 그는 자신도 모르는 사이에 다시 타락했고, 그때마다 전보다 더 깊은 곳으로 떨어져버리곤 했다.

이렇게 그는 여러 번 자기 정화를 하면서 일어서곤 했다. 맨 처음 이런 일이 그에게 일어난 것은 바로 그 여름 고모네 집에 갔을 때였다. 그것은 가장 발랄하고 환희에 찬 각성이었다. 그 결과는 상당히 오래 지속되었다. 그 후로 각성이 일어난 것은 그가 문관 직을 내동 댕이치고 자기 몸을 희생하려는 생각에서 전쟁 중 군무에 복귀했을 때였다. 그러나 그때는 찌꺼기가 매우 빨리 쌓였다. 그다음 각성은 퇴역하고 외국에 가서 그림 공부를 시작했을 때였다.

그때부터 오늘까지 정화의 기회 없이 오랜 세월이 지났다. 그러므로 이렇게까지 그가 더러워진 적은, 양심이 요구하는 것과 실지로 하는 생활 사이에 이렇게까지 커다란 차이가 생긴 적은 여태껏 한 번도 없었다. 그는 그 차이를 보고 자기도 모르게 겁이 났다.

이 차이는 너무나 크고 너무나 더러웠으므로 처음 순간 그는 정화 가능성에 대하여 절망을 느낄 정도였다. '지금까지 자기완성을 하고 좀 더 잘돼보겠다고 여러 번 시도는 해보았으나, 결국 된 것은 아무것도 없지 않느냐 말이다'라고 그의 마음속에서 유혹의 목소리가 말했다. '그런데 무엇 때문에 다시 한번 해보겠다는 거지? 너 혼자만이 아니라 모두가 그런 거야, 그게 바로 인생이라는 거다' 하고 유혹의 소리가 말했다. 그러나 그 자체가 진실이고, 그 자체가 강력하며, 그 자체가 영원한 자유로운 정신적 존재가 이미 네흘류도프의 내면에서 눈뜨고 있었다. 그는 그것을 믿지 않을 수가 없었다. 현실의 그와, 앞으로 되려고 하는 그의 차이가 아무리 크다 할지라도 한번 눈뜬 정신적 존재로서 모든 것이 가능하게 생각되었다.

'무슨 일이 일어나더라도 나를 속박한 이 허위를 부숴버리고 말 테다. 그리고 모든 것을 자인하고, 모든 사람에게 진실을 말하고, 진실을 행하도록 하자' 하고 그는 결심 어린 단호한 어조로 자기 자신에게 말했다. '미시에게도 진실을 말하자. 나는 방탕한 사람이라고, 그래서 그녀와 결혼할 자격이 없으면서도 공연히 그녀의 마음을 어지럽혔을 뿐이라고 말하자. 마리야 바실리예브나(귀족단장의 아내)에게도 말하자. 그러나 그 여자에게 할 말은 전혀 없으므로 그녀의 남편에게나 말하도록 하자. 나는 불량한 사람이며, 지금까지 그를 속여왔다고 말하자. 유산에 대해서도 진실이라고 인정되는 방향으로 처리를 하자. 카튜샤에게도, 나는 불량배이며 그녀에게 죄를 지었으니 그녀의 모진 운명을 덜기 위해서라면 무슨 일이든 다 하겠다고 말하자. 그렇다, 그 여자를 만나면 용서를 빌어야겠다. 그렇다, 어린애들처럼 용서를 빌어야 한다.' 그는 발을 멈추었다. '만약 필요하다면 그녀와 결혼을 하자.'

그는 걸음을 멈추고, 어릴 때처럼 두 손을 가슴에 얹고는 하늘을 쳐다보며 누군가에게 이렇게 말했다.

"주여, 나를 돕고 나를 인도해주소서. 내 마음속에 들어오셔서 모든 더러움을 깨끗이 씻어주소서!"

그는 하나님에게 기도를 올리면서 자신을 돕고 자신의 영혼에 깃들어 깨끗이 씻어달라고 빌었으나, 그 소원은 그동안에 벌써 성취되고 있었다. 그의 내면에 존재하던 신이 그 의식 가운데 눈을 떴던 것이다. 그는 신을 느꼈다. 그래서 자유와 용기와 삶의 기쁨을 느꼈을 뿐만 아니라 전지전능한 선(善)의 위력을 느꼈다. 그리고 모든 일, 사람이 할 수 있는 착한 일은 모두 자신이 할 수 있다고 느꼈다.

이렇게 자기 자신에게 말하고 있을 때, 그의 눈에는 눈물이 맺혔다. 그 눈물은 좋은 눈물이기도 하고 나쁜 눈물이기도 했다. 좋은 눈물이란 최근 몇 해 동안 그의 내면에서 잠자던 정신적 존재의 각성에 대한 기쁨의 눈물이었기 때문이고, 나쁜 눈물이란 자기 자신에 대한 감격과 자신의 선행에 대한 감격의 눈물이었기 때문이다.

그는 무덥다는 생각이 들었다. 그래서 창문으로 다가가서 문을 열었다. 창문은 뜰을 향해 있었다. 조용하고 상쾌한 달밤이었다. 거리에서 수레바퀴 소리가 들리더니, 다시 죽은 듯이 조용해졌다. 창문 바로 밑에는 키 큰 포플러의 벌거숭이 가지들이 깨끗하게 쓸어놓은 아담한 광장의 모래 위에 그림자를 드리우고 있었다. 왼쪽에는 밝은 달빛을 받아 하얗게 보이는 헛간 지붕이 있었고, 그 앞쪽에는 나뭇가지들이 뒤엉킨 사이로 담 그림자가 시커멓게 보였다. 네흘류도프는 달빛이 비치는 뜰과 지붕과 포플러의 그림자를 보면서 신선하고 상쾌한 공기를 가슴 가득히 들이마셨다.

"아, 기분 좋다! 정말 좋구나, 이 얼마나 좋은 기분이냐" 하고 그는 자신의 심정을 이렇게 표현했다.

29

마슬로바는 저녁 6시에야 겨우 자기 감방으로 돌아왔다. 걸어보지 않던 다리로 거의 16킬로미터나 되는 돌길을 걸어서 지치고 발이 아플 뿐만 아니라 뜻밖에 중형을 선고받아 맥이 풀렸고, 더욱이 쪼르륵 소리가 날 정도로 배가 고팠다.

　휴식 시간에 경비병들이 그녀 옆에서 빵과 삶은 달걀을 먹기 시작했을 때 그녀는 입안에 군침이 가득 고여서 시장하다는 것을 깨달았으나, 그들에게 구걸하는 것은 치사한 일이라고 생각했다. 그리고 다시 세 시간이 지났을 때 그녀는 먹고 싶다는 생각도 사라지고 다만 피곤하기만 할 뿐이었다. 그런 상태에서 그녀는 그 뜻하지 않던 선고를 받았던 것이다. 처음 순간에는 잘못 들은 것이 아닌가 생각했다. 자기 귀로 들은 것을 곧 믿지 못해 징역수라는 관념을 자기와 결부할 수가 없었다. 그러나 이 선고를 지극히 당연하게 받아들인 배심원들과 침착하고 사무적인 재판관들의 표정을 보자, 그녀는 그만 분통이 터져서 법정 안이 떠나갈 듯이 자기는 무죄라고 고함을 쳤다. 그러나 이 고함 소리마저 당연히 그럴 수 있고 또 그래야만 하는 반응으로 받아들여지고 사태를 바꿀 만한 아무 힘도 없다는 것을 깨닫자, 자신에게 내려진 이 잔인하고도 놀라운 부정에 굴복하지 않으면 안 된다는 것을 생각하고 그녀는 울음을 터뜨렸다. 특히 그녀를 놀라게 한 점은 자신에게 이처럼 잔인한 판결을 내린 것이 남성, 그것도 늙은이가 아니고 젊은 사나이, 언제나 자기를 상냥하게 바라보던 남성들이라는 사실이었다. 단 한 사람, 검사보만은 그녀도 달리 보고 있었다. 그녀가 개정을 기다리면서 죄수실에서 대기하고 있을 때도, 그 후의 휴식 시간에도 이들 남성은 무슨 볼일이라도 있는 듯 문 앞을 지나가기도 하고 방 안에 들어오기도 했으나, 사실은 그저 그녀를 보기 위해 그랬다. 이런 남성들이 무엇 때문인지 갑자기 그녀에게 징역을 선고한 것이다. 더욱이 그녀는 그 범행에 대해서 아무런 죄도 없는데 말이다. 그녀는 울었다. 그러나 얼마 후에는 눈물을 거두고, 아주 넋을 잃은 사람처럼 죄수실에서 호송을 기다리면서 앉아 있었다. 그녀가 지금 바라는 것은 오직 한 가지, 담배를 피우는 일뿐이었다. 그녀가 그런 상태일 때 보치코바와 카르틴킨이 들어왔다. 그들도 선고를 받은 다음 같은 방으로 끌려왔던 것이다. 보치코바는 느닷없이 마슬로바에게 욕을 퍼부으면서 징역수라고 불러댔다.

"그래, 어때? 정신이 들었느냐? 어차피 빠져나갈 수는 없단 말이다. 이 더러운 갈보 년아! 제 잘못으로 그렇게 되었으니 할 수 없는 노릇이지. 징역을 가게 되면 몸치장도 다했군."

마슬로바는 두 손을 죄수복 소매에 쑤셔 넣고 앉은 채 고개를 푹 숙이고, 두어 발짝 앞의 더러운 마룻바닥을 지켜보면서 다만 이렇게 말했다.

"당신들 일에 참견하지 않을 테니 당신들도 내 일에는 참견하지 말아줘요. 나는 아무런 참견도 안 하고 있잖아요."

그녀는 두세 번 이렇게 되풀이하고는 입을 꼭 다물어버렸다. 보치코바와 카르틴킨이 끌려 나간 뒤에 간수가 들어와서 3루블을 그녀에게 주었을 때, 카튜샤는 비로소 약간 기운을 차렸다.

"네가 마슬로바냐? 자, 이걸 받아. 어떤 부인이 준 거야"

그는 돈을 주면서 말했다.

간수가 물었다.

"어떤 부인인데요?"

"잔말 말고 받기나 해. 너희들하고 얘기할 순 없으니."

이 돈은 유곽 주인인 키타예바가 보내준 것이었다. 재판소에서 돌아가는 길에 그녀는 정리를 붙잡고 마슬로바에게 돈을 좀 전해줄 수 없느냐고 물어보았고, 정리는 그럴 수 있다고 대답했다. 이렇게 허락을 얻은 여주인은 통통한 흰 손에서 단추가 세 개 달린 양가죽 장갑을 벗고 비단 스커트의 뒷주머니에서 유행하는 지갑을 꺼내, 집의 수표철에서 갓 끊어 온 듯한 꽤 많은 채권 중에서 2루블 50코페이카짜리 한 장을 고른 뒤에 거기에다 20코페이카짜리 은화 두 닢과 다시 10코페이카짜리 은화 한 닢을 보태서 정리에게 주었다. 정리는 간수를 불러서 당사자가 보는 앞에서 그 돈을 전달했다.

"꼭 좀 전해주세요" 하고 카롤리나 알리베르토브나(키타예바)는 간수에게 말했다.

간수는 자기에 대한 불신에 모욕을 느끼고, 그 분풀이로 마슬로바에게 퉁명스럽게 대했던 것이다. 마슬로바는 돈을 보자 매우 기뻐했다. 이 돈은 지금 그녀가 바라고 있는 단 한 가지의 소원을 풀어 줄 수 있었기 때문이다. '그저 담배를 한 대 구해서 피웠으면' 하고 그녀는 속으로 생각했다. 그래서 그녀의 모든 생각은 그저 한 대 피우겠다는 이 일에만 집중되어 있었다. 그녀는 너무나도 담배가 그리운 나머지 다른 방에서 복도로 흘러나오는 담배 냄새를 맡자 게걸스럽게 그 공기를 들이마실 정도였다. 그러나 그녀는 오랫동안 더 기다려야 했다. 왜냐하면 그녀를 돌려보내야 할 서기가 피고는 잊어버리고 변호사 한 사람과 금지된 논문에 관한 얘기를 하다가 마침내 논쟁까지 벌였기 때문이다. 젊은 사람과 늙은이 몇 명이 재판이 끝난 뒤에 그녀를 보러 와서는 뭐라고 서로 수군댔으나, 그녀는 그런 무리는 거들떠보지도 않았다.

그녀는 4시가 넘어서야 거기서 풀려 나왔다. 니즈니노브고로드 사람과 추바시 사람인 두 호위병이 재판소 뒷문으로 그녀를 끌고 나왔다. 재판소 현관에서 나오기 전에 그녀는 그들에게 20코페이카를 주면서 빵 두 개와 담배를 사달라고 부탁했다. 추바시 사람은 웃으면서 돈을 받고, "그래, 사다 주지"라고 말했다. 그리고 실지로 정직하게 담배와 빵을 사 오고 거스름돈까지 주었다. 도중에 담배를 피울 수 없었으므로 마슬로바는 여전히 담배를 피우지 못하는 불만을 품은 채 감옥으로 왔다. 그녀가 문 앞까지 왔을 때 기차로 실려 온 백 명쯤 되는 죄수가 도착했다. 그녀는 감옥 입구에서 그들과 마주쳤다.

턱수염을 기른 죄수, 수염을 깎은 죄수, 늙은 죄수, 젊은 죄수, 러시아인 죄수와 외국인 죄수(그중에는 머리를 반만 깎은 자도 있었다) 들은 족쇄를 철커덕거리면서 먼지며, 시끄러운 발소리며, 말소리며, 코를 찌르는 땀 냄새 등으로 통로를 가득 채웠다. 마슬로바 옆을 지날 때 죄수들은 모두 힐끔힐끔 돌아다보았고, 개중에는 옆으로 다가와서 만져보는 자도 있었다.

"야, 꽤 미인인데" 하고 한 사람이 말했다.

"아가씨, 안녕하시오" 하고 한쪽 눈을 찡긋하면서 또 한 사람이 말했다.

뒷머리를 빡빡 깎아버리고 면도질한 얼굴에 콧수염만 남겨둔 검은 얼굴의 죄수 하나가 족쇄를 철커덕거리면서 달려들어 그녀의 몸을 껴안았다.

"아니, 옛 애인도 몰라보기냐? 시치미 떼지 마!"

마슬로바가 떠다밀자 그는 이를 드러내고 눈을 번들거리면서 고함을 쳤다.

"아니, 이 자식, 뭐 하는 거야?" 하고 뒤에서 다가온 부소장이 소리치자, 죄수는 몸을 움츠리고 급히 물러섰다. 부소장은 마슬로바에게도 꾸중을 했다.

"넌 왜 여기 서 있는 거야?"

마슬로바는 재판소에서 이제 막 끌려 돌아오는 길이라고 말하고 싶었으나, 너무 지쳐 있어서 대꾸하기도 싫었다.

"법정에서 돌아오는 길입니다."

고참 호위병이 지나가는 사람들 틈에서 나와 거수경례를 붙이며 이렇게 말했다.

"그럼 빨리 간수장에게 넘겨줘. 이게 무슨 추태냐 말이야!"

"네, 알았습니다!"

"소콜로프! 데려가" 하고 부소장은 소리쳤다.

간수장은 곁으로 와서 화가 난 듯이 마슬로바의 어깨를 툭 치고는 고개를 끄덕여 보이더니, 여자 감방 복도로 끌고 갔다. 복도에서는 그녀의 온몸을 더듬으며 구석구석까지 검사를 했으나, 아무것도 찾아낼 수 없었으므로(담뱃갑은 빵 속에 쑤셔 넣었다) 오늘 아침에 나온 그 감방으로 밀어 넣었다.

30

마슬로바가 수감되어 있는 감방은 길이 6.4미터에 넓이가 4.8미터나 되는 긴 방으로, 창문 두 개와 벽에서 튀어나온 칠 벗겨진 페치카, 그리고 방 전체의 3분의 2를 차지하는 판자 침상이 있었다. 문 건너편 한가운데 꺼멓게 그은 성상이 걸리고 촛불이 켜져 있었으며, 그 밑에는 먼지가 앉은 국화 다발이 드리워져 있었다. 문 왼쪽에는 마룻바닥이 꺼멓게 된 곳이 한 군데 있고, 그곳에 냄새 나는 오물통이 놓여 있었다. 방금 점호가 끝나고, 여죄수들은 벌써 밤을 맞으려고 수감되어 있었다.

이 감방에 있는 사람은 모두 열다섯 명으로, 여자 열두 명에 아이가 셋이었다.

아직 밝았으므로 두 여자만이 침상에 누워 있었다. 한 여자는 죄수복을 머리에 쓰고 있었는데, 여권이 없어서 구류된 백치로 줄곧 자기만 했다. 또 한 여자는 절도범으로 형을 받고 있는 폐병 환자였는데, 자고 있는 것이 아니라 죄수복을 베개 삼고 눈을 크게 뜬 채 누워 있었다. 그녀는 목구멍이 간지럽게 끓어오르는 가래를 참으면서 기침을 하지 않으려고 애썼다. 다른 여자들은 맨머리에 거친 무명 셔츠를 입고 침상 위에 앉아 바느질을 하거나 창가에 서서 마당을 지나가는 남자 죄수들을 바라보고 있었다. 바느질을 하고 있던 세 여죄수 가운데 한 사람은 오늘 아침 마슬로바를 전송해준 바로 그 코라블료바라는 노파였다. 키 크고 건장한 그녀는 주름투성이의 찌푸린 얼굴에 턱 밑으로 살가죽이 축 늘어지고 음울한 표정을 한 노파로서, 관자놀이 부근이 희끗희끗해진 아마 빛 머리칼을 조그맣게 틀었고, 한쪽 볼에는 털이 난 사마귀가 붙어 있었다. 이 노파는 도끼로 남편을 죽인 죄로 징역을 선고받고 있었다. 남편이 자기가 데리고 온 딸에게 집적거렸다고 해서 살인을 저질렀던 것이다. 노파는 감방장이었고, 몰래 술도 팔고 있었다. 안경을 쓰고 바느질을 하는 그녀는 노동자의 손처럼 큼직한 손에 세 손가락으로 바늘을 쥐고는 바늘 끝을 자기 쪽으로 움직이고 있었다. 그 노파와 나란히 앉아서 굵은 삼베 자루를 꿰매고 있는 여자는 키가 작고 납작코에 거무튀튀하고 눈은 조그맣고 까만, 사람이 좋은 수다스러운 여자였다. 이 여자는 철도 건널목지기였으나, 기차가 들어올 때 신호를 하지 않아 사고를 냈기 때문에 3개월 금고형을 받고 있었다. 세 번째로 바느질을 하고 있는 여자는 페도시야라고 하는, 동료끼리는 페니치카라고 불리는 흰 얼굴에 발그레 화색을 띤 여자였다. 그녀는 아이들처럼 밝고 파란 눈을 하고 있었고, 머리를 두 갈래로 땋아서 조그만 머리에 칭칭 동여 감은, 무척 젊고 상냥한 여자였다. 그녀는 남편 독살 미수범으로 수감되어 있었다. 열여섯 살 때 시집가서 곧 남편을 독살하려고 했다는 것이다. 그녀는 8개월 동안 보석되어 재판을 기다렸는데, 그동안 남편과 화해했을 뿐만 아니라 남편을 사랑하게 된 나머지 공판이 시작되었을 때는 끊으려야 끊을 수 없는 사이가 되어 있었다. 재판소에서는 남편과 시아버지, 특히 그녀를 사랑하는 시어머니가 있는 힘을 다해 그녀를 변호했는데도 시베리아 징역형을 선고받고 말았다. 마음이 착하고 쾌활하며 언제나 웃고 있는 페도시야는 판자 침상에서 마슬로바와 이웃 친구였으며, 마슬로바를 사랑했을 뿐만 아니라 그녀를 걱정하고 시중드는 것을 자기의 의무처럼 생각했다. 그 밖에도 마흔쯤 돼 보이는 두 여자가 아무 하는 일 없이 앉아 있었는데, 한 사람은 창백하고 파리한 여자로 한때는 상당한 미인이었겠으나 지금은 야위고 얼굴빛이 좋지 않았다. 그녀는 한 손에 어린애를 안은 채 희고 길게 늘어진 젖을 먹이고 있었다. 그녀의 죄는 그녀의 마을에서 신병(新兵)이 징집되었을 때 농민들이 그것을 부당하다고 여긴 나머지 경찰관을 방해하여 신병을 탈취했다는 사건에 관련되어 있었다. 이 여자는 불법으로 소집된 청년의 숙모였으므로 맨 앞에서 신병을 태운 말의 고삐를 잡앉던 것이다. 그리고 하는 일 없이 침상에 앉아 있는 또 한 여자는 키가 작고 주름투성이인, 머리가 하얗고 등이 구부러진 마음씨 착한 노파였다. 이 노파는 페치카 옆 침상에서 배가 불쑥 나온 사내아이가 깔깔거리면서 옆으로 달리는 것을 붙잡는 시늉을 하고 있었다. 어린아이는 셔츠 바람으로 그녀의 옆을 달리면서 똑같은 말을 되풀이했다.

"거봐, 못 잡았지!"

방화죄로 아들과 같이 복역하고 있는 이 노파는 동시에 수감된 아들만을 걱정했으나, 그보다도 늙은 남편 일을 더 걱정하면서 세상에서 드물게 보이는 착한 태도로 금고형을 견디고 있었다. 며느리가 도망가버려 빨래를 해줄 사람이 없기 때문에 영감은 이투성이가 되지나 않았을까 하고 걱정스러웠던 것이다.

이 일곱 여자들 말고도 네 여자가 열린 창가에 서서 쇠창살을 붙잡고 막 입구에서 마슬로바와 마주친 죄수들이 뜰을 지나가는 모습을 보면서, 손짓하고 소리를 지르면서 이야기를 주고받고 있었다. 그들 중에서도 절도범으로 복역 중인 한 여자는 뚱뚱하고 큰 육중한 몸으로 머리칼이 빨간 데다가 누르께한 얼굴에 손은 주근깨투성이였으며, 그 살찐 굵은 목은 다 떨어진 옷깃 사이로 몰골사납게 비어져 나와 있었다. 그녀는 창밖을 향해 쉰 목소리로 상스러운 말을 크게 뇌까리고 있었다. 그녀와 나란히 서 있는 것은 키가 열 살짜리 정도밖에 안 돼 보이는, 허리가 길고 다리가 짧은 여자였으며, 전체적으로 균형이 잡히지 않은 거무죽죽한 여죄수였다. 그녀의 붉은 얼굴은 기미투성이였고 까만 두 눈 사이는 넓었으며, 두껍고 짧은 입술은 앞으로 비어져 나온 흰 이를 감추지 못하고 있었다. 그녀는 마당에서 일어나는 일을 보고 가끔 째지는 듯한 소리로 키득거리고 있었다. 멋을 부린다고 해서 '멋쟁이'라고 불리는 이 여죄수는 절도와 방화 혐의로 재판을 받는 중이었다. 그들 뒤에는 몹시 더러운 셔츠를 입고 바싹 마르고 초라해 보이는 여자가 서 있었다. 아이를 배서 배까지 부른 이 여자는 장물 은닉죄로 재판을 받고 있었다. 그녀는 입을 다물고 있었으나, 마당에서 일어난 일에 재미있다는 듯이 시종 감탄의 미소를 띠고 있었다. 창가에 서 있는 네 번째 여자는 술 밀매죄로 복역 중인, 키가 작은 딱 바라진 시골 여자였으며, 노파와 같이 놀고 있는 사내아이와 또 감옥 생활을 함께하고 있는 일곱 살 난 계집아이의 어머니였다. 아이들은 아무도 돌봐줄 사람이 없어 어머니를 따라온 것이었다. 그녀도 다른 여자들처럼 창밖을 내다보고 있었으나, 양말 뜨는 손은 멈추지 않고 지나가는 죄수들이 뇌까리는 말에는 외면하면서 못마땅한 듯 얼굴을 찡그렸다. 그녀의 딸, 희끄무레한 머리를 흐트러뜨린 일곱 살 난 계집아이는 셔츠 바람으로 붉은 머리 여자와 나란히 서서, 마르고 조그마한 손으로 그녀의 치마를 잡아 쥔 채 한 곳에 눈을 박고 여죄수들과 남죄수들이 주고 받는 상스러운 욕설에 귀 기울이고 있었다. 그리고 그 말을 외기나 하듯이 나직한 소리로 되뇌곤 했다. 자기가 낳은 어린애를 우물에 집어넣었다는 열두 번째 여자는 성당 수사의 딸이었다. 그녀는 키가 크고 몸매가 아름다운 여자였다. 툭 불거져 나온 두 눈은 침착하게 가라앉아 있고, 짧고 도톰한 아마 빛 머리채에서는 헝클어진 머리칼이 더부룩이 비어져 나와 있었다. 그녀는 주위에서 일어나는 일에는 아랑곳하지 않고 더러운 회색 셔츠 바람에 맨발로 벽까지 걸어가서는 재빨리 휙 몸을 돌리면서, 감방의 빈 곳을 왔다 갔다 하고 있었다.

31

철커덕 자물쇠 소리가 울리고 마슬로바가 감방으로 들어오자, 모두 그녀에게로 몸을 돌렸다. 이때 수사의 딸까지도 잠시 걸음을 멈춘 후 눈썹을 치켜세우고 방으로 들어온 마슬로바를 바라보았으나, 아무 말 없이 곧 다시 성큼성큼 걷기 시작했다.

"아이고, 돌아왔군! 꼭 석방되리라고 생각했는데" 하고 나직하고 사내 같은 쉰 음성으로 코라블료바는 말했다.

"그러고 보니 유형인가 보군."

그녀는 안경을 벗고 바느질감을 침상 위에 놓았다.

"할머니랑 얘기를 하고 있었어요, 곧 석방될 거라고. 그런 일도 종종 있다고요. 잘하면 돈도 받을지 모른다고 말했어요."

건널목지기 여자는 노래하듯이 이렇게 말하기 시작했다.

"그럼 도대체 어떻게 된 일일까? 아마 우리 추측이 틀렸나 보군. 하나님은 하나님의 뜻이 따로 있으신가 보지."

그 여자는 연방 상냥하고 부드러운 음성으로 말을 이었다.

"정말 선고를 받았나요?" 하고 페도시야는 앳되고 맑은 파란 눈으로 마슬로바를 바라보면서 동정 어린 부드러운 음성으로 물어보았다. 그리고 그 명랑하고 젊은 얼굴은 울음이라도 터뜨릴 것 같은 표정으로 변해버렸다.

마슬로바는 아무 대답도 없이 잠자코 제자리로 가서 코라블료바와 나란히 앉았다. 그녀의 자리는 끝에서 두 번째 침상이었다.

"그럼 아무것도 못 먹었겠군요."

페도시야는 일어서서 카튜샤한테로 다가오면서 말했다.

마슬로바는 아무 대답도 없이 머리맡에 흰 빵을 놓고 옷을 갈아입기 시작했다. 그녀는 먼지투성이의 죄수복을 벗고 곱슬곱슬한 검은 머리에서 스카프를 벗겨낸 후 자리에 앉았다.

침상 반대쪽 끝에서 사내아이와 놀고 있던 등이 굽은 노파도 다가와서 마슬로바와 마주 섰다.

"쯧쯧쯧!"

그녀는 불쌍한 듯이 혀를 차며 고개를 저었다.

사내아이도 노파의 뒤를 따라와서 눈을 크게 뜨고 윗입술 끝을 종그리고는, 마슬로바가 가지고 온 흰 빵을 뚫어지게 바라보았다. 오늘같이 여러 가지 일이 있은 뒤에 동정 어린 뭇사람들의 얼굴을 대하자, 마슬로바는 울음이 복받쳐서 입술이 파르르 떨렸다. 그러나 그녀는 꾹 참고 노파와 사내아이가 다가올 때까지 견디었다. 그러나 노파의 어질고 동정 어린 혀 차는 소리를 들었을 때, 더구나 사내아이가 흰 빵을 보던 천진한 시선을 돌려 자신을 바라보자 그녀는 더 참을 수가 없었다. 얼굴 전체가 경련을 일으키더니 그녀는 왈칵 울음을 터뜨리고 말았다.

"그러기에 내가 말했잖아, 진짜 변호사에게 부탁하라고" 하고 코라블료바는 말했다. "그래, 정말 추방이란 말이야?" 하고 그녀는 되물었다.

마슬로바는 대답을 하려고 했으나 말이 나오지 않았다. 그녀는 흐느끼면서, 높이 틀어 올린 머리에 삼각형으로 가슴을 드러내고 볼에 연지를 찍은 귀부인이 그려진 담뱃갑을 흰 빵 속에서 꺼내 코라블료바에게 권했다. 코라블료바는 담뱃갑 그림을 보자 마슬로바가 쓸데없이 돈을 낭비하는 게 못마땅하다는 듯이 설레설레 머리를 내저었다. 그러고는 한 대 뽑아 램프 불에 붙여 한 모금을 빨고 나서 마슬로바에게 주었다. 마슬로바는 흐느껴 울면서 굶주린 듯이 한 모금 두 모금 들이빨고는 연기를 내뿜었다.

"징역이래요" 하고 그녀는 흐느끼면서 말했다.

"그 자식들은 하늘이 무섭지도 않은가 봐. 저주받을 흡혈귀, 악당들 같으니. 아무 죄 없는 이런 계집애도 징역을 보내다니."

코라블료바는 말했다.

이때 창가에 남아 있던 여자들 사이에서 깔깔대는 웃음소리가 터져 나왔다. 계집애도 따라 웃었다. 그 가늘고 앳된 목소리가 키득거리는 어른들의 쉰 목소리에 범벅이 되었다. 남자 죄수 한 사람이 밖에서 이상한 짓을 해 보였기 때문에 창밖을 내다보던 여자들이 이렇게 떠들어대는 것이었다.

"개자식 같으니! 무슨 짓이야" 하고 빨간 머리 여자가 말했다. 그녀는 뚱뚱한 몸집을 온통 흔들면서 얼굴을 창살에 맞대고 상스러운 말을 해댔다.

"저런 뚱보 같으니, 뭘 저리 떠들어대고 있어!" 하고 코라블료바는 빨간 머리 쪽으로 머리를 끄덕여 보이고는 다시 마슬로바에게 물었다.

"몇 년이지?"

"4년" 하고 마슬로바는 말했다. 눈물이 폭포처럼 펑펑 쏟아져서 한 방울이 담배 위에 떨어졌다.

마슬로바는 화가 나서 담배를 문질러 버리고 새로 한 개를 꺼내

물었다.

건널목지기 여자는 담배를 피우지 않았지만, 곧 담배꽁초를 집어서 구김을 펴면서 이야기를 이었다.

"그러고 보니 정말이네. 진실이라는 것은 돼지가 다 먹어버렸군 그래. 제멋대로들 하고 있으니. 마트베예브나는 무죄 석방이 된다고 이야기했는데 말이야. 그렇지만 난 이상한 예감이 들어서 그들이 못살게 굴 거라고 했더니, 과연 그렇게 됐거든."

그녀는 자기 목소리에 어떤 만족을 느끼면서 이렇게 말했다.

이때 남자 죄수들은 모두 마당을 지나가버렸으므로, 그들과 말을 주고받던 여자들도 창가에서 물러나 마슬로바의 곁으로 왔다. 맨 먼저 다가온 것은 눈알이 튀어나오고 계집애를 데리고 있는, 술을 밀매하던 여자였다.

"왜 그렇게 중형을 주었을까?"

그녀는 마슬로바 곁에 앉아 부지런히 양말을 뜨면서 말을 걸었다.

"다 돈이 없기 때문이지. 돈만 있으면 훌륭한 변호사를 대서 무죄가 되었을 거야" 하고 코라블료바는 말했다.

"그 사람 이름이 뭐라고 하더라, 머리가 더부룩하고 코가 큰 사람 말이야. 그 사람은 물속에서도 젖지 않게 끌어내는 재주가 있거든. 그 사람에게만 부탁했더라면."

"거야 물론 부탁해보았죠. 하지만 그 사람은 천 루블 이하로는 거들떠보지도 않는걸, 뭐."

그들 옆에 다가앉은 멋쟁이 여자가 이를 드러내면서 말했다.

"당신도 팔자가 사납군" 하고 방화죄로 들어온 노파가 입을 열었다. "내 경우만 해도 괴로운 일이야. 며느리는 빼앗긴 데다 자식 놈까지 감옥에 들어와 이(蝨)의 밥이 되고 있고, 나 역시 이 나이에 이런 데 들어와서 고생을 하다니 말이야" 하고 그녀는 골백번도 넘게 한 신세타령을 또다시 시작했다.

"나는 감옥이나 거지 신세에서 벗어날 수 없나 봐. 거지가 아니면 감옥이거든."

"다 똑같은 놈들이란 말이야" 하고 술을 밀매하던 여자가 말했다. 그녀는 딸의 머리를 바라보더니, 뜨개질하던 양말을 옆에다 놓고 소녀의 머리에 있는 이를 잡기 시작했다. "글쎄 왜 밀주를 파느냐고 하지만, 그럼 도대체 뭘로 애들을 기르란 말이지?" 하고 그녀는 손에 익은 일을 계속하면서 말했다.

술을 밀매하던 여자의 말을 듣자 마슬로바는 술 생각이 났다.

"술이나 한잔 마셨으면" 하고 마슬로바는 죄수복 소매로 눈물을 씻고 가끔 흐느끼면서 코라블료바에게 말했다.

"가므이르카* 말이지? 그래, 마셔봐" 하고 코라블료바는 말했다.

32

마슬로바는 흰 빵 속에서 돈을 꺼내 지폐 한 장을 코라블료바에게 주었다. 코라블료바는 돈을 받았으나 글자를 읽을 줄 몰라 들여다보고만 있었다. 뭐든지 잘 아는 멋쟁이 여자가 2루블 50코페이카의 가치가 있다고 하는 말을 믿고, 그녀는 감추어둔 술병을 꺼내려고 통풍구 쪽으로 기어 올라갔다.

---

* 보드카의 일종이다.

이것을 보고 침상이 가까운 곳에 있는 여자를 빼놓고는 모두 자기 자리로 가버렸다. 그러는 동안 마슬로바는 스카프와 죄수복의 먼지를 털고 침상에 올라가 흰 빵을 먹기 시작했다.

"차를 얻어두었지만 벌써 식었을 거야" 하고 페도시야는 선반에서 각반으로 싼 함석 주전자와 잔을 꺼내면서 말했다.

물은 식어빠지고 차 맛보다 함석 냄새가 더 났으나, 마슬로바는 잔에다 차를 따르고 빵과 함께 차를 마시기 시작했다.

"피나시카, 자" 하고 그녀는 소리를 지르고, 빵을 한 조각 떼어서 자기 입을 쳐다보고 있는 사내아이에게 주었다.

그러는 사이에 코라블료바는 술병과 잔을 가져왔다. 마슬로바는 코라블료바와 멋쟁이 여자에게도 술을 건넸다. 이들 세 여죄수는 돈을 가지고 있었으며 사들인 물건을 서로 나누어 갖기도 했으므로 감방의 귀족계급이었다.

몇 분 후 마슬로바는 원기가 회복되어 검사 흉내를 내면서 활발히 공판 이야기와 재판소에서 자기를 놀라게 한 이야기를 했다. 재판소에서는 모든 사람이 흥미진진하게 자기를 보았고, 또 자기를 보려고 일부러 자꾸 유치장까지 들어오곤 했다는 얘기를 했다.

"호송병도 그렇게 말하더군. 저 사람들은 모두 나를 보러 오는 거라고 말이야. 서류가 이러니저러니 하고 오지만, 그들의 눈은 나를 뚫어지게 보고 있었어" 하고 그녀는 웃음을 짓고, 영문을 모르겠다는 듯이 머리를 흔들면서 말했다.

"모두 연극을 잘하더군."

"그야 그럴 수밖에" 하고 건널목지기 여자는 맞장구를 쳤다. 그러고는 곧 노래하는 듯한 목소리가 흘러나오기 시작했다. "설탕에 모여드는 파리 같은 거야. 딴 것으론 안 되더라도 그것만 보이면 걸려들거든. 그놈들은 세 끼 밥은 안 먹어도……."
"그런데 여기서도 말이야" 하고 마슬로바는 말을 가로막았다. "여기서도 붙잡히고 말았어. 내가 돌아오자 정거장에서 우르르 한 패가 몰려오더군. 어찌나 달라붙는지 정말 죽을 지경이었어. 다행히 부소장이 쫓아주었지만, 한 녀석은 얼마나 질기게 달라붙는지 간신히 뿌리쳤어."
"어떻게 생긴 녀석인데" 하고 멋쟁이가 물었다.
"거무튀튀하고 콧수염이 있는 작자야."
"그럼 그잘 거야."
"누군데?"
"시체글로프야, 방금 지나간."
"시체글로프가 누구야?"
"시체글로프도 모르다니! 시체글로프는 두 번이나 탈옥을 했지. 이번에 잡혔지만 또 달아날 거야. 간수들도 무서워한대" 하고 멋쟁이 여자는 말했다. 그녀는 남자 죄수들의 편지를 전달해주고 있었으므로 옥 안에서 일어나는 일을 속속들이 알고 있었다.
"틀림없이 달아날 거야."
"암만 달아나도 우리를 데리고 가지는 못할 테지" 하고 코라블료바는 말했다.
"그런데 그건 어떻게 됐지? 변호사는 상소에 대해서 뭐라고 말했지? 아마 곧 상소를 해야 될걸."
코라블료바가 마슬로바 쪽으로 몸을 돌리며 말했다.
마슬로바는 아무것도 모른다고 말했다.

이때 붉은 머리 여죄수가 주근깨투성이 두 손을 숱 많고 헝클어진 붉은 머리털 속에 쑤셔 넣고 손톱으로 벅벅 긁으면서, 술을 마시고 있는 귀족한테로 다가왔다.

"카테리나, 내가 다 가르쳐주지. 우선 판결에 불복한다는 서류를 내고 검사에게 얘길 해야 해."

그녀는 말을 시작했다.

"아니, 넌 무슨 참견이야? 술 냄새를 맡고 왔지? 주둥이 놀리지 마. 너 아니라도 다 알 수 있으니까. 넌 필요 없단 말이야."

코라블료바는 성난 듯이 그녀에게 낮은 목소리로 말했다.

"너한테 얘기하는 거 아니니까 쓸데없는 걱정은 마."

"술이 먹고 싶은 게지? 어슬렁어슬렁 찾아온 걸 보니."

"그럼 한잔 주지 그래요."

언제나 가지고 있는 것은 모조리 나누어주는 마슬로바가 이렇게 말했다.

"이런 년에게 주긴 뭘 줘……."

"아니, 뭐라고! 네깟 년을 무서워할 줄 알아?"

빨간 머리가 코라블료바에게 대들면서 말했다.

"저 쓸개 빠진 년이!"

"흥, 누가 할 말인데!"

"이, 개만도 못한 년아!"

"내가 개만도 못하다고? 이 징역수 살인귀 같으니!" 하고 빨간 머리가 악을 썼다.

"당장 꺼져!"

코라블료바가 준엄한 어조로 말했다.

그러나 빨간 머리가 점점 더 가까이 대들자 코라블료바는 앞섶 사이로 드러난 그녀의 살진 가슴팍을 떠다밀었다. 빨간 머리는 그러기를 기다리기라도 했다는 듯이 번개같이 한 손으로 코라블료바의 머리채를 휘어잡고, 또 한 손으로는 얼굴을 갈기려고 했으나 코라블료바는 재빨리 그 손을 붙들었다. 마슬로바와 멋쟁이 여자는 빨간 머리의 손을 붙잡고 떼어놓으려고 했으나, 머리털을 휘어잡은 빨간 머리의 손은 좀체 떨어지지 않았다. 그녀가 잠깐 머리채를 잡은 손을 늦추었으나, 그것은 주먹 언저리에다 좀 더 세게 휘감기 위해서였다. 코라블료바는 머리를 기울이면서 한 손으론 빨간 머리의 몸을 때리고 그녀의 손을 물어뜯었다. 다른 여자들은 싸우는 두 사람 곁으로 모여들어 싸움을 말리느라고 떠들어댔다. 폐병쟁이까지도 옆으로 다가와 기침을 해가면서 얽힌 두 여자를 바라보았고, 아이들은 서로 껴안고 울고 있었다. 그때 떠드는 소리를 듣고 여자 간수와 남자 간수가 들어왔다. 싸우던 여자들은 서로 갈라졌다. 코라블료바는 백발의 머리채를 풀어헤쳐 그 속에서 뽑힌 머리칼 뭉치를 훑어내면서, 빨간 머리는 누런 가슴 위에서 찢어진 속옷을 여미면서 제각기 외치고 변명하고 불평들을 토로했다.

"다 알겠다, 이건 모두 술 때문이야. 내일 소장한테 말해서 혼들을 내줘야지. 다 안단 말이다, 술 냄새가 나는걸. 이봐, 빨리 물러가도록 해, 그렇잖으면 재미없을 테니. 모두 제자리로 돌아가 조용히 잠들이나 자."

여간수가 말했다.

그러나 한참 동안 뒤숭숭했다. 그 후에도 한동안 여자들은 서로 욕지거리를 하고, 처음에 어떻게 해서 싸움이 벌어졌다는 둥 누구

잘못이라는 둥 서로 떠들어댔다. 드디어 남자 간수와 여자 간수가 나가자 여자들도 조용해지고 자리에 눕기 시작했다. 노파는 성상 앞에 서서 기도를 올리기 시작했다.

"징역수가 두 년이나 모여 있으니."

갑자기 빨간 머리 여자가 저쪽 끝 침상에서 말끝마다 놀랄 만큼 날카로운 욕설을 퍼부으면서 쉰 목소리로 말하기 시작했다.

"조심해, 또 경치지 않으려면."

코라블료바도 욕설로 마주 대꾸했다. 그러나 곧 두 사람 다 조용해졌다.

"말리지만 않았으면 네년의 눈알을 빼버렸을걸……."

다시 빨간 머리 여자가 이렇게 뇌까렸다. 그러자 코라블료바도 지지 않고 똑같이 응수했다.

더 오랜 침묵이 이어지다가 다시 욕지거리가 시작되었다. 그리고 침묵하는 시간이 차츰 길어지더니 마침내 완전히 잠잠해졌다.

모두 자리에 누웠다. 코를 고는 사람도 있었다. 그러나 언제나 오랫동안 기도를 올리는 노파만은 아직도 성상 앞에 무릎을 꿇고 있었다. 수사의 딸은 간수가 나가자 곧 일어나 또다시 감방 안을 왔다 갔다 거닐기 시작했다.

마슬로바는 잠을 이루지 못하고 자신이 징역수가 되었다는 생각만을 계속했다. 벌써 두 번이나 그런 욕을 먹었다. 한 번은 보치코바한테, 또 한 번은 빨간 머리한테. 그러나 그녀는 도저히 그런 생각에 익숙해질 수 없었다.

돌아누워 있던 코라블료바가 몸을 돌렸다.

"정말 꿈에도 생각지 못했어요. 난 아무 짓도 하지 않았는데도 고

생을 해야 하다니."

마슬로바는 조용히 말했다.

"걱정할 건 없어. 시베리아에도 사람은 살고 있고, 그리로 간다고 곧 죽는 것은 아니니까."

코라블료바가 위로의 말을 했다.

"그야 죽지는 않겠지만, 너무나 억울해요. 전 그런 경우는 질색이에요. 여태껏 편한 생활만 해왔는데."

"하나님을 거역할 수는 없는 거야."

코라블료바는 한숨을 내쉬면서 말했다.

"거역할 수 없어."

"알겠어요, 아주머니. 하지만 역시 괴롭군요."

두 사람은 잠시 말이 없었다.

"들리지, 저 소리? 저건 그 잡년이 지르는 소리야" 하고 침상 한쪽에서 들려오는 이상한 소리에 마슬로바의 주의를 돌리면서 코라블료바가 말했다.

빨간 머리가 흐느껴 우는 소리였다. 그녀는 지금 욕을 먹고 얻어맞은 데다, 그토록 마시고 싶던 술도 한잔 얻어 마시지 못한 게 분해서 울고 있었다. 그리고 자기에게는 일생을 통해서 욕과 조소와 모욕과 매 말고는 아무것도 없다는 생각에 울었다. 그녀는 페지카 몰로존코프라는 직공과의 첫사랑을 회상하며 스스로를 위로하려고 했다. 그러나 그 사랑을 떠올리니 그 사랑의 말로가 생각났다. 그 사랑은 몰로존코프가 술에 취해 돌아와서 장난으로 그녀의 제일 민감한 신체 부위에 황산을 바르고는, 그녀가 아파서 몸부림치는 모습을 보면서 친구들과 웃어대던 것으로 끝장이 나고 말았다. 그녀는 지금 그 일을 상기하자 새삼스레 자신이 불쌍해졌다. 그래서 아무도 듣고 있지 않으리라 생각하고 훌쩍훌쩍 울기 시작했던 것이다. 그녀는 아이들처럼 신음하며 코를 훌쩍거리고, 찝찔한 눈물을 들이마시면서 울었다.

"불쌍해요" 하고 마슬로바가 말했다.

"불쌍한 건 사실이지만 참견할 필요는 없어."

33

이튿날 아침에 네흘류도프가 눈을 떴을 때 맨 먼저 느낀 것은 무슨 일이 일어났다는 의식이었다. 그리고 무슨 일이 일어났는가를 생각하기에 앞서, 그는 이미 중대하고도 좋은 일이 일어났음을 알고 있었다. '카튜샤, 공판.' 그렇다, 거짓말하지 말고 진실을 모조리 이야기해야겠다. 그런데 이 무슨 신기한 일치일까. 마침 이날 아침에 그토록 오랫동안 기다리던 마리야 바실리예브나의 편지, 지금의 그로서는 무엇보다 필요한 그 편지가 도착했다. 그녀는 그에게 완전한 자유를 주겠으며, 앞으로 예상되는 결혼 생활에서는 행복하기를 빈다고 쓰고 있었다.

"결혼이라고?" 하고 그는 비웃는 투로 말했다. 지금의 모든 것을 그녀의 남편에게 고백하고 참회의 뜻을 표하는 동시에 어떠한 보상이라도 사양치 않을 각오라는 것을 분명히 말하겠다고 한 어제의 결심을 상기했다. 그러나 오늘 아침이 되고 보니, 어제 생각한 것처럼 쉬운 일이 아니라는 것을 느꼈다.

'그런데 아무것도 모르고 있는 사람을 불행하게 만들 필요가 있

을까? 만일 그쪽에서 물어온다면 그때 말해주면 되는 거다……. 아니, 그럴 필요는 없어.'

마찬가지로 미시에게 모든 진실을 고백한다는 것 역시 오늘 아침이 되고 보니 그리 쉬운 일 같지 않았다. 역시나 말해서는 안 되는 일이었다. 오히려 그녀를 모욕하는 결과가 되리라. 세상만사가 다 그렇듯이 어떤 것은 두루뭉술하게 남겨둘 필요가 있는 것이다. 그러나 오늘 아침 그는 한 가지만은 굳게 결심했다. 다시는 그 집에 찾아가지 않고, 그쪽에서 물어올 때에 한해서 진실을 말하겠다고 말이다.

그러나 그 대신 카튜샤에 대해서만은 조금도 애매한 점을 남겨둘 수 없었다.

'감옥으로 찾아가서 그녀에게 말하고 용서해달라고 빌자. 그리고 만약 필요하다면 그녀와 결혼하자' 하고 그는 생각했다.

정신적 만족을 위해 모든 것을 희생하고 그녀와 결혼하겠다는 이 생각은 오늘 아침이 되자 유달리 그의 마음을 감동시켰다.

그가 이만큼 정력에 찬 하루를 맞은 것은 근래에 드문 일이었다. 그는 자기 방으로 들어온 아그라페나 페트로브나를 보자 곧 자기도 예기치 못했던 단호한 태도로, 이제는 이 집도 그녀의 시중도 필요 없게 되었다고 설명했다. 그는 지금까지 미시와의 결혼을 고려해 이렇게 크고 비싼 집을 유지해오고 있었던 것이다. 그러므로 이 집을 내놓는다는 것은 특수한 의미를 지녔다. 아그라페나 페트로브나는 어리둥절한 눈으로 그를 바라보았다.

"아그라페나 페트로브나, 그동안 많은 신세를 졌소. 그렇지만 난 이제 큰 집도, 여러 하인들도 필요 없게 되었소. 나를 더 도와주고 싶은 생각이 있다면, 어머니가 살아 계실 때처럼 당분간 짐을 좀 꾸려서 정리해주구려. 하긴 나타샤(네흘류도프의 누나)가 와서 정리해 주기는 하겠지만."

아그라페나 페트로브나는 고개를 저었다.

"어떻게 정리를 하라는 말씀인지요? 모두 필요한 것들뿐인데" 하고 그녀는 말했다.

"아니, 필요 없어, 아그라페나 페트로브나, 이젠 필요 없어졌어요. 그리고 미안하지만, 코르네이에게도 그렇게 전해주시오, 두 달 치 임금을 선불한다고요. 그 사람도 이젠 필요 없어졌으니까.'"

네흘류도프는 그녀가 고개를 저은 데 대답하면서 이렇게 말했다.

"나리, 잘못 생각하시는 거예요. 외국에 가시더라도 집은 어차피 필요하니까요."

그녀는 말했다.

"아니, 그렇지 않아요, 아그라페나 페트로브나. 난 외국에 가는 것이 아니라오. 만일 간다면, 아주 딴 곳으로 갈 거요."

그는 갑자기 홍당무처럼 얼굴이 빨개졌다.

'그렇다, 이 여자에게도 고백하지 않으면 안 된다' 하고 그는 생각했다. '아무것도 숨길 필요는 없다. 모든 사람에게 있는 그대로를 말해야 한다.'

"실은 어제 내 신상에 몹시 이상하고 중대한 일이 일어났다오. 당신은 마리야 이바노브나 고모 댁에 있던 카튜샤를 기억하오?"

"기억하고말고요. 저는 그 애에게 바느질을 가르쳤는걸요."

"그럴 테지. 그런데 어제 재판소에서 그 카튜샤에 대한 공판이 있었고 내가 그 배심원의 한 사람으로 출석했었소."

"어머나, 가엾어라! 대관절 무슨 죄로 재판을 받았는데요?"
아그라페나 페트로브나는 말했다.
"살인 혐의였소. 더욱이 그것은 모두가 내 책임이란 말이오."
"어째서 서방님 책임인가요? 참 이상한 말씀을 다 하십니다" 하고 아그라페나 페트로브나는 말했다. 그녀의 늙은 두 눈에 반짝 불꽃이 일었다.

그녀는 그와 카튜샤의 관계를 알고 있었다.
"모든 원인이 다 내게 있는 거요. 그 때문에 나는 모든 계획을 다 바꾸게 된 것이오."
"아니, 그렇다고 해서 서방님까지 변하실 필요가 어디 있겠어요?"
아그라페나 페트로브나는 웃음을 참으면서 말했다.
"하지만 그녀가 그런 길을 걷게 된 원인이 내게 있다면, 나는 그녀를 구하기 위해서 내가 할 수 있는 일을 다 해야 한단 말이오."
"그건 좋은 생각이십니다. 그렇지만 그건 서방님 잘못이 아닙니다. 그런 건 누구에게도 흔히 있는 일이고, 또 이성만 가지고 있으면 차차 잊혀서 그럭저럭 살아갈 수 있는 거예요. 그러므로 서방님께서 책임을 지실 필요는 없습니다. 그 애가 올바른 길을 걷지 못하고 있다는 말은 저도 전부터 들어왔습니다만, 그것이 누구의 죄란 말인가요."

아그라페나 페트로브나는 엄숙한 태도로 말했다.
"그건 내 죄요. 그래서 난 그걸 보상해주고 싶은 거요."
"그러나 그건 매우 힘든 일이에요."
"그건 내가 생각할 문제요. 그건 그렇고, 당신 자신에 대해서 생각하고 있다면 어머니께서 바라시던 대로······."

"저는 저 자신의 일 따위는 생각하지도 않습니다. 저는 돌아가신 마님께 태산 같은 은혜를 입어서 이젠 아무것도 바랄 게 없습니다. 오래전부터 리잔카(시집간 그녀의 조카딸)가 오라고 하니까, 제가 할 일이 없어진다면 그 애한테로 가겠어요. 그렇지만 서방님이 그런 걱정을 하신다는 것은 쓸데없는 일이에요. 누구에게나 다 있는 일이니까요."

"그렇지만 나는 그렇게 생각하지 않아요. 어쨌든 부탁이니, 이 집을 내놓고 가구 정리하는 일을 좀 도와주시오. 그리고 내게 화를 내지 말아줘요. 나는 모든 일에 대해서 진심으로 고맙게 생각하고 있으니까."

네흘류도프는 자기 스스로를 좋지 않은 인간이라고 느낀 후로는 이상하게도 남을 싫어하는 마음이 없어졌다. 그뿐만이 아니라 아그라페나 페트로브나에 대해서도 상대방의 처지를 존중하는 상냥한 기분을 가지게 되었다. 그는 코르네이 앞에서도 참회를 하고 싶었으나, 코르네이가 너무 공손한 태도를 보여서 말을 꺼낼 용기가 나지 않았다.

재판소로 가는 길에 같은 마차를 타고 같은 거리를 지나가면서, 네흘류도프는 오늘의 자신이 아주 딴사람처럼 느껴지는 데 스스로 놀라지 않을 수가 없었다.

바로 어제까지만 해도 그토록 가깝게 여겨지던 미시와의 결혼이 지금은 전혀 불가능한 일로 생각되었다. 바로 어제까지만 해도 그는 자신의 처지를 생각하며, 그녀가 자기와 결혼함으로써 틀림없이 행복해질 것이라고 믿었다. 그러나 오늘은 결혼은커녕 그녀에게 가까이 갈 자격조차 없다는 생각이 들었다. '만약 내가 어떤 사람인지 알게 되면 그녀는 절대로 나를 받아들이지 않을 거다. 그런데도 나는 그녀가 다른 남자에게 아양 부리는 것을 보며 책망하지 않았던가. 그리고 설령 미시와 결혼한다 하더라도, 지금 한 여자가 감옥에 갇혀 있고 내일이나 모레면 다른 죄수들과 함께 유형을 떠난다는 것을 알면서 과연 행복해질 수 있겠는가. 아니, 행복은 고사하고 마음 편할 수가 있겠는가 말이다. 나 때문에 일생을 망쳐버린 그녀가 유형을 당하는데, 나는 여기서 새로 맞은 아내와 함께 사람들의 축복을 받고 답례를 하러 다닐 수가 있겠는가 말이야. 혹은 또 비열한 방법으로 속이고 있는 그 귀족단장과 함께 회의에 나가 지방 장학관을 결정하는 찬반 투표를 마친 후, 그 아내와 밀회를 약속한다. (아아, 이 얼마나 더러운 짓이냐!) 또 그렇지 않으면 그림 그리는 일을 계속할 것인가. 완성하지 못할 건 뻔한 노릇이다. 왜냐하면 지금 와서는 그런 대수롭지도 않은 일을 할 필요도 없거니와, 또한 나 자신으로서도 그런 일은 할 수가 없기 때문이다' 하고 그는 혼자 중얼거렸다. 그리고 자신의 내면에서 일어나고 있는 변화에 대해서 그는 한없이 기쁨을 느꼈다.

'무엇보다 먼저' 하고 그는 생각했다. '지금부터 변호사를 만나서 어떻게 결정했는가를 알아보고…… 그다음 감옥으로 가서 그녀를, 어제의 그 여죄수를 면회하고 모든 것을 털어놓자.'

그리고 그녀를 만나서 모든 것을 털어놓고 그녀 앞에서 자기 죄를 속죄하기 위해 할 수 있는 일은 다 하겠으며 그녀와 결혼까지도 하겠다고 말하는 광경을 상상하자, 그는 말할 수 없는 감격에 사로잡혀 저절로 눈물이 솟구쳐 올랐다.

34

재판소에 도착한 네흘류도프는 복도에서 어제의 그 정리를 만나서 어제 공판에서 선고를 받은 피고들이 어디 있는지, 그리고 면회를 하려면 누구의 허가를 받아야 하는지를 물어보았다. 정리는 피고들이 여러 곳에 나뉘어 수감되어 있으며, 최종 판결이 공표될 때까지 면회는 검사의 허가를 얻어야 한다고 대답했다.

"재판이 끝나면 가르쳐드리겠습니다. 제가 안내해드리지요. 검사는 아직 나오지 않았습니다. 그럼 재판이 끝난 다음에 뵙겠습니다. 지금은 우선 법정으로 가십시오. 곧 시작됩니다."

네흘류도프는 오늘따라 유난히 측은하게 느껴지는 정리의 친절에 감사하며 배심원 대기실로 갔다.

그가 대기실로 다가갔을 때 배심원들은 법정으로 들어가려고 나오는 길이었다. 상인은 어제와 마찬가지로 얼근하게 취해 있었고 옛 친구라도 만난 듯이 반갑게 네흘류도프를 맞아주었다. 오늘은 표트르 게라시모비치의 그 버릇없이 친근한 태도와 너털웃음도 네흘류도프를 불쾌하게 만들지 않았다.

네흘류도프는 배심원들에게도 어제의 피고와 자신의 관계를 이야기하고 싶었다. '사실대로 말하자면' 하고 그는 생각했다. '어제 재판할 때 일어서서 내 죄를 여러 사람들 앞에 고백했어야 했다.' 그러나 그가 다른 배심원들과 함께 법정으로 나가 어제와 같은 소송 절차가 시작되었을 때, 즉 '개정'이 선언되고, 금몰의 칼라를 한 세 판사가 단상으로 올라가고, 물을 끼얹은 듯한 침묵이 있은 후 배심원들이 등받이가 높은 의자에 앉고, 헌병이 들어오고, 사제가 나타났을 때 그는 그렇게 해야겠다고 생각은 하면서도 역시 어제와 마찬가지로 이 엄숙한 분위기를 깨뜨릴 수는 없다고 느꼈다.

공판 준비는 어제와 똑같았다. (다만 배심원 선서와 그들에 대한 재판장의 훈시만 없었다.)

오늘 사건은 침입 절도범에 관한 것이었다. 칼을 빼 든 두 헌병의 호위를 받으면서 들어온 피고는 회색 죄수복을 입고 핏기 없는 잿빛 얼굴에 어깨가 좁고 말라빠진, 스무 살쯤 되어 보이는 청년이었다. 그는 혼자 피고석에 앉아서 들어오는 사람들을 힐끔힐끔 쳐다보았다. 이 젊은이는 친구와 함께 자물쇠를 부수고 어느 집 광에 침입해 3루블 67코페이카 정도 되는 헌 돗자리를 훔쳐낸 혐의로 기소되었다. 기소장에 따르면, 이 젊은이가 돗자리를 멘 친구와 함께 걸어가고 있을 때 순경에게 불심검문을 당했다고 한다. 젊은이와 그 친구는 곧 죄를 자백하고 두 사람 다 수감되었다. 그러나 친구인 자물쇠 직공은 감옥에서 죽어 지금은 젊은이 혼자 재판을 받고 있었다. 낡은 돗자리는 증거물로 탁자 위에 놓여 있었다.

사건은 어제와 똑같은 순서로 증거 서류, 증거물, 증인 선서, 심문, 감정인, 대질심문 등 질서 정연하게 심리되었다. 증인인 순경은 재판장과 검사보와 변호인의 질문에 대해서 "그렇습니다", "모릅니다" 혹은 "네, 맞습니다" 하고 판에 박은 듯한 답변을 했다. 그러나 그 군대식 둔한 신경과 기계적인 태도 속에서도 순경은 젊은이를 동정하고 있는 듯 보기에도 꺼림칙한 표정으로 체포 경위를 말했다.

또 한 사람의 증인이자 피해자인 노인은 집주인인 동시에 돗자리 임자이기도 했으나, 얼른 보기에도 신경질적인 사람이라서 이 돗자리가 당신 것이냐고 질문을 받았을 때도 아주 못마땅한 태도로 그렇다고 대답했다. 뒤이어 검사가 이 돗자리는 무엇에 쓸 작정이었고 매우 요긴한 물건이었느냐고 물었을 때는 버럭 화를 내며 이렇게 대답했다.

"제기랄, 그런 돗자리 같은 건 없어져도 좋아요, 조금도 필요 없으니. 그런 쓸데없는 것 때문에 이런 말썽이 일어날 줄 알았더라면, 찾기는커녕 이런 심문에 끌려 나오지 않기 위해 붉은 지폐(10루블 지폐) 한 장이나 두 장쯤 덤으로 붙여주었을 거요. 마차 값만 해도 벌써 5루블이나 써버렸으니. 게다가 나는 탈장과 류머티즘을 앓고 있단 말입니다."

증인들의 진술은 이런 식이었다. 그런데도 피고는 모든 죄상을 인정하고, 사냥꾼에게 붙잡힌 짐승처럼 무의미하게 사방을 두리번거리면서 떠듬떠듬 사실대로 죄다 말했다.

사태는 명백했는데도, 검사보는 어제와 마찬가지로 양쪽 어깨를 치켜세우고 교활한 범인의 정체를 폭로하고야 말겠다는 듯이 까다로운 질문을 던졌다.

그는 자신의 논고에서, 이 절도는 사람이 살고 있는 건물 안에서, 그것도 잠긴 문을 부수고 자행되었으므로 젊은이는 가장 무거운 형에 처해야 한다고 논증했다.

한편 국선변호인은 범죄를 부정할 수는 없지만 이 절도가 사람이 사는 건물 안에서 이루어진 것이 아니므로 검사보가 논고하듯 사회적으로 위험한 것은 아니라고 변호했다.

재판장은 어제와 마찬가지로, 공평과 정의를 표방하면서 이미 배심원들이 다 알고 있는 일과 몰라서는 안 될 일 등을 상세히 설명해 주었다. 그리고 어제처럼 정리가 '개정'이라고 외치고, 또 어제처럼 두 헌병은 칼을 빼 들고 피고를 위협하면서 졸지 않으려고 애쓰며 앉아 있었다.
 조서에 따르면, 이 젊은이는 어릴 때 아버지에 의해 담배 공장에 직공으로 보내져서 5년 동안이나 거기서 일을 했다. 그러나 올해 공장 주인과 노동자 사이에 분규가 생겨서 해고되고 말았다. 직장을 잃고 몇 푼 안 되는 돈을 털어 술을 마시면서 하릴없이 시내를 떠돌다가, 어떤 대폿집에서 자기처럼 실직한, 아니 자기보다도 먼저 실직한 몹시 술을 좋아하는 자물쇠 직공과 사귀게 되었다. 그리고 두 사람은 술 취한 김에 그날 밤 광의 자물쇠를 부수고 닥치는 대로 물건을 훔쳐냈다. 그들은 체포되자 모든 것을 자백했다. 그들은 감옥에 갇히게 되었으나, 자물쇠 직공은 공판이 있기 전에 죽어버렸다. 그래서 이 젊은이만이 지금 이렇게 사회에서 격리되지 않으면 안 되는 위험한 존재로 재판을 받고 있었다.
 '이자도 어제의 그 여죄수 같은 위험인물이군' 하고 네흘류도프는 눈앞에서 진행되고 있는 일에 귀를 기울이면서 생각했다. '그들은 위험인물이고 우린 위험인물이 아니란 말인가? …… 나는 방탕아다, 사기꾼이다. 모두 마찬가지다. 그리고 사람들은 내가 어떤 인간인지 알면서도 나를 경멸하지 않을뿐더러 오히려 존경하고 있지 않은가?
 이 젊은이는 어떤 특수한 악한이 아니라, 그저 흔히 볼 수 있는(누구에게나 이렇게 보였다) 보통 사람이고 그가 현재와 같은 인간이 된 것도 실은 이런 인간을 만들어낸 환경에 놓였기 때문이라는 것은 매우 자명한 일이다. 그렇다면 이런 젊은이가 없도록 하기 위해서는 이런 불행한 인간을 만들어내는 환경을 없애도록 노력해야 한다는 것도 역시 분명한 일이라 할 수 있다.

그런데 우리는 무엇을 하고 있을까? 우리는 죄를 짓고도 잡히지 않은 사람들이 수없이 많다는 것을 뻔히 알면서도, 어쩌다가 걸려든 이런 애송이를 잡아들여 역시 허약하고 타락한 사람들만 들끓는 감옥에 처넣은 후 가장 불건전하고 무의미한 노동 상태로 몰아넣었다가, 나랏돈을 써가며 모스크바 현에서 이르쿠츠크 현의 극도로 타락한 인간 집단 속으로 추방하고 있는 것이다.

그러나 이런 인간들을 만들어내는 여러 조건을 소탕하기 위해서 우리는 아무 조치도 취하지 않을뿐더러 오히려 그들이 자라나는 시설들을 장려하고 있는 실정이다. 다 알다시피 그 시설이란 공장, 작업장, 음식점, 선술집, 유곽 등이다. 그리고 우리는 이런 시설들을 파괴하기는커녕 오히려 필요하다고 여기고 장려하면서 조정해나가고 있다.

이렇게 한 사람이 아니라 몇백만이나 되는 그런 사람들을 길러내고 있으면서도, 우리는 그들 가운데 한 사람만을 잡아들이고는 우리 자신의 직분을 다 했으며, 우리 스스로를 보호했고, 이제는 우리에게 더 요구할 것이 없으며, 그런 자를 모스크바에서 이르쿠츠크로 추방해버렸다고 생각한다.' 대령 옆에 앉아 변호사며, 검사며, 재판장 등 각양각색의 어조에 귀 기울이고 그들의 자신만만한 몸짓을 바라보면서, 네흘류도프는 유달리 생생하고도 명백한 생각에 잠겨 있었다. 거대한 법정, 초상화, 램프, 안락의자, 제복, 두꺼운 벽, 창문들을 둘러보고 이 엄청나게 큰 건물 전체를 상기함과 동시에 그보다 더 큰 문제도, 다시 말해 법관, 서기, 수위, 정리 등 아무 소용도 없는 희극(喜劇)에 출연하고 있다는 대가로 봉급을 받는 사람들이 이곳뿐만 아니라 전 러시아에 수없이 많다는 점을 상기하면서, 네

네흘류도프는 계속해서 이렇게 생각을 했다. '만약 이러한 노력의 백분의 1이라도 우리의 평안과 행복을 위해서는 도저히 없어서는 안 된다고 생각은 하면서도 한낱 팔다리로밖에는 보지 않는 그런 버림받은 사람들을 위해 쓴다면 어떻게 될 것인가? 바로 이 젊은이만 하더라도' 하고 네흘류도프는 젊은이의 겁에 질린 듯한 병적인 얼굴을 바라보면서 이렇게 생각했다. '그가 가난 때문에 시골에서 도시로 나오게 되었을 때 그를 불쌍히 여기고 도와줄 수 있는 인물이 나타나기만 했더라면, 아니 그가 도회지 생활을 시작하여 하루 열두 시간이나 공장에서 일을 하고 나서 나이 많은 친구들과 술집에 가게 되었을 때라도 "가면 못쓴다, 좋지 않은 곳이야" 하고 한마디라도 충고를 해주는 사람이 있었더라면 그도 술집에 가지는 않았을 것이고, 타락하지도 않았을 것이며, 따라서 나쁜 짓도 저지르지 않았을 것이다.
　그러나 그가 견습공으로 일할 때, 작은 짐승처럼 도회지에서 생활하면서 이가 생기지 않게 머리를 짧게 깎고 다른 직공들의 심부름을 하며 돌아다닌 지난 몇 해 동안 그를 동정하는 사람은 단 한 명도 나타나지 않았다. 그뿐만 아니라 그가 도회 생활을 시작한 후로 동료나 선배들한테 얻어들은 말이라곤 하나같이 사람을 속이고 술을 마시며 욕지거리를 하고 때리고 방탕한 사람만이 잘난 사람이라는 것이었다.
　그가 건강에 좋지 않은 노동과 음주와 방탕 때문에 병들고 타락한 나머지 마치 꿈을 꾸는 듯한 멍청한 기분으로 목적 없이 시내를 떠돌아다니다가 어느 집 광으로 들어가서 별로 소용도 없는 돗자리를 꺼냈을 때, 우리는 이 젊은이를 현재와 같은 환경에 몰아넣은 원인을 없애려고 노력하지는 않고 오히려 어린애 같은 젊은이를 처벌함으로써 사태를 바로잡으려 하고 있다…….

무서운 일이다! 이런 경우 잔혹성과 부조리함 중 어느 쪽이 더 클지 모르겠으나, 어쨌든 양쪽 다 극한에 다다른 것 같다.'

네흘류도프는 이미 눈앞에서 일어나는 일에는 주의를 기울이지도 않고, 오로지 그 일에 대해서만 생각했다. 그리고 마음속에 계시된 일에 대해서 그 자신도 놀라지 않을 수 없었다. 어째서 지금까지 이런 것을 모르고 있었을까, 하고 그는 놀라지 않을 수 없었다.

35

첫 번째 휴정이 선포되자 네흘류도프는 자리에서 일어나 다시는 법정으로 돌아오지 않겠다고 마음먹고 복도로 나왔다. 그들 마음대로 처분할 테지. 그렇지만 그는 이 무섭고도 더러운 희극에 더는 참여할 수가 없었다.

검사 방이 어디인지 알아보고 네흘류도프는 그리로 갔다. 사환은 지금 검사가 바쁘다면서 그를 들여보내지 않으려 했으나, 네흘류도프는 들은 체도 않고 방 안으로 들어갔다. 그리고 마중 나온 관리를 보고, 자기는 배심원인데 매우 중대한 일로 만나 뵙고 싶으니 검사에게 전해달라고 말했다. 공작이란 칭호와 훌륭한 옷차림이 네흘류도프에게는 도움이 되었다. 관리는 검사에게 전하고, 네흘류도프는 안으로 안내되었다. 검사는 네흘류도프가 면회를 강요하다시피 한 데 대하여 불만스러운 듯한 표정을 노골적으로 드러내 보이면서, 일어선 채로 그를 맞았다.

"무슨 용건이시지요?"

검사는 엄격한 어조로 물었다.

"저는 배심원 네흘류도프라고 합니다만, 피고 마슬로바를 꼭 좀 만나보고 싶어서요" 하고 네흘류도프는 자기 일생에 결정적 영향을 끼칠 행동을 하고 있다고 느끼고, 얼굴을 붉히면서 서슴지 않고 재빨리 말하기 시작했다.

검사는 희끗희끗한 짧은 머리에 반짝반짝 빛나는 눈알을 재빨리 움직이고, 툭 튀어나온 아래턱에는 숱 많고 짧은 수염을 기르고 있었으며, 키는 작고 살빛이 거무튀튀한 사나이였다.

"마슬로바라고요? 네, 알고 있습니다. 독살 혐의로 기소된 여자지요?" 하고 검사는 침착하게 말했다.

"도대체 무엇 때문에 그 여자를 만나시겠다는 거죠?"

그러고는 약간 부드러운 말투로 "무엇 때문에 만나시겠다는 건지 그 용무를 모르고서는 면회를 허가해드릴 수가 없기 때문에"라고 덧붙였다.

"특히 중대한 사정이 있어서 꼭 좀 면회를 해야겠습니다."

네흘류도프는 홍당무처럼 빨개지면서 대답했다.

"네, 그러세요" 하고 검사는 말한 다음 눈을 들어 주의 깊게 네흘류도프를 훑어보았다.

"그 사건은 공판에 회부됐던가요, 아니면 아직?"

"어제 재판이 있었는데 징역 4년이라는 아주 부당한 선고를 받았습니다. 그 여자에게는 죄가 없습니다."

"그래요, 어제 바로 선고를 받았다면" 하고 검사는, 마슬로바가 무죄라는 네흘류도프의 말에는 조금도 개의치 않으면서 말했다.

"최종 판결이 선고될 때까지는 역시 미결감에 있을 겁니다. 거기서는 일정한 날에만 면회가 허가되고 있죠. 그곳으로 가보시는 게 좋겠습니다."

"그렇지만 저는 되도록 빨리 그 여자를 면회하고 싶습니다."

바야흐로 모든 것을 결정할 순간이 다가왔다고 느끼면서, 네흘류도프는 아래턱을 후들후들 떨며 이렇게 말했다.

"아니, 왜 그렇게 서두르시죠?" 하고 검사는 약간 불안한 듯이 눈썹을 치켜세우고 물었다.

"다름 아니라 그 여자는 죄가 없는데도 징역 선고를 받았기 때문입니다. 그리고 그 모든 원인은 제게 있습니다" 하고 네흘류도프는 떨리는 목소리로 말했으나, 그와 동시에 자기가 필요도 없는 이야기를 지껄이고 있다고 생각했다.

"그건 또 무슨 뜻이죠?" 하고 검사는 물었다.

"결국 나는 그 여자를 속여서 지금 같은 처지에 빠뜨렸기 때문입니다. 만약 그 여자가 나 때문에 그런 처지에 빠지지 않았더라면, 이번 같은 범죄의 혐의도 받지 않았을 테죠."

"그렇다 하더라도, 그것이 면회와 무슨 관계가 있는지 나로서는 납득이 가지 않는군요."

"나는 그 여자를 쫓아가서 결혼하고 싶은 겁니다" 하고 네흘류도프는 말했다. 그러자 이 말을 할 때면 언제나 그렇듯이 그의 눈에서는 눈물이 핑 돌았다.

"아, 그러세요! 그건 보통 일이 아니군요. 당신은 아마 크라스노페르스크의 지방 자치회 의원이시지요?"

검사는 괴상한 결심을 말하는 네흘류도프에 대해서 전에도 소문을 들어본 것 같아서 이렇게 물어보았다.

"실례지만 지금의 그 질문과 제 부탁은 아무런 관련이 없다고 생각하는데요" 하고 네흘류도프는 발끈 화를 내면서 퉁명스럽게 대답했다.

"물론 관련은 없습니다" 하며 검사는 당황하지 않고 보일 듯 말 듯한 웃음을 지으면서 말했다.

"그렇지만 당신의 희망은 매우 뜻밖이고 보통 형식과는 너무나 동떨어져 있기에……."

"어떻습니까, 허가해주시겠습니까?"

"허가라고요? 네, 곧 통행증을 드리겠습니다. 잠깐만 기다리십시오."

그는 책상으로 다가가서 앉더니 쓰기 시작했다.

"앉으시죠."

네흘류도프는 그대로 서 있었다.

통행증을 다 쓴 검사는 그것을 네흘류도프에게 주면서 호기심에 찬 표정으로 그의 얼굴을 쳐다보았다.

"그리고 또 한 가지 말씀드려야겠습니다만 나는 앞으로 공판에 참석할 수가 없습니다" 하고 네흘류도프는 말했다.

"그렇다면 잘 아시겠지만 그만한 이유를 첨부해서 재판소에 제출해야 합니다."

"그 이유는 모든 재판이 무익할 뿐만 아니라 비도덕적이라고 느꼈기 때문입니다."

"그렇습니까?" 하고 검사는 또다시 보일 듯 말 듯한 웃음을 띠면서 말했으나, 그 미소는 그런 말이 조금도 새롭지 않으며 한낱 가소로운 넋두리에 지나지 않는다는 것을 표시하는 듯했다.

"그러실 테죠. 그러나 당신도 물론 아시겠지만, 나는 재판소 검사로서 당신의 의견에 동의할 수는 없습니다. 그러므로 이 일은 법정에서 말씀하시기 바랍니다. 그러면 법정에서 당신의 의견이 정당한지 아닌지 해결해주겠죠. 만약 부당하다고 인정될 경우에는 벌금을 부과할 겁니다. 어쨌든 법정으로 가보십시오."

"나는 이미 설명했으니까 더는 아무 데도 가지 않겠습니다" 하고 네흘류도프는 화난 듯이 쏘아붙였다.

"안녕히 가십시오" 하고 검사는 이 괴상한 방문객에게서 한시바삐 벗어나고 싶다는 듯이 머리를 숙이면서 이렇게 말했다.

"지금 여기 있던 사람은 누구요?"

네흘류도프가 나가자 뒤이어 검사실로 들어온 판사가 물었다.

"네흘류도프입니다. 그 왜 크라스노페르스크 군 지방 자치회에서 여러 가지 기묘한 의견을 말하던 사나이 말이오. 그 친구 여기서 배심원을 하고 있지요. 그런데 피고 가운데 징역을 선고받은 계집인지 아가씨인지가 있는데, 그 친구 말로는 전에 자기한테 속았다던가 하면서 이번에 그 여자와 결혼하기로 결심했다지 뭐요."

"그럴 수가 있나!"

"본인이 나한테 그렇게 말했으니 어떡합니까. 게다가 좀 기묘한 흥분 상태이더군요."

"요즈음 젊은이들은 어딘지 모르게 비정상적인 점이 있거든!"

"그렇지만 그 사나이는 그다지 젊지도 않아요."

"그래, 그건 그렇고, 당신네 그 유명한 이바셴코프는 정말 진절머리가 나더군. 말을 꺼내면 끝이 없단 말이야."

"그런 자는 사정없이 중지시켜버려야 해요. 그렇지 않으면 아주

의사방해가 되니까……."

36

네흘류도프는 검사와 헤어져 곧장 미결감으로 향했다. 그러나 마슬로바는 거기에 없었다. 소장은 네흘류도프에게 그 여자가 아마 오래된 이송 감옥에 있을 것이라고 말했다. 네흘류도프는 그리로 마차를 달렸다.

과연 예카테리나 마슬로바는 거기에 수감되어 있었다. 약 6개월 전 헌병들이 도화선이 되어 극한 상태로까지 발전했던 유명한 정치적 소요 사건 때문에 미결감은 온통 대학생, 의사, 노동자, 여학생, 간호사 등으로 가득 찼다는 사실을 검사가 잊고 있었던 것이다.

미결감에서 이송 감옥까지는 굉장히 먼 거리여서 네흘류도프는 저녁녘이 되어서야 간신히 도착할 수 있었다. 그가 음침하고 큰 건물의 문으로 다가가려고 하자 보초병이 들여보내지 않고 곧 벨을 눌렀다. 벨 소리를 듣고 간수가 나왔다. 네흘류도프는 통행증을 보였으나, 간수는 소장의 허가 없이는 들여보낼 수가 없다고 말했다. 네흘류도프는 소장한테로 갔다. 그가 층계를 올라갈 때부터 무슨 복잡하고 웅장한 피아노 곡이 문 뒤에서 흘러나왔다. 그리고 눈 하나를 싸맨 성난 하녀가 방문을 열었을 때는 갑자기 쏟아져 나오는 음향 때문에 귀가 먹먹할 정도였다. 그 곡은 싫증이 나도록 들은 리스트의 광시곡으로, 솜씨는 훌륭했으나 어느 한 부분까지만 연주하고 있었다. 거기까지 가서는 다시 처음부터 같은 곡을 되풀이하는 것이었다. 네흘류도프는 안대를 한 하녀에게 소장이 집에 있느냐고 물었다.
하녀는 없다고 대답했다.
"곧 돌아오십니까?"
광시곡은 다시 멈추었다가 또다시 그 마법적인 대목까지 찬란하고 요란스럽게 되풀이되었다.
"가서 물어보죠" 하고 하녀가 들어갔다.
광시곡은 다시 요란하게 달리기 시작했으나, 이번에는 그 마법적인 대목에 채 이르기도 전에 툭 끊어지더니 말소리가 들려왔다.
"지금은 안 계시고, 오늘은 돌아오시지 않는다고 말해요. 초대를 받고 가셨으니. 정말 귀찮아 죽겠어" 하는 여인의 목소리가 문 뒤에서 들려왔다. 그리고 다시 광시곡이 들리는가 했더니 또다시 멈추고는 의자를 움직이는 소리가 들려왔다. 화가 난 피아니스트가 때 아닌 시간에 나타난 귀찮은 방문객에게 직접 설교를 할 작정인 것 같았다.
"아버지는 안 계세요."
흐릿한 눈 밑에 푸른 점이 있고 머리를 높이 빗어 올린, 초라하고 창백한 처녀가 나오면서 톡 쏘아붙였다. 그러나 훌륭한 외투를 입은 청년을 보자, 그녀는 곧 얼굴을 누그러뜨렸다.
"좀 들어오세요……. 무슨 일이시죠?"
"감옥에 있는 여죄수를 면회하고 싶습니다만."
"아마 정치범이겠죠?"
"아니, 정치범은 아닙니다. 나는 검사의 허가를 받고 왔습니다."
"저는 잘 모르겠군요, 아버지가 안 계셔서. 어쨌든 좀 들어오세요" 하고 그녀는 다시 조그마한 현관으로 그를 불러들였다.

"그러시다면 부소장에게 말씀해보세요. 지금 사무실에 있습니다. 성함이 어떻게 되시죠?"

"고맙습니다" 하고 네흘류도프는 물음에 대꾸도 하지 않고 나와 버렸다.

등 뒤에서 문이 채 닫히기도 전에 또다시 활기차고 명랑한 피아노 소리가 울려 나왔다. 그 소리는 연주되는 장소로 보나, 또 열심히 연습하고 있는 가련한 처녀의 얼굴로 보나 어느 쪽에도 어울리지 않는 음향이었다. 네흘류도프는 마당에서 염색한 콧수염을 뻣뻣하게 세운 젊은 장교를 만나자 부소장이 어디에 있는지 물어보았다. 바로 그가 부소장이었다. 그는 통행증을 받아 보고 나서 미결감의 통행증이므로 여기서도 통용될지는 자기도 잘 모르겠다면서, 게다가 이미 늦었으니 내일 오라고 말했다.

"내일 10시에 일반 면회가 허가됩니다. 내일 오십시오, 그때는 소장님도 댁에 계실 겁니다. 그러면 일반 면회는 물론이고, 소장님 허가가 있을 경우 사무실에서도 면회할 수 있습니다."

이렇게 되어 이날은 면회를 하지 못한 채 네흘류도프는 집으로 향했다. 그녀를 만나겠다는 생각에 흥분한 나머지 네흘류도프는 이미 재판에 대해서는 생각하지도 않고 검사나 부소장하고 주고받은 이야기만을 상기하면서 거리를 걸어갔다. 그녀와의 면회를 모색하면서 자신의 뜻을 검사에게 말하고 그녀를 만나려고 감옥을 두 군데나 돌아다녔다는 사실이 그를 몹시 흥분케 했으므로, 그는 한동안 마음을 진정할 수가 없었다. 집에 돌아오자 그는 곧 오랫동안 손대지 않았던 일기장을 꺼내서 몇 군데를 읽어본 다음, 다음과 같이 적어 넣었다.

'2년 동안이나 나는 일기를 쓰지 않았다. 그리고 이런 어린애 같은 짓은 두 번 다시 되풀이하지 않겠다고 마음먹었었다. 그러나 어린애 짓이 아니었다. 이것은 모든 인간에 내재한 진실하고 신성한 자아와의 대화였다. 지난 2년 동안 나라는 자아는 잠들어 있었으므로 말할 상대가 없었던 것이다. 그러나 4월 28일, 배심원으로 나갔던 법정에서의 뜻밖의 사건은 내 자아를 일깨워주었다. 나는 그녀, 내게 속아 몸을 망친 카튜샤가 피고석에 앉아 있는 것을 보았다. 이상한 오해와 내 과오로 그녀는 징역을 선고받았다. 나는 곧 검사를 방문하고 감옥으로 갔다. 면회는 허용되지 않았다. 그러나 나는 그녀를 만나 그녀 앞에서 참회하고, 그녀와 결혼을 해서라도 속죄하기 위해서 최선을 다할 결심이다. 오오, 주여, 나를 도우소서! 이제 나는 기분이 매우 좋다. 마음은 기쁨에 넘치고 있다.'

37

그날 밤 마슬로바는 오랫동안 잠을 이루지 못했다. 눈을 뜬 채 드러누워 왔다 갔다 하는 수사의 딸 때문에 가려졌다 보였다 하는 문을 바라보기도 하고, 빨간 머리의 코 고는 소리에 귀 기울이기도 하면서 생각에 잠겨 있었다.

그녀는 무슨 일이 있더라도 사할린의 징역수 따위와는 결혼하지 않고, 어떻게 해서든 상관이나 서기, 하다못해 간수나 간수보하고라도 결혼해야겠다고 생각했다. 그들은 모두 그 면에서는 굶주려 있다. '다만 마르지 않도록 해야지. 마르면 끝장이야.' 그녀는 자기를 바라보던 변호인과 재판장의 눈길을 상기했다. 그리고 재판소에서 만난 사람들과 일부러 자기 옆을 지나가던 사나이들이 모두 자기만 눈여겨보던 것을 상기했다. 그런가 하면 감옥으로 면회 온 그녀의 친구 베르타가, 키타예바의 유곽에 있을 때 마슬로바가 좋아하던 대학생이 찾아와서 소식을 묻고는 무척 동정하더라는 말을 전해준 일이 생각났다. 그리고 그녀는 빨간 머리 여자와 싸운 것을 떠올리고 그녀를 가엾게 여기기도 하고, 흰 빵을 더 주던 빵집 주인을 생각해보기도 했다. 그녀는 이토록 많은 일들을 상기해보았지만 네흘류도프에 대해서만은 생각해본 적이 없었다. 그녀는 소녀 시절이며 처녀 시절, 특히 네흘류도프와의 사랑에 대해서는 결코 생각해본 일이 없었다. 그것은 너무나도 쓰라린 추억이었다. 이들 추억은 그녀의 마음속 어느 머나먼 한구석에 건드리지 않게 고이 간직되어 있었다. 그녀는 꿈에서조차 네흘류도프를 본 적이 없었다. 오늘 법정에서 그를 몰라본 것도, 그녀가 마지막으로 보았을 때의 그는 군인이었고 턱수염도 없이 짧은 콧수염만을 기르고 있었으나 지금은 얼른 보기에 청년이라고는 할 수 없는 데다 턱수염까지 기르고 있었기 때문이기는 하지만, 그보다는 오히려 그에 대한 생각이 전혀 염두에도 없었기 때문이다. 그녀는 그가 군대에서 돌아오는 길에 고모네 집에 들르지도 않고 지나가버린 그 무섭고도 어두운 밤에 자신과 네흘류도프의 지나간 모든 추억을 묻어버렸다.

그날 밤까지는 그녀도 그가 돌아오리라고 믿고 있었다. 그녀는 배 속에 든 어린애 때문에 별로 고통을 느끼지도 않았을뿐더러 몸속에서 전해오는, 때로는 가볍고 때로는 세찬 태동에 놀라움과도 흡사한 감동을 느낄 때가 많았다. 그러나 그날 밤부터 모든 것은 변하고 말았다. 앞으로 태어날 어린아이는 장해물이 되었다.

고모들도 네흘류도프를 기다리며 꼭 들러달라고 간청을 했으나, 그는 기일 안으로 페테르부르크에 가야 하기 때문에 들르지 못하겠다는 전보를 보내왔다. 카튜샤는 이것을 알고 정거장까지 나가서 그를 만나리라 결심했다. 기차는 새벽 2시에 그곳을 통과하게 되어 있었다. 카튜샤는 주인들을 잠자리에 들게 한 후, 요리사의 딸인 마슈카란 계집애를 꾀어 낡은 구두를 신고 수건을 뒤집어쓴 다음 옷자락을 걷어 올리고 정거장으로 달려갔다.

비바람이 휘몰아치는 어두운 가을밤이었다. 굵직한 빗방울이 후두두 쏟아지다가 뚝 그치기도 했다. 발밑도 보이지 않았다. 숲속은 난로 속처럼 깜깜했기 때문에 카튜샤는 잘 아는 길이었는데도 길을 잘못 들었다. 그래서 기차가 3분밖에 정차하지 않는 정거장으로 나갔을 때는 생각보다 늦어져 이미 두 번째 종이 울린 뒤였다. 플랫폼으로 달려간 카튜샤는 곧 1등차 창문 앞에서 네흘류도프를 발견했다. 그 객차 안은 유난히 밝았다. 비로드 의자에는 두 장교가 마주 앉아서 트럼프를 하고 있었다. 창가의 조그만 탁자에는 촛농이 흘러내린 굵다란 양초가 켜져 있었다. 그는 몸에 꼭 맞는 승마 바지에 하얀 루바시카를 입고, 의자 팔걸이에 걸터앉아서 등받이에 팔을 괸 채 웃고 있었다. 그를 알아보자 그녀는 꽁꽁 언 손으로 창을 한 번 두드렸다. 그러나 바로 이때 세 번째 종이 울리면서 기차는 천천히 움직이기 시작했다. 처음에는 꿈틀 뒤로 한 번 물러나더니, 한 칸씩 덜커덩거리며 앞으로 움직이기 시작했다. 트럼프를 하던 한 사람이 손에 트럼프를 든 채 창밖을 내다보았다. 그녀는 다시 한번 창을 두드리고 얼굴을 유리에 갖다 대었다. 그때 그녀 앞에 서 있던 객차도 덜커덩하고 끌려서 움직이기 시작했다. 그녀는 창을 쳐다보면서 따라갔다. 장교는 창을 올리려고 했으나 좀처럼 열리지 않았다. 그때 네흘류도프도 일어서서 장교를 밀어내고 창을 열려고 했다. 기차는 조금씩 속력을 더하기 시작했다. 카튜샤도 떨어지지 않으려고 빠른 걸음으로 쫓아갔다. 그리고 기차가 점점 더 속력을 내기 시작했을 때 창문은 열렸다. 그러나 바로 이때 차장이 그녀를 떼밀고는 그 객차로 뛰어올랐다. 그녀는 뒤로 처졌으나 플랫폼의 젖은 널빤지 위를 그냥 달렸다. 플랫폼도 다 지났다. 카튜샤는 넘어지지 않게 조심하면서 층계에서 다시 땅바닥으로 내려서 달렸다. 그녀는 달리고 또 달렸다. 그러나 1등차는 훨씬 앞쪽을 달리고 있었다. 이윽고 2등차가 그녀 옆을 스치고 3등차는 더 빠른 속력으로 스쳐 갔다. 그러나 그녀는 여전히 달리고 있었다. 신호등을 단 맨 마지막 차량이 지나갔을 때 그녀는 울타리 밖의 급수 탱크까지 와 있었다. 바람이 휘몰아쳐서 머릿수건이 날려 갔는데도 그녀는 계속 달리고 있었다.

"아줌마! 수건이 떨어졌어요!"

가까스로 따라잡은 계집애가 소리쳤다.

'그이는 환한 차 안에서 비로드 의자에 앉아 장난을 치며 술을 마시고 있는데…… 나는 여기 이렇게 어둠 속에서 흙투성이가 되어 모진 비바람을 맞아가며 서서 울고 있다.' 카튜샤는 이렇게 생각하면서 걸음을 멈추었다. 그리고 머리를 돌리고는 와락 계집애를 껴안고 목을 놓아 울기 시작했다.

"가버렸어!" 하고 그녀는 외쳤다.

소녀도 깜짝 놀란 듯 젖은 옷 위로 그녀를 꼭 껴안았다.

"아줌마, 집으로 가요."

'기차가 지나가면…… 그 밑으로 뛰어들자. 그러면 만사는 끝나는 거다.' 계집애의 말에는 대답도 않고 카튜샤는 이런 생각을 했다.

　카튜샤는 그렇게 하리라고 결심했다. 그러나 바로 이때, 흥분했다가 가라앉은 순간에 흔히 있는 일이지만 태아가, 뱃속에 있는 그의 아이가 갑자기 꿈틀거리며 부딪치고 쭉 몸을 펴더니 다시 가느다랗고 보드라운 뾰족한 것으로 쿡쿡 찌르기 시작했다. 그러자 1분 전까지만 해도 도저히 살 수 없다고 생각되던 그 괴로운 마음도, 그에 대한 증오심도, 그리고 죽어서라도 복수하겠다던 그 결심도 모두 어디론가 사라져버렸다. 그녀는 마음을 가라앉히고 일어나서 옷을 매만지고 수건을 머리에 쓰고는 집으로 돌아왔다.

　녹초가 되어 비에 젖고 흙투성이가 된 채 집에 돌아왔으나, 그날부터 그녀의 내면에서는 어떤 정신적 변화가 일기 시작했고, 또 그 때문에 오늘 같은 처지가 되었던 것이다. 그녀는 그 무서운 밤부터 신이나 선이란 것을 믿지 않게 되었다. 전에는 자기도 신을 믿었고, 남들도 신을 믿는다고 생각했었다. 그러나 그날 밤부터 그녀는 아무도 신을 믿는 사람은 없으며, 신과 선에 대해서 하는 말은 모두 남을 기만하기 위한 수단에 지나지 않는다고 확신하게 되었다. 카튜샤는 그를 사랑했고, 또 그도 그녀를 사랑했었다(그녀는 그렇게 알고 있었다). 그러던 그가 그녀를 능욕하고 그녀의 감정을 농락한 끝에 버리고 만 것이다. 그러나 네흘류도프는 그녀가 아는 사람들 중에서도 가장 훌륭한 사람이었다. 그 밖의 사람들은 모두 그보다 못했다. 그리고 그녀에게 일어났던 모든 일이 그 사실을 뒷받침해주었다. 믿음이 강하다는 그의 늙은 고모들조차 그녀가 그전처럼 일을 못하게 되자 그녀를 쫓아냈다. 그녀가 만난 모든 사람들이, 여자는 그녀를 이용해서 돈을 벌려 했고 남자는 늙은 서장에서 감옥 간수에 이르기까지 그녀를 쾌락의 대상으로밖에는 보지 않았다. 누구에게나 이 세상에는 쾌락 말고는, 바로 이 쾌락 말고는 아무것도 없었다. 이러한 신념을 더욱 확신시켜준 것은 그녀가 자유로운 생활을 시작하고 2년째 되던 때 만난 노작가였다. 그는 모든 행복은 쾌락에 있다고 맞대놓고 말했을 뿐만 아니라, 이것을 시(詩)라고 불렀으며 또 미(美)라고도 불렀다.

사람이란 모두 자기만을 위해서, 자신의 쾌락을 위해서 살고 있으므로 신이나 선이라는 말은 모두 기만이었다. 왜 이 세상은 서로 나쁜 짓을 하고 고민하도록 어지럽게 조직되어 있는가 하는 의문이 들기도 했지만, 그런 생각은 아예 안 하기로 했다. 따분해지면 담배를 피우거나 술을 마시거나, 무엇보다도 좋은 것은 남자와 재미 보는 일이었다. 그러는 동안 따분한 것도 다 가셔버렸다.

38

그 이튿날인 일요일 아침 5시에 여죄수 감방 복도에서 여느 때처럼 호루라기 소리가 울려 퍼지자, 이미 눈을 뜨고 있던 코라블료바가 마슬로바를 깨웠다.

'징역수!' 마슬로바는 이 생각을 하자 오싹 소름이 끼쳤다. 그녀는 눈을 비비고 코를 찌를 듯이 악취를 풍기는 새벽 공기를 무심결에 들이마시면서 다시 한번 잠들어 무의식 상태로 돌아가고 싶었으나, 습관이 된 공포 관념 때문에 잠을 이루지 못했다. 그녀는 다리를 구부리고 일어나 앉아서 사방을 두리번거렸다. 여자들은 벌써 다 일어났고 자고 있는 것은 아이들뿐이었다. 눈이 튀어나온, 술을 밀매하던 여자는 애들이 잠을 깰까 봐 조심하면서 그들 밑에 깔린 겉옷을 끄집어내고 있었다. 폭동죄로 투옥된 여자는 난로 옆에서 기저귀로 쓰고 있는 누더기를 펼치고 있었으나, 갓난애는 푸른 눈의 페도시야에게 안긴 채 기를 쓰고 울어댔다. 페도시야는 자기 몸과 함께 갓난애를 흔들면서 상냥한 목소리로 우는 애를 달래고 있었다. 폐병쟁이 여자는 가슴을 부둥켜안고 벌게진 얼굴로 연방 기침을 했으나, 이따금 숨을 몰아쉬면서 외치다시피 소리를 지르고 있었다. 빨간 머리는 잠이 깨자 번듯이 누워서 굵다란 다리를 구부리고 큰 소리로 꿈 이야기를 재미나게 하고 있었다. 방화범 노파는 여전히 성상 앞에 서서 똑같은 말을 되풀이하면서 성호를 긋고 절을 했다. 수사의 딸은 멍청히 침상 위에 앉아서 아직도 잠이 덜 깬 거슴츠레한 눈으로 눈앞을 바라보고 있었다. 멋쟁이 여자는 기름칠을 한 거친 머리털을 손가락에 감고 있었다.

복도에서 죄수 신발 소리가 나더니 자물쇠를 여는 소리가 들리고, 재킷에 발목보다 훨씬 위에 닿는 짧은 회색 바지를 입은 죄수 청소부 둘이 들어왔다. 그들은 정색한 얼굴로 성이 난 듯이 냄새나는 오물통을 막대기로 걸어 메고 감방 밖으로 나갔다. 여자들은 세수를 하려고 복도의 수도꼭지가 있는 쪽으로 나갔다. 거기서 또 빨간 머리와 옆 감방에서 나온 여자 사이에 싸움이 벌어졌다. 또다시 욕설, 외침, 하소연…….

"독방에 들어가고 싶어?"

간수는 이렇게 말하면서, 살이 드러난 투실투실 살찐 빨간 머리의 잔등을 힘껏 후려갈겼다. 그 소리가 얼마나 컸던지 복도에 울려 퍼질 정도였다.

"더 떠들면 용서 없어!"

"어서, 아저씨, 알겠어요."

빨간 머리는 그의 손찌검까지 애무로 받아들이며 이렇게 말했다.

"자, 빨리 예배에 나갈 채비들을 해."

마슬로바가 아직 머리를 빗기도 전에 소장은 부하들을 데리고 왔다.

"점호!" 하고 간수가 외쳤다.

다른 감방에서도 여죄수들이 나왔다. 모두 복도에 두 줄로 나란히 서고, 뒷줄 여자는 앞줄 여자의 어깨에 손을 얹어야 했다. 이렇게 해서 일동은 점호를 받았다.

점호가 끝나자 여간수가 와서 여죄수들을 교회로 끌고 갔다. 마슬로바와 페도시야는 모든 감방에서 나온 백여 명의 행렬에 끼어 있었다. 모두 흰 목도리에 흰 재킷, 흰 치마를 입고 있었으나, 간혹 제멋대로 옷을 입은 여자들도 눈에 띄었다. 그들은 아이를 데리고 남편을 따라온 아내들이었다. 모든 층계는 이 행렬로 가득 찼다. 죄수화를 신은 가벼운 발소리, 말소리, 때로는 웃음소리도 들렸다. 마슬로바는 길모퉁이에서 앞에 걸어가는 자신의 적수 보치코바의 심술궂은 얼굴을 보고 페도시야에게 알려주었다. 아래로 내려가자 여자들은 조용해지며 성호를 긋기도 하고 절을 하기도 하면서, 텅 빈 금빛 찬란한 교회의 열린 문 안으로 들어갔다. 그들의 자리는 오른쪽이었으므로 여자들은 한쪽으로 몰려 서로 밀치면서 정렬하기 시작했다. 여죄수들의 뒤를 이어 회색 죄수복을 입은 남자 죄수들, 곧 이송 대기 중인 자, 금고 중인 자, 선고에 따라 유형되는 자들이 요란스럽게 기침을 하면서 떼를 지어 교회의 왼쪽과 복판에 자리를 잡았다. 성가대 위쪽에는 먼저 인솔되어 온 죄수들이 서 있었다. 한쪽에는 머리를 반쯤 깎은 징역수들이 족쇄 소리를 내면서 자기들의 참석을 알리고 있었고, 또 한쪽에는 머리도 깎지 않고 족쇄도 차지 않은 미결수들이 서 있었다.

감옥 교회는 어느 부유한 상인이 몇만 루블을 들여 신축하고 장식한 건물로, 교회 전체가 밝은 색채와 금빛으로 찬란히 빛났다.

잠시 동안 교회 안에는 침묵이 흘렀다. 다만 코 푸는 소리와 기침 소리, 어린애들의 외치는 소리, 그리고 간혹 족쇄 소리가 들릴 뿐이었다. 그러나 곧 중앙에 서 있던 죄수들이 서로 떠밀고 옆으로 비키면서 중앙에 길 하나를 냈다. 그러자 소장은 그 길을 따라 앞으로 걸어 나가서는 맨 앞 교회 중앙에 멈추어 섰다.

39

예배가 시작되었다.

예배는 우선 매우 이상하고 또 매우 불편해 보이는 금란(金襴) 옷을 입은 사제가 갖가지 성자 이름과 기도를 외면서 빵을 잘게 썰어 접시 위에 놓고, 그것을 포도주가 든 잔 속에 넣는 것에서 시작되었다. 그동안 수사는 계속해서 슬라브어로 된 여러 가지 기도문, 그 자체도 어려운 데다가 읽고 부르는 것이 너무 빨라서 더욱 알아들을 수 없는 기도문들을 낭독했으나, 다음에는 죄수들로 구성된 성가대와 번갈아 부르기 시작했다. 기도문은 오로지 황제와 그 가족의 행복을 비는 내용이었다. 이 기도문은 다른 기도문과 함께 또는 그것만 따로 여러 번 무릎을 꿇은 채 되풀이되었다. 그 밖에도 〈사도행전〉 가운데 몇 구절을 수사가 읽었지만, 그 목소리가 너무나도 긴장되어 있었기에 전혀 알아들을 수가 없었다. 사제는 〈마가복음〉의 한 구절을 매우 분명하게 낭송했다. 그것은 부활한 그리스도가 승천하여 아버지의 오른편에 앉기 전에 먼저 막달라 마리아에게로 가서 그 몸에서 일곱 마귀를 쫓아낸 다음, 열한 제자들에게로 가서 온 천지 만물에 복음을 전하라는 명령을 내리고 동시에 믿지 않는 자는 망하고 믿고 세례를 받는 자는 구원을 받게 되리라 이르신 후, 병든 자에게 손을 얹음으로써 병을 낫게 하시고 새 방언으로 말하게 하시며 맨손으로 뱀을 잡고 그 독을 마신다 해도 죽지 않고 아무 해가 없으리라 말씀하신 내용이었다.

예배의 핵심은 사제가 잘게 썰어 포도주에 적신 빵 조각이 일정한 조작과 기도로써 그리스도의 살과 피로 변한다고 생각되는 데 있었다. 이 조작이란 자루와도 같은 사제의 금란 옷이 무척 방해가 되는데도 사제가 두 손을 같은 높이로 쳐들고 잠시 그대로 있다가 무릎을 꿇고 제단과 그 위에 놓여 있는 물건에 키스를 한다는 것이었다. 그중에서도 가장 중요한 동작은 사제가 두 손으로 냅킨을 집어서 접시와 금잔 위에 멋지게 규칙적으로 흔드는 일이었다. 그때 포도주가 그리스도의 살과 피가 된다고 생각했으므로 예배 가운데서도 특히 이 대목이 장중하게 이루어졌다.

"지극히 거룩하시고 정결하시며 선하신 성모를 위하여" 하고 사제는 성벽 뒤에서 소리 높이 부르짖었다. 그런 뒤에 성가대는 처녀성을 잃지 않고 예수 그리스도를 낳은 동정녀 마리아를 찬송하는 것은 매우 훌륭한 일이며, 그렇기 때문에 마리아는 케루빔보다 더한 존경과 세라핌보다 더한 영예를 받을 가치가 있다는 의미의 성가를 장엄하게 부르기 시작했다. 이것이 끝나면 성찬의 기적은 이루어졌다고 보고, 사제는 접시에서 냅킨을 걷은 다음 가운데 빵 조각을 넷으로 썰어 포도주에 적신 뒤에 자기 입에다 넣었다. 이로써 그는 그리스도의 살 한 점을 먹고 그 피를 한 모금 마신 셈이 되었다. 이 일이 끝나자 사제는 막을 걷고 가운데 문을 연 다음, 도금된 잔을 두 손으로 받들어 가운데 문 앞으로 꺼내놓고는 잔 속에 든 그리스도의 피와 살을 먹고 싶은 희망자를 불렀다.

아이들 몇 명이 희망자로 나섰다.

사제는 미리 아이들의 이름을 물어본 다음, 포도주에 젖은 빵 조각을 잔에서 조심스럽게 숟갈로 건져내어 순서대로 하나씩 입안 깊숙이 넣어주었다. 교회 수사는 그 자리에서 아이들의 입을 닦아주면서, 즐거운 목소리로 아이들이 그리스도의 살을 먹고 그 피를 마셨다는 뜻의 노래를 불렀다. 이것이 끝나자 사제는 잔을 성벽 뒤로 가지고 가서 잔에 남아 있는 그리스도의 피를 다 마시고 그리스도의 살을 다 먹은 다음, 열심히 콧수염을 핥고 입과 잔을 씻었다. 그러고 나서 몹시 흐뭇한 기분으로, 송아지 가죽으로 만든 엷은 장화 뒤축을 울리면서 힘찬 걸음걸이로 성벽 뒤에서 걸어 나왔다.

이것으로 기독교의 중요한 예배는 끝났다. 그러나 사제는 불행한 죄수들을 위로하기 위해서 보통 예배에다가 또 특별한 의식을 덧붙였다. 이 특별한 의식이란 사제가 자신이 먹은 그리스도의 모습을 본떠 금속으로 만들어 금칠을 한, 얼굴과 손이 검은 성상 앞에 서서 (그 앞에 밀초 열 자루가 불타고 있었다) 노래도 아니고 이야기도 아닌 괴상하고 어색한 목소리로 다음과 같은 기도를 드리는 것이었다.

"인자하신 예수님, 사도의 영광이시며 순교자의 찬송이신 전능하신 예수여, 우리를 구하여주소서. 우리의 구세주이신 예수, 가장 아름다우신 우리의 예수여, 당신을 그리며 모여드는 자들을 구원해주소서. 우리의 구세주이신 예수여, 당신을 낳으신 자와 당신의 거룩한 뭇 예언자의 기도로 우리를 불쌍히 여기소서. 우리의 구세주 예수여, 인류를 사랑하시는 예수여, 우리에게 천국의 기쁨을 주소서!"

여기서 사제는 말을 끊고 잠시 숨을 돌리더니, 성호를 긋고 머리를 푹 숙여 절을 했다. 모두 그대로 따라 했다. 소장도, 간수들도, 죄수들도 절을 했다. 위층에서는 몹시 자주 족쇄 소리가 울렸다.

"뭇 천사의 창조주이시고, 힘의 권화이신 예수여" 하고 사제는 계속했다.

"기적을 낳으시는 예수여, 뭇 천사의 경이, 우리 시조(始祖)의 구원이시고 힘의 권화이신 예수여, 온 족장의 찬미이신 인자하신 예수여, 제 국왕의 보루이신 영광스러운 예수여, 모든 예언자의 실증이신 갸륵하신 예수여, 순교자의 힘이신 경이적인 예수여, 모든 수도자의 기쁨이신 온화하신 예수여, 모든 사제의 동경이신 인자하신 예수여, 수도자의 계율이며 관대하고 착하신 예수여, 모든 성자의 기쁨이시고 그리운 예수여, 모든 동정자(童貞者)의 정조이시고 그지없이 순결한 예수여, 뭇 죄인들의 구원이시고 영원하신 예수여, 하나님의 아들이신 예수여, 우리를 불쌍히 여기소서."

예수라는 말을 되풀이할 때마다 목소리는 점점 더 높아져 나중에는 휘파람 같은 소리를 내면서 그는 겨우 일단락을 지었다. 그는 한 손으로 비단 안감을 댄 법의를 붙들고 한쪽 무릎을 꿇고 절을 했다. 성가대는 마지막 구절 '하나님의 아들이신 예수여, 우리를 불쌍히 여기소서'를 부르기 시작했다. 그러자 죄수들은 반쯤 깎인 머리를 흔들며, 여윈 발에 파고드는 족쇄를 절커덕거리면서 앞으로 엎드리기도 하고 일어서기도 했다.

　예배는 오랫동안 이런 식으로 계속되었다. 처음에는 '우리를 불쌍히 여기소서'라는 말로 끝나는 찬송가를 부르고, 다음에는 '할렐루야'라는 말로 끝나는 새로운 찬송가를 불렀다. 처음에 죄수들은 노래가 끝날 때마다 성호를 긋고 절을 하곤 했으나, 나중에는 한 번 걸러, 더 나중에는 두 번씩 걸러서 절을 했다. 그리고 찬송가가 완전히 끝났을 때는 모두 무척 기뻐했다.

　사제도 안도의 한숨을 내쉬고는 기도서를 덮고 성벽 뒤로 사라졌다. 이제 마지막으로 남은 한 가지는 사제가 큰 제단에서 끝에 칠보 메달이 달린 금빛 십자가를 집어 들고 교회 중앙으로 나가는 일이었다. 먼저 소장이 그쪽으로 다가가서 십자가에 키스를 하고, 뒤이어 부소장과 간수들, 그리고 죄수들이 서로 떼밀고 욕지거리를 하면서 모여들기 시작했다. 사제는 소장과 이야기를 하고 있었기 때문에, 곁에 온 죄수들의 입에다 십자가와 자기 손을 불쑥 내밀기도 하고 때로는 코에 내밀기도 했다. 죄수들은 십자가와 사제의 손에 입술을 대려고 애썼다. 이렇게 해서 길 잃은 어린양들을 위로하고 교화하기 위해서 열린 예배는 끝이 났다.

40

　사제가 그 휘파람과도 같은 목소리로 수없이 그 이름을 되풀이하고 온갖 기괴한 말로 칭송한 예수 그 자신은 여기서 행해진 모든 의식을 사실 금했지만, 사제와 소장에서부터 마슬로바에 이르기까지 이 의식에 참여한 사람들 가운데 이런 생각을 하는 사람은 아무도 없었다. 예수는 다만 사제나 스승이라는 자들이 빵과 포도주를 앞에 놓고 의미도 없는 말을 늘어놓으며 행하는 모독적인 요술을 금했을 뿐만 아니라, 어떤 사람들이 다른 사람들을 스승이라고 부르는 것을 분명히 금했으며, 회당에서 기도하는 것을 금하고 누구나 혼자서 기도하도록 명령했다. 또 그는 회당 그 자체도 금하고 자신은 제단을 헐어버리기 위해 온 것이라고 하면서, 기도는 제전에서 하는 것이 아니라 각자 마음으로 진실하게 해야 한다고 말했다. 특히 여기서 행해지듯이 남을 재판하고, 감금하고, 괴롭히고, 욕보이고, 벌하는 것을 금했을 뿐만 아니라 자신은 갇힌 자들을 자유롭게 해주기 위해서 왔노라며 타인에 대한 모든 폭력을 금했다.

이 자리에 참석한 사람들 가운데 어느 누구도 여기서 행해지고 있는 모든 일이, 그리스도의 이름으로 이루어지고 있기는 하지만 사실은 그리스도 자신에 대한 최대의 모독이며 조소라는 생각을 하지 않았다. 사제가 꺼내다가 여러 사람들에게 입 맞추게 한, 끝에 칠보 메달이 달린 도금 십자가는 지금 여기서 그의 이름으로 행해지고 있는 것 같은 일을 금한 까닭으로 그리스도가 못 박혀 죽은 그 형구를 본뜬 것에 지나지 않는데도 누구 하나 그런 생각을 하는 사람은 없었다. 빵과 포도주를 입에 넣음으로써 그리스도의 살을 먹고 피를 마신다고 상상하고 있는 사제들은 그리스도가 자기 몸처럼 생각하던 '불쌍한 사람들'을 속일 뿐만 아니라 그리스도가 그들에게 가져다준 복음을 숨겨 그들의 최대 행복을 빼앗고 그들에게 가장 참혹한 고통을 줌으로써, 빵 조각과 포도주의 형태가 아니라 실제로 그리스도의 살을 먹고 피를 빨고 있다는 사실을 아는 사람은 아무도 없었다.

사제는 자기가 하는 모든 일을 편안한 양심으로 거리낌 없이 행하고 있었다. 왜냐하면 그는 어릴 때부터 이것이야말로 참되고 유일한 신앙이고, 옛날 성인들도 모두 이것을 믿었으며, 지금의 종교나 정치 방면의 지도자들도 이것을 신봉하고 있다는 사상 아래 양육되어 왔기 때문이다. 그가 빵이 살로 변한다든가, 말을 길게 늘어놓으면 영혼에 유익하다든가, 혹은 자기가 정말 그리스도의 살 한 조각을 먹었다고 믿는 것은 아니었다. 그것은 믿을 수 없는 일이었다. 다만 이런 신앙을 믿지 않으면 안 된다는 것을 믿고 있는 데 지나지 않았다. 특히 그에게 이 신앙을 굳게 해준 것은 이 신앙의 요구를 이행함으로써 벌써 18년 동안이나 일정한 수입을 얻어왔고, 또 그것으로 자기 가족을 부양하며 아들을 중학교에, 딸을 신학교에 보내고 있다는 사실이었다. 이와 마찬가지로 수사는 사제보다도 더 굳게 이것을 믿고 있었다. 왜냐하면 그는 신앙 교리의 본질 같은 것은 완전히 잊어버렸지만, 장례식이나 추도식, 예배와 보통 감사 기도와 찬미가가 붙은 감사 기도 등에 제각기 일정한 가격이 붙어 있어서 참된 그리스도 교도라면 기꺼이 그 돈을 지불한다는 것만은 알고 있었기 때문이다. 그러므로 그는 장사꾼이 장작이나 밀가루나 감자를 팔 때처럼 이 일이 꼭 필요하다는 태연자약한 확신 속에 "불쌍히 여기소서, 불쌍히 여기소서" 하고 외치기도 하고, 일정한 구절을 노래 부르기도 하고 낭독하기도 했다. 소장이나 간수쯤 되면 이 신앙 교리가 과연 어떤 의의를 가지며 교회에서 행해지는 의식이 모두 무슨 뜻인지 전혀 알지 못했고, 또 알려고도 하지 않았다. 그저 상관들과 황제께서도 이 종교를 믿으니까 자기도 꼭 믿어야 한다고 믿을 따름이었다. 그뿐만이 아니다. 그들은 막연하게나마(그들은 왜 그렇게 되는지

도저히 설명할 수는 없었을 것이다) 이 신앙이 잔인무도한 자신들의 직무를 변호해주는 듯한 느낌이 들었다. 만약 이런 신앙이 없었다면, 지금 그들이 편안한 마음으로 행하고 있듯이, 남을 괴롭히는 데 온 힘을 다하기는 힘들었을뿐더러 아마도 불가능했을지도 모른다. 특히 소장은 마음씨가 매우 착한 사람이었으므로 이 신앙에 마음을 의지하지 못했다면 도저히 감당해내지 못했을 것이다. 그래서 그는 부동자세로 똑바로 서서 열심히 머리를 숙이기도 하고, 성호를 긋기도 하고, '케루빔과 더불어'라는 찬송을 할 때는 감동하려고 애쓰기도 하고, 아이들에게 성찬을 주기 시작했을 때는 앞으로 나가 성찬을 받는 사내아이를 몸소 안아서 올려주기도 했다.

이 신앙이 사람들에게 미치고 있는 기만을 분명히 간파하고 마음속으로 비웃는 몇몇 사람을 제외한 대다수 죄수들은 이들 금빛 찬란한 성상과 촛불, 술잔, 제의, 십자가, '가장 그리운 예수'라든가 '불쌍히 여기소서'라고 수없이 되풀이되는 어려운 말 속에 어떤 신비한 힘이 깃들어 있어 현세에서나 내세에서 많은 행복을 얻을 수 있다고 믿었다. 그들 대부분은 기도나 예배, 촛불 등의 방법으로 현세의 행복을 누리려고 여러 번 시도해보았으나 행복을 얻을 수는 없었다. 사실 그들의 기도가 성취된 적은 한 번도 없었다. 그러나 그들은 모두 이러한 실패가 우연일 뿐이고, 교양 있는 사람들과 주교들이 찬동하는 이 시설은 비록 현세를 위한 것은 아닐지라도 내세를 위해서는 없어서는 안 될 매우 중요한 제도임에 틀림없다고 굳게 확신했다.

마슬로바도 그렇게 믿었다. 그녀는 다른 사람들과 마찬가지로 예배가 진행되는 동안 경건과 권태가 뒤섞인 감정을 느끼고 있었다.

그녀는 처음에 성벽 뒤의 군중 속에 서 있어서 동료들 말고는 아무도 볼 수 없었다. 그러나 성찬 받을 사람들이 앞으로 나가고 그녀도 페도시야와 함께 앞으로 조금 움직이자 소장이 눈에 띄고, 또 그 뒤에 간수들 사이에 낀 밝은색 수염을 기르고 아마 빛 머리를 한 농부가 눈에 띄었다. 그는 페도시야의 남편이었는데, 자기 아내를 뚫어지게 보고 있었다. 마슬로바는 성모 찬미를 하는 동안 열심히 그를 훑어보면서 페도시야와 소곤거리다가, 여러 사람들이 성호를 긋거나 머리를 숙일 때만 그들을 따라 성호를 긋고 머리를 숙일 뿐이었다.

41

네흘류도프는 아침 일찍 집을 나섰다. 골목길에서는 아직도 근처에 살고 있는 농민들이 짐마차를 타고 지나가면서 괴상한 소리로 외치고 있었다.

"우유, 우유, 우유!"

전날 밤엔 따스한 첫 봄비가 내렸다. 포장되지 않은 곳은 어디에서나 갑자기 파릇파릇한 풀이 싹터 오르기 시작했다. 정원의 자작나무는 푸른 솜털로 덮이고, 벚나무와 포플러도 향기로운 잎을 비죽이 내밀었다. 집집마다 상점마다 이중문을 떼어 창틀을 닦고 있었다. 네흘류도프가 지나가던 벼룩시장에는 한 줄로 늘어선 가게 주위에 수많은 군중이 우글거렸고, 장화를 옆에 끼거나 다림질한 바지와 조끼를 어깨에 걸친 누더기 차림 사람들이 걸어 다녔다.

목로술집 옆에는 공장에서 빠져나온 사람들로 벌써 붐비고 있었다. 남자는 소매 없는 말쑥한 외투에 번쩍번쩍 빛나는 장화를 신고, 여자는 화려한 비단 수건으로 머리를 감싸고 유리알 장식이 달린 외투를 입고 있었다. 순경은 노란 권총 끈을 보이면서 각자 담당 장소에 서서, 따분하고 심심한 기분을 풀어줄 만한 사건이라도 일어나지 않나 하고 사방을 두리번거리고 있었다. 좁다란 가로수 길이나 파래지기 시작한 잔디밭에는 아이들과 개가 한데 어울려서 뛰놀고, 유모들은 벤치에 앉아서 즐겁게 이야기를 나누고 있었다.

그늘진 왼쪽은 아직도 냉랭하고 습했으나 길 한복판은 말라 있었다. 무거운 짐마차가 쉴 새 없이 포도 위를 요란스레 달리고, 승용 마차가 삐걱대고 철도마차가 벨을 울리면서 지나갔다. 사방에서 일어나는 소음과, 지금 감옥에서 행해지고 있는 것 같은 예배에 사람을 부르는 교회 종소리 때문에 공기는 떨리고 있었다. 아름답게 치장한 사람들은 제각기 자기네 교회로 급히 걸음을 옮겼다.

네흘류도프를 태운 마차는 감옥 바로 앞까지 가지 않고, 감옥으로 가는 길모퉁이에서 멈추었다.

대부분 보따리를 옆에 낀 남녀 몇 사람이 감옥에서 백 걸음쯤 떨어진 이 길모퉁이에 서 있었다. 오른쪽에는 그다지 크지 않은 목조 건물이 늘어섰고, 왼쪽에는 간판을 내건 2층집이 한 채 서 있었다. 거대한 석조 건물 감옥은 앞쪽에 있었으나 면회인은 거기까지 갈 수가 없었다. 총을 멘 보초가 왔다 갔다 하면서 빠져나가려는 사람들을 몹시 꾸짖고 있었다.

보초 맞은편으로 오른쪽 목조 건물 옆문 곁에 금줄이 든 제복을 입고 장부를 든 간수가 벤치에 앉아 있었다. 면회인이 그 앞에 가서 만나고 싶은 사람의 이름을 말하면 간수는 장부에 받아 적었다. 네

네흘류도프 역시 그의 앞으로 가서 예카테리나 마슬로바의 이름을 댔다. 금줄 단 제복을 입은 간수는 이름을 적어 넣었다.
"왜 아직 안 들여보내죠?" 하고 네흘류도프는 말했다.
"지금 예배 중입니다. 곧 끝나면 들어갈 수 있습니다."
 네흘류도프는 기다리고 있는 군중 쪽으로 물러섰다. 그러나 그 군중 사이에서 남루한 옷에 찌그러진 모자를 쓰고 맨발에 헌 신을 신은, 얼굴에 온통 붉은 힘줄이 드러난 사나이가 튀어나오더니 감옥 쪽으로 가려고 했다.
"이봐, 어디로 가는 거야?" 하고 총을 멘 병사가 그 사나이를 보고 소리쳤다.
"아니, 왜 호통이야?"
 보초의 고함 소리에 전혀 놀라는 기색도 없이, 누더기 옷을 입은 사내는 이렇게 대꾸하면서 제자리로 되돌아왔다.
"기다리면 되잖아. 뭐 대단하다고 호령을 하고 야단이야, 마치 장군이나 되는 것처럼."
 군중 속에서 찬성한다는 듯이 웃음소리가 일어났다. 면회인들의 옷차림은 대개 초라했다. 누더기 옷을 입은 사람도 있었으나, 개중에는 점잖게 차린 남녀들도 있었다. 네흘류도프의 바로 옆에는 훌륭한 옷차림에 혈색이 좋고 말쑥하게 면도질을 한 뚱뚱한 남자가 서 있었다. 손에 들고 있는 보따리는 아무래도 속옷 같았다. 네흘류도프는 이 사나이에게 여기 처음 왔느냐고 물어보았다. 보따리를 든 사나이는 일요일마다 온다고 대답했다. 그래서 두 사람은 이야기를 나누기 시작했다. 그는 은행 수위였고, 사기죄로 수감된 동생을 만나러 온 것이었다. 사람 좋은 이 사나이는 자기 신세타령을 한껏 하고 나서 네흘류도프에게도 꼬치꼬치 캐물으려고 했으나, 마침 그때 대학생과 베일을 쓴 여자가 크고 검은 순종 말이 끄는 고무바퀴 마차를 타고 오는 바람에 그들의 주의는 자연히 그리로 쏠렸다. 대학생은 커다란 보따리를 안고 있었다. 그는 네흘류도프에게 다가오더니 자기는 자선사업을 하려고 빵을 가지고 왔는데 줄 수 있는지, 또 그렇게 하자면 어떤 절차를 밟아야 하는지 물었다.

"제 약혼자의 희망이랍니다. 이 사람이 약혼자입니다. 이 사람의 부모님께서 죄수들에게 빵을 나눠주라고 권하시기에."

"저도 오늘 처음 왔기 때문에 잘 모르겠습니다만, 저 사람에게 물어보시면 알 수 있을 겁니다" 하고 네흘류도프는 장부를 들고 오른편에 앉아 있는, 금줄을 단 간수를 가리키면서 말했다.

네흘류도프가 대학생과 이야기하고 있을 때, 한가운데 조그만 창문이 달린 커다란 철문이 열리더니 군복을 입은 장교가 다른 간수와 함께 나왔다. 그러자 장부를 든 간수가 면회인 입장이 시작된다고 알려주었다. 보초가 옆으로 비켜서자, 면회인 모두가 뒤떨어지지 않으려고 빠른 걸음으로 감옥 입구 쪽으로 밀려갔다. 개중에는 달음질치는 사람도 있었다. 문에도 간수가 한 명 서서 면회인이 지나갈 때마다 커다란 소리로 16, 17 하고 외치면서 사람 수를 세고 있었다. 건물 안에 있는 또 한 간수는 한 사람 한 사람에게 손을 대면서 역시나 다음 문을 지나가는 사람들의 수를 세고 있었는데, 밖으로 내보낼 때 숫자를 확인해 면회인을 한 사람도 감옥 안에 남겨놓지 않는 동시에 죄수 한 명도 도망하지 못하도록 하기 위해서였다. 수를 세던 이 간수는 누가 지나가는지 보지도 않고 네흘류도프의 등을 손바닥으로 탁 쳤다. 이 간수의 손이 닿았을 때 처음에는 모욕감을 느꼈으나, 그는 곧 자기가 왜 여기 왔는가를 생각하고는 이 따위 불만이나 모욕감을 느꼈다는 것이 부끄러워졌다.

안으로 들어서자 맨 처음 나온 방은 조그마한 창문에 쇠창살이 달리고 천장이 둥근 큼직한 방이었다. 집합소라고 불리는 이 방에서 네흘류도프는 매우 뜻밖에도 벽이 움푹 팬 곳에 걸려 있는 십자가에 못 박힌 그리스도상을 보았다.

'무엇 때문에 이런 걸?' 그는 자기도 모르는 새 그리스도상을 죄수들과 연결하는 것이 아니라 해방된 사람들과 결부하면서 문득 이렇게 생각했다.

네흘류도프는 빠른 걸음으로 걸어가는 면회인들을 앞으로 보내고, 여기 감금되어 있는 악한들에 대한 공포와, 어제의 그 젊은이나 카튜샤같이 아무 죄도 없이 여기 갇혀 있어야 하는 사람들에 대한 동정과, 눈앞에 다가온 면회를 앞두고 두려움과 감격이 뒤섞인 착잡한 심정으로 천천히 걸음을 옮겼다. 처음 방에서 나올 때 저쪽 끝에서 간수가 무슨 말인가 했다. 그러나 자기 생각에 잠겨 있던 네흘류도프는 그 말에 아무런 주의도 기울이지 않고 면회인들이 많이 가는 쪽으로 걸어갔다. 그러나 그쪽은 그가 가려고 하는 여죄수 감방이 아니라 남자 감방으로 가는 길이었다.

성미 급한 사람들을 먼저 보내고 그는 맨 꼴찌로 면회실에 들어갔다. 문을 열고 그 방에 들어갔을 때 그는 몇백 명이나 되는 사람들의 고함 소리가 하나로 어우러져서 귀청이 떨어질 것만 같은 아우성 소리에 가장 먼저 놀랐다. 방을 둘로 갈라놓은 철망에 마치 설탕에 덤벼든 파리 떼처럼 다닥다닥 매달린 사람들 곁으로 다가갔을 때, 네흘류도프는 비로소 그 까닭을 알게 되었다. 뒤쪽 벽에 창이 몇 개 나 있는 그 방은 한 겹이 아니라 두 겹의 철망으로 갈라져 있었다. 그리고 천장에서 마룻바닥까지 연결된 그 철망 사이로 간수가 돌아다니고 있었다. 철망 저쪽에는 죄수들이, 이쪽에는 면회인들이 있었다. 그들 사이에는 두 겹의 철망과 2미터가량의 거리가 있었으므로 무엇을 건네주기는커녕 얼굴을 똑똑히 볼 수도 없었다. 특히 근시안인 사람에게는 불가능할 정도였다. 이야기를 나누기도 쉽지 않아서 잘 알아듣도록 하자면 힘껏 고함을 쳐야 했다. 양쪽 철망에 얼굴을 바싹 댄 아내, 남편, 아버지, 어머니, 아들들이 서로 상대방을 잘 알아보고 필요한 말을 하려고 애쓰고 있었다. 그러나 제각기 상대방에게 알아듣게 하려고 악을 쓰고 있는 데다 옆 사람 역시 같은 생각이었으므로, 그들의 목소리는 서로 방해가 되어 저마다 남을 압도하려고 큰 소리로 외쳐대는 것이었다. 바로 이 외침 소리가 뒤섞인 아우성 때문에 네흘류도프는 방 안에 한 발 들어서자마자 깜짝 놀라지 않을 수 없었던 것이다. 대체 무슨 말을 하고 있는지 알아들으려고 해보아도 소용없는 일이었다. 그저 그들의 표정을 보고 무슨 얘기를 하고 있는지, 또는 서로 어떤 관계인지 상상할 수밖에 없었다. 네흘류도프 바로 옆에 머리에 수건을 덮어쓴 할머니는 철망에 바싹 매달려 턱을 부들부들 떨면서, 머리를 반쯤 깎이고 얼굴색이 좋지 않은 젊은이에게 뭐라고 외쳐대고 있었다. 상대방 죄수는 눈썹을 치켜세우고 얼굴을 찌푸리면서 주의 깊게 노파의 이야기를 듣고 있었다. 할머니 옆에는 소매 없는 외투를 입은 젊은이가 두 손을 귀에 대고 서서, 피로한 얼굴에 희끗희끗한 턱수염을 기르고 그와 닮은 죄수가 하는 얘기를 머리를 끄덕이며 듣고 있었다. 그 옆에는 누더기 옷을 입은 사나이가 서 있었는데, 손을 흔들어가면서 고함을 치기도 하고 웃기도 했다. 또 그 옆에는 고급 모직 숄을 두른 여자가 어린애를 안은 채 바닥에 앉아서 흐느껴 울고 있었다. 아마도 머리를 깎인 데다가 죄수복을 입고 족쇄를 찬 백발의 남편 모습을 처음 본 모양이었다. 그 여자 바로 옆에는 조금 전에 네흘류도프와 이야기하던 은행 수위가 눈을 번들거리는 저쪽 대머리 죄수에게 있는 힘껏 고함을 치고 있었다.

네흘류도프는 이런 제도를 만들어낸 사람들, 그리고 이 규칙을 지키고 있는 사람들에 대한 분노가 치밀어 올랐다. 이러한 무서운 상태, 인간 감정에 대한 이와 같은 조롱에 대해서 아무도 모욕감을 느끼지 않는 데 대해 그는 매우 놀랐다. 호위병도, 소장도, 면회인도, 죄수도 모두 그것이 마치 당연한 일인 양 인정하고 또 이행하고 있었다.

네흘류도프는 자신의 무력함, 사회와의 거리감을 의식하고 뭔가 이상하게 우울한 기분을 느끼면서 한 5분쯤 이 방에 머물러 있었다. 이때 뱃멀미와도 비슷한 정신적 구토감이 그의 마음을 휩쓸기 시작했다.

42

'그러나 여기 온 용건은 마쳐야 한다.' 네흘류도프는 스스로 용기를 내면서 이렇게 중얼거렸다. '그런데 대체 어떻게 된 걸까?'

그는 두리번거리면서 옥리를 찾기 시작했다. 그리고 장교 견장을 달고 콧수염을 기른, 키가 작고 빼빼 마른 사람이 군중 뒤에서 걸어가는 것을 보고는 그쪽으로 다가갔다.

"저, 말씀 좀 묻겠습니다."

네흘류도프는 몹시 정중하면서도 긴장된 태도로 물었다.

"여죄수들은 어디에 있습니까? 그리고 면회는 어디서 할 수 있습니까?"

"여죄수를 만나시려고요?"

"네, 여죄수 한 사람을 면회하고 싶습니다만" 하고 네흘류도프는 여전히 정중하고도 긴장된 태도로 대답했다.

"그러시다면 집합소에 계실 때 말씀하실걸 그랬군요. 대체 누구를 만나시려는 거죠?"

"예카테리나 마슬로바를 만나고 싶습니다."

"정치범입니까?" 하고 부소장은 물었다.

"아닙니다. 보통……."

"그럼 선고를 받았나요?"

"네, 그저께 선고를 받았습니다."

네흘류도프는 자기에게 호의를 보이는 듯한 이 부소장의 기분을 상하게 할까 봐 공손히 대답했다.

"여죄수라면 이리 오십시오."

부소장은 외모로 봐서 네흘류도프가 대접을 해주어도 괜찮은 인물이라고 생각한 듯 이렇게 말했다. "시도로프" 하고 그는 가슴에 훈장을 달고 콧수염을 기른 하사를 불렀다. "이분을 여죄수한테 안내해드리게."

"네, 알겠습니다."

이때 철망 곁에서 창자를 찢는 듯한 통곡 소리가 들려왔다.

네흘류도프에게는 모든 것이 이상하게만 생각되었으나, 무엇보다 이상하게 느껴진 것은 부소장과 간수장에 대해서, 이 건물 안에서 행해지는 잔인한 모든 행위의 실천자인 그들에 대해서 은혜를 느끼고 감사하지 않으면 안 된다는 것이었다.

간수장은 네흘류도프를 남죄수 면회실에서 복도로 데리고 나와 곧 맞은편 문을 열고 여죄수 면회실로 안내했다.

이 방도 남죄수 면회실과 마찬가지로 두 겹 철망에 세 부분으로 구분되어 있었으나 훨씬 작았으며, 면회인이나 죄수의 수도 적었다. 그러나 외치는 소리와 떠드는 소리는 남죄수 면회실과 똑같았다. 철망 사이로 간수가 거닐고 있었다. 이곳의 감독은 소매에 금줄을 두르고 파란 깃을 단 제복을 입고, 남자 간수와 같은 혁대를 띤 여간수였다. 이곳도 역시 남죄수 면회실과 마찬가지로 사람들이 양쪽 철망에 다닥다닥 붙어 있었다. 이쪽에는 갖가지 옷차림을 한 도시 주민들이 있었고, 저쪽에는 하얀 죄수복을 입기도 하고 사복을 입기도 한 여죄수들이 있었다. 철망은 전부 사람으로 가려져 있었다. 어떤 사람은 알아들을 수 있게 하느라고 남의 머리 위로 발돋움을 하기도 했고, 또 어떤 사람은 마룻바닥에 주저앉아서 이야기를 주고받기도 했다.

귀청이 떨어질 듯한 고함 소리나 그 모습으로 봐서 누구보다도 가장 눈에 띄는 여죄수는 머리털이 흩어진 말라빠진 집시 여자였다. 그녀는 곱슬곱슬한 머리에서 스카프가 벗겨진 채 철망 저쪽 방 한복판에 있는 기둥 곁에 서서, 푸른색 프록코트 아래로 단정하게 허리띠를 매고 있는 남자 집시에게 재빠른 손짓을 해가면서 고함치고 있었다. 집시 옆에는 한 병사가 마룻바닥에 주저앉아 여죄수와 얘기를 나누고 있었다. 다음엔 턱수염을 기르고 짚신을 신은 젊은 농부가 철망에 달라붙어서 울음을 참느라고 빨갛게 상기된 얼굴로 서 있었다. 어여쁜 금발의 여죄수는 파란 눈으로 그 농부를 보면서 이야기하고 있었다. 바로 페도시야와 그녀의 남편이었다. 그들 옆에서는 남루한 옷을 입은 남자가 머리를 흐트러뜨린 얼굴이 큰 여자와 이야기하고 있었다. 그다음에는 두 여자와 한 남자, 또 여자 하나, 그리고 그들 앞에는 여죄수가 한 명씩 마주 서 있었다. 그들 속에 마슬로바는 없었다. 그러나 맞은편 여죄수들 뒤에 한 여자가 서 있었다. 네흘류도프는 바로 그 여자가 카튜샤라는 것을 알아보았다. 그러자 갑자기 가슴이 몹시 두근거리고 숨이 막힐 것만 같았다. 바야흐로 운명을 결정할 순간이 닥쳐온 것이다. 그가 철망 옆으로 다가가 보니, 역시 틀림없는 그녀였다. 카튜샤는 파란 눈의 페도시야 뒤에 서서 살며시 웃음을 띠면서 그 여자의 이야기를 듣고 있었다. 그녀는 그저께 입었던 죄수복 대신 잘록하게 허리를 동여매서 가슴을 높게 부풀린 하얀 재킷을 입고 있었다. 스카프 밑으로는 법정에서와 마찬가지로 검게 물결치는 고수머리가 비어져 나와 있었다.

'드디어 모든 것이 결정된다' 하고 그는 생각했다. '뭐라고 부를까? 그녀가 먼저 이리로 걸어올까?'

그러나 그녀는 먼저 걸어오지 않았다. 그녀는 클라라를 기다리고 있었으므로, 이 남자가 자기를 면회하러 온 사람이라고는 꿈에도 생각지 못했다.

"누구를 면회하시려는 겁니까?"

철망 사이를 거닐던 여간수가 네흘류도프의 곁으로 와서 이렇게 물었다.

"예카테리나 마슬로바입니다."
네흘류도프는 간신히 말했다.
"마슬로바! 면회!" 하고 여간수는 외쳤다.

43

마슬로바는 이쪽을 돌아보았다. 그리고 머리를 들어 가슴을 펴면서 낯익은 침착한 표정으로 두 여죄수 사이를 뚫고 철망 곁으로 다가왔다. 그러나 네흘류도프를 알아보지 못하고 의아한 눈초리로 바라보기만 했다.

그러나 옷차림으로 보아 그가 돈 많은 사람이라는 것을 알고 방긋 웃어 보였다.

"저를 만나러 오셨나요?" 하고 그녀는 방긋 웃음을 띤 사팔눈의 얼굴을 철망께로 가까이 대면서 이렇게 말했다.

"만나고 싶었소……."

네흘류도프는 '당신'이라고 해야 할지 '너'라고 해야 할지 갈피를 잡을 수 없었으나, '당신'이라고 부르기로 했다. 그는 여느 때와 다름없는 나직한 목소리로 이렇게 말했다.

"당신을, 만나고 싶었소……. 나는……."

"좀 똑똑히 말해줘. 훔쳤어? 안 훔쳤어?"

누더기 옷을 입은 옆의 남자가 소리쳤다.

"이젠 다 죽게 됐다고 하잖아, 더 무슨 말이야?"

맞은편에서 누가 소리쳤다.

마슬로바는 네흘류도프의 말을 알아들을 수가 없었으나, 그가 말할 때의 표정으로 문득 옛날의 그를 상기했다. 그러나 믿을 수 없는 일이었다. 웃음은 얼굴에서 사라졌고 이마에는 고민의 빛이 어리기 시작했다.

"무슨 말씀인지 들리지 않아요."

카튜샤는 눈을 가늘게 뜨고 점점 더 이맛살을 찌푸리면서 말했다.

"내가 온 것은……."

'그렇다, 나는 지금 해야 할 일을 하고 있다, 참회를 하고 있는 거다.' 네흘류도프는 이렇게 생각했다. 이렇게 생각되자 그는 두 눈에서 눈물이 솟구쳐 오르고 목이 메어서, 철망을 붙든 채 복받치는 울음을 참느라 애쓰면서 한참 동안 입을 다물었다.

"죄가 없다면 왜 들어왔느냐고……" 하고 한쪽에서 외쳤다.

"하나님께 맹세코 모른다면 모르는 일이야" 하고 맞은쪽에서 여죄수가 소리쳤다.

네흘류도프가 흥분한 것을 보자 마슬로바는 비로소 그가 네흘류도프라는 것을 알았다.

"비슷하긴 하지만 누구신지 알 수 없어요."

그녀는 그를 보지도 않으면서 말했다. 갑자기 붉어진 그녀의 얼굴이 점점 침울한 빛으로 변해갔다.

"나는 당신에게 용서를 빌러 왔소" 하고 마치 교과서라도 외듯 큰 소리로 술술 말했다.

이런 말을 큰 소리로 외치고 나자 부끄러운 마음이 들어 주위를 돌아보았다. 그러나 수치를 느낀다면 오히려 낫다, 부끄러움을 참아나가야만 한다는 생각이 들었다. 그래서 그는 다시 큰 소리로 계속했다.

"날 용서해줘. 정말 잘못했소……" 하고 그는 다시금 외쳤다.

카튜샤는 그에게서 사팔눈을 떼지 않은 채 꼼짝달싹 않고 서 있었다.

네흘류도프는 말을 더 이어갈 수가 없어서 가슴에 솟구쳐 오르는 울음을 간신히 억누르며 철망 곁을 떠났다.

네흘류도프를 여죄수 면회실로 안내한 부소장은 확실히 그에게 흥미를 느낀 듯 다시 이곳으로 다가와, 네흘류도프가 철망 곁에서 떨어져 있는 것을 보고 왜 면회하려는 여자와 말을 하지 않느냐고 물었다. 네흘류도프는 코를 풀고 몸을 흔들고 나서, 일부러 침착한 태도를 보이려고 애쓰면서 이렇게 대답했다.

"철망 너머로는 얘기를 할 수가 없군요. 말이 들려야 말이죠."

부소장은 잠시 생각에 잠겼다.

"그럼 잠시 이리로 데려와도 됩니다." 그러고는 "마리야 카를로브나! 마슬로바를 밖으로 데리고 와요" 하고 여간수에게 말했다.

잠시 후 옆문에서 마슬로바가 나왔다. 카튜샤는 네흘류도프의 바로 옆까지 살며시 걸어와 걸음을 멈추고는 눈을 들어 그를 쳐다보았다. 까만 머리는 그저께처럼 돌돌 말려 있었다. 건강이 안 좋고 부어 보이는 듯한 얼굴은 창백했으나, 역시 귀엽고 차분히 가라앉아 있었다. 다만 윤기 있는 까만 사팔눈만이 좀 붉은 듯한 눈꺼풀 속에서 유난히 반짝거렸다.

"여기서 이야기를 해도 좋습니다."

부소장은 이렇게 말하고 물러갔다.

네흘류도프는 벽에 붙은 벤치로 걸어갔다.

마슬로바는 이상하다는 듯이 부소장을 바라보다가, 놀란 듯이 어깨를 한 번 으쓱해 보이고는 네흘류도프의 뒤를 따라 벤치 쪽으로 가서 그와 나란히 앉으면서 스커트를 매만졌다.

"나를 용서해주기 힘들다는 건 나도 잘 알고 있소" 하고 네흘류도프는 이야기를 꺼냈으나, 또다시 눈물이 솟구침을 느끼고 잠시 말을 끊었다.

"그러나 과거의 일은 이미 돌이킬 수 없는 거니까, 앞으론 내가 할 수 있는 일을 다 할 생각이오. 그런데……."

"어떻게 저를 찾으셨죠?" 그의 말에는 대답도 하지 않고 그 사팔눈으로 그를 보는 둥 마는 둥 카튜샤는 이렇게 물었다.

'아아, 하나님! 저를 도와주소서! 어떻게 해야 할지 가르쳐주십시오.' 네흘류도프는 이토록 변해버린 카튜샤의 얼굴을 보면서 마음속으로 이렇게 중얼거렸다.

"그저께 나는 배심원으로 법정에 나갔었소. 당신이 재판받을 때 말이오. 나를 알아보지 못했소?"

그는 말했다.

"네, 몰랐어요. 그럴 겨를도 없었거니와 보려고도 하지 않았어요" 하고 그녀는 말했다.

"애가 있었다던데?"

네흘류도프는 얼굴이 붉어짐을 느끼면서 물었다.

"다행히도 이내 죽어버렸어요."

카튜샤는 그에게서 시선을 떼고, 성이 난 듯이 짤막하게 대답했다.

"아니, 어째서?"

"저 자신이 병으로 하마터면 죽을 뻔했는걸요."

그녀는 시선을 떨어뜨린 채 이렇게 대답했다.

"고모들은 왜 당신을 내보냈소?"

"누가 애 밴 하녀를 두나요? 들키자 곧 쫓겨났지요. 이런 말을 해서 무슨 소용이 있겠어요, 아무것도 생각나지 않아요. 다 잊어버렸어요. 그걸로 다 끝장이 난 거니까요."

"아니, 아직 끝난 것은 아니오. 나는 그대로 내버려둘 수 없소. 이제부터라도 내 죄를 속죄하려고 하오."

"속죄하실 필요는 없어요. 이미 다 지나간 과거의 일이니까요."

카튜샤는 이렇게 말하고는 뜻밖에도 갑자기 눈을 들어 그를 바라보면서 유혹하듯, 호소하듯 불쾌한 웃음을 지어 보였다.

마슬로바는 지금 이런 데서 그를 다시 만나리라고는 꿈에도 생각하지 못했으므로 처음 그를 만나자 깜짝 놀랐고, 여태껏 생각해보지도 않던 일을 부득이 회상해야 했다. 그녀는 먼저 서로 사랑하고 사랑받던 아름다운 청년을 통해 자신 앞에 펼쳐졌던 새로운 감정과 사상의 오묘한 세계를 흐릿하게 회상해보았다. 그리고 그의 알 수 없는 무정함과 꿈같은 행복에 뒤이어, 그 행복에서 흘러나온 너무나 많았던 굴욕과 고민을 상기했다. 가슴이 아팠다. 그러나 그녀는 어떻게 해야 할지 몰라 여느 때처럼 이런 추억을 머릿속에서 몰아내고 타락한 생활의 독특한 안개 속에 덮어버리려고 애썼다. 처음에는 자기 앞에 앉아 있는 신사를 한때 사랑했던 청년하고 결부해보려고 했으나, 그것은 너무나 가슴 아픈 일이었기에 곧 단념했다. 이 말쑥하게 차린, 턱수염에서까지 훈훈한 향수 냄새가 풍기는 신사는 이제 자신이 사랑했던 그 네흘류도프가 아니라 필요할 때 자기 같은 여자를 이용하는 한 사나이에 지나지 않았다. 이런 사나이는 또한 이쪽에서도 되도록 덕을 볼 수 있게 이용하지 않으면 안 된다. 그래서 그녀는 유혹적인 웃음을 보냈던 것이다. 카튜샤는 이 남자를 어떻게 이용해먹을까 궁리하면서 잠자코 있었다.

"다 끝난 일이에요. 저는 이번에 징역 선고를 받았어요."

이 무서운 말을 할 때, 그녀의 입술은 파르르 떨렸다.

"난 당신이 무죄라는 걸 알고 있고, 또 그렇게 확신하고 있소."

"그야 무죄고말고요. 나는 도둑도 강도도 아닌걸요. 모든 것이 다 변호사 탓이라고 하더군요" 하고 그녀는 계속했다.

"상소를 해야 한다고들 하지만 돈이 많이 든다니……."

"그럼, 꼭 해야지. 이미 변호사에게 말해두었소" 하고 네흘류도프는 말했다.

"돈을 아끼지 마시고 좋은 변호사에게 부탁해주세요" 하고 그녀는 말했다.

"할 수 있는 데까진 다 해보겠소."

잠시 침묵이 흘렀다.

그녀는 다시 아까 같은 웃음을 지었다.

"부탁이 좀 있는데요……. 될 수 있다면 돈을 좀 주시겠어요? 한…… 10루블쯤, 그 이상은 필요 없어요."

갑자기 그녀는 이렇게 말했다.

"아, 그러지."

어리둥절해진 네흘류도프는 이렇게 말하면서 지갑에 손을 댔다.

카튜샤는 면회실을 왔다 갔다 거닐고 있는 부소장을 흘끗 바라보았다.

"저 사람 앞에선 안 돼요. 저리 간 다음에 꺼내세요. 그렇잖으면 빼앗겨요."

부소장이 돌아서자 네흘류도프는 지갑을 꺼냈다. 그러나 그가 10루블을 주기도 전에 부소장은 다시 이쪽으로 몸을 돌렸다. 그는 돈을 움켜쥐었다.

'이젠 죽은 여자나 다름없구나.' 네흘류도프는 한때 귀여운 처녀였으나 지금은 능글맞게 반짝이는 까만 사팔눈으로 부소장과 10루블 지폐를 쥔 자신의 손을 번갈아 보고 있는 거칠고 푸석푸석한 그녀의 얼굴을 바라보면서 이렇게 생각했다. 그 순간 그의 얼굴에는 망설이는 빛이 감돌았다.

어젯밤에 속삭이던 그 유혹의 소리가 또다시 네흘류도프의 마음속에서 들려왔다. 그 목소리는 여느 때처럼 무엇을 해야 할 것인가 하는 문제에서, 그 결과는 어떻게 될 것이며 또 어떻게 해야 유익할까 하는 문제로 이끌어가려고 했다.

'넌 이 여자를 어떻게도 할 수 없다' 하고 그 목소리는 말했다. '그저 제 목에다 돌을 매다는 것과 같아 너를 물속에 가라앉히고, 네가 다른 사람들을 위해 유익한 존재가 되는 걸 방해할 뿐이다. 그러니까 지금 수중에 있는 돈을 송두리째 그녀에게 줘버리고 헤어져서 영원히 손을 끊어버리는 게 어떨까?' 그에게는 이런 생각이 들었다.

그러나 동시에 그의 마음속에서는 무언가 가장 중요한 일이 이루어지고 있어서, 그의 내면은 이 순간 흔들리는 저울대 위에 놓인 듯 자칫하면 오른쪽이나 왼쪽으로 기울어질 것만 같았다. 그래서 그는 어제 마음속으로 느꼈던 신의 이름을 부르면서 그 힘을 구해보았다. 그러자 신은 당장 그의 마음에 호응했다. 그는 이 자리에서 모든 것을 말해버리기로 결심했다.

"카튜샤! 나는 네게 용서를 받으려고 왔는데, 너는 나를 용서한다든지, 아니면 언제 용서하겠다든지 하는 대답을 해주지 않는군 그래" 하고 그는 갑자기 '너'라고 말을 바꾸면서 말했다.

그녀는 그 말에는 귀도 안 기울이고 그의 손과 부소장을 번갈아 보고 있었다. 부소장이 저쪽으로 돌아서자, 그녀는 재빨리 네흘류도프 쪽으로 손을 내밀더니 지폐를 빼앗아 허리띠 사이에 쑤셔 넣었다.

"이상한 말씀을 하시네요."

그녀는 멸시하는 듯한 웃음을 지으면서(그에게는 이렇게 생각되었다) 이렇게 말했다.

네흘류도프는 그녀의 마음속에 자신을 적대시하는 무언가가 있어서, 그것이 그녀를 현재의 그녀대로 지키게 하면서 그녀의 마음속으로 뚫고 들어가려는 자신의 노력을 방해하고 있다고 느꼈다.

그러나 이상하게도 그 사실은 그에게 혐오의 정을 느끼게 하지 않을 뿐만 아니라, 오히려 더한층 특별하고 새로운 힘으로 그녀 쪽으로 끌어들였다. 그는 자기가 정신적으로 이 여자를 각성시키지 않으면 안 된다고 생각했다. 그것은 지극히 어려운 일이기는 하겠지만, 그 어려운 일 자체가 자기를 끌어들이고 있는 것 같았다. 그는 지금 그녀에게 여태껏 그녀는 물론 다른 어떤 사람에게도 느껴보지 못한 감정을 느꼈다. 그 감정 속에 개인적인 것이라곤 하나도 없었다. 그는 자기 자신을 위해서는 그녀에게 아무것도 바라지 않았다. 다만 그녀가 현재의 상태에서 벗어나주기를, 그녀가 각성하여 옛날 그녀로 돌아가주기만을 바랐다.

"카튜샤, 왜 그런 말을 하는 거지? 난 너를 알고 있어, 파노보 시절의 너를 기억하고 있단 말이야……."

"지나간 일을 생각한들 무슨 소용이 있겠어요" 하고 그녀는 대수롭지 않게 대답했다.

"난 내 죄를 속죄하기 위해 지나간 일을 회상하고 있는 거야, 카튜샤."

그는 이렇게 말하고는 자신이 그녀와 결혼할 생각이라고 말하려 했으나, 그녀와 눈이 마주쳤을 때 그 시선에서 뭔가 무섭고도 거친 반발을 보았으므로 미처 그 말까지는 다 할 수가 없었다.

그때 면회인들이 돌아가기 시작했다. 부소장이 네흘류도프 곁으로 다가와서 면회 시간이 끝났다고 말했다. 마슬로바는 일어서서 상대방이 놓아주기만을 얌전히 기다리고 있었다.

"잘 있어. 아직도 할 말은 많지만, 보다시피 지금은 안 되겠군."

네흘류도프는 이렇게 말하고 손을 내밀었다.

"다시 오겠어."

"이젠 다 말씀하신 것 같은데……."

그녀는 손을 내밀었을 뿐 잡지는 않았다.

"아니, 나는 좀 더 얘기를 나눌 수 있는 장소에서 당신을 만날 수 있도록 해보겠소. 그리고 그때 매우 중대한 이야기를 할 작정이오, 당신한테 꼭 해야만 할 말을" 하고 네흘류도프는 말했다.

"네, 또 와주세요" 하고 그녀는 방긋 웃으며 말했다. 그러나 그 웃음은 언제나 사나이들의 마음에 들고 싶을 때 보이는 그런 웃음이었다.

"당신은 나한테 누이 이상으로 가까운 사람이오" 하고 네흘류도프는 말했다.

"어쩐지 이상하군요."

그녀는 이렇게 말하고 살래살래 머리를 저으면서 철망 뒤로 가버렸다.

44

네흘류도프는 첫 번째 면회 때부터 카튜샤가 자신을 보고 그녀에게 봉사하려는 자신의 결심과 후회를 알고 나면 기꺼이 감동해서 예전의 카튜샤로 돌아와주리라고 기대했다. 그러나 놀랍게도 예전의 카튜샤는 이미 사라지고 다만 마슬로바만이 존재한다는 것을 보았다. 그는 이 사실이 놀랍기도 하고 두렵기도 했다.

더욱이 그를 놀라게 한 것은 마슬로바가 자기 처지, 죄수로서의 처지(이 점에서는 그녀도 부끄러워했다)가 아니라 매춘부로서의 처지를 조금도 부끄러워하지 않을뿐더러 오히려 거기에 만족해 자랑이라도 하는 듯이 보였다는 점이다. 하긴 그것도 무리는 아니었다. 누구든지 일을 하려면 그 일이 소중하고 훌륭하다고 생각할 필요가 있다. 따라서 인간은 어떤 처지에 있더라도 반드시 대개는 자신의 행동이 소중하고 훌륭하다고 생각될 수 있도록 스스로의 인생관을 만들어내기 마련이다.

세상 사람들은 흔히 도둑이나 살인자, 간첩, 매춘부 같은 사람들이 자기 직업을 좋지 않게 생각하고 부끄럽게 여기는 것이 당연하다고 생각했다. 그러나 실은 정반대인 것이다. 피치 못할 운명 때문에, 또는 자신의 죄와 과실 때문에 어떤 처지에 빠진 사람들은 아무리 부당한 직업을 가졌다 해도 자신을 둘러싼 환경이 훌륭하고 존경받을 만하게 보이도록 스스로의 인생관을 만들어내기 마련이다.

그리고 이러한 인생관을 유지하기 위해서 사람들은 스스로가 만들어낸 인생관과 인생에서 자신의 위치를 인정해주는 그러한 사회를 본능적으로 옹호하려고 한다. 교묘한 기술을 자랑하는 도둑이나, 음탕함을 자랑하는 매춘부나, 잔인함을 자랑하는 살인자에 관한 이야기를 들을 때 우리는 이런 사실에 놀라지 않을 수 없다. 그러나 우리가 놀라는 것은 다만 이런 사람들이 살고 있는 사회나 환경이 국한되어 있기 때문이고, 우리 자신이 그 밖에 놓여 있기 때문이다. 그러나 세상의 부호가 그 부귀, 즉 약탈을 자랑하고, 군대의 지휘관이 그 승리, 즉 살인을 자랑하고, 위정자가 그 권력, 즉 압제를 자랑하는 것도 결국은 이와 똑같은 현상이 아니고 무엇이겠는가? 우리가 이러한 사람들 속에서 그들의 위치를 변호하기 위한 그릇된 인생관과 선악관(善惡觀)을 보고도 의심치 않는 것은 다만 이러한 그릇된 관념을 가진 사람들의 사회가 더 크기 때문이고, 또 우리 자신도 그 사회에 속해 있기 때문이다.

　마슬로바도 자기 인생이나 처지에 대해서 이와 똑같은 견해를 가지고 있었다. 그녀는 징역 선고를 받은 매춘부였지만, 그래도 그녀는 자기 자신을 정당한 존재로 알고 자기 처지를 남에게 자랑까지 할 수 있는 인생관을 스스로 만들어냈다.

　그 인생관이란 이러했다. 예외 없이 모든 남성의 주요한 행복은 매력적인 여자와의 성교에 있다. 늙은이건 젊은이건 중학생이건 장군이건 교양 있는 사람이건 교양 없는 사람이건 예외 없이 말이다. 따라서 모든 남성은 다른 일에 쫓겨 바쁜 체하지만, 실은 이 한 가지만을 바라고 있는 것이다. 게다가 그녀는 매력적인 여성이었으므로 그들의 욕망을 채워줄 수도 있고 채워주지 않을 수도 있었다. 따라서 그녀는 중요하고도 필요한 존재다. 지금까지의 생활이나 현재의 생활도 모두 이 견해의 정당성을 뒷받침하는 데 지나지 않았다.

지난 10년 동안 그녀는 어디를 가건 네흘류도프와 나이 먹은 경감을 비롯해 감옥의 간수에 이르기까지 남성이란 남성은 모조리 그녀를 필요로 한다는 것을 알았다. 자기를 필요로 하지 않는 사나이 따위는 거들떠보지 않았으며 주의해 보지도 않았다. 이런 까닭으로 그녀가 보기에 전 세계는 정욕의 폭풍에 휩싸여 사방팔방에서 자신을 노리고, 기만과 폭력과 매수와 간계 등의 모든 수단으로 자신을 손아귀에 넣으려 하는 인간들의 집단에 지나지 않았다.

마슬로바는 이런 식으로 인생을 해석하고 있었다. 이런 해석을 가지고 본다면, 그녀는 인간의 찌꺼기이기는커녕 매우 중요한 인물이었다. 그러므로 그녀는 이런 인생관을 이 세상 무엇보다도 존중했다. 존중하지 않을 수가 없었다. 왜냐하면 이 인생관을 바꿀 경우 사람들 사이에서 확보하고 있던 자신의 가치를 상실하게 되기 때문이었다. 그래서 그녀는 인생에서의 자기 가치를 상실하지 않기 위해서 자신과 같은 눈으로 인생을 보는 사람들의 사회를 본능적으로 옹호했다. 그래서 네흘류도프가 자기를 다른 세계로 끌어내리려는 것을 눈치채자, 그가 불러내는 세계에서는 지금까지 자기에게 자신과 자존심을 주어오던 인생에서의 자기 지위까지 잃어버리게 될 가능성이 농후하다는 것을 예견하고는 반항을 했던 것이다. 그녀가 네흘류도프와의 첫사랑이나 처녀 시절의 추억들을 스스로 물리치고 있던 것도 역시 같은 이유에서였다. 이런 추억들은 그녀의 현재 인생관과는 도저히 부합될 수 없었다. 그렇기 때문에 그녀의 기억 속에서 완전히 말살되고 있었다. 아니, 오히려 그녀의 기억 속 어딘가에 고이 보존되어 있었다고 하는 편이 나을지도 모른다. 그것은 마치 꿀벌이 자기들의 노동의 결과를 망가뜨릴까 두려운 나머지 유충의 집을 밀봉해 완전히 격리해버리는 것과 마찬가지였다. 따라서 그녀에게 지금의 네흘류도프는 그저 그녀가 이용할 수 있고 또 이용하지 않으면 안 되는, 그리고 모든 사내를 대할 때와 똑같은 관계를 맺기만 하면 되는, 한낱 돈 많은 신사에 지나지 않았다.

'아니다, 그녀에게 중요한 이야기는 하지 못했다.' 사람들과 함께 출구 쪽으로 걸어 나오면서 네흘류도프는 생각했다. '그녀와 결혼할 작정이란 말을 하지 않았다. 말은 하지 않았지만, 기어코 실행하리라'고 그는 생각했다.

출구에 있던 간수는 이번에도 역시 불필요한 사람이 밖으로 나가지 못하도록, 또 한 사람이라도 감옥 안에 남아 있지 않도록 하기 위해 면회인을 내보내면서 두 손으로 세고 있었다. 네흘류도프는 이번에도 등을 맞았으나 이젠 모욕감을 느끼지 않았다. 아니, 맞은 것조차 몰랐을 정도였다.

45

네흘류도프는 자신의 외적 생활을 바꿔보고 싶었다. 큰 집은 남에게 세주고 하인들을 내보낸 다음 하숙 생활을 할 생각이었다. 그러나 아그라페나 페트로브나는 겨울이 되기 전에 생활양식을 바꿀 아무런 이유도 없거니와 여름에는 집을 빌리는 사람도 없고, 또 어디서 생활하든 가구와 물건은 있어야 한다고 주장했다. 그래서 외적 생활을 바꾸려는 네흘류도프의 노력(그는 간소하게 학생 같은 생활을 하고 싶었다)은 모두 수포로 돌아갔다. 전부 종전대로 남았을 뿐 아니라, 집 안에서는 가지각색의 모직물과 모피류를 꺼내 바람을 쐬게 하고 일광욕을 시키고 먼지를 터는 등 열띤 작업이 시작되고, 문지기와 그 조수, 식모, 코르네이에 이르기까지 모두 그 일에 참여했다. 처음에는 아직 아무도 입어보지 않은 예복과 이상한 모피 내복들을 줄에 내다 걸고, 다음에는 융단과 가구를 내다놓았다. 문지기와 그 조수는 굵직한 팔소매를 걷어붙이고 박자를 맞춰가면서 열심히 먼지를 털었고, 모든 방에 나프탈렌 냄새가 가득했다. 네흘류도프는 뜰을 돌아보거나 창문으로 내다보면서 그런 물건들이 엄청나게 많은 데 놀랐고, 또 하나같이 불필요한 물건들이라는 데 더욱 놀랐다. '이 물건들의 유일한 용도와 사명은' 하고 네흘류도프는 생각했다. '아그라페나 페트로브나, 문지기와 그 조수, 식모에게 운동할 기회를 주는 것뿐이다.'

'마슬로바의 문제가 해결될 때까지는 생활양식을 구태여 변경할 필요가 없다' 하고 네흘류도프는 생각했다. '그것은 너무나 어려운 일이다. 그녀가 석방이 되든가, 아니면 유형이 확정돼 내가 그 뒤를 따라가게 되든가 하면 자연히 바뀌기 마련이다.'

네흘류도프는 변호사 파나린이 정해준 날에 그의 집으로 마차를 몰았다. 우거진 정원수며 창문마다 걸린 놀랍도록 화려한 커튼이며 대체로 벼락부자가 된 사람의 집에서 흔히 볼 수 있는, 철면피한 불로소득으로 돈을 벌었음을 증명이라도 하는 듯한 값진 가구로 장식된 거대한 저택으로 들어서자, 네흘류도프는 그 응접실에서 많은 의뢰인들이 마치 병원에서처럼 탁자 위에 심심풀이로 놓아둔 그림잡지 옆에 모여 앉아 지루하게 순번을 기다리는 모습을 보았다. 높은 탁자 위에 앉아 있던 변호사의 조수는 네흘류도프를 보자 그의 곁으로 다가와 인사를 하고는, 곧 선생님께 전하겠다고 말했다.

그러나 조수가 방문에 채 이르기도 전에 저절로 문이 열리더니, 붉은 얼굴에 콧수염을 기르고 새 옷을 입은 둥글둥글한 중년 남자와 이 집 주인 파나린이 커다란 음성으로 말하는 소리가 들렸다. 두 사람의 얼굴에는 방금 부당한 방법으로 돈벌이를 한 사람에게서나 볼 수 있는 야릇한 표정이 감돌았다.

"그건 당신이 나빠요" 하고 파나린은 웃으면서 말했다.

"그래도 천국엔 가고 싶은데, 죄를 용서받을 것 같진 않고."

"그럼요, 다 아는 일이죠."

두 사람은 어색하게 웃었다.

"아, 공작님, 어서 들어오십시오."

파나린은 네흘류도프를 보자 이렇게 말했다. 그리고 물러가는 상인에게 한 번 더 인사를 하고, 깔끔하게 정리된 사무실로 네흘류도프를 안내했다.

"자, 담배 피우시죠."

변호사는 네흘류도프 맞은편에 앉으면서 이렇게 말했다. 그는 아직도 웃음을 감추지 못하고 있었는데, 조금 전에 있었던 성공적인 사건을 흐뭇해하는 웃음이었다.

"고맙습니다. 저는 마슬로바의 사건을 알아보려고 왔습니다."

"네네, 곧 말씀드리죠. 그런데 지금 나간 그 뚱뚱보는 정말 악당이랍니다. 보셨지요, 그자를? 그자는 1천2백만이나 되는 재산을 가졌죠. 그런데도 말 한마디 제대로 못 한단 말이에요. 만일 25루블짜리 지폐 한 장이라도 뜯어낼 수 있다고 생각만 하면 물고 늘어져서라도 빼앗을 겁니다."
 변호사가 말했다.
 '그는 제대로 말 한마디도 못 한다고 하지만, 너도 25루블짜리 지폐라는 엉터리 같은 말을 쓰고 있지 않은가?' 네흘류도프와 자신은 같은 계급에 속하지만 모여드는 소송 의뢰인들과는 계급이 다르다는 것을 표시하려는 이 버릇없는 인간에게 참기 어려운 혐오를 느끼면서, 네흘류도프는 이렇게 생각했다.
 "정말 그자한테는 혼이 났습니다, 지독한 악당이에요. 한번 혼을 내주고 싶었습니다만."
 변호사는 쓸데없는 말을 지껄이고 있던 것을 변명이라도 하듯이 이렇게 말했다.
 "그런데 선생님의 사건 말입니다……. 나도 일건서류를 주의해서 잘 조사해보았습니다만, 투르게네프의 말대로 그 내용에는 찬성하기 힘들더군요. 변호사가 덜돼먹어서 상소의 이유를 모두 놓쳐버렸단 말입니다."
 "그럼 당신은 어떻게 하시겠다는 거죠?"
 "잠깐만 기다리십시오. 그 사람한테 이렇게 말해주게" 하고 그는 조수 쪽으로 얼굴을 돌리며 이렇게 말했다.
 "내가 말한 대로 하겠다면 좋고, 그렇지 않으면 그만두라고 말이야."
 "하지만 그 사람은 싫답니다."
 "그럼 그만두라고" 하고 변호사는 말했다. 지금까지 쾌활하고 선량해 보이던 그의 표정은 갑자기 침울해지고 화가 난 표정으로 변했다.
 "변호사는 그저 돈만 빼앗는 것처럼 모두 생각하거든요."
 그는 다시금 아까처럼 유쾌한 표정을 지으면서 말했다.

"실은 전혀 부당하게 파산 선고를 받은 자를 면소해주었더니, 이젠 그런 축들이 모여듭니다그려. 그러나 이런 사건은 몹시 힘들지요. 어떤 작가가 말했듯이 우린 잉크병 속에 자기 살점을 찍어 넣고 있는 셈이죠. 그런데 당신의 사건, 아니 당신이 흥미를 느끼고 계시는 사건은 말입니다" 하고 그는 말을 이었다.

"엉망진창이어서 상소할 만한 좋은 이유가 없더군요. 그러나 상소해볼 수는 있어서 이렇게 서류를 작성해보았습니다."

변호사는 새까맣게 적어 넣은 서류를 집더니, 그다지 흥미 없거나 형식적인 말은 빠른 말씨로 우물우물 넘기고 다른 부분은 억양을 붙여 발음하면서 읽기 시작했다.

"원로원 형사부에 대해서 운운, 이러한 등등의 상소의 건이 성립된 결정에 의하여 운운, 판결 운운, 마슬로바라는 여자는 상인 스멜리코프를 독살했다는 것이 유죄로 인정되어 형법 제1454조에 의거하여 운운, 징역 선고를 받았음 운운."

그는 여기서 말을 끊었다. 이런 일에는 익숙해 있음에도 자신의 문안에 어떤 만족이라도 느끼는 듯한 눈치였다.

"이 선고는 지극히 중대한 절차상의 위반과 착오의 결과이므로" 하고 그는 그럴듯하게 계속했다.

"마땅히 취소되어야 함. 첫째로 스멜리코프의 내장 해부에 관한 보고서 낭독이 시작되자 재판장에 의해서 중단되었음. 이것이 그 이유의 하나입니다."

"그러나 그 낭독은 검사가 요구한 것입니다."

네흘류도프는 놀라면서 말했다.

"상관없습니다. 변호인도 같은 요구를 할 수 있으니까요."

"그러나 그 낭독은 전혀 필요치 않았습니다."

"하지만 상소의 이유는 됩니다. 다음은, 둘째로 마슬로바의 변호인이" 하고 그는 계속했다.

"변론할 때 마슬로바의 성격을 설명하기 위하여 타락한 정신적 원인을 언급하자, 이 사건과 직접적 관계가 없는 것이라고 하여 재판장의 제지로 중지되었음. 그러나 형사사건에서는 원로원 측이 누누이 지적한 바와 같이, 피고의 성격과 일반 도덕적인 인격에 관한 설명이 중대한 의의를 가지며, 다만 책임 소재를 분명히 하는 데도 중대한 의의가 있음……. 이것이 두 번째 이유입니다."

변호사는 네흘류도프를 바라보면서 이렇게 말했다.

"변호사의 변론이 너무 서툴러서 도대체 무슨 말을 하는지 알아들을 수가 없었습니다."

네흘류도프는 더욱더 놀라면서 이렇게 말했다.

"그야 물론 어리석기 짝이 없는 풋내기니까 조리 있게 말할 수는 없었을 테죠" 하고 파나린은 웃으면서 말했다.

"그러나 어쨌든 상소의 이유는 됩니다. 그럼 그다음, 셋째로 재판장은 그 결론에서 형사소송법 제801조 1항의 분명한 지시가 있음에도 유죄의 개념을 규정하는 법률상의 모든 요소를 배심원에게 설명하지 않았고, 또 마슬로바가 스멜리코프에게 독약을 준 사실을 승인하더라도 그녀에게 살의가 없었을 때는 그 행위만으로써 그 여자에게 죄를 돌릴 것이 아니라, 그럴 경우 형사상 범죄가 아니고 다만 그 여자로서는 뜻밖에 상인의 사망을 초래한 과실에 불과하며 그 행동에 대해서만 죄를 지울 권리가 있다는 점을 배심원들에게 주의하지 않았음. 이건 제일 중요한 점입니다."

"네, 우리도 곧 알 수 있었던 겁니다. 그건 우리 잘못이었어요."

"끝으로 넷째" 하고 변호사는 계속했다. "마슬로바의 유죄에 관한 법정의 자문에 대한 배심원의 답신서는 그 자체로 명백하게 모순을 내포하고 있음. 마슬로바는 오직 탐욕의 목적을 품고 고의로 스멜리코프를 독살한 것으로 고발되었으며 그 살해의 유일한 동기가 금전욕에 있다고만 인정되고 있음에도, 배심원들은 그 답신서에서 마슬로바는 절도 의사가 있었다는 것과 귀중품을 절취하는 데 참여하지 않았다는 것을 부정하였음. 이것으로 미루어 피고에게는 살해의 의사가 없었다는 것을 인정하고, 재판장의 불완전한 결론으로 말미암아 생긴 오해에 의해서 그 점을 답신서에 충분히 표현하지 않은 것이 명백함. 따라서 이와 같은 배심원의 답신은 형사소송법 제816조 및 제808조에 적용, 즉 재판장의 과실을 배심원에게 해명하고 피고의 범죄에 대한 새로운 심리와 새로운 답신을 요구했어야 함" 하고 파나린은 읽었다.

"그럼 왜 재판장은 그걸 하지 않았을까요?"

"나도 왜 그랬는지 알고 싶군요."

파나린은 웃으면서 말했다.

"그럼 원로원이 이 잘못을 수정하겠군요?"

"그것은 그때 어느 얼간이가 심리를 맡느냐에 달렸죠."

"얼간이라니요?"

"고려장을 해야 할 늙은이들이죠. 그건 그렇고, 그래서 또 이렇게 썼습니다……. 이러한 판결은 법정에" 하고 그는 재빨리 읽어 내려갔다.

"마슬로바를 벌할 권리가 부여되어 있지 않고 그녀에 대한 형법

제771조 3항의 적용은 우리 형법의 근본 원칙에 대하여 명백하고 중대한 위반을 한 것이다. 상술한 이유에서 본인은 형사소송법 제909조, 제910조, 제912조 2항 및 제928조 등등에 따라 전판결을 폐기하고 본 건을 재심하기 위하여 동일 재판소의 다른 부처로 이관할 것을 청원하는 바이다……. 이것으로 할 수 있는 일은 다 한 셈입니다. 그러나 터놓고 말하자면 성공할 가능성은 적습니다. 모든 것은 원로원 담당자에게 달렸지요. 줄이 있으면 힘써보십시오."
"좀 아는 사람이 있긴 합니다만."
"그럼 한시라도 빨리 서두르십시오. 그렇지 않으면 모두 치질을 치료하러 떠나버릴 겁니다. 그렇게 되면 석 달은 기다려야 하니까요……. 그리고 성공하지 못할 경우에는 황제 폐하께 청원할 수도 있습니다. 이것 역시 이면공작 나름이죠. 그때는 또 도와드리지요. 이면공작이 아니라 청원서 작성에 대해서 말입니다."
"감사합니다. 그런데 사례금은……."
"서기가 정서한 상소장을 드릴 때 말씀드릴 겁니다."
"한 가지 더 물어보겠습니다. 나는 검사한테서 그 사람에 대한 면회 허가증을 받았습니다만, 감옥에서는 보통 면회일이 아닌 날에 면회소 이외에서 면회를 하자면 현지사의 허가가 필요하다는데, 정말 그런 것이 필요합니까?"
"네, 필요할 겁니다. 그러나 지금은 지사가 없어서 부지사가 대리하고 있습니다. 한데 그자는 지독한 바보라서 아마 말이 통하지 않을 겁니다."
"마슬렌니코프 말입니까?"
"네."

"그 사람이라면 알고 있습니다."

네흘류도프는 이렇게 말하고는 돌아가려고 자리에서 일어섰다.

이때 깡마른 왜소한 몸집에 들창코를 하고 지지리 못난 누르께한 여자가 날쌔게 안으로 뛰어들었다. 변호사의 아내였다. 그녀는 자신의 못난 얼굴을 조금도 비관하는 기색 없이 밝은 황색과 푸른색 비로드며 비단으로 몸을 휘감는 등 옷차림이 지나치게 화려했고, 숱이 적은 머리는 위로 틀어 올려져 있었다. 그녀는 의기양양해서 응접실로 뛰어 들어왔다. 그녀의 뒤를 따라 키가 큰 검은 얼굴에 접은 비단 깃이 달린 프록코트를 입고 흰 넥타이를 맨 남자가 웃으면서 들어왔다. 그는 작가였으며, 네흘류도프와도 안면이 있는 사람이었다.

"아나톨리" 하고 그녀는 문을 열면서 말했다.

"내 방으로 가요. 세묜 이바노비치가 자작시를 낭송하겠다고 약속했어요. 그리고 당신도 가르신*을 낭독하지 않으면 안 될 거예요."

네흘류도프가 나가려고 하자 변호사의 아내는 남편과 소곤거리더니 곧 그에게 말을 걸었다.

"잘 오셨어요, 공작님……. 저는 당신을 잘 알고 있으니까 소개는 필요 없다고 생각해요. 저희 문학회에 와주시겠어요? 정말 재미있습니다. 아나톨리도 낭독을 잘하고요."

"어떻습니까, 다방면에 걸친 제 재주는."

파나린은 두 팔을 벌리고 웃으면서 이런 매혹적인 여인에게는 거역할 수 없다는 듯이 자기 아내를 가리키면서 말했다.

---

* 19세기 러시아의 소설가로 당시 페미니즘과 인도주의의 대표자다.

네흘류도프는 슬프고 준엄한 표정을 지으며 지극히 공손한 태도로 변호사 부인에게 초대에 대한 감사를 한 다음 시간이 없다고 거절하고 응접실로 나왔다.

"왜 저렇게 찌뿌둥하죠."

변호사의 아내는 그가 나가버리자 이렇게 말했다.

응접실에서 서기가 네흘류도프에게 미리 준비된 상소장을 내주었다. 사례금에 대해서 묻자, 아나톨리 페트로비치가 천 루블로 정했다고 말한 다음, 아나톨리 페트로비치는 보통 이런 사건을 맡지 않지만 특히 네흘류도프를 위해서 맡았다는 것을 설명했다.

"이 상소장에는 누가 서명합니까?" 하고 네흘류도프는 물었다.

"피고 자신이 합니다만, 곤란하면 본인의 위임장을 받아서 아나톨리 페트로비치가 해도 좋습니다."

"아니, 내가 가서 피고한테 서명을 받겠습니다."

네흘류도프는 지정된 면회일 전에 카튜샤를 만날 기회가 생긴 것을 기뻐하면서 이렇게 말했다.

46

감옥에서는 언제나 같은 시간이 되면 간수들의 호각 소리가 복도에서 요란스럽게 울려 퍼졌다. 철커덕거리면서 복도와 감방 문이 열리자 맨발로 걷는 소리와 신발 뒤꿈치를 끄는 소리가 나고, 그다음엔 청소 당번이 메스꺼운 냄새를 풍기면서 복도를 지나갔다. 남죄수와 여죄수는 세수하고 옷을 갈아입고 점호를 받기 위해서 복도로 나왔다. 점호가 끝나자 그들은 차를 마시려고 더운 물을 가지러 갔다.

이날은 어느 감방에서나 차를 마시는 동안 태형을 받는 두 죄수에 대해 이야기꽃을 피웠다. 그중 한 사람은 공부도 꽤 한 젊은 사내로, 질투 끝에 자신의 정부를 찔러 죽였다는 어디 점원이었다. 쾌활하고 인색하지 않을뿐더러 간수를 대함에도 꿋꿋했으므로 감옥 친구들은 그를 좋아했다. 그는 규칙도 잘 알고 그 실행을 요구하곤 했으므로 간수들은 그를 좋아하지 않았다. 한 3주일 전에 간수 한 사람이 자기 새 옷에다 오물을 튀게 한 변소 청소 담당 죄수를 때린 일이 있었다. 바실리예프는 죄수를 때리라는 규칙은 없다고 따지면서 죄수 편을 들었다.

"내가 그 규칙을 보여주마."

간수는 이렇게 말하면서 바실리예프를 모질게 꾸짖었다. 간수는 그를 때리려고 했으나, 그는 간수의 손을 3분 동안이나 붙들고 있다가 홱 돌려 문 밖으로 밀어냈다. 간수는 이 일을 고소했다. 그래서 소장은 바실리예프를 징벌실에 가두라고 명령했다.

징벌실은 밖에서 빗장을 지른 헛간 같은 어두운 방으로 여러 개 연달아 있었다. 어둡고 추운 징벌실에는 침대도 의자도 탁자도 없었기 때문에 이곳에 들어가는 죄수는 더러운 마루에 앉거나 드러누울 수밖에 없었다. 징벌실에 뒤끓는 수많은 쥐들이 몸을 타고 넘는가 하면 기어오르기도 하며 어떻게나 대담한지, 어둠 속에서도 빵을 지킬 수가 없을 정도였다. 쥐들은 죄수들이 팔 밑에 끼고 있는 빵을 갉아먹을 뿐만 아니라, 움직이지 않고 가만히 있을 때면 사람에게까지도 달려들었다.

바실리예프는 죄가 없으니까 징벌실에 못 가겠다고 말했다. 그러나 그들은 강제로 끌고 가려고 했다. 그가 저항을 하자 두 죄수가 합세하여 간수에게서 그를 빼내려고 했다. 간수들이 모여들었고, 그중에는 엄청나게 힘이 센 페트로프도 있었다. 죄수들은 흠씬 얻어맞고 징벌실로 처박히고 말았다. 무슨 폭동이라도 일어난 것처럼 곧 지사에게 보고되었다. 그래서 두 주모자인 바실리예프와 부랑자 네포므냐시치에게 각각 30대씩 태형을 주라는 명령이 하달되었다.

태형은 여죄수 면회실에서 집행될 예정이었다.

이 소문은 이미 전날 밤부터 감옥 안의 모든 사람에게 알려져, 어느 감방에서건 눈앞에 다가온 태형에 대한 이야기로 떠들썩했다.

코라블료바와 멋쟁이 여자와 페도시야와 마슬로바는 한구석에 자리 잡고 있었다. 요즘 마슬로바에게서 떨어져본 적 없고 또 동료들에게 인심 좋게 나누어주고 있는 보드카를 마신 그들은 모두 빨간 얼굴로 기분 좋게 차를 마시면서, 역시 징벌에 대한 이야기를 하고 있었다.

"그가 무슨 난폭한 짓을 했다고. 그저 친구 편을 들었을 뿐인데. 게다가 요즈음은 때릴 수도 없게 돼 있거든."

코라블료바는 튼튼한 이로 사탕 덩어리를 씹으면서 바실리예프 이야기를 했다.

"젊고 좋은 사람이라던데."

찻주전자가 놓여 있는 침상 맞은편 장작 위에 앉아 있던, 머리를 길게 땋아 늘어뜨린 맨머리의 페도시야가 이렇게 덧붙였다.

"이런 얘기를 그분한테 하면 좋을 텐데, 미하일로브나."

철도 건널목지기는 '그분'이라는 말로 네흘류도프를 넌지시 가리키면서 마슬로바에게 말했다.

"말하겠어요. 그분은 내 일이라면 뭐든지 들어주시니까요."

카튜샤는 생글거리면서 머리를 흔들고 이렇게 말했다.

"그런데 그분이 언제나 오실지. 그들은 곧 끌려간다는데" 하고 페도시야는 말했다. 그녀는 한숨을 푹 쉬면서 "무서운 일이야"라고 덧붙였다.

"난 시골서 어떤 농민이 얻어맞는 걸 본 적이 있어. 내가 시아버님 심부름으로 촌장 집에 가보니까……" 하고 건널목지기는 긴 이야기를 시작했다.

그녀의 이야기는 2층 복도에서 들려오는 말소리와 발소리로 중단되었다.

여죄수들은 조용히 귀를 기울였다.

"끌어내고 있어. 망할 자식들. 오늘은 지독히 때릴 거야. 워낙 고분고분한 성격이 아니라서 간수들도 그를 미워했거든."

멋쟁이 여자가 말했다.

2층이 조용해지자 철도 건널목지기는 이야기를 계속했다. 촌장 집 헛간에서 그 농부가 얻어맞을 때는 온 내장이 뒤집히는 것같이 놀랐다고 말했다. 멋쟁이 여자는 시체글로프라는 사람이 채찍으로 얻어맞으면서도 소리를 내지 않더라는 이야기를 했다. 이윽고 페도시야는 차를 치우고, 코라블료바와 건널목지기는 바느질을 시작했다. 두 무릎을 껴안고 침상에 앉은 마슬로바는 지루하고 우울해 보였다. 그녀가 누워 자려고 할 때, 여간수가 와서 사무실에 면회인이 와 있다고 불렀다.

"우리 얘기를 꼭 좀 해줘요."

메니쇼바 노파는 수은이 절반이나 벗겨진 거울 앞에서 스카프를 매만지고 있는 마슬로바에게 이렇게 말했다.
"불을 지른 건 우리가 아니라 그놈 자신이라고. 일꾼도 보았어. 일꾼은 절대로 거짓말을 하지 않으니까. 그분에게 미트리를 불러서 물어보시라 그래줘. 미트리는 모든 걸 샅샅이 말해줄 거야. 그렇지 않으면 이건 너무해. 정말 아무 죄도 없이 이런 감옥에 갇히다니, 그 자식은 남의 여편네와 붙어 술집에서 마음 편히 지내고 있는데."
"그런 법이 어디 있담!" 하고 코라블료바가 맞장구를 쳤다.
"말하겠어요, 꼭 말하겠어요." 하고 마슬로바는 대답했다.
"그럼 용기를 내기 위해서 한 잔 더 마셔야지."
마슬로바는 한 눈을 끔뻑거리면서 이렇게 덧붙였다.
코라블료바는 컵에 술을 반쯤 따라주었다. 마슬로바는 쭉 들이켜고 나서 입을 닦고는, "용기를 내기 위해서"라고 자기가 한 말을 되뇌면서, 아주 유쾌한 기분으로 머리를 흔들고 생글거리며 여간수의 뒤를 따라 복도를 걸어갔다.

47

네흘류도프는 이미 오랫동안 현관에서 기다리고 있었다.
그는 감옥으로 오자 문간의 벨을 누르고 당번 간수에게 검사의 허가증을 보였다.
"누구를 만나시렵니까?"
"여죄수 마슬로바를 면회하려고요."
"지금은 안 됩니다, 소장님이 용무 중이라서."
"사무실에 계십니까?" 하고 네흘류도프는 물었다.

"아뇨, 여기 면회실에 계십니다" 하고 간수는 대답했으나, 왠지 당황하는 듯한 눈치였다.

"오늘이 면회일인가요?"

"아닙니다. 특별한 용무가 있어서요" 하고 그는 말했다.

"어떻게 해야 만나 뵐 수 있을까요?"

"곧 나오시니까 그때 말씀하십시오. 조금만 기다리세요."

이때 옆문에서 번들번들한 얼굴에 담배 연기가 밴 수염을 기르고 군복에 두른 금줄을 번쩍이면서 상사가 나오더니, 엄숙한 태도로 간수에게 말했다.

"왜 이런 데로 모셨지? …… 사무실로 가시죠."

"소장님이 여기 계시다고 하기에."

상사도 어딘지 불안한 표정이었으므로 수상하게 생각하면서 네흘류도프는 이렇게 말했다.

이때 안쪽 문이 열리더니, 땀투성이가 된 페트로프가 벌겋게 상기된 얼굴로 걸어 나왔다.

"이젠 알았을 겁니다" 하고 그는 상사에게 말했다.

상사가 눈으로 네흘류도프를 가리키자, 페트로프는 입을 다물고 얼굴을 찡그린 채 뒷문으로 나가버렸다.

'누가 알았다는 걸까? 무엇 때문에 서먹서먹해할까? 상사는 왜 그에게 눈짓을 했을까?' 하고 네흘류도프는 생각했다.

"여기서는 기다리실 수가 없으니까 사무실로 가시죠."

다시 상사는 네흘류도프에게 말했다.

네흘류도프가 나가려고 했을 때 뒷문이 열리더니 소장이 나타났다. 부하들보다도 더 당황한 표정을 짓고 있었다. 그는 연방 한숨을 내쉬었다. 그는 네흘류도프를 보자 간수에게 말했다.

"페도토프, 여자 감방 5호실에서 마슬로바를 사무실로 데리고 오게."

"이쪽으로 오십시오" 하고 그는 네흘류도프에게 말했다.

그들은 가파른 층계를 올라가, 탁자 하나와 의자 여러 개가 놓여 있고 창문이 하나 달린 조그마한 방으로 들어갔다. 소장은 앉았다.

"이렇게 힘든 직무도 없을 겁니다."

그는 네흘류도프 쪽으로 몸을 돌리고 굵직한 담배를 꺼내면서 이렇게 말했다.

"퍽 피곤하신 모양이군요" 하고 네흘류도프는 말했다.

"이 직무 때문에 완전히 지쳐버렸습니다. 말할 수 없이 괴로운 직무니까요. 짐을 덜려고 하면 할수록 더 나빠지기만 하니 말이에요. 그저 여기서 빠져나갈 생각만 하고 있습니다만, 정말 괴로운 직무랍니다."

소장에게 무엇이 그렇게 힘든지 네흘류도프는 알 수 없었으나, 오늘의 소장은 어딘지 유별나게 불쌍한 생각이 드는 슬프고 절망적인 기분에 잠겨 있는 것을 보았다.

"네, 매우 힘드실 거라고 생각은 됩니다. 그런데 왜 이런 직책을 맡고 계시는 거죠?"

그는 말했다.

"돈은 없는데 가족은 있고 하니……."

"그러나 그렇게 힘이 드신다면……."

"네, 그건 그렇습니다만, 이래 봬도 나는 여러 사람의 이익을 위해 힘껏 일을 하고 있답니다. 되도록 친절하게 하고 있지요. 누가 내 자리에 앉게 돼도 그렇게는 못 할 겁니다. 말로 하기는 쉽지만, 2천

명이나 넘는 데다가 어디 보통 인간들입니까? 다루는 방법부터 알아야 합니다. 역시 인간이니까 동정도 갑니다만, 그렇다고 늦출 수만도 없으니까요."

이렇게 말하고 소장은 최근 죄수들 간에 싸움이 벌어져 살인으로 끝난 사건을 이야기하기 시작했다.

이 이야기는 간수에게 안내되어 들어온 마슬로바 때문에 중단되었다.

마슬로바는 소장이 있다는 것도 모르고 문으로 들어섰다. 그녀의 얼굴은 빨갛게 상기되어 있었다. 그녀는 연방 생글생글 웃고 머리를 흔들면서 활발하게 간수의 뒤를 따라 들어왔다. 그녀는 소장을 보자 흠칫 놀란 얼굴로 말끄러미 그를 바라보다가, 곧 마음을 돌이켜 쾌활하고 씩씩한 태도로 네흘류도프에게 말을 건넸다.

"안녕하셨어요?"

그녀는 생글생글 웃으면서 노래라도 부르듯이 느릿느릿 말하고는 그때와 달리 힘차게 그의 손을 잡고 흔들었다.

"오늘은 상소장에 서명을 받으러 왔소."

오늘따라 원기 있게 맞아주는 그녀의 태도에 적이 놀라면서 네흘류도프는 이렇게 말했다.

"변호사가 상소장을 작성해주었는데, 당신의 서명이 필요해서요. 빨리 페테르부르크로 보내려는 거요."

"아, 그러세요. 서명하죠, 뭐. 전 무엇이든 하겠어요."

그녀는 한 눈을 찡긋하고 방긋 웃으면서 이렇게 말했다. 네흘류도프는 호주머니에서 접은 종이를 꺼내 들고 탁자로 다가갔다.

"여기서 서명을 하게 해도 괜찮겠습니까?" 하고 네흘류도프는 소장에게 물었다.
"이리 와서 앉지. 여기 펜도 있으니. 글은 쓸 줄 아나?"
소장이 말했다.
"옛날엔 쓸 줄 알았어요."
그녀는 이렇게 말하고 생글생글 웃으면서 치마와 윗도리의 소매를 바로잡고 탁자에 앉아 조그마하고 정력적인 손으로 어색하게 펜을 잡더니, 배시시 웃으면서 네흘류도프를 돌아보았다.
그는 어디에 어떻게 써야 하는가를 가르쳐주었다.
그녀는 조심스럽게 잉크를 찍어 펜을 한 번 턴 다음 자기 이름을 썼다.
"더 필요한 건 없나요?"
그녀는 네흘류도프와 소장을 번갈아 보고 펜을 잉크병 위에 놓았다가 종이 위에 놓았다가 하면서 이렇게 물었다.
"당신에게 좀 할 말이 있는데."
네흘류도프는 그녀의 손에서 펜을 받아 쥐면서 이렇게 말했다.
"그럼 말씀하세요."
그녀는 이렇게 말했으나, 무슨 생각에라도 잠긴 듯 몽롱한 표정을 짓더니 갑자기 정색을 했다.
소장은 일어서서 나갔다. 네흘류도프와 그녀 단둘이 남았다.

48

마슬로바를 데리고 온 간수는 탁자에서 약간 떨어져 문턱에 걸터앉았다. 네흘류도프에겐 결정적인 순간이 온 것이다. 그는 첫 면회

때 그녀에게 중요한 말, 즉 그녀와 결혼할 생각이라는 말을 하지 않은 점에 대해서 항상 자책하고 있었으므로 오늘은 꼭 얘기하리라고 결심했다.

그녀는 탁자 한쪽에 앉고, 네흘류도프는 그 반대쪽에 마주 앉아 있었다. 방 안이 밝아서 네흘류도프는 처음으로 가까운 곳에서 그녀의 얼굴, 눈과 입술 언저리의 잔주름이며 푸석푸석한 눈두덩 등을 똑똑히 볼 수 있었다. 그러자 전보다 더 측은한 마음이 들었다.

창가에 걸터앉은, 반백의 볼수염을 기른 유대인 타입의 간수에게는 안 들리고 다만 그녀에게만 들릴 수 있도록 탁자에 양 팔꿈치를 괴고 그는 말하기 시작했다.

"만일 이 상소가 성공하지 못하면 황제 폐하께 청원해봅시다. 할 수 있는 데까진 해볼 생각이오."

"그보다도 처음부터 좋은 변호사에게 부탁했더라면……" 하고 그녀는 그의 말을 가로챘다.

"요전번 변호사는 정말 바보였어요. 나한테 아첨만 했거든요."

그녀는 웃으면서 말했다.

"만일 그때 제가 당신과 아는 사이라는 것을 알았더라면 이렇게 되진 않았을 거예요. 이젠 모두 나를 도둑년으로만 알고 있어요."

'오늘은 아무래도 좀 이상하군' 하고 네흘류도프는 생각했다.

그녀는 다시 이야기를 시작했다.

"저는 좀 드릴 말씀이 있어요. 우리 방에 할머니가 한 분 계시는데요, 정말 놀랄 만큼 훌륭한 사람이에요. 글쎄, 그렇게 착하신 할머니가 역시 아무 죄도 없이 들어와 있는 거예요. 할머니하고 아들 둘이서요. 우린 모두 그 사람들이 무죄라는 걸 알지만, 방화범이란 누명을 쓰고 들어와 있는 거죠. 그 할머니가 말이에요, 실은 당신하고 제가 아는 사이라는 걸 알고" 하고 마슬로바는 고개를 돌려 그를 바라보면서 말했다. "저한테 부탁하는 거예요, 제발 당신에게 말해서 아들을 불러 자세히 물어봐달라고요. 성은 메니쇼프라고 한대요. 어때요, 들어주시겠어요? 정말 훌륭하신 할머니예요. 죄가 없다는 건 당장에라도 알 수 있을 거예요. 힘써주세요" 하고 그녀는 흘깃 그를 올려다보았으나 곧 다시 눈을 내리깔고는 웃으면서 이렇게 말했다.

"좋소, 알아보겠소."

네흘류도프는 이렇게 말했으나, 그녀의 누그러진 태도에 점점 더 놀라지 않을 수 없었다. "그런데 나는 오늘 당신에게 나 자신의 일로 좀 하고 싶은 말이 있는데, 지난번에 내가 한 말을 기억하고 있소?" 하고 그는 말했다.

"여러 말씀을 하셨는데, 그때 무슨 말씀을 하셨더라?"

여전히 생글거리고 고개를 이리저리 돌리면서 그녀는 말했다.

"나는 당신한테 용서를 빌러 왔다고 그랬소" 하고 그는 말했다.

"왜 자꾸 용서, 용서, 그런 말만 하세요. 아무 소용도 없는 걸 가지고……. 그보다는 차라리……."

"내가 내 죄를 속죄하겠다는 것은" 하고 네흘류도프는 말을 이었다. "말로써가 아니라 행동으로써 속죄하고 싶다는 거요. 난 당신과 결혼하기로 결심했소."

별안간 그녀의 얼굴에 경악의 빛이 떠올랐다. 그녀의 사팔눈은 차분히 가라앉은 채 그를 보는 것 같기도, 안 보는 것 같기도 했다.

"아니, 그럴 필요가 있어요?"

그녀는 이맛살을 찌푸리면서 언짢은 표정으로 말했다.

"나는 하나님 앞에서 그렇게 하지 않으면 안 된다고 느꼈소."

"어머나, 하나님이라니. 어떤 하나님을 말씀하시는 거죠? 당신은 이상한 말씀만 하시는군요. 하나님? 도대체 어떤 하나님이에요? 바로 그때 하나님을 상기하셨더라면 좋았을걸……" 하고 그녀는 입을 벌린 채 말을 끊었다.

네흘류도프는 지금에야 비로소 그녀의 입에서 풍기는 지독한 술 냄새를 맡고, 그녀가 흥분한 이유를 알았다.

"좀 진정해요" 하고 그는 말했다.

"저, 진정할 건 전혀 없어요. 당신은 제가 취했다고 생각하세요? 네, 전 취했어요. 하지만 제가 하는 말은 저도 알고 있다고요!"

그녀는 별안간 재빨리 이렇게 말하고는 홍당무처럼 얼굴이 빨개졌다.

"전 징역수에다 매춘부예요. 하지만 당신은 신사고 공작님이시니 저 같은 년하고 어울려서 몸을 더럽힐 필요는 없잖느냐 말이에요. 어서 공작 댁 아가씨한테나 가세요. 제 몸값은 10루블이니까요."

"당신이 아무리 지독하게 말한다 해도 내가 느끼고 있는 걸 말할 수는 없을 거야."

온몸을 떨면서 네흘류도프는 조용히 말했다.

"내가 당신에게 얼마나 죄책감을 느끼고 있는지, 당신은 아마 상상도 못 할 거야!"

"죄책감을 느낀다……" 하고 그녀는 심술궂게 그의 말을 흉내 냈다.

"그때는 그런 걸 느끼지 않아서 백 루블짜리 한 장을 쑤셔 넣고 가버렸군요. 자, 이것이 네 몸값이라고……."

"알겠어, 알겠어. 이제 그런 말을 한들 무슨 소용이 있느냐 말이야?" 하고 네흘류도프는 말했다.
"이젠 너를 버리지 않기로 결심했어" 하고 그는 되풀이했다.
"내가 한 말은 꼭 실행하고 말 거야."
"천만에요, 실행이 다 뭐예요!"
그녀는 이렇게 뇌까리고 큰 소리로 웃어댔다.
"카튜샤!"
그는 그녀의 손에 자기 손을 갖다 대면서 이렇게 말했다.
"자, 돌아가세요. 난 징역수고 당신은 공작님이세요. 이런 데 용무가 있을 리 없잖아요."
그녀는 분노에 사무친 얼굴로 그의 손을 뿌리치면서 이렇게 외쳤다.
"당신은 나를 미끼로 자신을 구하려는 거죠."
그녀는 가슴속에 복받치는 모든 말을 단번에 쏟아놓으려는 듯이 말을 계속했다.
"당신이 이 세상에서 나를 노리갯감으로 만들어놓고 저세상에서도 날 미끼로 자신을 구하려는 거죠! 보기도 싫어요. 그 안경, 기름진 더러운 상판도 다 보기 싫어요. 어서 가요, 어서 가!"
그녀는 자리를 박차고 일어서면서 이렇게 외쳤다.
간수가 그들 곁으로 가까이 다가왔다.
"왜 이리 떠들어! 감히 여기가 어디라고……."
"제발 좀 놔두시오" 하고 네흘류도프는 말했다.
"분수를 지켜야 해" 하고 간수는 말했다.
"제발 좀 기다려주시오" 하고 네흘류도프는 말했다.
간수는 다시 창가로 물러섰다.
카튜샤는 다시 자리에 앉아 눈을 내리깔고는 조그만 두 손을 꼭 깍지 끼었다.

네흘류도프는 어찌할 바를 모르면서 그녀 앞에 서 있었다.

"당신은 나를 믿지 않는군그래" 하고 그는 말했다.

"저와 결혼하시겠다는 말씀인가요? 그런 건 아예 생각지도 마세요. 차라리 목매고 죽는 편이 나을 테니까요! 이것이 제 대답이에요."

"어쨌든 나는 당신을 위해서 일을 할 작정이오."

"그건 당신 마음이에요. 하지만 저로서는 당신에게 부탁할 게 아무것도 없어요. 분명히 말씀드려두겠어요" 하고 그녀는 말했다.

"왜 그때 나는 죽지 않았을까?"

그녀는 이렇게 덧붙이고 애절하게 흐느껴 울기 시작했다.

네흘류도프는 말이 나오지 않았다. 그녀의 눈물이 그의 마음속으로 스며드는 듯했다.

그녀는 눈을 들어 놀란 듯이 그를 바라보고는 두 볼에 흐르는 눈물을 머릿수건으로 닦았다.

간수는 또다시 옆으로 다가와 시간이 다 되었다고 알려주었다.

카튜샤는 일어섰다.

"당신은 지금 흥분한 것 같아. 되도록 내일 또 올 테니 잘 생각해 둬요" 하고 네흘류도프는 말했다.

그녀는 아무 대답도 없이 그를 거들떠보지도 않고 간수의 뒤를 따라 나가버렸다.

"이제 네 팔자는 폈어."

감방으로 돌아오자 코라블료바는 마슬로바에게 이렇게 말했다.

"너한테 홀딱 반한 모양인데, 그 사람이 올 동안은 정신을 차리고 있어야 해. 반드시 구해줄 거야. 돈 많은 사람이 무슨 짓인들 못 할라고."

"그야 그렇지."

노래하는 듯한 목소리로 철도 건널목지기가 말했다.

"가난한 사람이 결혼하는 건 힘든 일이지만, 부자는 하려고만 하면 무슨 일이든지 마음먹은 대로 척척 해낼 수 있거든. 우리 마을에도 그런 사람이 하나 있었어……."

"그건 그렇고, 내 얘기는 해봤나?" 하고 노파는 물었다.

그러나 마슬로바는 동료들에게는 대답도 하지 않고 침상에 드러누운 채 사팔눈으로 한쪽 구석을 쏘아보면서 저녁때까지 그대로 있었다. 그녀의 마음속에는 괴로운 투쟁이 일어나고 있었다. 네흘류도프가 한 말은 그녀를 옛날 세계로 돌아가게 했다. 괴로운 나머지 증오에 사로잡힌 채 무턱대고 떠나버린 옛날의 그 세계로 돌아가게 한 것이다. 이제 그녀는 지금까지 그 속에서 살아온 망각의 세계를 잃고 말았다. 그러나 뚜렷한 과거의 기억을 가슴에 안은 채 살아가기는 너무 괴로웠다. 밤이 되자 그녀는 다시 술을 사서 동료들과 함께 마셨다.

49

'그렇다. 이렇게 되는 게 당연하지, 당연하고말고.' 감옥을 나오면서 네흘류도프는 이렇게 생각했다. 그는 이제야 비로소 자기의 모든 죄를 속속들이 다 깨달았다. 만일 자신의 행위를 속죄하려 들지 않았더라면, 그는 영원히 자기의 모든 죄를 느끼지 못했으리라. 그뿐만 아니라 그녀 역시 자기가 당한 모든 악행을 깨닫지 못했을 것이다. 이제 비로소 이 모든 일이 그 무서운 형태로 뚜렷이 밖으로 떠올랐다. 그는 이제야 그 여자의 영혼에 무슨 짓을 했는지를 깨닫고, 그녀 역시 자기가 당한 일을 스스로 이해한 것이다. 여태까지 네흘류도프는 자기 자신과 회오의 감정을 즐기고 있었지만, 지금에 와서는 그저 무섭기만 할 뿐이었다. 그녀를 버린다는 것은 도저히 있을 수 없는 일이었다. 그는 이것을 통감했다. 그러나 그녀와의 관계가 앞으로 어떻게 될지는 그 자신도 상상할 수가 없었다.

바로 감옥 문을 나서려고 할 때 가슴에 십자가와 메달을 단, 불쾌하고 아첨하는 표정의 간수가 네흘류도프의 곁으로 다가와서 몰래 편지를 건네주었다.

"어떤 여자가 전해드리라는 편지입니다……."

그가 네흘류도프에게 편지를 주면서 이렇게 말했다.

"어떤 여자죠?"

"읽어보면 아실 겁니다. 정치범으로 수감된 여자죠. 저는 그 감방 담당자입니다. 그 여자가 부탁을 하기에, 이런 일은 금지되어 있습니다만 인정상……" 하고 간수는 어색하게 말했다.

네흘류도프는 정치범 담당 간수라는 자가 감옥 안에서 이토록 공공연하게 편지 연락을 하는 데 놀라지 않을 수가 없었다. 그때 그는 그자가 간수인 동시에 또 간첩이라는 사실을 몰랐던 것이다. 그러나 그는 편지를 받아 들고 감옥을 나오면서 읽었다. 편지에는 경음 부호를 생략한 속필로 다음과 같이 연필로 쓰여 있었다.

당신이 어떤 형사범에게 흥미를 가지고 감옥을 방문하신다는 소식을 듣고, 저도 당신을 만나 뵙고 싶어졌습니다. 저도 한 번의 면회는 허락될 겁니다. 그러면 저도 당신이 돌보고 계시는 분이나 우리 정치범을 위한 중요한 정보를 많이 제공해드리겠습니다.

항상 감사드리고 있는
베라 보고두호프스카야 올림

베라 보고두호프스카야는 네흘류도프가 곰 사냥을 하려고 친구들과 함께 들렀던 노브고로드 현 어느 벽촌의 여교사였다. 이 여교사는 공부를 하러 가겠으니 학자금을 대달라고 부탁한 일이 있었다. 네흘류도프는 돈을 주었지만 그녀에 대해서는 이미 잊고 있었는데, 바로 이 여인이 지금 정치범으로 수감되어 있었다. 그의 소문을 듣고 아마 은혜를 갚으려는 것이 분명했다.

그 당시는 모든 일이 단순하고 간단했다. 그러나 그때에 비하면 지금은 모든 것이 어렵고 복잡하기만 했다. 네흘류도프는 그때의 일과 보고두호프스카야와 알게 된 일을 즐거운 마음으로 생생하게 상기해보았다. 그것은 사육제를 앞두고 철도에서 한 60킬로미터나 떨어진 벽지에서 일어난 일이었다. 사냥은 대성공이라 곰을 두 마리씩이나 잡아서 돌아갈 채비를 하면서 점심을 먹고 있을 때, 그들이 머물고 있던 농가의 주인이 와서 부제의 딸이 네흘류도프 공작을 만나 뵙고 싶어 한다는 뜻을 전했다.

"미인인가?" 하고 누군가가 물었다.

"농담은 그만두게!"

네흘류도프는 이렇게 말하며 정색을 하고는 식탁에서 일어나 입을 닦고, 부제의 딸이 왜 자기를 만나려고 하는지 이상하게 여기면서 안채로 건너갔다. 방에는 펠트 모자를 쓰고 털외투를 입은 깡마른 몸집에 해쓱하고 얼굴이 못생긴 처녀가 앉아 있었다. 다만 눈썹 밑에서 반짝이고 있는 눈만은 아름다워 보였다.

"자, 베라 예프레모브나, 이분에게 말해봐요" 하고 늙은 주인집 아내가 말했다.

"이분이 공작님이에요. 난 나가볼 테니."

"무슨 일이신지?" 하고 네흘류도프는 말했다.

"저…… 저는…… 공작님은 부자시니 이런 쓸데없는 사냥에 돈을 허비하고 계시지만……" 하고 처녀는 몹시 수줍어하면서 말문을 열었다.

"제 소원은 다만 한 가지, 남에게 유익한 여자가 되려는 것뿐인데 아는 것이 없어서 아무것도 할 수가 없어요."

정직하면서도 선량해 보이는 두 눈이며 결단성 있으면서도 수줍어하는 듯한 그녀의 표정이 너무나 감동적이었으므로, 네흘류도프는 언제나처럼 그녀의 처지에 마음이 끌려 그녀를 이해하고 동정하고 싶어졌다.

"그래서 어떻게 해달라는 말씀이시죠?"

"저는 여교사예요. 대학에 가서 공부를 하고 싶습니다만, 나갈 수가 없군요. 그렇다고 집에서 내보내주지 않는다는 건 아니에요. 집에서는 내보내주겠다지만 돈이 있어야죠. 그래서 돈을 좀 꾸어주신다면 학교를 마치는 대로 곧 갚아드리려고요. 돈 많은 사람들이 곰을 잡고 노인들에게 술을 먹이는 것은 좋지 않다고 생각해요. 왜 그런 분들은 좋은 일은 하지 않을까요? 제게는 단돈 80루블만 있으면

족해요. 그러나 싫으시다면 하는 수 없죠" 하고 그녀는 화가 난 듯이 말했다.

"아닙니다. 이런 기회를 주신 걸 오히려 감사하고 싶습니다…….
곧 갖다드리죠" 하고 네흘류도프는 말했다.

네흘류도프는 현관으로 나왔다. 그는 거기서 자기들의 이야기를 엿듣고 있던 친구를 만났다. 그는 친구의 농담에는 대꾸도 않고 지갑에서 돈을 꺼내서 갖다주었다.

"자, 어서 받으시오. 감사는 필요 없습니다. 도리어 내가 감사를 해야 할 테니까요."

네흘류도프는 지금 이 일을 추억한다는 것이 무척 즐거웠다.

이 때문에 좋지 못한 농담을 하려던 동료 장교와 하마터면 싸울 뻔한 일이며, 또 한 동료가 자기편을 들어주던 일이며, 이 때문에 그 장교와 더욱 친밀한 사이가 되었던 일이며, 그때 사냥 성적이 매우 좋아서 유쾌했던 일이며, 밤에 정거장까지 즐거운 기분으로 되돌아가던 일 등을 생각하는 것은 매우 유쾌했다. 말 두 필이 끄는 썰매 행렬은 마치 기러기 떼처럼 높고 낮은 숲속의 길을 소리 없이 질주했다. 숲속에는 눈 방석에 뒤덮인 전나무가 빽빽하게 들어박혀 있었다. 어둠 속에서 빨간 불빛을 내며 향기로운 궐련을 피웠다. 몰이꾼인 오시프는 무릎까지 눈에 파묻히면서 이 썰매 저 썰매를 부지런히 따라다니며 시중을 들고, 지금쯤 깊은 눈 속을 뛰어다니며 사시나무 껍질을 먹고 있을 사슴 얘기랑 울창한 숲속의 굴 안에 들어박혀 따뜻한 입김을 구멍 밖으로 내쉬고 있을 곰 얘기를 들려주었다.

네흘류도프는 이 모든 일, 특히 건강과 활력과 즐거움이 넘쳐흐르던 그때의 행복감을 회상했다. 폐는 짧은 외투를 부풀리면서 얼어붙은 대기를 호흡하고, 얼굴에는 활처럼 휜 나뭇가지에서 눈이 떨어지고, 몸은 따뜻하고 얼굴은 상쾌하고, 마음에는 근심도 비난도 공포도 욕망도 없었다. 얼마나 좋은 시절이었던가! 그러나 지금은? 아아, 왜 이토록 괴롭고 어려운 것일까?

분명히 베라 예프레모브나는 혁명가였다. 그녀는 지금 혁명운동 때문에 수감되어 있음에 틀림없었다. 특히 카튜샤의 처지를 좋게 하는 방법을 강구하겠다고 말했으니, 카튜샤를 위해서라도 그녀를 만나지 않을 수 없었다.

50

이튿날 아침 눈을 뜬 네흘류도프는 어제의 일을 모조리 회상하고 무서운 생각이 들었다.

그러나 이처럼 공포를 느끼면서도 그는 전보다 더 굳은 마음으로 일단 착수한 일을 계속하리라 결심했다.

그는 이러한 의무감을 느끼면서 집을 나와 마슬렌니코프한테로 마차를 달렸다. 마슬로바 외에도 마슬로바에게 부탁받은 메니쇼프 모자 면회를 허가받기 위해서였다. 그 밖에 마슬로바에게 도움이 될지도 모르는 보고두호프스카야에 대한 면회도 부탁해볼 생각이었다.

네흘류도프는 먼 연대 시절부터 마슬렌니코프를 알고 있었다. 마슬렌니코프는 당시 경리 장교였다. 그는 매우 착하고 실무적이었으며, 연대와 황실 말고는 아무것도 몰랐고 또 알려고도 하지 않는 장교였다. 이제 네흘류도프는 연대를 현청으로 바꾼 행정관으로서의 그를 만나러 가는 길이었다. 그는 돈 많고 약삭빠른 여자와 결혼하고, 아내의 강요로 군직에서 문관으로 옮겼던 것이다.

그녀는 남편을 깔아뭉개면서 마치 길들인 동물처럼 귀여워했다. 네흘류도프는 지난여름에 그들을 방문한 적이 있었으나, 그들 부부가 마음에 들지 않아서 그 후로는 한 번도 찾아가지 않았다.

마슬렌니코프는 네흘류도프를 보자 무척 반가워했다.

군대에 있을 때처럼 기름지고 붉은 얼굴에 피둥피둥 살이 찌고, 여전히 말쑥한 옷차림을 하고 있었다. 예전부터 그는 언제나 가슴이 딱 들어맞는 최신 유행 군복이나 사복을 말쑥하게 뽑아 입곤 했는데 지금도 역시 그 살찐 체구와 넓은 가슴에 꼭 들어맞는 최신 문관복을 입고 있었다. 오늘 그는 약복(略服) 차림이었다. 나이 차이는 있었으나(마슬렌니코프는 마흔에 가까웠다) 그들은 '너, 나' 하는 사이였다.

"참 잘 왔네. 아내한테 가세. 회의에 나갈 때까지 꼭 10분 남았네. 지사가 부재중이라 현청 일은 내가 대신 맡아보고 있다네."

그는 기쁨을 참을 수 없는 듯이 이렇게 말했다.

"자네에게 좀 부탁이 있어서 왔다네."

"무슨 일인데?"

갑자기 경계라도 하듯이 약간 놀라며 다소 엄한 어조로 마슬렌니코프는 이렇게 물었다.

"실은 내가 매우 관심을 두고 있는 사람이 감옥에 갇혔는데(감옥이라는 말을 듣자 마슬렌니코프의 얼굴은 더욱 긴장되었다) 나는 보통 면회실이 아니고 사무실에서 규정된 날이 아니라도 자주 좀 만나고 싶은 걸세. 듣건대 그것은 자네 손에 달려 있다더군그래."

"물론이지. 자네를 위해서라면 무엇이든지 하겠네."

마슬렌니코프는 자기의 위엄을 덜기라도 하려는 듯이 네흘류도프의 무릎 위에다 두 손을 얹으며 이렇게 말했다.

"그야 할 수 있지. 하지만 보다시피 나는 임시 주인이 아니냔 말이야."

"어쨌든 그 여자와 만날 수 있는 허가증을 내줄 수는 있겠지?"

"여잔가?"

"으응."

"무슨 짓을 했는데?"

"독살이야. 그러나 그 여자는 부당한 선고를 받은 거야."

"그래, 그것이 정당한 재판이라는 거야. Ils n'en font point d'autres(고작 한다는 짓이 그런 것뿐이거든)."

그는 무엇 때문인지 프랑스어로 말했다.

"자네가 내 의견에 찬성하지 않는다는 건 나도 아네. 하지만 어떡하겠나. C'est mon opinion bien arrêté(이건 내 굳은 신념이니 말야)" 하고 그는 지난 1년 동안 보수주의 신문에서 주워 읽은 의견을 늘어놓으면서 이렇게 덧붙였다.

"자네가 자유주의자라는 것도 나는 알고 있네."

"내가 자유주의자인지 뭔지는 나도 모르지만" 하고 네흘류도프는 웃으면서 말했다. 그는 사람을 재판할 때 우선 당사자의 말을 들어보아야 하며, 재판을 하기 전에는 누구나 평등하고, 또 모든 사람, 특히 아직 판결이 나지 않은 사람을 학대하거나 때려서는 안 된다고 말했을 뿐인데, 자기를 어느 당에 넣어서 자유주의자라고 하는 데는 항상 놀라지 않을 수가 없었다.

"자유주의자인지 아닌지는 나도 알 수 없으나, 다만 오늘날 재판이 아무리 나쁘더라도 옛날보다는 그래도 좋다는 것만은 알고 있네."

"그래 변호사는 누구를 선임했나?"

"파나린이네."

"뭐, 파나린이라고! 그런 사람하고는 관계하지 않는 편이 좋을 거라고 생각하네. 파나린은 un homme taré(그다지 평판이 좋지 않은 사람)이니까."

마슬렌니코프는 지난해 자기가 증인으로 법정에 나갔을 때, 이 파나린이 자기에게 꼬치꼬치 캐어물을 뿐 아니라 반시간이나 계속해서 겸손한 태도를 지어 자기를 조롱하던 일을 생각하고 얼굴을 찡그리면서 말했다.

"또 한 가지 청이 있는데. 나는 전부터 젊은 여교사를 한 명 알고 있었는데 참 불쌍한 사람이야. 지금은 역시 감옥에 있네만, 그 여자도 좀 만나보고 싶은데, 그 여자에 대한 면회 허가증도 얻을 수 있겠나?"

마슬렌니코프의 말에는 대꾸도 않고 네흘류도프가 말했다.

마슬렌니코프는 약간 고개를 기울이고 생각에 잠겼다.

"정치범이지?"

"그렇다나 봐."

"사실 정치범 면회는 친척에게만 허용되지만, 자네에게 특별히 보통 허가증을 내주겠네. Je sais que vous n'abuserez pas(자네라면 악용할 우려가 없으니 말야)……. 이름은 뭐라고 하지, 자네의 그 protégée(변호하고 있는 여자) 말이야…… 보고두호프스카야라고? Elle est jolie(미인인가)?"

"Hideuse(추녀야)."

마슬렌니코프는 알 수 없다는 듯이 머리를 흔들면서 책상 앞으로 다가가, 표제만 인쇄된 종이 위에다 재빨리 다음과 같이 적어 넣었다. '본 증명서 지참자인 드미트리 이바노비치 네흘류도프에게 수감 중인 평민 마슬로바 및 간호사 보고두호프스카야와의 사무실 특별 면회를 허가함.' 그는 이렇게 쓰고 나서 힘찬 필치로 서명을 했다.

"이제 자네도 그곳 질서가 어떤지 알게 될 걸세. 만원인 데다가 특히 이송(移送)이 많아서 질서를 유지하기가 곤란해. 그러나 나는 엄중하게 감독하고 있고, 또 이 일이 마음에 드네. 가보면 알 테지만, 그들은 우대를 받고 있어서 모두 만족한다네. 문제는 그들을 다룰 줄 알아야 하는 거야. 최근만 해도 불유쾌한 일, 즉 반항이 있었다네. 다른 사람이면 폭동으로 인정하고 많은 희생자를 냈을 거야. 그러나 우린 잘 수습했지. 아무튼 한쪽으로는 친절을 베풀고, 한쪽으로는 단호한 권력을 보여주어야 해."

금 커프스단추가 달린 희고 빳빳한 와이셔츠 소매에서 삐죽 내민, 터키석 반지를 낀 토실토실한 흰 주먹을 불끈 쥐면서 그는 말했다.

"친절과 단호한 권력."

"글쎄, 난 모르겠어. 두 번이나 갔었지만 무척 마음이 괴롭더군."

네흘류도프는 말했다.

"그럼 어때, 자넨 한번 파세크 백작 부인하고 친해둘 필요가 있을 것 같은데" 하고 흥이 난 마슬렌니코프는 말을 계속했다.

"그 부인은 이 사업에 온몸을 바치고 있다네. Elle fait beaucoup de bien(자선도 많이 했지). 그 여자 덕분에, 그리고 허물없이 말하네만 내가 노력한 덕분에 감옥을 일신할 수 있었다네. 그 결과 옛날 같은 참혹한 점은 자취를 감추고 죄수들의 환경도 이젠 아주 좋아졌어. 자네도 가보면 알 걸세. 그런데 파나린 말이야, 난 개인적으로 잘 모르고 또 내 사회적 지위로 봐서도 우리 길은 서로 합쳐질 수 없지만, 확실히 좋은 사람은 아니야. 그러기에 법정에서도 제멋대로 그렇게 떠벌리는 걸세……."

"어쨌든 고맙네." 네흘류도프는 서류를 집으면서 이렇게 말하고, 상대방의 얘기를 끝까지 듣지도 않고 옛 친구에게 작별을 고했다.

"집사람을 만나지 않겠나?"

"아니, 오늘은 이만 실례하겠네, 시간이 없어서."

"그렇다면 하는 수 없지만, 이따 야단맞겠는걸" 하고 마슬렌니코프는 옛 친구를 층계 중간까지 배웅하면서 이렇게 말했다. 그는 제일 중요한 손님이 아니라 다음으로 중요한 손님을 보낼 때는 여기서 전송하곤 했으므로, 네흘류도프를 다음으로 중요한 손님으로 생각한 것이었다.

"그러지 말고 잠깐만이라도 좀 만나주게."

그러나 네흘류도프는 고집을 꺾지 않았다. 하인과 문지기가 달려와 외투와 단장을 내주고 밖에 서 있던 순경이 문을 열어주었을 때, 오늘은 아무래도 안 되겠다고 말했다.

"그럼 목요일에 와주게. 그날은 아내가 손님을 대접하는 날일세. 그렇게 전해두겠네!"

층계에서 마슬렌니코프는 이렇게 외쳤다.

51

그날 네흘류도프는 마슬렌니코프의 저택에서 곧장 감옥으로 가서, 이미 안면이 있는 소장의 집으로 갔다. 요전처럼 낡은 피아노 소리가 들려왔다. 그러나 이번에는 광시곡이 아니라 클레멘티의 연습곡으로, 여전히 매우 힘차고 명확하고 빠른 템포로 연주되고 있었다. 안대를 한 하녀가 문을 열고는 소장이 집에 있다고 말하면서 네흘류도프를 조그마한 객실로 안내했다. 그 방에는 긴 의자와 탁자가 있고, 털실로 짠 상보 위에는 한쪽이 탄 장밋빛 종이 등피를 씌운 커다란 램프가 놓여 있었다.

피로에 지친 듯한 처량한 표정을 하고 소장이 나타났다.

"어서 오십시오, 무슨 용무시죠?"

소장이 제복 한가운데 단추를 채우면서 말했다.

"지금 막 부지사한테서 허가증을 받아 왔습니다. 마슬로바를 만나고 싶은데요."

네흘류도프가 문서를 내주면서 말했다.

"마르코바라고요?"

소장은 음악 때문에 잘 듣지를 못했는지 이렇게 되물었다.

"마슬로바 말입니다."

"아, 그렇죠! 네!"

소장은 일어서더니 클레멘티의 빠른 연습곡이 들려오는 문 쪽으로 갔다.

"마루샤, 잠깐만 좀 멈추어다오" 하고 그는 이 음악이 일상생활의 두통거리라는 듯한 목소리로 말했다.

"도무지 말이 들려야지."

피아노 소리는 멎었다. 불만스러운 발소리가 들리더니 누군가 문에서 들여다보았다.

소장은 피아노 소리가 멎자 마음이 누그러졌는지, 굵직하고 독하지 않은 담배에 불을 댕기고는 네흘류도프에게도 권했다. 네흘류도프는 사양했다.

"아까 말씀드린 대로 마슬로바를 만나고 싶습니다만."

"마슬로바는 오늘 만나기가 어려운데요" 하고 소장은 말했다.

"왜요?"

"그건 당신이 잘못하셨기 때문이죠" 하고 빙그레 웃으면서 소장은 말했다.

"공작님, 그 여자에게 직접 돈을 주진 마십시오. 주시려거든 제게 주세요. 그러면 다 그 여자 것이 되니까요. 어제도 돈을 주신 모양인데 그녀는 술을 손에 넣어서, 이런 병폐는 아직 근절되지 않고 있는데 말이죠, 오늘은 완전히 취해버려서 난동까지 부렸답니다."

"정말입니까?"

"정말이고말고요. 엄격한 조치를 해서 독방으로 옮겼을 정도입니다. 원래는 얌전한 여자입니다만, 제발 돈만은 주지 마십시오. 아무튼 그런 인간은……."

네흘류도프는 어제 일이 생생하게 되살아나 다시금 두려워졌다.

"그럼 정치범인 보고두호프스카야는 만날 수 있을까요?"

잠시 침묵을 지키다가 네흘류도프는 이렇게 물었다.

"네, 그건 됩니다" 하고 소장은 말했다.

"아니, 너 왜 오니?"

마침 방으로 들어오던 대여섯 살 난 계집아이를 보고 소장이 말했다. 소녀는 네흘류도프에게서 시선을 떼지 않고 고개를 돌린 채 아버지한테로 다가오고 있었다.

"그것 봐라, 넘어진다."

소장은 계집아이가 앞을 보지도 않고 양탄자에 걸려 비틀거리면서 아버지 곁으로 달려오는 것을 보고 웃으면서 말했다.

"면회할 수 있다면 전 가보겠습니다."

"네, 그렇게 하시죠."

소장은 이렇게 말하고 아직도 네흘류도프를 바라보고 있는 계집아이를 안고 벌떡 일어서더니, 다시 계집아이를 살그머니 옆에 내려놓고 현관으로 나갔다.

소장이 안대를 한 하녀가 내주는 외투를 입고 채 문을 나서기도 전에 다시 클레멘티의 선명한 연습곡이 흘러나왔다.

"음악학교에 보내고 있었습니다만, 교풍이 문란해서요. 근데 소질은 있나 봐요. 연주회에 나가고 싶어 하죠."

층층대를 내려가면서 소장은 말했다.

소장과 네흘류도프는 감옥으로 갔다.

소장이 가까이 가자 옆문이 활짝 열렸다. 간수들은 거수경례를 하고 그를 눈으로 전송했다. 머리를 반쯤 깎인 죄수 네 명이 뭔가 든 통을 메고 오다가 접수구 옆에서 이들과 마주쳤는데, 소장을 보고는 모두 몸을 움츠렸다. 그중 한 사람은 남달리 몸을 굽히고, 까만 눈을 빤짝이면서 침울하게 이맛살을 찌푸렸다.

"물론 재능은 충분히 길러줘야 합니다. 덮어두면 안 되죠. 그러나 그런 조그마한 집에서는 곤란한 일이 많습니다."

소장은 이들 죄수에게 아무런 주의도 하지 않고 이야기를 계속했다. 그는 피로한 듯이 다리를 질질 끌면서 네흘류도프와 같이 집합소를 지나갔다.
"누구를 만나겠다고 하셨죠?"
소장이 물었다.
"보고두호프스카야입니다."
"탑 속에 있는 여자군요? 올 때까지 좀 기다려주십시오" 하고 그는 네흘류도프에게 말했다.
"그럼 그동안에 메니쇼프 모자를 만나볼 수 있을까요? 방화범인데."
"그건 21호실입니다. 좋습니다. 불러올 수 있지요."
"메니쇼프를 그의 감방에서 만날 수는 없을까요?"
"집합소가 더 조용할 텐데요."
"아니, 그게 더 흥미롭습니다."
"대단한 흥미시군요."
이때 옆문에서 멋쟁이 부소장이 나타났다.
"이 공작님을 메니쇼프 감방으로 안내해드려요. 감방은 21호실이오."
소장은 부소장에게 이렇게 말했다.
"그럼 이따 사무실로 오십시오. 그동안 제가 불러낼 테니까요. 참, 누구라고 하셨죠?"
"베라 보고두호프스카야" 하고 네흘류도프는 대답했다.
부소장은 콧수염을 염색하고 꽃 향수 향기를 풍기는 금발 청년 장교였다.
"이리 오십시오. 우리 일에 흥미를 가지고 계십니까?"
부소장은 유쾌하게 웃으며 네흘류도프에게 말을 건넸다.

"네, 아무 죄도 없는 사람들이 이곳에 수감되어 있다는 소문을 듣고 마음이 끌리더군요."

부소장은 어깨를 흠칫했다.

"네, 그런 일이 종종 있습니다만. 그러나 거짓말도 잘하지요. 자, 이리로 들어가시죠."

부소장은 넓고 냄새나는 복도에서 공손하게 길을 비켜 손님을 앞세우면서 조용히 이렇게 말했다.

감방 문은 열려 있고 몇몇 죄수는 복도에 나와 있었다. 부소장은 간수들에게 살짝 인사를 하고 벽에 달라붙다시피 하여 감방으로 들어가는 죄수와 두 손을 옷 솔기에 착 대고 군대식으로 상관을 목송하며 문 옆에 서 있는 죄수들을 곁눈질하면서, 한 복도를 지나 왼쪽으로 돌아서 철문이 닫혀 있는 다른 복도로 네흘류도프를 안내했다.

이 복도는 먼저 복도보다 더 어둡고 더 역한 냄새가 났다. 복도 양쪽에는 자물쇠로 잠긴 문들이 여러 개 잇달아 있었다. 모든 문에는 이른바 '눈'이라고 불리는, 지름 1인치쯤 되는 구멍이 뚫려 있었다. 복도에는 초라한 얼굴에 주름살 많은 늙은 간수 말고는 아무도 없었다.

"메니쇼프는 어느 감방인가?" 하고 부소장은 간수에게 물었다.

"왼쪽 여덟 번째입니다."

52

"들여다봐도 됩니까?" 하고 네흘류도프는 물었다.

"네, 그러십시오."

부소장은 유쾌하게 웃으면서 간수에게 뭐라고 묻기 시작했다. 네흘류도프는 구멍 하나를 들여다보았다. 거기에는 까만 턱수염을 기른 후리후리한 젊은이가 셔츠 바람으로 재빨리 왔다 갔다 하면서 거닐고 있었다. 문 쪽에서 발소리가 나자 그 사나이는 힐끗 돌아다보더니 얼굴을 찡그리면서 다시 걷기 시작했다. 네흘류도프는 또 다른 구멍을 들여다보았다. 그러자 그의 눈은 구멍 쪽을 보고 있던, 놀란 듯한 커다란 눈과 맞부딪쳤으므로 그는 황급히 옆으로 물러났다. 세 번째 구멍을 들여다보았을 때 네흘류도프는 매우 키가 작은 사나이가 몸을 구부리고 겉옷을 머리까지 뒤집어쓴 채 누워 있는 것을 보았다. 네 번째 감방에는 얼굴이 넓적하고 창백한 사나이가 머리를 푹 숙이고 무릎에다 팔꿈치를 괴고 앉아 있었다. 발소리를 듣자 그 사나이는 머리를 들어 이쪽을 보았다. 얼굴 전체에는, 특히 그 큰 눈에는 모든 희망을 잃은 슬픔이 감돌았다. 그는 누가 자기 감방을 들여다보건 전혀 관심 없다는 듯한 태도였다. 네흘류도프는 무서워졌다. 그는 들여다보는 일을 멈추고 메니쇼프가 있는 21호 감방으로 갔다. 간수는 열쇠를 꺼내 문을 열었다. 목이 길고 몸집이 좋으며 선량해 보이는 둥근 눈에 턱수염이 약간 돋아난 젊은 사나이가 침대 옆에 서 있다가 놀란 표정을 지으면서 얼른 겉옷을 걸치고 들어오는 사람을 바라보았다.

　의심스럽고 놀란 낯으로 네흘류도프에게서 간수로, 간수에게서 다시 그에게로 시선을 돌리는 이 선량한 둥그스름한 눈을 보고 네흘류도프는 몹시 놀랐다.

　"이분이 네 사건에 대해서 물어보시겠단다."

　"감사합니다."

"나는 당신 사건에 대해서 다른 사람한테 들었지만 당신한테 직접 얘길 듣고 싶어서."

네흘류도프는 방 안으로 들어가서, 쇠창살이 끼어 있는 더러운 창가에서 걸음을 멈추고 이렇게 말했다.

메니쇼프도 창가로 다가가서 곧 이야기를 시작했다.

처음에는 부소장을 보고 겁을 내면서 이야기를 하더니 차차 대담해졌고, 부소장이 무슨 분부를 하고 복도로 나가버리자 더욱 대담해졌다. 그의 이야기는 그 말투나 태도로 보아 극히 순박하고 선량한 시골 청년의 이야기와 다를 것이 없었으므로, 이런 이야기를 감옥에서 수치스러운 죄수복을 입은 죄수의 입으로 듣는다는 것이 네흘류도프로서는 무척 이상하게 느껴졌다. 네흘류도프는 이야기를 들으며 사방을 돌아다보고는 짚이 깔린 낮은 침대며, 굵은 쇠창살이 낀 창이며, 더러워지고 젖어서 끈적끈적한 벽이며, 농민화를 신고 겉옷을 입은 초라하고 불행한 농민의 불쌍한 얼굴과 모습 등에 점점 더 우울해졌다. 이 선량한 시골 청년이 하는 말을 진실이라고 믿고 싶지가 않았다. 아무 이유도 없이 단지 모욕을 주기 위해서 그를 잡아다가 죄수복을 입히고 이처럼 무서운 곳에 가둘 수 있다고 생각되는 것이 무섭기 때문이었다. 더구나 더 무서운 것은 이렇게도 선량한 얼굴을 한 사람이 말하는 참된 이야기가 허위와 기만으로 받아들여지고 있다는 점이었다. 그의 이야기는 이러했다.

그가 결혼을 하자 곧 술집 주인은 그의 처를 빼앗았다. 그는 백방으로 법에 호소했다. 술집 주인은 관리들을 매수했으므로 언제나 주인 편이 이겼다. 한번은 그가 강제로 처를 데려왔으나, 처는 이튿날 도망치고 말았다. 그래서 그는 아내를 돌려달라고 요구하러 갔다. 그러나 술집 주인은 여편네가 없다면서(그는 처가 들어가는 것을 보았으나) 돌아가라고 호통을 쳤다. 그는 돌아가지 않았다. 술집 주인은 일꾼과 합세하여 그를 마구 때려 피투성이를 만들어버렸다. 그 이튿날 술집에서 불이 났다. 두 모자는 혐의를 받고 고발되었으나, 그는 방화를 하지 않았을뿐더러 그때 그는 대부(代父) 집에 가 있었다.

"그럼 정말 방화하지 않았다는 건가?"

"생각조차 해본 적 없습니다. 나리, 그 악당은 자기가 불을 지른 겁니다. 마침 보험에 들어 있다는 말을 다른 사람한테서 들었습니다만. 그래놓고는 나와 어머니가 와서 방화를 했다고 위협하지 않습니까? 그야 그때 나는 화가 나서 욕을 했습죠. 그러나 방화는 무슨 방화입니까? 불이 났을 때는 거기 있지도 않았습니다. 그런 걸 놈들은 나와 어머니가 거기 갔을 때 불이 났다고 꾸민 겁니다. 보험금을 타고 싶어서 불을 놓고는 우리한테 뒤집어씌운 거예요."

"그게 정말이오?"

"정말이고말고요, 하나님께 맹세합니다, 나리."

그가 마룻바닥에 머리를 대고 절을 하려고 하자, 네흘류도프는 억지로 그를 말렸다. "구해주십시오. 아무 이유도 없이 일생을 망쳐버립니다" 하고 그는 계속했다.

별안간 그의 두 볼이 후들후들 떨리더니 울음을 터뜨렸다. 그는 겉옷 소매를 걷고 더러운 셔츠 소매로 눈물을 닦기 시작했다.

"끝났습니까?" 하고 부소장이 물었다.

"예, 끝났습니다. 그다지 비관하지 마시오. 될 수 있는 대로 힘써 볼 테니!"

네흘류도프는 이렇게 말하고 나왔다.

메니쇼프는 문가에 서 있었기 때문에 간수가 문을 쾅 닫을 때 문에 부딪혔다. 문에 자물쇠를 잠그는 동안 메니쇼프는 구멍으로 내다보고 있었다.

53

널찍한 복도를 되돌아서(마침 점심 시간이었으므로 감방 문은 열려 있었다) 연한 황색 겉옷에 짧고 통이 넓은 바지를 입고 농민화를 신은 죄수들이 뚫어지게 바라보고 있는 사이를 걸어 나오면서, 네흘류도프는 이상한 감정을 느꼈다. 그는 감옥에 갇힌 사람들에 대한 동정과 그들을 감옥에 가두고 억류한 사람들에 대한 공포와 의혹을 느꼈으며, 또 이런 것을 태연히 보고 다니는 자기 자신에 대해서도 왠지 부끄러운 마음이 들었다.

어느 복도에서 죄수 하나가 신발을 철떡이며 감방 안으로 뛰어들어가자, 거기서 우르르 사람들이 몰려나와서 네흘류도프의 앞길을 가로막으며 인사를 하기 시작했다.

"누구신지 모르겠습니다만, 나리, 제발 우리 사건이 하루속히 끝나게 해주십시오."

"나는 관리가 아니라 아무것도 모릅니다."

"누구라도 좋으니 높은 사람에게 말씀만 해주십시오. 아무 죄도 없는데 벌써 두 달째나 고생하고 있단 말입니다."

누군가가 성난 소리로 말했다.

"아니, 왜요?" 하고 네흘류도프는 물었다.

"그저 이렇게 감옥에 갇혀 있는 겁니다. 벌써 두 달째가 됩니다만, 왜 그런지 저희도 모릅니다."

"사실입니다. 어쩌다 이렇게 된 거죠. 이 사람들은 통행증이 없어서 붙들렸는데, 자기네 현으로 보내게 되어 있습니다만 그곳 감옥이 타버려서 현청에서 보내지 말아달라는 통지가 있었습니다. 그래서 다른 현 사람들은 모두 보냈습니다만 이 사람들만은 그대로 구류하고 있는 겁니다."

부소장이 말했다.

"단지 그런 이유로?"

문에서 걸음을 멈추고 네흘류도프가 물었다. 죄수복을 입은 약 40명의 무리가 네흘류도프와 부소장을 둘러쌌다. 몇 사람의 목소리가 한꺼번에 지껄여대기 시작했다.

부소장은 그들을 제지했다.

"누구 한 사람만 말해요."

그러자 그중에서 한 쉰 살쯤 되어 보이는 키 크고 풍채가 좋은 노인이 나섰다. 그들은 돈벌이를 하러 나왔으나 단지 통행증이 없다는 이유로 수감되어 있다는 것을 네흘류도프에게 설명했다. 그것도 통행증이 없는 것이 아니라 다만 기한이 2주일 정도 지났을 뿐이었다고 했다. 통행증 기한 초과는 해마다 있는 일로서 그 때문에 문제가 된 적은 없었는데, 올해만 이렇게 두 달씩이나 죄인처럼 붙들려 있다는 것이었다.

"우리는 다 석공(石工)이고 같은 조합원들입니다. 현의 감옥이 타버렸다는 말은 들었습니다만, 우리하곤 아무 관계도 없는 일입니다. 제발 저희들을 좀 도와주십시오."

네흘류도프는 그 말을 듣고 있었으나 이 풍채 좋은 노인이 하는 이야기를 알아듣지는 못했다. 발이 많이 달린 커다란 암회색 이가 이 풍채 좋은 석공의 볼수염 사이를 기어 다니고 있는 데 온 신경이 집중되어 있었기 때문이다.

"아니, 그럴 수가? 단지 그런 이유로?" 네흘류도프는 부소장을 향해서 말했다.

"네, 당국에서도 실수가 있긴 하죠. 하루속히 송환해서 자기네 고장에 정착시키고 싶습니다만" 하고 부소장은 말했다.

부소장이 말을 마치자 무리에서 같은 죄수복을 입은 키 작은 사람이 튀어나오더니, 이상하게 입을 일그러뜨리면서 아무 이유도 없이 여기서 고생하고 있다고 호소하기 시작했다.

"개보다 못한……" 하고 그는 말했다.

"이봐, 쓸데없는 말은 그만두고 잠자코 있어. 그렇지 않으면 재미없어."

"아니, 뭐가 재미없단 말이오. 도대체 우리에게 무슨 잘못이 있소?" 조그만 사내는 악을 쓰고 덤벼들었다.

"닥쳐!" 하고 부소장이 소리치자 조그만 사내는 입을 다물었다.

'도대체 어떻게 된 영문일까?' 네흘류도프는 문에서 내다보기도 하고, 도중에서 만나기도 하는 수많은 죄수들의 눈에 쫓기다시피 감옥에서 빠져나오면서 자기 자신에게 이렇게 말했다.

"정말 아무 죄도 없는 사람들을 저렇게 감금해두어도 괜찮습니까?"

그들이 복도에서 나왔을 때 네흘류도프는 이렇게 말했다.

"그럼 어떻게 하란 말씀인가요? 그자들은 거짓말로 유명하거든요. 그 사람들 말만 들으면 모두가 무죄랍니다" 하고 부소장은 말했다.

"그러나 그 사람들은 아무 죄도 없지 않습니까?"
"그자들은 그렇다고 합시다. 그러나 하층민은 질이 매우 안 좋아서 엄격히 다루지 않을 수가 없거든요. 조금도 마음을 놓을 수 없는 불한당들이니까요. 어제만 해도 하는 수 없이 두 명이나 처벌했죠."
"어떻게 처벌합니까?" 하고 네흘류도프는 물었다.
"명령에 따라 몽둥이로 때렸죠……."
"그러나 체형은 금지되어 있을 텐데요?"
"그건 권력을 박탈당하지 않은 사람들 말씀이지, 이런 자들에게는 적용되지 않습니다."
 네흘류도프는 어제 현관에서 기다릴 때 목격한 일을 떠올렸다. 그리고 그가 기다릴 무렵에 처벌을 하고 있었다는 사실을 이제야 알게 되었다. 그러자 호기심과 우수와 의혹과, 거의 육체적인 것으로까지 변해가는 정신적 구토감에 뒤섞인 이상한 감정이 말할 수 없이 강한 힘으로 솟구쳐 올랐다. 전에도 종종 있긴 했으나 이토록 강하게 느껴본 적은 한 번도 없었다.
 부소장의 말에는 귀도 기울이지 않고 한눈도 팔지 않으면서 급히 복도로 나와 사무실로 갔다. 소장은 복도에 있었으나 다른 일에 바빠서 보고두호프스카야를 부르는 것조차 잊고 있었다. 네흘류도프가 사무실로 들어서자 비로소 그녀를 부르기로 약속한 일이 생각났다.
"곧 부르러 보내겠습니다. 좀 앉아 계십시오" 하고 그는 말했다.

54

사무실은 두 방으로 나뉘어 있었다. 첫 번째 방에는 칠이 벗겨지고 불룩 튀어나온 커다란 난로와, 더러운 창문 두 개가 있었다. 한구석에는 죄수의 키를 재는 시꺼먼 기계가 있고, 다른 한구석에는 고통을 주는 장소에는 언제나 붙어 다니기 마련인 커다란 성상이 걸려 있었다. 이 방에는 간수들 네댓 명이 서 있었다. 다른 방에는 한 무리가 되기도 하고 두 사람씩 짝이 되기도 하면서 스무 명쯤 되는 남자와 여자들이 벽가에 앉아서 나직한 소리로 이야기하고 있었다.

소장은 책상 앞에 앉아 있었으나, 서 있는 네흘류도프를 보자 그에게도 걸상을 권했다. 네흘류도프는 앉아서 방 안에 있는 사람들을 둘러보기 시작했다.

우선 눈에 띈 것은 짧지만 재킷을 입고 명랑한 얼굴을 한 사내였다. 그는 그리 젊지 않은 검은 눈썹의 한 여자 앞에 서서 무엇인지 열심히 손짓을 해가면서 이야기하고 있었다. 그 옆에는 파란 안경을 쓴 노인이 죄수복을 입은 젊은 여자의 손을 잡은 채 꼼짝도 않고 이야기를 듣고 있었다. 실업학교 소년 하나가 놀란 얼굴로 눈도 떼지 않고 노인을 보고 있었다. 그들한테서 그리 멀지 않은 한쪽 구석에는 서로 사랑하는 남녀 한 쌍이 앉아 있었다. 여자는 짧은 아마 빛 머리에 유행하는 옷을 입고 무척 앳돼 보이는 정열적인 얼굴의 귀여운 처녀였고, 사내는 점잖은 얼굴과 물결치는 머리에 고무 재킷을 입은 아름다운 청년이었다. 그들은 한구석에 앉아서 사랑에 취한 듯 소곤거리고 있었다. 누구보다도 탁자에 제일 가깝게 앉아 있는 사람은 검은 옷을 입은, 어머니인 듯싶은 백발의 부인이었다. 그녀는 역시 같은 재킷을 입고 있는 폐병쟁이처럼 보이는 젊은 사내의 얼굴을 뚫어질 듯이 바라보면서, 뭐라고 말하고 싶은 듯한 표정이었으나 눈물 때문에 말을 할 수가 없어서 말을 꺼내다가는 멈추고 머뭇거리고만 있었다. 청년은 손에 종잇조각을 들고 어찌할 바를 모르면서 성난 얼굴로 종이를 접기도 하고 꾸기기도 했다. 그 옆에는 통통하고 혈색이 좋은, 눈이 툭 튀어나온 처녀가 회색 옷에 숄을 두르고 앉아 있었다. 그녀는 울고 있는 어머니 곁에 나란히 앉아서 상냥하게 어머니의 등을 어루만졌다. 그 처녀는 크고 하얀 손이며, 물결치는 단발머리며, 오뚝한 코며, 입술이며, 모든 것이 다 아름다웠다. 그러나 그중에서도 특히 아름다운 것은 양처럼 순하고 성실해 보이는 밤색 두 눈이었다. 그 아름다운 눈은 네흘류도프가 들어오는 순간 어머니의 얼굴에서 떨어져 그의 눈과 마주쳤으나, 그녀는 곧 눈길을 돌리고 무엇인가 어머니에게 이야기하기 시작했다. 서로 사랑하는 한 쌍에서 그리 멀지 않은 곳에는 흐트러진 검은 머리에 얼굴이 침울해 보이는 한 남자가 앉아서, 거세파 교도 비슷한 수염 없는 남자에게 화가 난 듯이 얘기하고 있었다. 네흘류도프는 소장과 나란히 앉아서 몹시 호기심에 찬 눈으로 주위를 둘러보았다. 머리를 빡빡 깎은 사내아이가 그의 옆으로 다가오더니 가느다란 목소리로 물었다.

"아저씬 누굴 기다리시죠?"

네흘류도프는 어린아이의 질문에 깜짝 놀랐으나, 조심성 있고 생기가 감도는 눈을 가진 성실하고 영리한 소년의 얼굴을 보자 그도 정색을 하면서 아는 여자를 기다리고 있다고 대답했다.

"그럼 그 사람, 아저씨의 누이?" 하고 소년은 물었다.

"아니, 누이가 아니란다."

네흘류도프는 놀라면서 말했다. "그런데 넌 누구하고 왔지?" 하고 그는 소년에게 물었다.

"엄마하고 왔어요. 엄마는 정치범이에요" 하고 소년은 자랑하듯 말했다.

"마리야 파블로브나, 콜랴를 데리고 가요."

네흘류도프가 소년과 이야기하는 것이 위법이라고 생각했는지 소장은 이렇게 말했다.

네흘류도프의 주의를 끈 바 있는, 그 양처럼 순한 눈의 아름다운 처녀 마리야 파블로브나는 벌떡 자리에서 일어나서 사내처럼 힘찬 걸음걸이로 성큼성큼 네흘류도프와 어린애 곁으로 다가왔다.

"이 애가 뭐라고 물었어요, 누구시냐고 묻지 않았어요?"

그녀는 살며시 웃음을 지으면서 이렇게 물었다. 그 믿음에 찬 순진한 눈길은 그녀가 지금까지 누구에게나 소박하고 상냥하게 형제처럼 대해왔다는 것, 그리고 현재도 그렇거니와 앞으로도 반드시 그러리라는 것을 확신시켜주고 있었다.

"이 애는 뭐든지 알고 싶어 한답니다."

그녀는 이렇게 말하고 어린애의 얼굴을 바라보면서 활짝 웃어 보였는데, 그 웃음이 어찌나 선량하고 정다웠던지 어린애와 네흘류도프도 무심결에 덩달아 따라 웃었을 정도였다.

"누구를 만나러 왔느냐고 묻더군요."

"마리야 파블로브나, 외부 사람하고 이야기해서는 안 돼요. 잘 알잖아" 하고 소장이 말했다.

"네, 네."

그녀는 이렇게 말하고, 크고 하얀 손으로 자기한테서 시선을 떼지 않고 있는 콜랴의 조그마한 손을 잡고는 폐병쟁이 청년의 어머니한테로 돌아갔다.
"저 애는 누구의 아들입니까?"
네흘류도프는 소장에게 물어보았다.
"어느 여자 정치범의 아인데, 감옥에서 낳았답니다."
소장은 자기네 감옥 안의 진기한 일을 자랑이라도 하는 듯이 으스대는 어조로 말했다.
"그래요?"
"그렇습니다. 이번에 어머니를 따라 시베리아로 갈 겁니다."
"그럼 저 처녀는 누구죠?"
"그건 말할 수 없습니다. 보고두호프스카야가 왔군요."
소장은 어깨를 움츠리며 말했다.

55

여위고 작은 몸집에 머리를 짧게 깎고 얼굴색이 노란 예프레모브나가 뒷문에서 선량하고 커다란 눈을 반짝이면서 들어왔다.
"이렇게 와주셔서 정말 고맙습니다. 절 기억하셨어요? 자, 앉으시죠."
그녀는 네흘류도프의 손을 잡으면서 말했다.
"이런 데서 당신을 만나리라곤 생각도 못 했습니다."
"하지만 전 정말 기뻐요! 어찌나 기쁜지 더 바랄 게 없을 것 같아요."
베라 예프레모브나는 여전히 그 크고 둥근 선량한 눈으로 놀란 듯이 네흘류도프를 바라보면서, 더럽고 초라한 구겨진 재킷의 깃 속에서 누렇고 가느다란 힘줄투성이 여윈 목을 빙글빙글 돌리면서 이렇게 말했다.

네흘류도프는 그녀가 수감된 내력을 물었다. 그녀는 그 말에 대답하면서 무척 활기 있게 경위를 이야기하기 시작했다. 그녀의 말에는 선전이니 계급 타파니, 그녀가 관계하던 단체니, 본부니, 지부니 하는 외래어가 많이 섞여 있었다. 그녀는 그런 말을 누구나 다 안다고 믿고 있는 듯했으나, 네흘류도프로서는 한 번도 들어본 적 없는 생소한 말들뿐이었다.

그녀는 네흘류도프가 혁명운동의 온갖 비밀을 알게 된다는 데 몹시 흥미를 느끼고 유쾌하게 생각하리라고 확신하면서 자기 이야기를 계속했다. 그러나 네흘류도프는 그녀의 초라한 목덜미와 숱 적은 흐트러진 머리칼을 보면서 그녀가 왜 그런 일을 했으며, 또 무엇 때문에 자기에게 그런 이야기를 하는지 놀라지 않을 수가 없었다. 그는 그녀를 가엾게 여기긴 했으나, 아무 죄도 없이 냄새나는 감방에 갇혀 있는 농민 메니쇼프를 불쌍히 생각했던 것과는 전혀 달랐다. 그녀는 무엇보다도 머릿속이 몹시 혼란되어 있는 것이 불쌍했다. 그녀는 분명히 자기 운동의 성공을 위해서는 생명까지도 바칠 수 있는 영웅이라고 스스로를 생각하고 있었다. 하지만 그럼에도 그녀는 그 운동의 본질이 무엇이며, 그 성공이 어디에 있는지에 대해서는 거의 설명조차 할 수 없었다. 베라 예프레모브나가 네흘류도프에게 이야기하고 싶었던 용건은, 그녀의 친구 슈스토바라는 여자가 지부에 속하지도 않았는데 다만 보관을 의뢰받은 서적과 서류가 그녀의 집에서 발견되었다는 이유로 다섯 달 전에 그녀와 같이 체포되어 페트로파블로프스크 요새 감옥에 수감되어 있는 사건이었다. 슈스토바의 수감에 대해서 베라 예프레모브나는 자기에게도 책임이 있다고 느꼈으므로, 교제가 넓은 네흘류도프에게 친구를 석방시키는 데 힘을 써달라고 간곡히 부탁했다. 보고두호프스카야가 부탁한 또 다른 용건은, 페트로파블로프스크 요새 감옥에 수감되어 있는 구르케비치라는 사나이가 부모와 면회할 수 있도록, 또 그의 연구에 필요한 학문 서적을 받을 수 있도록 도와달라는 것이었다.

네흘류도프는 페테르부르크에 가면 힘닿는 데까지 노력해보겠다고 약속했다.

베라 예프레모브나가 자기 경력을 이야기한 바에 따르면, 그녀는 산파 학교를 졸업하자 혁명운동의 조직원과 교제하게 되어 같이 일을 했다. 처음에는 만사가 잘되어 선언서도 쓰고 공장에서도 선전 운동을 했으나, 그 후 간부 한 사람이 체포되어 비밀 서류가 압수되자 모조리 검거되기 시작했다.

"저도 그때 체포되었고, 이번에 유형을 가게 되었어요……" 하고 그녀는 자기 이야기를 마쳤다. "그러나 그건 아무것도 아니에요, 저는 무척 기뻐요. 마치 올림피아의 신이라도 된 듯한 기분이에요" 하고 그녀는 쓸쓸하게 웃었다.

네흘류도프는 양처럼 순진한 눈의 처녀에 대해서 물어보았다.

베라 예프레모브나는 그녀가 장군의 딸로서, 퍽 오래전부터 혁명당에 속해 있었으며 헌병을 저격한 책임을 지고 체포된 것이라고 말했다. 그녀는 비밀 인쇄소가 있는 비밀 아지트에서 살고 있었는데, 어느 날 밤 관헌들이 가택수색을 하게 되었을 때 거기 살던 동지들은 자위 수단을 쓰기로 결정하고 불을 끄고 증거물을 없애기 시작했다. 경관들이 집 안으로 침입하자 동지 한 사람이 헌병을 쏴서 치명상을 입혔다. 누가 쏘았는지 심문이 시작되자, 지금까지 한 번도 손에 권총을 들어본 일도 없거니와 거미 한 마리도 죽여본 적 없는 그녀는 자기가 쏘았다고 말했다. 결국 그렇게 인정되어 이번에 유형을 받게 된 것이었다.

"자기희생적인 훌륭한 사람이죠……" 하고 베라 예프레모브나는 감탄하는 어조로 말했다.

베라 예프레모브나가 말하고 싶었던 세 번째 용건은 마슬로바에 관한 내용이었다. 그녀는 감옥 안의 일을 환히 꿰뚫고 있다는 듯이 마슬로바 사건은 물론 그녀에 대한 네흘류도프의 태도도 알고 있었다. 그녀는 마슬로바를 정치범 감방으로 돌리든지, 아니면 지금 병원에는 환자가 많아 간호사가 필요하니까 적어도 그쪽으로 돌려보도록 힘쓰는 것이 어떠냐고 권했다. 네흘류도프는 그녀의 충고에 감사하고 그렇게 되게 노력하겠노라고 말했다.

56

소장이 일어서서 면회 시간이 끝났으니 돌아가야 한다고 선언했기 때문에 두 사람의 이야기는 중단되고 말았다. 네흘류도프는 일어서서 베라 예프레모브나에게 작별 인사를 하고 문 쪽으로 가다가 눈앞에 벌어지고 있는 광경을 보고 걸음을 멈추었다.

"여러분, 시간이 됐습니다. 시간이 됐어요."

소장은 앉았다 일어섰다 하면서 이렇게 말했다.

소장의 요구는 실내에 있던 죄수나 면회인들에게 긴장된 흥분을 야기했을 뿐 누구 하나 헤어지려는 사람은 없었다. 어떤 사람은 자리에서 일어나 선 채로 이야기를 했고, 또 어떤 사람은 앉은 채로 이야기를 계속하기도 했다. 작별을 고하면서 우는 사람도 있었다. 특히 사람들을 감동시킨 것은 폐병쟁이 아들하고 이야기하던 어머니였다. 젊은 아들은 줄곧 종이를 만지작거렸으나, 그 얼굴은 점점 험악해져서 어머니의 슬픔에 끌려들지 않으려고 무척 애쓰고 있었다. 어머니는 이제 헤어져야 할 시간이 왔음을 알고는 아들의 어깨에 얼굴을 얹고 코를 훌쩍이며 흐느꼈다. 양 같은 눈을 한 처녀는(네흘류도프는 자기도 모르게 그녀를 주시하고 있었다) 흐느껴 우는 어머니 앞에 서서 무슨 말인지 하면서 달래고 있었다. 파란 안경을 쓴 노인은 선 채로 딸의 손을 쥐고 딸의 말에 고개를 끄덕이고 있었다. 젊은 연인은 일어선 채 손을 마주 잡고 아무 말도 없이 서로 묵묵히 바라보고만 있었다.

"저 사람들만이 즐거운 것 같군요."

네흘류도프의 곁에 서서 그와 마찬가지로 작별하는 사람들을 바라보던 짧은 재킷의 청년이 서로 사랑하는 한 쌍을 가리키며 말했다.

네흘류도프와 청년의 시선이 느껴지자 사랑하는 두 사람, 고무 재킷을 입은 젊은 남자와 귀여운 금발 처녀는 마주 잡은 손을 뻗치기도 하고 몸을 뒤로 젖히기도 하며 웃으면서 빙글빙글 돌기 시작했다.

"그들은 오늘 밤 이 감옥에서 결혼하고 여자도 남자를 따라 시베리아로 간답니다" 하고 젊은 남자가 말했다.

"저 사람은 누군데요?"

"징역수죠. 두 사람은 즐거워 보이지만, 이쪽은 차마 들을 수가 없군요."

재킷을 입은 청년은 폐병쟁이 어머니의 울음소리에 귀를 기울이면서 이렇게 덧붙였다.

"자, 여러분! 어서, 어서! 제발 엄격한 조치를 쓰지 않게 해주십시오."
소장은 몇 번이나 같은 말을 되풀이했다. "자, 어서요, 어서!" 하고 그는 힘없이 우유부단하게 말했다. "왜들 그러십니까? 벌써 시간이 됐다니까요. 더는 안 돼요. 마지막으로 말합니다" 하고 그는 메릴랜드제 담배에 불을 댕겼다 껐다 하면서 힘없이 되풀이했다.

인간이 인간에게 악을 행하는 것을 허용하는 제도가 아무리 교묘하고, 아무리 오래되고, 또 아무리 익숙하다 할지라도, 그리고 자기 자신은 그 악에 대해서 아무런 책임을 느끼지 않는다 할지라도 소장은 지금 이 방에서 일고 있는 슬픔을 빚어낸 장본인의 한 사람이라는 것을 자인하지 않을 수 없었다. 그래선지 그는 퍽 마음이 괴로워 보였다.

드디어 죄수들과 면회인들은 헤어지기 시작했다. 전자는 안쪽 문으로, 후자는 바깥문으로 각각 흩어져 갔다. 고무 재킷을 입은 남자도, 폐병쟁이 남자도, 흐트러진 검은 머리 남자도, 감옥에서 태어난 아이를 거느린 마리야 파블로브나도 모두 나가버렸다.

면회인들은 밖으로 나가기 시작했다. 파란 안경을 쓴 노인은 무겁게 터벅터벅 발을 옮겼고, 네흘류도프도 그 뒤를 따라 나갔다.

"정말 놀라운 제도죠."

수다스러운 청년이 네흘류도프와 같이 층계를 내려가면서 중단되었던 이야기를 다시 계속했다.

"그러나 다행히도 소장은 사람이 좋아서 까다롭게 규칙을 지키진 않아요. 그래서 실컷 이야기를 하고 나면 속이 후련해요."

"다른 감옥에서는 이런 면회도 없나요?"

"천만에요! 이런 건 아무 데도 없습니다. 한 사람씩, 그것도 철망을 사이에 두고서야 만날 수 있답니다."

네흘류도프가 메딘체프(수다스러운 젊은이는 이렇게 자기소개를 했다)하고 이야기를 나누면서 현관으로 나오자, 피로한 얼굴을 한 소장이 그들 옆으로 다가왔다.

"마슬로바를 만나시려거든 내일 와주십시오."

소장은 확실히 네흘류도프에게 친절을 보이려는 듯이 이렇게 말했다.

"네, 잘 알겠습니다."

네흘류도프는 이렇게 말하고 황급히 밖으로 나갔다.

메니쇼프가 죄도 없이 받는 고통이란 참으로 무서운 것이었다. 육체적 고통은 고사하고라도 이유 없이 그를 괴롭히는 사람들의 잔인함을 봄으로써 그는 선과 신에 대한 의혹과 불신을 느끼지 않을 수 없었다. 그리고 또 서류에 잘못 기재되어 있다는 이유만으로 아무 죄도 없는 몇백 명이나 되는 사람들에게 모욕과 고통을 주는 것도 역시 무서운 일이었다. 자기 동포를 괴롭히는 것을 직업으로 삼으면서도 가장 훌륭하고 중요한 일을 하는 것처럼 믿고 있는, 양심이 마비된 간수들의 존재 역시 무서웠다. 그러나 무엇보다도 무서운 것은 늙어빠지고 몸이 쇠약해진 선량한 소장이 자기 자신과 자기 자식들 같은 사람들인 어머니와 아들을, 아버지와 딸을 떼어놓지 않으면 안 된다는 점이었다.

'도대체 무엇 때문일까?' 네흘류도프는 언제나 감옥을 나올 때면 일어나는, 정신적인 것에서 육체적인 것으로 변해가는 구토감을 오늘따라 유별나게 더 느끼면서 이렇게 스스로 물어보았으나, 대답을 얻을 수는 없었다.

57

이튿날 네흘류도프는 변호사를 찾아가서 메니쇼프 사건을 이야기하고 그 변호를 맡아달라고 부탁했다. 변호사는 이야기를 다 듣고 나서, 우선 조사를 해본 다음, 사건이 네흘류도프의 말 그대로라면 무보수로 변호를 맡겠노라고 했다. 네흘류도프는 또 사소한 부주의로 말미암아 130명이라는 많은 사람들이 수감되어 있는 이야기를 하고, 이것은 누구의 책임이며 누구의 죄가 되느냐고 물었다.

변호사는 정확한 대답을 하려는 듯 잠시 침묵을 지켰다.

"누구의 죄냐고요? 누구의 죄도 아닙니다."

그는 명확하게 대답했다.

"검사에게 말하면 지사의 죄라 할 것이고, 지사한테 말하면 검사의 죄라고 할 테죠. 결국 누구의 죄도 아닌 겁니다."

"나는 이제 곧 마슬렌니코프한테 가서 그에게 말해보겠습니다."

"아니, 소용없을 겁니다. 혹시라도 그자가 당신의 친척이나 친구는 아닐 테죠? 그자는, 이런 표현을 용서하세요, 지독한 바보인 데다가 교활하기 짝이 없는 놈이랍니다."

변호사는 싱글벙글 웃으면서 말했다.

네흘류도프는 마슬렌니코프가 변호사에 대해서 한 말을 생각하고, 아무 대답도 없이 인사를 하고 마슬렌니코프에게로 마차를 달렸다.

네흘류도프는 마슬렌니코프에게 두 가지 일을 부탁해야만 했다. 마슬로바를 병원으로 옮겨달라는 것과, 통행증이 없어서 아무 죄도 없이 수감되어 있는 130명을 방면하는 일이었다. 존경하지 않는 사람에게 부탁하는 것은 무척 괴로운 일이나, 목적을 이루려면 이 방법뿐이었으므로 하는 수 없었다.

마슬렌니코프의 집으로 다가갔을 때 네흘류도프는 현관 앞 마차를 대는 곳에서 2인승 경마차(輕馬車), 포장마차, 사륜마차 등 승용마차 여러 대를 보고 오늘이 마침 마슬렌니코프가 자기보고 와달라고 한 그의 아내의 초대일이라는 것을 상기했다. 네흘류도프가 그 집에 도착했을 때 포장마차가 한 대 서 있었고, 모표가 붙은 모자를 쓰고 망토를 두른 하인이 현관 문턱에서 긴 치맛자락을 추켜들고 단화를 신은 검은 양말의 가느다란 발목을 드러내고 있는 부인을 마차에 태우고 있었다. 네흘류도프는 머무르고 있는 마차들 중에서 문이 닫힌 코르차긴 일가의 포장마차를 보았다. 혈색이 좋은 백발의 마부는 특히 낯익은 나리라도 대하듯이 네흘류도프에게 정중하고도 공손하게 모자를 벗어 인사했다. 네흘류도프가 현관 수위에게 미하일 이바노비치(마슬렌니코프)가 어디 있느냐고 채 묻기도 전에, 그 자신이 층계 중턱까지가 아니라 맨 밑까지 배웅하게 되어 있는 매우 귀중한 손님을 보내면서 양탄자가 깔린 층계 위에 모습을 나타냈다. 이 몹시도 귀중한 군인 손님은 층계를 내려오면서 이번에 시(市)에 건립될 육아원의 기금 모집을 위한 복권 추첨에 대해서 프랑스어로 말했는데, 귀부인들을 위해서도 훌륭한 사업이라는 의견을 토로하고 있었다.

"부인들에게도 재밌는 일이고 돈도 모일 게고."

"Qu'elles s'amusent et que le bon Dieu les bénisse(마음껏 재미를 보라죠, 그러면 하나님도 축복을 주실 겁니다)······. 여어, 네흘류도프, 안녕하시오. 이거 오래간만이군요" 하고 군인은 네흘류도프에게 인사를 했다. "Allez presenter vos devoirs à madame(어서 가서 부지사 부인에게 인사나 드리시오). 코르차긴 댁 분들도 와 있으니까. Et Nadine Bukshevden. Toutes les jolies femmes de la cité(그리고 나디네 북스헤브젠 양도. 시중의 미인들이 총출동이라오)" 하고 그는 금줄로 장식된 화려한 옷을 입은 자기 하인이 입혀주는 털외투 밑으로 그 군인다운 어깨를 짝 펴고 살짝 치켜세우면서 이렇게 말했다.

"Au revoir, mon cher(자, 그럼 안녕히)!"

그는 다시 한번 마슬렌니코프의 손을 잡았다.

"자, 2층으로 가세. 잘 왔네!"

마슬렌니코프는 네흘류도프의 겨드랑이 밑으로 팔을 끼고는 그 거대한 몸집에도 성급히 그를 위로 끌어올리면서 흥분한 어조로 말했다.

마슬렌니코프는 유달리 즐거운 흥분 상태였는데, 그 이유는 조금 전에 왔던 귀중한 손님이 호의를 보여주었기 때문이었다. 마슬렌니코프는 황제의 이름과 밀접한 관계가 있는 근위대에서 근무했으므로 이젠 황제의 이름에도 익숙해질 단계가 되었을 텐데, 그 이름을 대하는 일이 거듭될수록 더욱 비굴해져가기만 했다. 그리고 높은 분에게서 이러한 호의를 받을 때마다 마슬렌니코프가 느끼는 환희란, 마치 주인이 길들인 개를 어루만지고 토닥토닥 두드리고 귓전을 긁어줄 때 개들이 느끼는 그러한 환희와 조금도 다를 바 없었다. 그럴 때 개는 꼬리를 흔들기도 하고, 몸을 움츠리기도 하고, 아양을 떨기도 하고, 귀를 비벼대며 미친 듯이 맴돌기도 한다. 마슬렌니코프도 능히 이런 짓을 해낼 위인이었다. 그는 네흘류도프의 심각한 표정을 눈치채지도 못하고 그가 하는 말은 듣지도 않으면서 덮어놓고 객실로 끌고 들어갔다. 그래서 네흘류도프도 하는 수 없이 그의 뒤를 따랐다.

"이야기는 나중에 하세. 그저 무엇이든 하라는 대로 할 테니까."

마슬렌니코프는 네흘류도프와 함께 홀을 지나면서 이렇게 말했다.

"지사 부인께 네흘류도프 공작께서 오셨다고 여쭈어주게."

그는 걸어가면서 하인에게 일렀다. 하인은 종종걸음으로 그를 앞질러 걸어갔다.

"Vous n'avez qu'à ordonner(무엇이든 자네 분부대로 하겠네). 그러나 아내를 좀 만나주게나. 요전번에는 자네를 그냥 보냈다고 해서 아주 혼이 났다네."

그들이 객실로 들어갔을 때는 벌써 하인이 알린 뒤인지라 지사 부인이라 자칭하고 있는 부지사 부인 안나 이그나티예브나는 소파 옆에서 자기를 둘러싸고 있는 갖가지 모자와 머리 너머로 밝은 웃음을 지으면서 네흘류도프에게 다소곳이 머리를 숙여 보였다. 객실 한구석에 자리 잡은 티테이블 옆에는 귀부인들이 앉아 있고 군인과 문관들이 서 있었다. 거기서는 이들 남녀의 이야기 소리와 웃음소리가 쉴 새 없이 터져 나오고 있었다.

"Enfin(드디어 오셨군요)! 당신은 어째서 우리하고 친해지려 하지 않으시죠? 우리가 실례되는 일이라도 했던가요?"

안나 이그나티예브나는 네흘류도프와의 친근한 사이를(실은 한 번도 가까웠던 적이 없음에도) 과시하는 듯한 어조로 이렇게 말하면서 네흘류도프를 맞았다.

"서로 아시던가요? 이분은 벨랴프스카야 부인, 그리고 미하일 이바노비치 체르노프 씨. 자, 좀 더 다가앉으세요."

"미시, Venez donc à notre table. On vous apportera votre thé(이쪽

탁자로 오세요, 차를 드릴 테니)……. 그리고 당신도요…….”

그녀는 이름을 잊었는지, 미시와 이야기를 하고 있던 장교에게 이렇게 말했다.

"이리 오세요, 공작님. 차 드시겠어요?"

"전 절대로 찬성할 수 없어요. 그 여자는 결코 사랑하지 않았으니까요." 하고 여자의 목소리가 말했다.

"하지만 고기만두는 사랑했지요."

"언제나 쓸데없는 농담만 하셔."

높다란 모자에 비단이며 금과 보석으로 치장한 다른 부인이 웃으면서 말했다.

"C'est excellent(정말 멋지군요), 이 가벼운 와플은. 이리 좀 더 주세요."

"곧 떠나시나요?"

"네, 오늘이 마지막 날입니다. 그래서 오늘 찾아뵌 거예요."

"지금 봄이 한창인데 시골은 얼마나 좋을까요!"

마치 그 옷을 입고 세상에 태어나기라도 한 듯이 구김 하나 없는 검은 줄무늬 옷으로 날씬한 허리를 휘감고 모자를 쓴 미시는 정말 아름다워 보였다. 그녀는 네흘류도프를 보자 얼굴을 확 붉혔다.

"저는 떠나신 줄 알았어요." 하고 미시는 네흘류도프에게 말했다.

"떠나려고 했습니다만 일이 지체돼서요. 실은 여기 온 것도 그 일 때문입니다"라고 그는 대답했다.

"어머니한테 들러주세요. 무척 만나고 싶어 하세요."

그녀는 이렇게 말했으나, 그녀 자신이 거짓말을 하고 있고 또 그것을 네흘류도프가 안다고 느끼자 더욱더 얼굴이 붉어졌다.

"아무래도 좀 어려울 것 같습니다."

네흘류도프는 그녀가 얼굴을 붉힌 것을 모른 체하려고 애쓰면서 침울하게 말했다.

미시는 화가 난 듯 이맛살을 찌푸리고 어깨를 흠칫하고는 우아한 장교 쪽으로 몸을 돌렸다. 장교는 그녀의 손에서 빈 찻잔을 받아 들더니, 군도를 안락의자에 부딪히면서 사내다운 동작으로 그것을 다른 탁자로 갖다 놓았다.

"당신도 육아원에 꼭 기부하셔야 해요."

"그야 거절하지는 않겠습니다만, 제비를 뽑을 때까지 제 선심(善心)을 고이 보존해두고 싶군요. 그리고 그때는 제 솜씨를 유감없이 보여드리지요."

"그럼 두고 봅시다!"

억지로 웃어대는 웃음소리가 들려왔다.

초대가 대성공이었으므로 안나 이그나티예브나는 기쁨에 들떠 있었다.

"미카(그녀의 뚱뚱한 남편 마슬렌니코프를 가리킨다)가 말하더군요, 당신은 요즘 감옥 일로 바쁘시다고요. 저도 충분히 이해가 가요. 미카에게도 그야 여러 가지 결점이 있겠습니다만, 그이가 얼마나 착한지는 당신도 잘 아실 거예요. 그 불쌍한 죄수들은 모두 그이의 자식들이나 다름없으니까요. 그이는 꼭 그렇게밖엔 생각하지 않아요. Il est d'une bonté(글쎄, 얼마나 선량한지)……."

안나 이그나티예브나가 네흘류도프에게 말했다. 그녀는 죄수들에게 채찍질을 명령한 남편의 그 bonté(선량함)를 표현할 만한 적당한 말을 찾아낼 수가 없어 입을 다물고 말았다. 그러나 곧 웃음을 띠고는, 그때 마침 들어온 보랏빛 나비 리본을 단 주름투성이 늙은 부인 쪽으로 몸을 돌렸다.

네흘류도프는 예의에 벗어나지 않을 정도로 필요한, 알맹이가 없는 말을 적당히 지껄인 다음 자리에서 일어나 마슬렌니코프 쪽으로 다가갔다.

"자, 그럼 내 말 좀 들어주겠나?"

"아, 참! 무슨 이야기지? 이리 오게."

그들은 조그마한 일본식 서재로 들어가서 창가에 앉았다.

58

"자, 말하게. Je suis vous(무엇이든 다 들어줄게). 담배 피우겠나? 아, 잠깐만 기다리게, 여길 재투성이로 만들면 안 되니까."

그는 이렇게 말하고 재떨이를 가져왔다.

"자, 무슨 얘기지?"

"실은 자네한테 두 가지 청이 있는데 말이야."

"아, 그래."

마슬렌니코프의 얼굴은 갑자기 어둡고 침울해졌다. 주인이 귓전을 긁어줄 때의 개의 모습은 완전히 가셨다. 응접실에서 여러 사람의 말소리가 들려왔다. 어떤 여자의 목소리가 "Jamais, jamais je ne croirais(절대로 안 믿어요, 절대로)"라고 말하는가 하면, 다른 한쪽 끝에서는 어떤 사내의 목소리가 "La comtesse Voronzoff et Victor Apraksine(보론초바 백작 부인과 빅토르 아프락신)"이라는 말을 자꾸 되풀이하면서 무슨 얘기를 하고 있었다. 또 다른 한쪽에서는 웃음소리와 말소리가 범벅이 되어 들려왔다. 마슬렌니코프는 응접실에서 일어나고 있는 일에 귀 기울이며 네흘류도프의 이야기를 들었다.

"또 그 여자 일 때문에 왔네" 하고 네흘류도프는 말했다.

"아, 죄 없이 판결을 받았다는 그 여자 말이지. 알고 있네, 알고 있어."

"그 여자를 감방 병원으로 옮겨주었으면 하는데 말이야. 그렇게 할 수 있다고들 하더군."

마슬렌니코프는 입술을 깨물고 생각에 잠겼다.

"글쎄, 어떨지" 하고 그는 말했다. "어쨌든 알아봐서 내일 전보로 알리겠네."

"병원에는 환자가 많아서 간호사 조수가 필요하다고 들었는데."

"그래, 그래. 어쨌든 나중에 알려주겠네."

"부탁하네" 하고 네흘류도프는 말했다.

응접실에서는 여러 사람들의 자유스러운 웃음소리가 들려왔다.

"저건 또 빅토르 짓일 거야. 저자는 마음만 내키면 꽤 멋진 농담을 하거든."

빙그레 웃으면서 마슬렌니코프는 말했다.

"그리고 또 한 가지" 하고 네흘류도프는 말했다.

"지금 감옥에는 통행증 기한이 지났다는 이유만으로 130명이나 수감되어 있는데 벌써 한 달이나 되었다더군."

그리고 그는 그들이 수감된 이유를 설명했다.

"자넨 어떻게 그런 걸 다 알지?" 하고 마슬렌니코프는 물었다. 그의 얼굴에는 갑자기 불안과 불만의 기색이 떠올랐다.

"어느 죄수한테 면회를 갔을 때 그들이 복도에서 나를 둘러싸고 호소하더군……."

"어떤 죄수한테 갔는데?"

"죄 없이 수감된 농민이었네. 나는 그에게 변호사를 대주었지. 그러나 그건 문제가 아닐세. 도대체 아무 죄도 없는 사람들이 단지 통행증 기한이 지났다는 이유만으로 수감될 수 있느냐 말이야? 그리고……."

"그건 검사가 할 일이야" 하고 마슬렌니코프는 화가 난 듯이 네홀류도프의 말을 가로챘다.

"이것이 바로 자네가 말하는 신속하고 공정한 재판이란 걸세. 검사보는 가끔 감옥을 방문해서 죄수들이 정당한 대우를 받고 있는가를 살펴야 할 책임이 있는데도 그들은 아무것도 하지 않고 트럼프 놀이만 하고 있거든."

"그럼 자넨 아무것도 할 수 없단 말인가?"

네홀류도프는 지사가 반드시 검사 탓으로 돌릴 것이라는 변호사의 말을 상기하면서 우울한 낯으로 물었다.

"아니, 해보지. 곧 조사해보도록 하겠네."

"그 여자로서는 더욱더 좋지 않죠. C'est un souffre-douleur(그야 수난자가 되는 거예요)."

응접실에서 여자의 음성이 들려왔으나, 자기가 하고 있는 말에는 완전히 무관심한 어조였다.

"그럼 더 좋습니다. 난 이걸 갖겠습니다."

이번에는 다른 쪽에서 이렇게 말하는 남자의 농담 소리와, 무엇인지 주지 않으려고 하는 여자의 농담 어린 웃음소리가 들려왔다.

"안 돼요. 안 된다고요, 절대로" 하고 여자의 목소리가 말했다.

"그럼 좋아. 모든 걸 내게 맡기게. 자, 이제 부인들 쪽으로 가세."

마슬렌니코프는 터키석 반지를 낀 하얀 손으로 담뱃불을 끄면서 이렇게 되풀이했다.

"참, 그리고 또 하나. 어제 감옥에서 체형이 있었다는 말을 들었는데, 사실인가?"

네흘류도프는 객실로 들어가지 않고 문가에 발을 멈추면서 말했다. 마슬렌니코프는 얼굴을 붉혔다.

"아니, 그런 말까지 하긴가? 이봐, 자넬 감옥에 보내선 안 되겠군, 그렇게 사사건건 참견을 하니 말이야. 자, 가세. 아네트*가 부르고 있으니까."

그는 네흘류도프의 팔을 붙들고 귀빈들의 방문을 받았을 때의 흥분을 되살리면서 이렇게 말했지만, 그것은 이미 기쁨에서 오는 흥분이 아니라 불안에서 오는 흥분이었다.

네흘류도프는 그에게서 팔을 빼고는 아무에게도 인사하지 않고, 또 아무 말도 없이 우울한 낯으로 응접실과 홀을 지나 현관으로 달려 나오는 하인들 옆을 스치며 밖으로 나왔다.

"그에게 무슨 일이 있어요? 그분에게 무슨 말을 하셨어요?" 하고 부인은 남편에게 물었다.

"저게 바로 á la française(프랑스식이라는 거죠)" 하고 누군가가 말했다.

"저게 무슨 á la française(프랑스식이에요), 저건 á la zoulou(줄루식이라는 거예요).**"

"그렇지만 저분은 언제나 저런 식인걸요, 뭐."

---

*   안나의 프랑스식 호칭이다.
** 줄루족은 남아프리카공화국 동부에 사는 종족으로 비문명, 야만적 등의 비유로 사용되고 있다.

일어나는 사람도 있고 들어오는 사람도 있고 해서 지껄여대는 소리는 그칠 줄을 몰랐다. 그들은 이날의 안성맞춤인 화젯거리로 네흘류도프의 이야기를 끄집어냈다.

마슬렌니코프를 방문한 다음 날, 네흘류도프는 그에게 편지를 받았다. 문장(紋章)이 박힌 번들번들한 두꺼운 종이에 힘찬 달필로 쓴 그 편지에는, 마슬로바를 병원으로 옮기도록 의사에게 써 보냈으니까 아마 네흘류도프의 희망은 이루어질 것이라고 쓰여 있었다. 거기에는 '친애하는 옛 벗 마슬렌니코프'라는 문구와 함께 놀랄 만큼 크고 멋진 필적으로 힘차게 사인이 되어 있었다.

"바보 같으니!"

네흘류도프는 이렇게 뇌까리지 않을 수가 없었다. 특히 '벗'이라는 말에서 그는 자기한테까지 너그러움을 과시하려는 마슬렌니코프의 의도가 느껴졌기 때문이었다. 즉 그는 도덕적으로는 더럽고 부끄러운 일을 하고 있으면서도 스스로를 중요한 인물로 생각하고, 네흘류도프를 자기 벗이라고 부름으로써 그에게 아첨하는 것은 아닐지라도 역시 자신의 위대함을 그다지 자랑하고 있지도 않다는 것을 은연중에 과시하고 있었기 때문이었다.

59

이 세상에 가장 보편적으로 널리 퍼져 있는 미신 가운데 하나는, 인간은 제각기 일정한 성질을 가지고 있어 선한 자, 악한 자, 영리한 자, 어리석은 자, 정력적인 자, 둔감한 자 등등의 사람이 있다는 것이다. 그러나 실제로 인간은 그렇지 않다. 우리는 또한 어떤 사람에 대하여 나쁜 점보다 좋은 점이 많다든가, 어리석기보다 영리한 경우가 많다든가, 둔감하기보다는 정력적인 경우가 많다든가, 또는 그 반대로 말할 수도 있다. 그러나 우리가 어느 한 사람에 대해서 선량하다든가 영리하다고 말하고, 다른 사람에 대해서는 악하다든가 어리석다고 말하는 것은 옳지 않은 일이다. 그런데 우리는 언제나 이런 식으로 인간을 분류하고 있다. 옳은 일이 아니다. 인간은 강과도 같아서, 물론 어느 강이든 똑같아서 어디를 가든 변함이 없지만 강 그 자체는 좁은 것도 있거니와 빠른 것도 있고, 넓은 것도 있거니와 고요한 것도 있고, 깨끗한 것도 있거니와 찬 것도 있고, 흐린 것도 있거니와 따스한 것도 있다. 인간도 마찬가지다. 인간은 누구나 자신 속에 인간으로서의 온갖 성질의 싹을 지니고 있으며, 어떤 경우에는 하나의 성질이 나타나고 또 어떤 경우에는 다른 성질이 나타나곤 해서, 같은 사람이지만 가끔 전혀 다른 성질이 나타날 때가 있다. 어떤 사람에게는 이런 변화가 몹시 심하다. 네흘류도프는 이런 종류에 속하는 사람이었다. 이런 변화는 육체적인 원인과 정신적인 원인에서 비롯되었다. 지금도 그의 내면에서는 이러한 변화가 일어나고 있었다.

재판이 끝나고 처음으로 카튜샤를 만났을 때 경험했던 그 갱생의 승리와 희열감은 이미 흔적도 없이 사라져버리고, 최근에 그녀를 만난 뒤로는 그녀에 대한 공포와 혐오로까지 변해버렸다. 그는 결코 카튜샤를 버리지 않을 것이며, 그녀만 원한다면 그녀와 결혼하겠다는 자기의 결심을 결코 바꾸지 않겠다고 굳게 다짐했다. 그러나 그것은 괴롭고도 고통스러운 일이었다.

마슬렌니코프를 방문한 다음 날, 네흘류도프는 카튜샤를 만나려고 또다시 감옥으로 갔다.

소장은 면회를 허가했지만, 이번에는 사무실도 아니고 변호사 대기실도 아닌 여죄수들의 면회실에서였다. 소장은 여전히 선량해 보였지만 전보다는 네흘류도프를 경계하는 태도였다. 마슬렌니코프와의 대화에서 네흘류도프를 엄중히 경계하라는 명령이 떨어진 모양이었다.

"면회는 하셔도 좋습니다만" 하고 그는 말했다. "제발 돈만은, 전에 말씀드린 대로……. 그리고 그 여자를 병원으로 옮기는 것은 지사께서 써 보내신 대로 가능한 일이고, 또 의사도 승낙했습니다. 그런데 본인 자신이 그걸 싫어하더군요. '옴쟁이를 간호하긴 싫다'고요……. 아무튼 그런 인간은 하는 수 없어요, 공작님" 하고 그는 덧붙였다.

네흘류도프는 아무 대답도 하지 않고, 어서 그녀를 만나게 해달라고 요청했다. 소장은 간수를 보냈다. 네흘류도프는 그를 따라서 텅 빈 여죄수 면회실로 들어갔다.

마슬로바는 이미 거기 와 있었다. 그녀는 겁먹은 듯한 표정으로 조용히 철망 뒤에서 나왔다. 그녀는 네흘류도프 쪽으로 가까이 다가와 옆을 보면서 조용히 말했다.

"용서하세요, 드미트리 이바노비치. 그저께는 정말 실례했어요."

"내가 당신을 용서하다니……" 하고 네흘류도프는 말하려 했다.

"아무튼 저를 내버려두세요."

그녀는 이렇게 덧붙였다. 그러나 자기를 바라보는 그녀의 사팔눈 속에서 네흘류도프는 또다시 긴장된 증오의 표정을 읽었다.

"어째서 내버려두라는 거요?"

"어째서고 뭐고 그저."

"왜 그러지?"

그녀는 다시금 증오에 찬(그에게는 그렇게 느껴졌다) 표정으로 그를 바라보았다.

"아무튼 그저" 하고 그녀는 말했다.

"절 내버려두세요. 진정으로 말씀드리는 거예요. 전 할 수 없어요. 제 일에 더는 참견하지 말아주세요."

그녀는 떨리는 입술로 이렇게 말하고는 잠시 입을 다물었다.

"이건 진정이에요. 차라리 목매 죽는 편이 나을 것 같아요."

그녀가 이렇게 거절하는 것은 자기를 미워하고 용서할 수 없는 원한 때문이라고 생각했지만, 그 외에도 훌륭하고 중요한 무언가가 있다고 네흘류도프는 생각했다. 이렇게 완전히 침착한 상태이면서도 여전히 거절을 되풀이한다는 것은 네흘류도프의 마음속에 뭉쳐 있던 의혹을 풀어주고, 다시금 그를 이전의 진지한 환희의 감동적인 상태로 돌아가게 해주었다.

"카튜샤, 전에 한 얘기를 다시 한번 말하지만" 하고 그는 진지한 표정으로 말했다.

"나하고 결혼해줘요. 만일 싫다고 하면, 당신 마음에 들 때까지 어디든지 당신을 따라가겠소. 당신이 어디로 보내지건 나도 따라갈 작정이오."

"그건 당신 마음대로죠. 전 이제 아무 말도 않겠어요."

그녀는 이렇게 말했으나 입술은 또다시 바르르 떨렸다.

네흘류도프도 말할 기력이 없는 듯 입을 다물고 말았다.

"나는 일단 시골로 갔다가 페테르부르크로 갈 생각이오. 당신, 아니 우리 일을 위하여 힘써보겠소. 반드시 판결은 취소될 거요."

간신히 마음을 가다듬으면서 그가 말했다.

"취소되지 않아도 상관없어요. 이번 일이 아니더라도 그만한 죄는 짓고 있으니까요" 하고 그녀는 말했다. 여기서 그는 그녀가 참으려고 몹시 애쓰고 있는 것을 보았다. "그래, 메니쇼프를 만나보셨나요?" 하고 그녀는 동요된 마음을 감추기나 하듯이 갑자기 이렇게 물었다.

"그들이 무죄라는 건 정말이죠?"

"응, 나도 그렇게 생각해."

"정말 훌륭한 할머니예요" 하고 그녀는 말했다.

네흘류도프는 메니쇼프한테서 들은 이야기를 다 말해준 다음, 필요한 것이 없느냐고 물었다. 그녀는 아무것도 필요하지 않다고 말했다.

그들 사이에 다시 침묵이 흘렀다.

"그리고 병원 일이지만" 하고 그녀는 갑자기 사팔눈으로 그를 올려다보면서 이렇게 말했다.

"당신이 원하신다면 가겠어요. 그리고 이젠 술도 안 마시겠어요."

"그것 참 좋은 생각이야."

그는 간신히 이렇게만 말하고 다시 그녀와 헤어졌다.

'그렇다, 그렇다, 그녀는 딴사람이 되었다.' 네흘류도프는 여태까지의 모든 의혹 뒤에 오는 일찍이 맛보지 못한 전혀 새로운 사랑의 절대적 힘을 마음속 깊이 확신하면서 이렇게 생각했다.

면회를 끝내고 냄새가 풍기는 감방으로 돌아온 마슬로바는 겉옷을 벗고 침상에 앉아 양손을 무릎에 얹었다. 감방에는 젖먹이 어린 애를 거느린 블라디미르 현 출신 폐병쟁이 여자와 메니쇼바 노파, 그리고 두 아이를 거느린 건널목지기 여자만 있었다. 수사의 딸은 어제 정신병자라는 진단을 받고 병원으로 끌려갔고, 다른 여자들은 모두 빨래를 하고 있었다. 노파는 침상에서 잠을 자고 있었다. 아이들은 복도에서 놀고 있었고 그쪽 문은 활짝 열려 있었다. 어린애를 안은 블라디미르 현 여자와 쉴 새 없이 손가락을 재게 놀리면서 양말을 뜨고 있던 건널목지기 여자가 카튜샤 곁으로 다가왔다.

"그래, 만나고 왔어?" 하고 그녀는 물었다.

마슬로바는 마루까지 닿지 않는 발을 흔들거리면서 높은 침상에 앉은 채 말이 없었다.

"아니, 왜 그렇게 울기만 해?" 하고 건널목지기 여자가 말했다. "무엇보다도 낙심을 해선 안 돼요. 자, 카튜샤!" 그녀는 재빨리 손가락을 놀리면서 말했다.

마슬로바는 아무 대꾸도 하지 않았다.

"다들 빨래를 하러 갔어. 오늘은 뭘 많이 준다던데. 잔뜩 가져왔나 봐."

블라디미르 현 여자가 말했다.

"피나시카! 이 장난꾸러기가 어디 갔을까."

건널목지기 여자는 문 쪽을 바라보면서 소리쳤다.

그녀는 뜨개질바늘 하나를 뽑아서 실몽당이와 양말에 꽂고는 복도로 나갔다.

이때 복도에서 시끄러운 발소리와 여자들의 말소리가 들리더니, 맨발에 죄수화를 신은 여죄수들이 들어왔다. 모두 흰 빵을 한 개씩

들었으나 개중에는 두 개 가진 여자도 있었다. 페도시야는 곧 마슬로바의 곁으로 다가왔다.

"아니, 무슨 기분 나쁜 일이라도 있었어?"

페도시야는 맑고 푸른 눈으로 정답게 마슬로바를 바라보면서 물었다. "자, 차 마실 때 먹을 빵을 받아왔어" 하고 그녀는 흰 빵을 선반에 얹기 시작했다.

"아니, 왜 그래, 결혼을 망설이기라도 해?" 하고 코라블료바는 물었다.

"아니, 그이 생각엔 변함이 없지만 내가 싫어서" 하고 마슬로바는 대답했다.

"바보 같으니!"

코라블료바는 나직한 목소리로 말했다.

"같이 살 수 없을 바엔 무엇 때문에 결혼을 한담?"

페도시야가 말했다.

"그렇지만 네 남편은 너를 따라다니고 있지 않느냔 말이야" 하고 건널목지기 여자가 참견을 했다.

"그야 우리는 정식 결혼이니까 그렇지, 뭐. 같이 살 수 없을 바엔 무엇 때문에 정식 결혼을 해."

페도시야는 말했다.

"바보 같은 소리 마! 무엇 때문이냐고? 그 사람하고 결혼만 하면 돈 속에 파묻혀 살 수 있잖나 말이야."

"그분은 내가 어디로 가든 내 뒤를 따라가겠다는 거예요" 하고 마슬로바는 말했다. "가겠으면 가고 말겠으면 말라지, 뭐. 난 부탁하지 않을 테야. 그분은 이제부터 페테르부르크로 가서 힘을 써보겠다더군요. 그곳 대신들이 모두 그분 친척이니까요." 하고 말하더니 "하지만 내겐 아무 소용도 없어요."라고 말을 이었다.

"그야 그럴 테지!"

코라블료바는 배낭을 챙기면서, 아마도 딴생각을 하고 있었는지 갑자기 이렇게 맞장구를 쳤다.

"어때, 술이나 한잔할까?"

"난 그만두겠어. 당신들끼리 마셔요."

마슬로바가 대답했다.

2부
(상)

1

 원로원 심리는 2주 후에 열리게 되어 있었으므로, 네흘류도프는 그때까지 페테르부르크로 가서 원로원에서도 잘 안 될 경우에는 상소장을 작성해준 변호사의 권고대로 황제 폐하께 청원해보리라 생각했다. 상소 이유가 극히 빈약하기 때문에 기각될 경우도 생각해서 변호사의 의견대로 그 대책도 강구해두지 않으면 안 되었다. 마슬로바가 끼여 있는 징역수 무리가 6월 초순께 호송될 예정이었으므로, 마슬로바를 따라 시베리아로 가려면 그동안 시골 영지들을 돌아보고 정리해두지 않으면 안 되었다. 시베리아로 가겠다는 네흘류도프의 결심은 확고부동했다.
 우선 네흘류도프는 수입의 주요한 재원(財源)이 되는, 가장 가깝고 면적이 넓으며 비옥한 영지인 쿠즈민스코에 마을로 갔다. 그는 이곳에서 소년 시절과 청년 시절을 보냈으며, 성인이 된 뒤에도 두 번이나 다녀간 적이 있었다. 한 번은 어머니의 부탁으로 독일인 관리인을 데리고 가서 재정 상태를 조사하기도 했으므로, 그는 오래

전부터 이 영지의 상태라든가 농민과 사무소의 관계, 즉 지주에 대한 농민의 관계를 잘 알고 있었다. 농민과 지주의 관계란 좋게 말해서 완전한 예속이요, 털어놓고 말하자면 관리 사무소에 결박된 노예 상태와 다를 바 없었다. 이것은 1861년 폐지된 사실상의 예속, 즉 주인에 대한 일정한 사람들의 예속이 아니라 토지를 갖지 못한 농민 전체 또는 영세 농민 전체의 대지주에 대한 예속이었고, 여기서 벗어난 환경에서 살고 있는 농민은 아주 적었다. 네흘류도프는 이러한 농사 경영에 협력하고 있었기에 농촌 경제가 노예 상태의 기반 위에 이루어지고 있음을 잘 알았고, 또 모를 리가 없었다. 네흘류도프는 그것을 알 뿐만 아니라 그 부당함과 잔인성까지도 알고 있었다. 대학 시절 헨리 조지의 학설을 믿고 선전하며, 그 학설에 따라 토지 사유는 50년 전 농노 소유와도 같은 현대의 큰 죄악이라고 생각해 아버지한테서 물려받은 영지를 농민들에게 분배해줄 때부터 알고 있었다. 그러나 군대 생활로 들어서 1년에 2만 루블이나 되는 큰돈을 낭비하게 된 뒤로 이런 지식은 모두 그의 생활에서 불필요해졌고 자연히 잊어버리게 되었다. 그 후로는 단 한 번도 어머니가 보내오는 돈의 출처를 생각해보지 않았을뿐더러, 오히려 생각조차 하지 않으려고 애써왔다. 그러나 어머니의 죽음과 유산상속, 그에 따라 자기 것이 된 재산, 즉 토지 관리의 필요성에 직면하자 다시 토지 소유에 대한 태도를 결정해야 한다는 문제가 고개를 들기 시작했다. 한 달 전만 하더라도 네흘류도프는 자신이 현재의 질서를 변경할 힘도 없고 토지를 관리하는 사람은 자기가 아니라고 변명할 수도 있었으리라. 그리고 소유지에서 멀리 떨어진 곳에 살며 거기에서 나오는 돈만 받아 쓰면서 그럭저럭 마음 편히 생활해갈 수도 있었으리라. 그러나 지금은 시베리아로 떠날 일이 눈앞에 닥쳐오고 감옥 세계에 대한 관계도 복잡다단해져서, 이러한 문제를 해결하기 위해서는 돈과 사회적 지위가 필요하긴 했지만 그렇다고 해서 자기 집 재산 상태를 그대로 방치해둘 수도 없었으므로 그는 스스로에게 불리하더라도 그것을 개혁해보기로 결심했다. 그래서 그는 토지를 직접 경작하는 대신 싼값으로 농민들에게 빌려주어 농민들이 지주에게서 독립할 수 있는 가능성을 주기로 했다. 네흘류도프는 지주와 농노 소유자를 비교해보면서, 지주가 소작인에게 빌려주는 것은 농노 소유자가 각자의 농노를 부역에서 도조(賭租)로 바꾸는 것이나 마찬가지라고 생각했다. 물론 이것이 문제의 근본적인 해결은 아니었다. 그러나 적어도 해결을 위한 일보 전진임에는 틀림없었다. 압제의 심한 형식에서 비교적 온건한 형식으로의 이행이었다. 그래서 그는 이렇게 하기로 결심했다.

네흘류도프는 정오 무렵 쿠즈민스코예 마을에 도착했다. 그는 자기 생활의 모든 면을 간소화하려고 했기 때문에 전보도 치지 않고 역에 내려 쌍두마차를 불렀다. 마부는 소매가 없는 무명 외투를 입고 허리 아래쪽에 띠를 매고 있는 작달막한 젊은이였는데, 마부석에 의젓하게 모로 걸터앉아 손님에게 열심히 말을 걸어왔다. 두 사람이 이야기를 나누는 동안 기진맥진하게 혹사당한 절름발이 흰 수레 말과 수척하고 숨을 헐떡이는 곁다리 말은 그들이 즐기는 보조로 늘쩡늘쩡 달릴 수 있었다.

마부는 자기 마차에 탄 손님이 지주인 줄도 모르고 쿠즈민스코예의 관리인에 대한 얘기를 했다. 네흘류도프는 일부러 모르는 체하고 있었다.

"그 멋쟁이 독일인은" 하고 도시에서도 살아보았고 소설깨나 읽어본 마부는 이렇게 말했다. 그는 손님 쪽으로 비스듬히 몸을 돌리고 앉아서는 긴 채찍을 아래위로 바꿔 쥐면서 자기 교양을 과시하려는 것이 분명했다.

"트로이카(삼두마차)에다 밤색 말을 달고 마누라랑 쏘다니고 있답니다, 한심한 친구죠!"

그는 말을 이었다.

"크리스마스 같은 땐 큰 집에 크리스마스트리까지 장식하고요. 전 그때 손님을 실어 날랐는데, 전기가 번쩍번쩍하더군요. 어디 시골구석에서 그런 걸 보겠어요! 얼마나 돈을 처먹었는지! 어쨌든 만사가 그 사람 마음대로니까요. 최근에 또 좋은 땅을 샀다더군요."

네흘류도프는 독일 관리인이 자기 토지를 어떻게 관리하건, 또 어떻게 이용하건 자신은 아무 상관도 없다고 생각하고 있었다. 그러나 허리가 긴 이 마부의 말은 그에게 불쾌감을 주었다. 그는 아름다운 날씨며, 때때로 태양을 가리는 짙은 구름이며, 여기저기 농부들이 귀리 밭을 갈며 농기구를 따라다니는 들 풍경이며, 종달새가 하늘 높이 날아오르고 있는 새파란 채소밭이며, 철 늦은 떡갈나무를 제외하고 어느새 신록에 뒤덮인 숲이며, 가축 떼와 말들이 얼룩지고 있는 풀밭이며, 밭갈이하는 사람들이 어른거리는 들판에 정신이 팔려 있는 듯했으나 이따금 불쾌한 느낌이 스쳐 가곤 했다. 그래서 그는 무엇이 불쾌한지 자문해보았다. 그러자 쿠즈민스코예의 독일인이 자기 마음대로 영지를 관리하고 있다던 마부의 이야기가 떠올랐다.

쿠즈민스코예에 도착해 일에 착수하자 네흘류도프는 이런 생각을 모두 잊고 말았다.

　사무소 장부를 점검한 네흘류도프는 농민들이 소유한 조그만 땅이 지주의 땅으로 둘러싸여 있어서 지주에게 유리하다는 관리인의 숨김없는 말을 듣고 나서 농사를 직접 관리하지 않고 토지를 전부 농민들에게 분배하겠다는 결심을 더욱 굳혔다. 장부를 조사하고 관리인의 말을 듣고 난 그는, 기름진 땅의 3분의 2는 종전처럼 완전히 농구를 사용해서 머슴의 손으로 경작되고 나머지 3분의 1은 정보당 5루블씩 임금을 주고 농민들에게 경작시키고 있다는 사실을 알게 되었다. 결국 임금 5루블을 위해 농민들은 토지 1정보를 세 번씩 일구고 갈아 다시 씨를 뿌리고, 거두어들이고 다발을 지어서 창고로 운반해야 했다. 요컨대 아무리 싼 품팔이 머슴일지라도 최소한 1정보당 10루블에 해당할 만한 노동을 해야 했던 것이다. 농민들은 사무소에서 지급되는 모든 필수품에 대해서도 엄청나게 비싼 값을 노동으로 갚아야 했다. 그들은 꼴이나 숲속의 장작, 감자 줄기나 잎에 이르기까지 노동을 해서 그 값을 치러야 했으므로 모두가 사무소에 빚을 지고 있었다. 이 같은 방법으로 경작지 이외의 땅이더라도 농민들에게 임대될 경우 1정보당 가령 5부 이자 정도의 이익을 올린다면 거의 그 네 배의 수입을 올리는 셈이었다.

　네흘류도프는 그전부터 이 모든 것을 알고 있었으나 지금 새삼스레 다시 그 사실을 듣고 보니, 자기를 비롯해서 같은 위치에 놓여 있는 모든 사람이 이런 불합리한 사실을 지금까지 모르고 있었다는 데 대해서 그저 놀라울 뿐이었다. 그래서 농민들에게 토지를 양도하면 농기구는 모두 소용없어지고 그것을 팔려 해도 원가의 4분의 1도 받지 못한다든가 농민들이 땅을 못 쓰게 만듦으로써 큰 손해를 보게 된다든가 하는 관리인의 논증은 다만 농민들에게 토지를 분배하고 자기 수입의 대부분을 잃더라도 선행을 수행하고야 말겠다는 네흘류도프의 결심을 더욱더 굳게 해줄 따름이었다. 그래서 그는 여기 온 김에 지금 곧 그 문제를 정리해버리려고 마음먹었다. 이미 파종을 끝낸 곡식의 수확과 매각, 농기구며 불필요한 건물의 처분 같은 일은 모두 그가 떠난 다음 관리인을 시켜 하기로 했다. 여기서 그는 내일 자신의 계획을 농민들에게 발표하고 임대 토지에 대한 대부 조건 등을 협정하기 위해서, 쿠즈민스코예 영지를 둘러싸고 있는 세 개 부락민들의 집회를 열도록 관리인에게 부탁했다.

관리인의 반대에도 아랑곳하지 않고 자기 자신의 확고한 신념과 농민들을 위해 스스로 희생할 확고부동한 각오가 되어 있다는 의식에 만족을 느끼면서 네흘류도프는 사무소를 나와 앞으로의 일들을 생각하면서 집 둘레를 거닐었다. 올해는 손질도 하지 못하고 내버려둔 꽃밭(꽃밭은 관리인이 사는 집 바로 앞에 있었다), 민들레가 무성히 자라 있는 테니스 코트, 보리수나무가 서 있는 가로수 길을 거닐었다. 이 길은 그가 항상 시가를 피우며 거닐던 곳이고, 3년 전에 어머니한테 놀러 왔던 아름다운 키리모바가 그에게 매혹적인 시선을 던지던 곳이기도 했다. 네흘류도프는 내일 농민들 앞에서 할 연설의 요점을 대충 생각하고 나서 관리인에게로 갔다. 차를 마시면서 네흘류도프는 농장을 완전히 폐쇄해버릴 방법을 다시 한번 상의한 후, 이제부터 농민들에게 베풀려는 선행에 흐뭇한 만족을 느끼면서 자기를 위해 마련된 안채 방으로 들어갔다. 항상 손님을 맞기 위해 준비해두는 객실이었다.

그리 크지 않은 방에는 베네치아 풍경화 등이 걸려 있고, 창문과 창문 사이에는 거울이 걸려 있었다. 그리고 깨끗한 용수철 침대와 유리 물병, 성냥, 소등기가 놓여 있는 조그만 탁자가 있었다. 거울 앞 큰 탁자 위에는 그의 트렁크가 열린 채 놓여 있고, 그 속에서 여행용 화장 케이스와 책들이 얼굴을 내밀고 있었다. 그중 한 권은 러시아어로 쓰인 형법 연구 안내서였고, 나머지 두 권은 각각 독일어와 영어로 쓰인 같은 내용의 책들이었다. 그는 시골로 돌아다니는 여행 중에 이 책들을 읽으려고 가져왔으나 지금은 그럴 겨를이 없었다. 내일은 아침 일찍이 일어나서 농민들과 협의를 해야 했으므로 그는 잠잘 채비를 차렸다.

방 한구석에는 자개가 박힌 낡은 마호가니 안락의자가 놓여 있었다. 전에 어머니 침실에 놓여 있던 그 안락의자를 보자 그의 마음속에서는 예기치 못했던 감정이 고개를 들었다. 그는 갑자기 머지 않아 헐어버리게 될 이 집과 황폐해질 정원, 벌목되어 없어질 삼림, 그리고 가축 막사며, 마구간이며, 농구를 넣어두던 헛간이며, 농기구며, 말이며, 소 등이 전부 아까운 것처럼 생각되었다. 물론 이 모두가 자기 스스로 마련해놓은 것은 아니지만, 그래도 굉장한 노력으로 유지되어왔음을 그도 잘 알고 있었다. 이제까지 이런 것을 내동댕이쳐버리는 것은 손쉬운 일이라고 생각했으나, 지금은 이 모두가 아까울뿐더러 토지도, 앞으로 필요해질지도 모를 수입의 반감도 아까운 것같이 생각되었다. 그러자 그 기분을 뒷받침이라도 해주듯 토지를 농민들에게 빌려주어 재산을 없애버릴 필요가 어디 있느냐, 그것은 경솔한 짓이다, 하는 생각이 머리에 떠올랐다.

'나는 토지를 소유해서는 안 된다. 그러나 땅을 갖지 않고서는 한 집안의 경제를 유지해갈 수가 없다. 하지만 나는 곧 시베리아로 가야 하니까 집도 영지도 내겐 필요가 없다' 하고 한 목소리가 말했다. '그건 그렇다' 하고 또 다른 목소리가 말했다. '그러나 첫째로, 너는 한평생을 시베리아에서 살지는 않을 것이다. 네가 결혼한다면 아이들도 생길 것이다. 그렇다면 네가 토지를 상속받은 것처럼 너도 역시 아이들에게 상속을 해주어야 한다. 그리고 또 토지에 대한 의무라는 것도 있다. 남에게 주어 없애기는 무척 쉬운 일이지만, 새로이 늘린다는 것은 여간 힘든 일이 아니다. 무엇보다도 먼저 자기 생활을 생각해보고 자기 자신을 어떻게 이끌고 나가야 할지 결정한 다음, 그에 따라서 자기 재산도 처리해야 할 일이다. 그리고 또한 네가 하고 있는 행위는 양심의 소리에 따른 것인가? 단순히 남을 위해서, 즉 남에게 과시하기 위해서 하는 짓은 아닌가?' 네흘류도프는 이렇게 자문해보았으나, 역시 세상 사람들의 이목이 그의 결심에 영향을 주고 있음을 스스로도 인정하지 않을 수 없었다. 그래서 생각하면 할수록 가지가지 의문이 생겨서 해결하기가 더욱 난처해졌다. 그는 이 같은 생각에서 벗어나보려고 깨끗한 잠자리에 누워 잠을 청했다. 내일 아침 깨끗한 정신으로 이 혼돈된 문제들을 해결하기 위해서였다. 그러나 그는 오랫동안 잠을 이루지 못했다. 활짝 열어젖힌 창에서 신선한 공기와 달빛과 함께 개구리 우는 소리가 흘러 들어왔다. 그 소리에 뒤섞여 멀리 떨어진 공원에서, 또 바로 창 밑의 가까운 라일락 숲속에서 밤꾀꼬리 울음소리가 들려왔다. 개구리와 꾀꼬리 울음소리를 들으면서 네흘류도프는 문득 소장의 딸이 치던 피아노 소리를 떠올렸다. 소장을 생각하자 또 마슬로바를 생각하게 되고, 개구리가 우는 듯한 목소리로 바르르 입술을 떨면서 '제 일에 더는 참견하지 말아주세요.' 하고 말하던 그녀의 모습이 떠올랐다. 그러자 독일인 관리인이 개구리가 우는 쪽으로 내려가기 시작했다. 그를 불러 세우려고 했으나 이미 아래로 내려가버렸을 뿐 아니라, 어느새 그는 마슬로바로 변해서 '나는 징역수고 당신은 공작님이신걸요' 하고 네흘류도프를 힐책하기 시작했다. '아니다, 나는 항복하지 않는다.' 그는 이렇게 생각하며 눈을 뜨고는 스스로에게 이렇게 물었다. '도대체 내가 하고 있는 일이 좋은 일이냐, 나쁜 일이냐? 알 수가 없다. 아무튼 상관없다, 상관없어. 지금은 우선 잠을 자야 한다.' 그러는 사이에 그 자신도 관리인과 마슬로바가 내려간 쪽으로 내려가기 시작했고, 이윽고 모든 상념이 끝나고 말았다.

2

이튿날 네흘류도프는 아침 9시에 눈을 떴다. 주인의 시중을 들던 젊은 사무원은 주인이 깨난 기척을 알아채고, 지금까지 그래본 적 없을 만큼 번쩍번쩍하게 닦아놓은 구두와 차고 깨끗한 샘물을 들고 들어와서 농민들이 벌써 모여 있다고 말했다. 네흘류도프는 정신을 차리며 벌떡 자리에서 일어났다. 토지를 분배하여 자기 농장을 없애는 것을 아깝게 생각하던 어제의 마음은 씻은 듯 가시고 없었다. 그는 놀라움과 더불어 어제의 일을 상기하고는, 눈앞으로 닥쳐온 일에 기쁨을 느끼면서 저도 모르게 흐뭇한 만족감에 사로잡혔다. 창밖으로 민들레가 무성히 우거진 테니스 코트가 보이고, 그곳에 관리인의 지시대로 농민들이 모여 있었다. 어젯밤 개구리가 요란하게 울어대더니 날씨는 잔뜩 흐려 있었다. 아침부터 바람 한 점 없이 촉촉한 가랑비가 소리 없이 내려 나뭇가지와 잎사귀와 풀잎에는 빗방울이 대롱대롱 맺혀 있었다. 창문에는 신록의 향기 외에도 비를 재촉하는 향긋한 흙냄새가 감돌고 있었다. 네흘류도프는 옷을 갈아입으면서 광장으로 모여드는 농민들을 여러 번 창 너머로 내다보았다. 농민들은 계속 모여들고 있었다. 그들은 인사를 주고받으며 둥글게 모여 서서는 지팡이에 몸을 의지하고 이야기를 나누었다. 빳빳이 곤두선 푸른 깃과 큰 단추가 달린 신사복을 입고 육중한 몸집에 근골이 우람스러운 젊고 건강한 관리인은 네흘류도프한테로 와서, 농민들이 모두 모이기는 했으나 조금 기다리게 해도 상관없으니 우선 준비해놓은 커피나 홍차라도 좀 드는 것이 어떻겠느냐고 말했다.

"아니, 먼저 그들한테 가겠소."

네흘류도프는 눈앞에 다다른 농민들과의 대화를 생각하자 자기도 모르게 막연한 두려움과 엷은 수치심을 느끼면서 이렇게 말했다.

그는 농민들이 꿈에도 생각지 못한 그들의 희망을 실현해주려고 걸음을 내디뎠다. 싼값으로 그들에게 땅을 분배해 결국 그들에게 은혜를 베풀려는 것이다. 그런데도 그는 어째서인지 양심의 가책 같은 것을 느꼈다. 네흘류도프가 농민들이 모여 있는 곳으로 가까이 다가갔을 때 그들은 일제히 모자를 벗었다. 아마 빛 머리, 고수머리, 대머리, 백발 등의 머리를 보았을 때 그는 당황한 나머지 한참 동안 아무 말도 하지 못했다. 가랑비는 계속해서 내려서 머리카락이며, 볼수염이며, 외투의 털에 빗방울이 방울방울 맺혔다. 농민들은 주인을 바라보며 그가 말하기만을 기다렸으나, 그는 완전히 당황해버려서 입을 열어 한마디도 할 수가 없었다. 이런 어색한 침묵을 깨뜨린 것은 스스로 농민통이라 자처하고 또 유창하고 정확하게 러시아어를 말할 수 있었던, 침착하고 자신만만한 독일인 관리인이었다. 투실투실 살찐 건장한 관리인과 네흘류도프를 말라빠진 주름투성이 얼굴이며 외투 위에서도 짐작되는 앙상한 어깨뼈를 한 농민과 비교해보면 너무나도 현저한 대조를 이루었다.

"이번 공작님께서는 너희들에게 은혜를 내리시어 토지를 나누어주시겠다는 말씀이다. 너희들은 그럴 만한 가치가 없다마는" 하고 독일인이 말했다.

"그럴 만한 가치가 없다고요, 바실리 카를르이치? 아니, 그럼 우리가 당신을 위해 일을 하지 않았단 말인가요? 우린 돌아가신 마님을 고맙게 생각하고 있습니다, 천국에서 고이 잠드소서! 그런데 젊은 공작께서도 우릴 버리지 않으신다니, 정말 고맙습니다" 하고 붉은 머리의 수다스러운 농민이 말했다.

"저희들은 별로 주인 나리께 불평하는 건 아닙니다만, 땅이 너무 부족해서 살아갈 수가 있어야지요" 하고 얼굴이 넓고 턱수염이 많은 농부가 말했다.

"실은 그것 때문에 모이게 한 거요. 여러분만 원한다면 토지 전부를 나눠줄 생각이오" 하고 네흘류도프가 입을 열었다.

농민들은 그의 말을 못 알아들었는지, 아니면 믿을 수 없다고 생각해서인지 잠자코만 있었다.

"어떻게 토지를 나누어주시겠다는 말씀입니까?" 하고 소매 없는 외투를 걸친 중년쯤 되어 보이는 농부가 네흘류도프에게 물었다.

"싼값으로 토지를 쓸 수 있도록 빌려주려는 거요."

"정말 고마운 일입니다" 하고 한 노인이 말했다.

"그 땅값을 낼 수만 있다면야……" 하고 다른 사람이 말했다.

"그런 땅을 왜 안 가져!"

"당연한 일이지, 우린 땅 없이는 살 수가 없으니까!"

"지주께서는 그편이 더 나을 겁니다. 그저 땅값만 받으시면 되니까요. 그렇지 않으면 귀찮은 일이 많거든요" 하고 여러 사람이 떠들어댔다.

"귀찮은 일은 너희들 때문에 일어나는 거야. 너희들은 일이나 하고 규칙만 잘 지키면 되는 거야" 하고 독일인이 말했다.

"그건 우리로서 힘든 일이오, 바실리 카를르이치. 당신은 밭에 왜 말을 들여놓느냐고 야단이지만, 말을 들여보내는 사람이 어디 있겠소. 1년을 하루같이 낫자루만 휘두르고 있으니까 밤에는 곯아떨어질 수도 있죠. 그런데 그사이에 말이 당신네 보리밭에 들어갔다고 해서 그렇게까지 들볶으니 말이에요."

뾰족코의 깡마른 노인이 말하기 시작했다.

"그러니까 규칙을 지켜야 한다는 거 아냐."

"규칙, 규칙, 말로는 쉽습니다만 우리에겐 힘에 겨운 일입니다."

더부룩한 검은 머리에 그다지 나이가 많지 않은 키 큰 농민이 반박했다.

"그러니까 울타리를 치라고 했잖아."

"그렇다면 그 목재를 주시오. 작년 여름에 울타리를 치려고 했더니 당신은 석 달 동안이나 나를 감옥에 가두고 이의 밥으로 만들지 않았소. 그런데 무슨 울타리란 말이오."

뒤에서 옷차림이 허술한 몸집 작은 농부가 끼어들었다.

"저 사람은 무슨 말을 하는 거요?" 하고 네흘류도프는 관리인에게 물었다.

"Der erste Dieh im Dorfe(저자는 이 마을에서 제일가는 도둑놈입니다)"
하고 관리인은 독일어로 대답했다. "매년 숲속에서 잡혀오는 놈이
에요. 이봐, 넌 남의 재산을 소중히 하는 법을 배워야 해" 하고 관리
인은 말했다.

"그럼 우리가 당신을 존중하지 않았단 말이오? 우린 당신 손에
꼭 쥐여 있으니까 당신을 소중히 모시지 않을 수도 없지 않소. 당신
은 우리 몸으로 새끼라도 꼴 수 있는 사람이니까요."

노인이 말했다.

"이봐, 무슨 소리를 하는 거야. 너희야말로 사람을 괴롭히지 마."

"뭐라고요, 괴롭히지 않았다고요! 작년 여름에 나를 때린 건 누군
데요. 그래도 난 참을 수밖에 없었소. 재판을 한들 돈 많은 사람에게
이길 수는 없으니까 말이오."

"그러니까 규칙대로 하라는 거지."

이렇게 말다툼이 벌어졌으나 당사자들은 무엇을 위해 무슨 말을
지껄이고 있는지조차 모르는 것 같았다. 다만 한쪽에서는 공포로
억눌려 있던 분노, 또 한쪽에서는 우월감과 권력이라는 의식을 느
낄 수 있었을 뿐이다. 네흘류도프는 이러한 입씨름을 듣고 있기가
괴로워서 오늘의 본론인 임대료와 지불 기한을 결정하는 방향으로
말머리를 돌리려고 애썼다.

"대체 토지 이야기는 어떻게 되는 거요? 여러분은 내가 말한 대
로 하시겠습니까? 토지를 전부 빌려드린다면, 땅값은 얼마로 하면
좋겠습니까?"

"나리 땅이니까 가격은 나리가 정해주십시오."

네흘류도프는 가격을 말했다. 네흘류도프가 부른 가격은 이 고장

가격보다 훨씬 저렴했지만, 농민들은 관습에 따라 비싸다며 에누리를 하기 시작했다. 네흘류도프는 자신의 제안을 기꺼이 받아들이리라 기대했는데, 농민들에게서는 그런 기색을 조금도 찾아볼 수가 없었다. 그러나 네흘류도프는 자신의 제안이 그들에게 유리하다는 것만은 알 수 있었다. 그것은 누가 토지를 빌리느냐, 다시 말하자면 전체 농민의 이름으로 빌리느냐, 그렇지 않으면 조합을 만드느냐 하는 문제가 제기되었을 때 지불 능력이 없는 사람은 제외하자는 농민들과 제외당할 농민들 사이에 굉장한 논쟁이 벌어졌기 때문이다. 드디어 관리인의 중재로 땅값과 지불 기한이 결정되었다. 농민들은 왁자지껄 떠들면서 언덕길을 내려가 마을로 돌아갔다. 네흘류도프는 관리인과 함께 계약서 초안을 만들기 위해 사무실로 갔다. 모든 일은 네흘류도프가 원하고 기대했던 대로 되었다. 농민들은 그 지방 일대의 땅값보다 3할이나 싼값으로 토지를 빌려 쓰게 되었다. 영지에서 나올 수입은 반감되었으나, 그래도 네흘류도프는 충분했다. 특히 삼림을 판 대금과 농기구가 팔리면 들어올 금액을 더하면 오히려 남아돌 정도였다. 이렇게 만사가 순조롭게 진행된 듯 보였는데도 네흘류도프는 여전히 양심의 가책 같은 것을 느꼈다. 몇몇 농민들이 고맙다고 말하기도 했지만, 대부분은 불만의 기색이었고 뭔가 더 큰 것을 기대하는 듯한 눈치였다. 네흘류도프도 이것을 모를 리 없었다. 결국 그는 재산상 큰 손해를 보면서도 농민들이 기대한 만큼의 선행을 베풀어주지 못한 셈이 되고 말았다.

이튿날 임시 계약서에 서명을 한 네흘류도프는 마을 대표로 뽑혀 온 농민들의 전송을 받으며 뭔가 못다 한 일이라도 있는 듯한 미진한 마음으로, 역에서 오던 길에 마부한테서 들은 훌륭한 세 필의 말이 끄는 관리인의 마차에 올랐다. 그러고는 의아하고 불만스러운 표정으로 머리를 흔드는 농민들에게 작별을 고하고 역으로 갔다. 네흘류도프는 불만스러웠다. 무엇이 불만스러운지는 자신도 알 수 없었으나, 그는 시종 무엇인가 슬프고도 부끄러운 마음에서 벗어날 수가 없었다.

3

네흘류도프는 쿠즈민스코예에서 고모들한테 유산으로 받은 영지로 향했다. 그곳은 카튜샤를 처음 만난 곳이었다. 그는 이 고장에서도 쿠즈민스코예에서 한 대로 토지 문제를 처리하려고 생각했다. 그 밖에 카튜샤의 일이며, 어린애가 죽은 것은 사실인지, 또 사실이라면 어떻게 죽었는지 그 모든 일을 가능한 한 확실히 알고 싶었다. 그는 아침 일찍 파노보 마을에 도착했는데, 마차를 들여놓았을 때 무엇보다도 그를 놀라게 한 것은 모든 건물, 특히 안채가 황폐하고 노후한 모습이었다. 전에는 파랗던 양철 지붕도 오랫동안 칠하지 않은 탓으로 빨갛게 녹이 슬었고 아마 폭풍 때문인지 몇 장이 위로 튕겨져 있었다. 안채를 둘러싼 얄팍한 판자는 손대기 쉬운 곳부터 군데군데 누군가의 손으로 뜯겼고 녹슨 못은 구부러져 있었다. 입구 계단은 앞문과 특히 추억이 새로운 뒷문, 이렇게 두 곳 모두 허물어져 나무 뼈대만 남아 있었다. 창 몇 개는 유리 대신 얄팍한 판자로 가려져 있고, 관리인이 살던 별채도, 부엌도, 마구간도 모두 낡아 빠져서 잿빛으로 변해 있었다. 다만 정원만은 황폐해지지 않았을뿐더러, 오히려 울창하게 자라 정원 가득히 꽃이 만발해 있었다. 울타리 뒤에는 만발한 벚꽃이며 사과꽃이며 살구꽃이 마치 흰 구름처럼 넘겨다보였다. 라일락 울타리는 14년 전과 마찬가지로, 네흘류도프가 열여섯 살이 된 카튜샤와 그 그늘 밑에서 술래잡기를 하다가 구덩이에 빠져 쐐기풀에 찔렸을 때와 똑같이 향기롭게 피어 있었다. 소피야 이바노브나가 직접 안채 옆에 심은 낙엽송은 그때 말뚝만 하던 것이 이젠 대들보만 하게 자라 있었으며, 부드러운 황록색 솜털 같은 잎으로 덮여 있었다. 냇가의 개울물은 물방아가 있는 둑에서 요란한 소리를 내며 흘러내리고, 개울 저쪽 풀밭에서는 농가의 가축 떼들이 알록달록 반점을 이루며 풀을 뜯고 있었다. 신학교를 중퇴한 관리인은 안뜰에서 웃음 띤 얼굴로 네흘류도프를 맞아주었다. 그는 내내 웃는 얼굴로 네흘류도프를 사무실로 안내했고, 무슨 특별한 약속이라도 하는 듯이 벙글벙글 웃으면서 칸막이 벽 뒤로 사라졌다. 칸막이 뒤에서는 속삭이는 소리가 들리더니, 곧 다시 잠잠해졌다. 마부가 술값을 받고 말방울 소리를 울리면서 문밖으로 나가버리자, 사방은 물을 끼얹은 듯이 조용해졌다. 그러나 곧 수놓은 옷을 입고 양쪽 귀에 술을 늘어뜨린 맨발 처녀가 창 옆으로 뛰어가자, 뒤이어 농부 한 사람이 장화 징소리를 내며 울퉁불퉁한 길을 달려갔다.

    네흘류도프는 창가에 앉아서 정원을 내다보며 귀를 기울였다. 양쪽으로 열린 조그만 창문으로 신선한 봄의 대기와 새로 일군 향긋한 흙냄새가 흘러 들어오고, 땀에 젖은 이마에 흘러내린 머리카락과 칼자국투성이 창문턱에 놓여 있는 종잇장들이 바람에 하늘하늘 나부꼈다. 서로 앞다투어 내리치는 아낙네들의 빨랫방망이 소리가 냇가에서 들려오고, 그 소리는 햇빛에 반짝이는, 둑으로 막힌 잔잔

한 수면으로 퍼져 나갔다. 방앗간에서는 물 떨어지는 소리가 박자를 맞추듯 들려왔다. 파리 한 마리가 놀란 듯 귓전을 윙 스치고 지나갔다.

불현듯 네흘류도프는 젊고 순수했던 시절의 그 옛날 생각이 떠올랐다. 그때도 역시 냇가에서는 규칙적인 물방아 소리에 섞여 오늘처럼 빨래하는 아낙네들의 방망이 소리가 들려왔고, 봄바람이 그때도 땀에 젖은 그의 이마에 산들산들 불어왔고, 칼자국투성이 창턱에 놓여 있는 종이가 하늘거렸고, 역시 파리가 귓전을 스쳐 갔었다. 그리고 그는 스스로를 그때와 다름없는 열여덟 살 소년이라고 생각하지는 않았으나, 그래도 그때의 그 젊고 순결하고 한없이 위대한 미래의 가능성으로 넘쳐나던 시절로 되돌아간 듯한 느낌이 들었다. 그러나 곧 그는 흔히 꿈속에서 느끼듯 모든 것이 현실은 아님을 깨닫게 되자, 말할 수 없이 서글픈 생각이 들었다.

"식사는 언제 하시겠습니까?" 하고 관리인은 웃으면서 물었다.

"언제든 좋소. 그러나 별로 시장하지 않으니 마을이나 한 바퀴 돌아보겠소."

"그럼 먼저 안채로 가시는 것이 어떻겠습니까, 깨끗이 정리해놓았으니까요. 밖은 좀 뭣합니다만······."

"아니, 그건 나중에 보기로 하지. 그보다 먼저 한마디 묻겠는데, 이 마을에 마트료나 하리나라는 여자가 있을 텐데?"

그녀는 카튜샤의 백모였다.

"네, 있다 뿐이겠습니까. 하지만 그 여자는 말씀이 아니랍니다. 밀주를 팔고 있습죠. 제가 알고 때때로 현장을 잡아서 욕을 해주곤 합니다만, 그렇다고 고소를 할 수도 없답니다. 불쌍해서요. 늙은 몸에 손자를 먹여 살리고 있으니까요" 하고 관리인은 여전히 웃음을 지으며 말했다. 그것은 주인에게 호감을 주려는 마음과, 네흘류도프도 자기와 마찬가지로 모든 일을 잘 이해하고 있다는 확신을 나타내는 웃음이었다.

"그 노파는 어디 살고 있소? 가서 좀 만나보고 싶은데······."

"마을 끝 저쪽에서 세 번째 집입니다. 왼편에 벽돌 만드는 집이 있고, 그 뒤에 노파가 사는 오막살이가 있습니다. 아니, 그보다도 제가 안내해드리죠" 하고 관리인은 기쁜 듯이 싱글벙글 웃으면서 말했다.

"아니, 고맙지만 혼자서도 찾을 수 있을 거요. 그보다도 당신은 농민들을 좀 모이게 해주시오. 토지 문제로 그들에게 말하지 않으면 안 될 일이 있으니까" 하고 네흘류도프는 말했다. 그는 여기서도 쿠즈민스코예에서와 마찬가지로 될 수 있으면 오늘 밤 안으로 이곳 농민들과 결말을 짓고 싶었다.

4

대문을 나선 네흘류도프는 탄탄히 다져진 오솔길에서 알록달록한 앞치마를 두르고 귀에는 술을 단 채 질경이와 백산다가 우거진 목장 길을 맨발로 재빨리 걸어오는 종아리 굵은 시골 처녀와 마주쳤다. 집으로 돌아오던 길인 그녀는 오른손으로 빨간 볏이 달린 수탉을 배에 꼭 껴안고 왼손은 걸음에 맞춰 휘휘 내젓고 있었다. 빨간 볏이 건들거리는 수탉은 잠잠히 품에 안겨 있는 듯했으나, 가끔 눈을 두리번거리고 시커먼 한쪽 발을 오므렸다 폈다 하면서 그녀의 앞치마를 발톱으로 긁고 있었다. 처녀는 주인에게 가까워지면서 걸음을 늦춰 천천히 걷기 시작했으나, 그와 마주치자 걸음을 멈추고는 머리를 깊이 숙여 꾸벅 절을 했다. 그녀는 네흘류도프가 지나간 다음에야 자기도 닭을 안고 앞으로 걸음을 내디뎠다. 그는 우물로 가는 길로 내려가다가 이번에는 더럽고 다 떨어진 옷을 걸치고 구부러진 등에 물이 가득 든 무거운 물통을 지고 가는 노파와 마주쳤다. 노파는 물통을 가만히 내려놓고는 아까 그 처녀처럼 머리를 깊이 숙여 꾸벅 인사를 했다.

우물을 지나자 바로 마을이었다. 맑고도 무더운 날씨였다. 아침 10시인데도 벌써부터 찌기 시작해, 뭉게뭉게 모여든 구름이 때때로 태양을 가리곤 했다. 코를 찌르는 듯한 역한 거름 냄새가 한길마다 넘쳐흘렀다. 그 냄새는 반짝반짝 길든 언덕길을 줄지어 오르고 있는 짐마차에서 풍겨오는 것 같았으나, 그보다는 집집마다 거름을 파헤쳐놓아 열린 문을 통해 밖으로 풍겨 나오는 냄새가 더 역했다. 네흘류도프는 바로 그 옆을 지나가고 있었던 것이다. 거름이 묻은 바지와 셔츠를 입은 맨발의 농부들은 짐마차 뒤를 따라 언덕길을 걸어 올라가면서, 키가 크고 뚱뚱한 나리가 햇빛에 번쩍이는 비단 리본이 달린 회색 모자를 쓰고 걸음을 옮길 때마다 반짝이는 손잡이가 달린 반질반질 윤이 나는 굴곡진 단장을 사뿐 내짚으면서 마을 쪽으로 걸어 올라가는 모습을 흘끔흘끔 뒤돌아보았다. 들에서 돌아오는 농부들은 빈 마차를 달리며, 흔들거리는 마부석에서 모자를 벗고는 자기들 마을에 나타난 낯선 사람을 놀란 눈으로 전송했다. 여자들은 문밖 층계까지 뛰어나와서 서로 눈짓을 해가며 그를 전송하고 있었다.

네흘류도프가 네 번째 집을 지나가려고 할 때, 요란스러운 소리를 내며 달려 나오는 짐마차 때문에 그는 걸음을 멈추지 않을 수 없었다. 그 짐마차 위에는 거름이 산더미같이 쌓여 있고, 사람이 앉을 자리에는 가마니가 깔려 있었다. 여섯 살쯤 돼 보이는 사내아이가 마차 뒤를 따라 나왔는데, 마차를 탄다는 호기심에 마음이 부풀어 있는 듯 보였다. 짚신을 신은 젊은 농부가 성큼성큼 발을 내디디며 말을 문밖으로 몰아내고 있었다. 다리가 길고 털빛이 푸르스름한 망아지가 문밖으로 쫓겨 나오다가 네흘류도프를 보고는 질겁해서 마차 옆으로 비켜섰다. 다리가 바퀴에 부딪히자 깜짝 놀란 망아지는 때마침 문에서 무거운 짐을 지고 나오며 근심스러운 듯이 히힝 소리를 내는 어미 말 앞으로 달려갔다. 뒤따라서 줄무늬 바지에 더럽고 긴 셔츠를 걸친, 역시 앙상한 등에 어깨뼈가 불거져 나온 원기 왕성해 보이는 노인이 역시 맨발로 말을 몰고 나왔다.

말들이 타버린 재 같은 잿빛 거름이 흩어져 있는 길로 나가자, 노인은 문 있는 데까지 되돌아와서 네흘류도프에게 인사를 했다.

"나리는 돌아가신 마님의 조카님 아니십니까?"

"그렇소, 조카요."

"잘 오셨습니다. 그렇다면 저희들을 만나 보러 오신 건가요?" 하고 이야기하기 좋아하는 노인은 말했다.

"그렇소. 어떻게들 지내고 있소?" 하고 네흘류도프는 무슨 말을 해야 좋을지 몰라 이렇게 되물었다.

"어떻게 지내다니요! 저희 생활이란 말씀이 아닙죠."

수다스러운 노인은 노래라도 부르듯 흥겹게 말꼬리를 늘어뜨렸다.

"왜 말이 아니란 말이오?"

네흘류도프는 처마 밑으로 비켜서면서 물었다.

"하여튼 형편없는 생활입니다. 이보다 더 나쁠 수가 없어요."

거름이 깨끗이 치워져서 땅바닥이 드러난 처마 밑으로 네흘류도프의 뒤를 따라 발길을 옮기면서 노인은 이렇게 대답했다.

"제 가족은 바로 저기 보시다시피 모두 열두 식구나 됩니다."

노인은 두 여자를 가리키면서 말을 이었다. 머릿수건을 늘어뜨리고 옷자락을 걷어 올린 땀투성이 여자들은 장딴지에 절반이나 거름을 묻히고 쇠스랑을 손에 든 채 거름 더미 속에 서 있었다.

"다달이 보리를 적어도 스물대여섯 관은 사야 하는데 어디서 그 돈을 구해오겠습니까?"

"밭에서 나오는 걸로 모자란단 말이오?"

"밭이라고요?" 하고 노인은 비웃듯이 되물었다. "우리 밭에서는 세 사람 몫밖에 나오지 않습니다. 지난번에는 여덟 단밖에 추수를 못 했고, 그래서 크리스마스까지도 대지 못했지요."

"그러면 어떻게 살아가오?"

"그래서 할 수 없이 자식 한 놈은 머슴으로 보내고, 나리 사무실에서 빚을 냈습지요. 그것도 단식재 전에 다 써버려서 땅세도 물지 못하고 있는 형편입니다."

"땅세는 얼마나 되오?"

"저희는 넉 달에 17루블씩 내고 있습니다. 정말이지 어떻게 살아가야 할지, 내 살림이지만 종잡을 수가 없습니다."

"집에 좀 들어가서 봐도 괜찮겠소?"

네흘류도프는 이렇게 묻고는 앞마당을 지나 깨끗하게 치워놓은 자리에서 쇠스랑으로 흩뜨려놓은 채 아직 손도 대지 않은, 지독하게 냄새가 풍기는 싯누런 거름 더미 쪽으로 걸음을 옮겼다.
"괜찮고말고요, 어서 들어가십시오."
노인은 이렇게 대답하고, 발가락 사이로 거름이 비죽비죽 비어져 나오는 발을 재빨리 옮기면서 네흘류도프를 앞질러 가서는 방문을 열어주었다.
여자들은 머리에 쓴 수건을 매만지고 치맛자락을 내리면서, 자기네 집으로 들어오는 말쑥한 나리의 모습과 소매에 단 황금빛 커프스단추 등을 호기심과 공포가 얽힌 표정으로 바라보고 있었다.
집 안에서 속옷 바람 계집아이 둘이 뛰쳐나왔다. 네흘류도프는 등을 구부리고 모자를 벗은 다음, 입구 복도를 거쳐 시큼한 음식 냄새가 풍기고 베틀이 두 대 놓여 있는 더럽고 좁은 방으로 들어갔다. 난롯가에는 소매를 걷어 올려 바싹 마르고 햇볕에 탄 팔을 드러낸 노파가 서 있었다.
"나리가 오셨소. 귀한 손님이오" 하고 노인은 말했다.
"그래요. 아이고, 어서 오십시오."
노파는 걸어 올린 소매를 내리면서 상냥하게 말했다.
"당신들이 어떻게 살고 있는지 보고 싶어서 왔소" 하고 네흘류도프는 말했다.
"보시다시피 이렇게 살고 있습니다. 집은 다 헐어서…… 언제 누가 깔려 죽을지 모를 지경입니다. 그런데도 저 늙은이는 이게 좋다고 하네요. 글쎄, 이렇게 살면서도 임금님처럼 태평하다니까요."
성질이 팔팔한 노파는 신경질적으로 머리를 흔들며 이렇게 말했다.
"지금 점심을 차리고 있습니다. 일하는 사람들을 먹이려고요."
"무엇을 먹습니까, 당신들은?"

"무엇을 먹느냐고요? 먹는 것은 고급이지요. 먼저 빵과 크바스*, 그리고 또 크바스와 빵을 먹습니다."

노파는 반쯤 썩은 이를 드러내면서 이렇게 말했다.

"아니, 농담이 아니라 오늘 먹을 것이 무엇인지 좀 보여주구려."

"먹는 거요? 우리가 먹는 것은 아주 간단합니다. 할멈! 좀 보여드려요."

노인은 웃으며 말했다.

노파는 머리를 흔들었다.

"우리 농민들이 먹는 것을 보고 싶으시다니, 나리도 참 찬찬하십니다그려. 꼭 눈으로 보셔야 되겠다니……. 먼저 말씀대로 빵에 크바스, 거기에 수프입니다. 어제 아이들이 스니치 풀을 가져왔기에 그걸로 만들었지요. 그리고 감자가 있고요."

"그 밖엔 더 없소?"

"더 없느냐고요? 그저 우유를 넣어서 희멀겋게 만들 뿐이죠."

노파는 웃는 얼굴로 문 쪽을 바라보며 이렇게 말했다.

문은 활짝 열려 있고 현관에는 사람들이 가득 모여 있었다. 사내아이며, 계집아이며, 어린애를 안은 여자들이 자신들이 먹는 음식을 들여다보고 있는 신기한 나리를 보느라 문가에 몰려 있었다. 노파는 자신 있게 나리를 상대할 수 있다는 것을 자랑스럽게 여기고 있는 듯했다.

"저희 생활이란 정말이지 말이 아닙죠" 하고 노인은 말했다.

"어딜 들어오는 거야!"

---

* 엿기름, 보리, 호밀 등으로 만든 러시아 저알코올 음료다.

노인은 문가에 모여 선 사람들에게 소리를 꽥 질렀다.

"그럼 잘들 있어요."

네흘류도프는 어떤 수치심과 어색한 기분을 느끼면서 이렇게 말했다. 그러나 그 이유는 그 자신도 알 수 없었다.

"저희 같은 사람을 찾아주셔서 감사합니다" 하고 노인은 말했다.

복도 입구 쪽에 서 있던 사람들이 네흘류도프에게 길을 비켜주려고 서로 밀치락달치락했다. 네흘류도프는 한길로 나와 언덕길을 올라갔다. 그의 뒤를 따라 두 아이가 맨발로 걸어 나왔다. 나이가 좀 들어 보이는 아이는 더러운 흰 셔츠를 입었고, 다른 한 아이는 색이 바랜 장밋빛 옷을 입고 있었다. 네흘류도프는 그들을 돌아보았다.

"이번엔 어디로 가세요?"

흰 셔츠를 입은 아이가 물었다.

"마트료나 하리나한테 간다. 너희들, 그 사람을 아니?"

그가 말했다.

장밋빛 셔츠를 입은 조그만 남자아이는 무엇이 우스운지 킬킬거렸으나, 나이가 든 소년은 정색을 하고 물었다.

"어느 마트료나 말이에요? 할머니요?"

"그래, 할머니 말이다."

"으응!" 하고 소년은 목소리를 끌었다.

"그럼 세묘니하 할머니군. 그 사람은 마을 끝에 살아요. 우리가 모셔다 드릴게요. 얘, 페지카, 우리 같이 모셔다 드리자!"

"말은 어떻게 하고!"

"뭘, 괜찮아!"

페지카는 동의했다. 그들 셋은 윗마을 쪽으로 걸어 올라갔다.

5

네흘류도프는 어른들을 상대하기보다는 아이들을 상대하는 편이 훨씬 마음 편했다. 그는 아이들과 같이 걸어가면서 여러 가지 이야기를 나누었다. 장밋빛 셔츠를 입은 조그만 놈은 웃음을 그치고 큰 놈처럼 영리하게 차근차근 이야기하기 시작했다.

"그러면 너희 마을에서 제일 가난한 사람은 누구지?" 하고 네흘류도프가 물었다.

"누가 제일 가난하냐고요? 미하일라죠, 그리고 세묜 마카로프도. 그렇지만 마르파가 더 가난해요."

"아니야, 아니시야가 더 가난해. 아니시야는 소도 없고, 빌어먹고 있잖아" 하고 조그만 페지카가 말했다.

"아니시야 집에는 소가 없지만 대신 세 식구뿐인데, 마르파는 다섯 식구나 되잖아" 하고 큰 놈이 반대했다.

"그렇지만 아니시야는 과부가 아니난 말이야" 하고 장밋빛 셔츠는 아니시야 편을 고집했다.

"넌 아니시야가 과부라고 하지만, 마르파도 과부나 마찬가지지 뭐야! 남편이 집에 없으니 과부지, 뭐."

큰 녀석이 말을 이었다.

"남편은 어디 갔지?" 하고 네흘류도프가 물었다.

"감옥에서 이를 기르고 있대요" 하고 큰 녀석은 어른들이 말하듯이 이렇게 대답했다.

"작년 여름에 지주네 숲에서 자작나무 두 그루를 베어갔기 때문에 감옥에 들어갔어요" 하고 장밋빛 셔츠의 조그만 놈이 재빨리 말했다. "벌써 여섯 달이나 됐어요. 그래서 마르파는 동냥을 다녀요.

집에는 어린애가 셋이나 있고, 더구나 몸을 못 쓰는 할머니까지 있어요." 하고 아이는 자세히 설명했다.

"그 여자 집은 어디냐?" 하고 네흘류도프가 물었다.

"바로 이 집이에요" 하고 소년은 집 한 채를 가리키며 말했다. 그 집 앞, 네흘류도프가 걸어가고 있는 길가에 머리가 흰 조그만 어린아이가 개 다리처럼 무릎이 굽은 다리로 비틀비틀 간신히 서 있었다.

"바시카, 어디로 도망가는 거냐, 저 말썽꾸러기가!" 하고 재라도 뒤집어쓴 듯한 더러운 잿빛 옷을 입은 여자가 집에서 뛰쳐나오며 놀란 듯이 네흘류도프 앞까지 달려와서는 어린애를 끌어안고 집 안으로 들어갔다. 마치 네흘류도프가 어린애에게 무슨 잘못이라도 저지르지 않을까 두려워하는 태도였다.

그 여자가 바로 네흘류도프의 숲에서 자작나무를 베었다는 죄로 감옥살이를 하고 있다는 그 사나이의 아내였다.

"그건 그렇고, 마트료나도 역시 가난하니?"

그들 셋이 마트료나 집 근처에 다다랐을 때 네흘류도프는 이렇게 물었다.

"가난하긴 뭐가 가난해요, 술을 팔고 있는데" 하고 야윈 장밋빛 셔츠의 소년이 단호히 말했다.

마트료나의 집에 이르자 네흘류도프는 두 아이를 돌려보내고 입구의 복도를 거쳐 방 안으로 들어갔다. 마트료나 노파의 집은 두 칸 반도 못 되는 넓이였으므로, 큰 사람이면 난로 뒤에 놓여 있는 침대에서도 제대로 발을 뻗을 수 없을 정도였다. '바로 이 침대 위에서' 하고 그는 생각했다. '카튜샤가 어린애를 낳고 병이 들었겠지.' 방 안은 베틀이 거의 점령하고 있었다. 네흘류도프가 얕은 문에 머리를 부딪히며 방으로 들어갔을 때, 마침 노파는 큰손녀와 함께 베틀을 고치는 중이었다. 다른 두 손녀는 네흘류도프를 따라 쏜살같이 달려 들어와서는 문기둥을 붙잡고 섰다.

"누굴 찾으시죠?" 하고 노파는 화난 얼굴로 물었다. 베틀이 시원찮아 짜증이 나 있었고, 더욱이 밀주를 팔고 있는 관계로 낯선 사람만 보면 언제나 두려움이 앞섰던 것이다.

"나는 지주인데, 당신에게 좀 물어볼 말이 있어서 왔소."

노파는 상대방을 찬찬히 쳐다보면서 한동안 말이 없더니 갑자기 낯빛이 바뀌었다.

"아이고, 주인 나리셨군요. 바보같이 알아뵙지도 못하고. 난 그저 지나가던 나그네인 줄만 알았습죠" 하고 노파는 아첨 어린 상냥한 목소리로 말하기 시작했다.

"제발 용서해주십시오."

"사람이 없는 데서 조용히 얘기 좀 하고 싶은데" 하고 네흘류도프는 열린 문을 바라보며 말했다. 거기에는 어린애들이 서 있고, 그 뒤로 말라빠진 여자가 갓난아이를 안고 서 있었다. 갓난아이는 넝마조각으로 만든 모자를 쓰고 병 때문에 혈색이 좋지 않은 데다 피골이 상접하면서도 연신 벙글벙글 웃고만 있었다.

"뭐 볼 게 있다고. 맛 좀 봐야겠니, 그 몽둥이 좀 이리 가져와!" 하고 노파는 문에 서 있는 아이들에게 고함을 쳤다.

"문을 닫지 못해!"

어린애들이 가버리자 갓난아이를 안은 여자가 문을 닫았다.

"난 또 누구시라고. 주인 나리이신걸. 황금처럼 소중하고 훌륭하신 주인 나리를 몰라 뵈다니!" 하고 노파는 말했다.

"아유, 이렇게 누추한 곳을 다 찾아주셔서 정말 고맙습니다. 아아, 다이아몬드처럼 귀중하신 나리님! 자, 어서 여기 앉으십시오, 이 의자에."

노파는 앞치마로 의자를 훔치면서 말했다.

"난 또 어떤 악마 녀석이 들어왔나 했더니 글쎄, 바로 나리님이실 줄이야. 훌륭하시고 인자하시고 우리 생명의 은인이신 나리님을 다 몰라 뵈다니. 제발 이 바보 같은 늙은이를 용서해주십시오, 벌써 눈이 멀었나 봐요."

네흘류도프가 앉자, 노파는 그의 앞에 서서 오른손으로 뺨을 괴고 왼손으로 뾰족한 오른쪽 팔꿈치를 받치고는 노래라도 부르듯이 말하기 시작했다.

"그런데 나리도 나이가 드셨군요. 물 오른 나무처럼 싱싱하시더니, 지금은 그렇지 못하시군요! 역시 걱정이 있으신가 보지요."

"실은 한 가지 물어볼 말이 있어서 왔는데, 카튜샤 마슬로바를 기억하겠소?"

"카테리나 말씀입니까? 어떻게 생각이 안 나겠어요, 제 조카인데요. 그야 잊을 수 없지요, 그 애 때문에 얼마나 눈물을 흘렸는지 몰라요. 다 알고 있습니다, 나리. 하나님 앞에 죄 없는 사람이 어디 있겠으며, 또 임금님 앞에 잘못 없는 사람이 어디 있겠습니까? 젊을 때는 누구나 차도 마시고 커피도 마시기 마련입죠. 그리고 일단 악마에 홀리고 나면 여간해서는 헤어나기 힘들답니다. 하는 수 없어요! 나리는 그 애를 버리셨지만, 백 루블을 주셨으니까 보상은 하신 셈이지요. 그러나 그 애의 꼬락서니라니. 미친 짓을 했죠. 내 말만 들었던들 버젓하게 살아갈 수 있었을 텐데. 그 애는 제 조카딸입니다마는, 솔직히 말씀드려서 철딱서니가 없는 계집애였어요. 그 뒤로 내가 좋은 자리에 들여보내주었는데 글쎄, 주인네 말을 고분고분 듣지 않고 대들지 않았겠어요. 우리 주제에 감히 주인한테 욕을 할 수 있겠어요. 그래서 쫓겨나고 말았지요. 그리고 또 한 번은 관리인 댁에 들어갔는데, 거기서도 싫다고 나와버렸어요."

"나는 어린아이에 대해서 알고 싶은데, 여기서 낳았다면서요? 그 애는 어디 있소?"

"어린것 말씀입니까, 나리님? 그때 저는 여간 많이 생각하지 않았습죠. 아이 어미는 산후에 몸이 좋지 않아서 일어날 것 같지도 않았어요. 그래서 갓난아이는 세례를 받게 한 다음 육아원으로 보냈습니다. 어미가 죽게 되었다고 해서 천사 같은 어린것을 괴롭힐 수야 있겠습니까. 세상에는 갓난아이에게 젖을 주지 않아서 말려 죽이는 사람도 있습니다만, 어떻게 그럴 수 있겠어요. 좀 힘이 들더라도 육아원으로 보내야겠다고 생각해, 그때 마침 돈도 있고 해서 데려다주었지요."

"번호를 받았었소?"

"번호가 있었습니다. 그러나 그 애는 그만 곧 죽어버렸어요. 그 여자 말로는 도착하자마자 죽었다더군요."

"그 여자라니?"

"바로 그 스코로드노예에 살던 여자 말입니다. 그 여자는 그게 직업이었지요. 이름은 말라니야라고 했는데, 지금은 그 여자도 죽고 없습니다. 똑똑한 여자였어요, 정말이지 그렇게 일을 잘할 수가 없었어요! 갓난아이를 데려가면, 그 아이를 맡아 자기 집에서 기르는 거예요. 그러니까 수가 찰 때까지 자기 집에서 기르는 거죠, 나리.

그러는 동안 아이가 셋이나 넷쯤 모이면 곧 육아원으로 보내는 겁니다. 그 여자는 정말 머리가 좋더군요. 2인용 침대처럼 큰 요람을 만들어서는 적당히 그 속에 아이들을 넣는 거예요. 거기엔 손잡이도 달려 있어요. 거기다 네 아이를 서로 머리가 부딪치지 않도록, 그러니까 네 아이의 발이 한군데로 모이게 눕히는 겁니다. 이렇게 한꺼번에 네 아이를 돌보는 거예요. 젖꼭지만 물려주면 아이들은 울지 않고 얌전하거든요."

"그래서 도대체 어떻게 됐소?"

"그래서 카테리나의 아이도 그런 식으로 기른 거죠. 그럭저럭 두 주 동안 자기 집에서 길렀다는데, 벌써 그때부터 그 애는 쇠약해져 갔다더군요."

"아이는 어땠소?" 하고 네흘류도프가 물었다.

"그야 훌륭한 아기였습지요. 어디 가서 찾아봐도 그런 아이는 없었을 겁니다. 꼭 나리를 닮았었지요" 하고 노파는 주름 잡힌 한쪽 눈을 끔뻑이면서 이렇게 덧붙였다.

"왜 허약해졌을까? 아마 잘못 먹인 모양이군요?"

"먹는 거라야 뻔하죠, 뭐! 한 가지밖에 없었으니까요. 하긴 제 배 아파 낳은 애가 아니니 당연할 테죠. 어쨌든 그곳에 도착할 때까지만 살아 있으면 된다고 그 여자가 말하더군요. 그런데 모스크바로 가자마자 곧 죽었다는 거예요. 그녀는 빈틈없이 증명서까지 받아 왔더군요. 참 똑똑한 여자였어요."

네흘류도프가 자기 자식에 대해서 알 수 있었던 것은 이것이 전부였다.

6

 방문과 대문에 다시 한번 머리를 부딪히면서 네흘류도프는 한길로 나왔다. 흰 셔츠, 잿빛 셔츠, 장밋빛 셔츠를 입은 아이들이 그를 기다리고 있었다. 그 밖에 또 다른 두서너 아이들이 그들과 같이 서 있었다. 젖먹이를 안은 아낙네들도 몇 있었는데, 그중에는 누더기로 모자를 만들어 쓴 핏기 없는 갓난아이를 한 손으로 가볍게 안은 아까 그 깡마른 여자의 모습도 보였다. 어린아이는 피골이 상접한 얼굴에 끊임없이 기묘한 웃음을 띠면서, 구부러진 엄지손가락을 열심히 움직이고 있었다. 네흘류도프는 그것이 고통의 미소임을 알고 있었다. 그는 그 아낙네의 이름을 물어보았다.
 "저 여자가 아까 말한 아니시야예요" 하고 큰 아이가 대답했다.
 네흘류도프는 아니시야에게 말을 건넸다.
 "어떻게 지내고 있소? 뭘 먹고 사느냐 말이오" 하고 물었다.
 "어떻게 사느냐고요? 얻어먹고 지내지요."
 아니시야는 이렇게 말하고 울음을 터뜨렸다.
 피골이 상접한 어린아이는 지렁이처럼 가느다란 다리를 구부리면서 벙실벙실 웃고 있었다.
 네흘류도프는 지갑을 꺼내 그 여자에게 10루블을 주었다. 그가 그곳에서 두 발짝도 나아가기 전에 갓난아이를 안은 또 다른 여자 하나가 쫓아왔다. 그 뒤에 노파, 그리고 또 다른 여자, 모두 자신들의 가난한 처지를 호소하며 도와달라고 했다. 네흘류도프는 지갑에 있던 잔돈 60루블을 몽땅 그들에게 털어주었다. 그러고는 어두운 우수를 느끼면서 관리인이 사는 별채로 돌아왔다. 관리인은 웃는 얼굴로 네흘류도프를 맞아들이면서 오늘 밤 노인들이 모인다고 보고했다. 네흘류도프는 고맙다는 말을 하고 방으로는 들어가지 않고 뜰로 나가, 하얀 사과꽃이 흩어져 있는 무성한 풀밭 길을 거닐면서 오늘 겪은 모든 일을 곰곰 되새겨보았다.

처음에는 별채 근처가 조용했으나, 네흘류도프는 곧 관리인의 방에서 성난 목소리로 떠들어대는 두 여인의 목소리를 들었다. 두 여자의 목소리에 섞여 이따금 언제나 웃음 짓고 있는 관리인의 가라앉은 목소리가 들려왔다.

"내 힘으로 더는 어떻게 할 수 없다는데, 왜 남의 목에 달린 십자가까지 낚아채고 야단이야" 하고 독살스러운 여자의 목소리가 들려왔다.

"잠깐 지나갔을 뿐인데 뭘 그래요. 돌려달라니까요. 소도 굶기고 어린애까지 젖 없이 고생시킬 필요가 뭐냐 말이에요" 하고 다른 여자가 말했다.

"그러니까 돈으로 갚든지, 일을 해서 갚으면 되잖아" 하고 관리인의 가라앉은 목소리가 대답했다.

네흘류도프는 정원을 벗어나 현관 층계 쪽으로 다가갔다. 그곳에는 머리카락이 흐트러진 두 여자가 서 있었는데, 한 여자는 해산이 임박한 불룩한 배를 내밀고 있었다. 현관 층계 위에는 관리인이 돛천으로 만든 외투 주머니에 두 손을 넣고 서 있었다. 주인 나리를 보자 여자들은 입을 다물고 흘러내린 머릿수건을 고쳐 쓰기 시작했고, 관리인은 주머니에서 손을 빼고 싱글벙글 웃었다.

관리인의 말에 따르면, 농부들이 일부러 자기들의 송아지와 어미 소를 지주네 목장에다 들여보낸다고 했다. 오늘도 이 여자들의 암소 두 마리가 목장에 들어와 있기에 붙잡아서 가둬버렸다는 것이다. 관리인은 소 한 마리에 30코페이카씩 벌금을 내든지, 그렇지 않으면 이틀 동안 배상 노동을 하라고 요구하고 있었다. 그러나 그 여자들의 이야기를 들어보면, 첫째, 자기네 소들은 잠깐 들어갔을 뿐이고, 둘째, 그런 돈은 갖고 있지도 않으며, 셋째, 일을 하기로 약속할 테니까 아침부터 아무것도 못 먹고 뙤약볕 아래서 처량히 울고 있는 소만큼은 빨리 돌려달라는 말이었다.

"누누이 몇 번을 부탁했느냔 말이야. 점심때 소를 몰려면 잘 감시해야 한다고."

벙글거리는 관리인은 마치 네흘류도프에게 증인이라도 되어달라는 듯이 그를 바라보면서 말했다.

"잠깐 아이를 보러 간 사이에 소들이 나가버린 거예요."

"소를 보는 사람이 그 곁을 떠나선 안 되잖아."

"그럼 어린것은 누가 젖을 먹이고요. 당신이 젖꼭지라도 물려주신다면 몰라도요."

"그것도 목장을 아주 못 쓰게 짓밟았다면 몰라도, 그저 잠깐 들어갔을 뿐인데 뭘 그래요" 하고 또 한 여자가 말했다.

"목장을 온통 망쳐놨어요. 단단히 혼을 내주지 않으면 마른 풀은 만져보지도 못합니다."

관리인은 네흘류도프에게 이렇게 말했다.

"그런 죄받을 소리는 하지도 마세요. 우리 소는 한 번도 붙들린 적이 없어요."

임신한 여자가 소리쳤다.

"그래, 이번엔 붙들렸으니까 벌금을 물든지 일을 하든지 하란 말이야."

부활1 367

"좋아요, 일을 할 테니 소를 내줘요. 소를 굶길 수는 없으니까요! 정말이지 밤이고 낮이고 한 시간도 쉴 새가 없으니. 시어머니는 앓아누워 있지, 남편은 집에 붙어 있지를 않지, 하나에서 열까지 모든 걸 혼자 해야 하니, 이젠 정말 지쳐버렸어. 그런데도 저 사람은 날 잡아먹지 못해 일을 시키겠다니."

그녀는 증오에 찬 목소리로 소리쳤다. "

네흘류도프는 관리인에게 소를 돌려주라고 이르고는 다시 생각에 잠기기 위해 뜰로 나갔으나, 이미 생각할 거라고는 아무것도 없었다. 이제는 모든 것이 너무나도 명백했기 때문이다. 이렇게도 일목요연한 것이 왜 세상 사람들 눈에 뜨이지 않았는지, 그리고 왜 자기 자신도 이토록 오랫동안 알지 못했는지 새삼스럽게 놀라지 않을 수가 없었다.

'농민은 죽어가고 있다. 그들은 이러한 죽음의 생활에 익숙해져서 이미 그들 사이에는 거기에 알맞은 특수한 생활 방식이 형성되고 있다. 아이들의 죽음, 여자들의 막중한 노동, 일반 농민들, 특히 노인들이 겪는 식량 부족. 그러나 그들은 점점 이러한 상태에 익숙해져서 그들 자신도 스스로의 공포를 모르고, 또 그것을 호소하지도 않게 되었다. 그리고 우리도 이러한 현상을 자연스러운 것으로 여기고 당연한 것같이 믿고 있다.' 이제야말로 네흘류도프는 모든 것이 대낮처럼 명백했다. 농민들 스스로 의식하고 또 그들의 입으로 말하고 있듯이, 그들의 궁핍함은 호구지책이 되는 유일한 토지를 지주에게 빼앗기고 있기 때문이었다. 더욱이 어린이와 노인의 사망률이 높은 것은 우유가 부족하기 때문이며, 우유가 부족한 것은 가축을 기를 먹이나 건초를 만들어낼 만한 땅이 없기 때문이라는 것도 아주 명백한 사실이었다. 농민이 궁핍해진 전적인 원인, 아니 적어도 그 궁핍의 중요하고도 가장 직접적인 원인은 그들을 먹여 살리는 땅이 그들의 수중에 있지 않고, 토지에 대한 권리를 이용해 농민의 노동으로 살아가는 사람들의 수중에 있기 때문이라는 것도 지극히 명료한 사실이었다. 농민에게 없어서는 안 되고, 또 없으면 그들이 목숨을 부지해갈 수도 없는 그 토지 자체는 궁핍에 쪼들리는 농민의 손으로 경작되고 있으나, 그들이 거두어들인 곡물은 지주에 의해 외국으로 팔려가서 지주의 모자나 지팡이나 마차나 청동 따위로 바꾸어진다. 이것은 너무나 명백한 사실이었다. 이는 마치 울안에 갇힌 말이 발밑의 풀을 다 뜯어 먹었을 때 다른 먹이가 있는 땅으로 보내주지 않는 한 점점 말라서 굶어 죽을 수밖에 없는 것처럼 완전히 명확한 사실이었다……. 무서운 일이었다. 결단코 있을 수 없고, 또한 있어서도 안 될 일이었다. 이런 일이 없도록, 적어도 자기 자신은 이러한 일에 참여하지 않도록 적당한 수단을 강구하지 않으면 안 되었다. '나는 반드시 그것을 찾아내고야 말리라.' 그는 가까운 곳에 있는 자작나무 가로수 길을 오락가락하면서 이렇게 생각했다. '우리는 학회나 정부 기관이나 신문 지상에서 민중이 궁핍한 이유나 그 구제책을 논의해왔지만, 그들을 올바르게 구제하는 유일한 방법만은 말해오지 않았다. 그것은 다름이 아니라, 그들에게 꼭 있어야 하고 더욱이 그들에게서 빼앗아온 토지를 그들에게 돌려주는 것이다.' 그는 헨리 조지의 근본 이념을 생생하게 상기하고, 어째서 그런 것을 잊어버리고 있었는가에 대해서 스스로 놀라지 않을 수 없었다. '토지는 사유의 대상이 될 수 없다. 물이나 공기나 햇빛같이 매매의 대상이 될 수 없다.

모든 사람은 토지와, 토지가 인간에게 주는 모든 이익에 대해서 동등한 권리를 갖고 있다.' 그러자 그는 쿠즈민스코예에서 자신이 취한 조치를 왜 부끄럽게 생각했었는지 이제야 비로소 그 이유를 알게 되었다. 그는 자기 자신을 속이고 있었던 것이다. 인간은 토지에 대한 특권을 가질 수 없음을 뻔히 알면서도, 그 특권을 자인하고 그 일부분을 농민들에게 분배해주었다. 그러나 마음속으로는 자기에게 그런 권리가 없음을 잘 알고 있었다. 이번만은 그런 짓을 하지 않을 것이고, 또 쿠즈민스코예에서 한 일도 곧 변경할 것이다. 여기서 그는 다음과 같은 계획을 생각해냈다. 즉 농민에게 토지를 빌려주기는 하지만, 그 지대(地代)를 농민의 공동재산으로 인정하고 그 돈을 세금 지불이나 마을의 공공사업에 쓰자는 것이었다. 단일세(單一稅) 제도는 아니었지만, 현재의 상황으로서는 그 제도에 가장 가까웠다. 문제의 요점은 그가 토지 사유권 행사를 거절하는 데 있었다.

그가 집으로 돌아오자 관리인은 유별나게 싱글벙글 좋아하면서 그에게 식사를 권했다. 자기 아내가 귀에 술을 단 계집아이를 시켜서 만든 요리가 너무 삶아지거나 지나치게 구워지지나 않았을까 걱정이라도 되는 듯한 얼굴이었다.

식탁은 값싼 식탁보로 덮여 있었으며, 냅킨 대신 수놓은 수건이 놓여 있었다. 그리고 식탁 위에는 손잡이가 떨어져나간 낡은 색슨식 사기 수프 접시에 감자 수프가 담겨 있었다. 그 속에는 조금 전까지만 해도 시꺼먼 두 발을 오므렸다 폈다 하던 수탉이 토막토막 잘리고 또한 잘게 썰려서 군데군데 털이 남은 채로 들어 있었다. 수프 다음에는 그 똑같은 수탉의 고기를 털째 구운 것과, 버터와 설탕이

듬뿍 든 우유 과자가 나왔다. 하나도 맛있는 것이라곤 없었으나, 네흘류도프는 무엇을 먹는 줄도 모르고 먹었다. 그는 마을에서 돌아올 때의 그 우울한 심정을 단번에 해결해버린 자기 생각에 그토록 열중해 있었다.

관리인의 아내는 귀에 술을 단 계집아이가 겁에 질린 듯한 얼굴로 접시를 나를 때마다 목을 쑥 빼고 들여다보았으나, 남편인 관리인은 아내의 솜씨를 자랑이라도 하는 듯 히죽히죽 웃고만 있었다.

식사가 끝나자 네흘류도프는 강제로 관리인을 옆에 앉힌 다음, 자기 생각을 확인하고 동시에 자기가 몰두하고 있는 일을 누구에겐가 말하고 싶은 심정에서, 농민에게 토지를 분배하려는 계획을 말하고 거기에 대한 의견을 물었다. 관리인은 자기도 벌써부터 그런 생각을 하고 있었기에 오늘 그런 말을 들으니 매우 기쁘다는 듯이 싱글벙글 웃었으나, 실은 아무것도 모르고 있었다. 그것은 네흘류도프의 생각이 애매했기 때문이 아니라, 남의 이익을 위해서 네흘류도프 자신의 이익을 거절하는 셈이었기 때문이다. 이 관리인의 머릿속에는 모든 인간이 남의 이익을 희생시켜서라도 자기 이익을 위해 노력한다는 진리가 뿌리박혀 있었기 때문에, 수입 전부를 농민의 공동 기금으로 한다는 네흘류도프의 말을 들었을 때 자기 착각으로 잘못 들은 것이 아닌가 하고 제 귀를 의심했다.

"알았습니다. 그러니까 그 자금에서 이자를 받으시겠다는 말씀이죠?" 하고 그는 만면에 웃음을 띠며 말했다.

"아니, 그런 게 아니오. 토지는 어느 특정인의 사유물이 될 수는 없다는 걸 알아야 하오."

"네, 옳은 말씀입니다."

"그렇기 때문에 땅에서 나오는 모든 것은 모든 사람의 소유가 되는 거요."

"그렇게 되면 나리의 수입은 하나도 없지 않습니까?"

관리인은 웃음을 멈추고 이렇게 물었다.

"그렇소, 난 그걸 포기하는 거요."

관리인은 한숨을 내쉬더니 다시 웃기 시작했다. 이제야 그는 모든 것을 이해했다. 그는 네흘류도프가 완전히 이성을 잃었다고 생각하고, 곧 잉크로 얼룩진 책상 앞에 앉아서 자기 계획을 종이에 쓰기 시작했다.

해는 이미 방금 싹트기 시작한 보리수나무 뒤로 저물었고, 모기는 떼를 지어 방 안으로 몰려들어와 네흘류도프를 쏘기 시작했다. 그가 초안을 끝마치자 마을 쪽에서 가축들이 우는 소리며 문을 여닫는 소리, 집회에 모여드는 농부들 이야기 소리가 들려왔다. 네흘류도프는 관리인에게 농부들을 사무실로 부를 필요 없이 자신이 직접 마을로 나가 그들이 모이는 곳으로 가겠다고 말했다. 네흘류도프는 관리인이 권하는 차를 황급히 들이마신 뒤에 곧 마을 쪽으로 걸음을 옮겼다.

7

촌장 집 안뜰에 모인 농민들은 와글와글 떠들어대다가 네흘류도프가 다가가자 곧 조용해졌고, 쿠즈민스코예에서와 마찬가지로 서로 앞다투어 모자를 벗기 시작했다. 이 고장의 농민들은 쿠즈민스코예의 농민들보다 더 비참했다. 계집아이들과 아낙네들은 귀에 술을 달았고, 남자들은 거의 짚신을 신고 집에서 짠 셔츠와 카프탄*을 입고 있었다.

네흘류도프는 용기를 내어 말하기 시작했다. 그는 우선 농민들에게 토지를 모두 분배해줄 계획이라고 선언했다. 농민들은 말이 없었고, 그들의 얼굴에서도 아무런 변화를 찾아볼 수가 없었다.

네흘류도프는 얼굴을 붉히면서 말을 이었다.

"왜냐하면 밭에서 일하지 않는 사람은 땅을 소유해서는 안 되며, 사람은 누구나 다 토지를 이용할 권리를 가지고 있다고 생각하기 때문입니다."

"당연한 말씀입니다. 정말, 정말 그래야 합니다."

농민 몇 사람이 말했다.

네흘류도프는 이어서, 토지에서 나오는 수입은 여러 사람들이 평등하게 나누어 가져야 하며, 이를 위해 자기는 땅을 분배해주는 것이니 각자가 지불한 땅값은 공동재산으로 산입되어 그들 자신이 이용하게 될 거라고 말했다. 그를 칭찬하고 칭송하는 소리가 연방 들려왔다. 그러나 농민들의 진지한 얼굴 표정은 차츰 심각해져서 지금까지 주인을 바라보던 눈을 모두 아래로 내리깔았다. 그것은 마치, 네 교활한 속셈을 다 알고 있으니까 아무도 너 같은 사람에게 속아 넘어갈 사람은 없지만, 그래도 네게 망신을 주고 싶지는 않다는 듯한 표정이었다.

네흘류도프는 꽤 조리 있게 이야기했으므로 농민들도 알아들을 만했을 텐데, 관리인이 한참 동안 이해하지 못했던 것과 마찬가지

---

* 소매가 길고 띠가 달린 옷이다.

로 그들 역시 그의 말을 이해하지 못했고 또 이해할 수도 없었다. 그들은 누구나 인간이란 자기의 이익만을 생각하는 천성을 가졌다고 확신하고 있었다. 몇 대에 걸친 경험을 통해, 지주란 항상 농민의 희생을 바탕으로 자기들의 이익만을 생각한다는 것을 너무도 잘 알고 있었다. 그렇기 때문에 지주가 그들을 불러서 무슨 새로운 제안을 한다는 것은 이전보다 더 교활한 방법으로 자기들을 속이려 하는 데 지나지 않는다고 생각했다.

"자, 어떻소. 땅값은 얼마로 하는 것이 좋겠소?" 하고 네흘류도프가 물었다.

"어떻게 우리가 정합니까? 우리는 할 수 없습니다. 땅은 주인의 것이니까 주인 마음대로 하세요" 하고 군중 속에서 대답했다.

"아니, 그렇지 않소. 그 돈은 공동으로 당신들이 쓸 것이란 말이오."

"우리는 그럴 수 없습니다. 공동은 공동이고 이건 또 이것대로 다르단 말입니다."

"잘 들어봐. 공작께서는 땅값을 받고 너희들에게 토지를 분양해 주시지만, 그 땅값은 다시 너희들의 재산인 공동 기금으로 돌아오게 한다는 거야."

네흘류도프를 따라온 관리인은 농민들을 납득시키려는 듯이 웃으며 이렇게 말했다.

"그건 우리도 알아요. 말하자면 은행 같은 거군요, 기한 내에 꼬박꼬박 돈을 지불해야 하는. 그런 건 싫습니다. 안 그래도 죽을 지경인데, 그렇게 되면 우리는 쫄딱 망하고 말 거요."

이가 빠진 노인이 눈을 내리깐 채 볼멘소리로 말했다.

"그런 건 아무 소용도 없습니다. 전처럼 그대로 하는 게 좋습니다" 하고 불만에 찬 거친 목소리까지 들려왔다.
그리고 네흘류도프가 계약서를 만들어서 쌍방이 서명을 해야 한다고 말하자, 그들은 더욱더 기를 쓰며 반대하기 시작했다.
"무엇 때문에 서명을 합니까? 우린 앞으로도 지금까지 해온 대로 일하겠습니다. 그런 게 무슨 소용이 있습니까. 우린 무식해서 몰라요."
"그런 말은 지금까지 들어본 적도 없으니 찬성할 수 없습니다. 지금까지 해온 대로 해주세요. 다만 씨앗은 별도로 해주십시오" 하는 말들이 들려왔다. 씨앗을 별도로 해달라는 말은 다름 아니라, 지금까지 소작인의 씨앗은 농민이 부담해왔는데 이것을 지주가 부담하게 해달라는 말이었다.
"그럼 당신네들은 싫단 말이지요? 땅을 받고 싶지 않다는 거요?" 하고 네흘류도프는 쾌활한 얼굴에 다 떨어진 농민 외투를 입은 맨발의 젊은 농부에게 물었다. 그는 마치 상관의 명령으로 모자를 벗고 있을 때처럼 구부러진 왼팔에 찢어진 모자를 똑바로 들고 서 있었다.
"네, 그렇습니다."
아직도 군대 생활의 최면술에서 해방되지 못한 듯한 농부는 이렇게 대답했다.
"그렇다면 당신들은 토지가 부족하지 않단 말이군요" 하고 네흘류도프가 물었다.
"아닙니다, 절대로 그렇지는 않습니다."
군인 출신의 이 농부는 다 떨어진 모자를 갖고 싶은 사람은 누구라도 가져가라는 듯이 모자를 앞으로 쑥 내밀고 서서는 일부러 유쾌한 표정을 지으면서 이렇게 대답했다.

"그럼 어쨌든 내가 한 말을 잘들 생각해봐요."

네흘류도프는 어리둥절한 표정으로 이렇게 말하면서 다시 한번 자신의 제안을 되풀이했다.

"우리는 더 생각해볼 것도 없습니다. 어차피 말씀대로 될 테니까요." 하고 침울하고 이가 빠진 노인이 화가 난 듯 말했다.

"나는 내일 하루 동안 여기 있을 테니, 생각이 달라지거든 나한테 와서 말해주시오."

농민들은 아무 말도 하지 않았다.

이렇게 해서 네흘류도프는 아무 소득 없이 사무실로 돌아왔다.

"제가 말씀드리겠는데요, 공작님."

둘이 같이 집으로 돌아왔을 때 관리인이 말을 꺼냈다.

"그들과는 아무리 말해도 소용이 없을 겁니다. 고집불통들이니까요. 그들은 집회에 나오면 고집만 부리고 말을 듣지 않습니다. 결국 모든 것을 두려워하고 있기 때문이죠. 그 농부들, 아까 반대하던 백발노인이나 젊은 농부는 그래도 영리한 축에 듭니다. 사무실에 왔을 때 차라도 대접하면……."

관리인은 빙그레 웃으면서 말을 계속했다.

"말도 잘할뿐더러 얼마나 영리한지, 장관도 못 따라갈 정도죠. 언제나 그럴듯한 판단력을 가지고 있습니다. 그러나 일단 집회에 나오기만 하면 아주 사람이 달라져서 만날 똑같은 소리만 되풀이한답니다……."

"그러면 이해력 있는 농부를 몇 명 이리로 불러줄 수 없겠나. 그들에게 좀 더 자세히 이야기하고 싶으니."

네흘류도프가 말했다.

"그야 할 수 있습지요."
관리인은 웃음을 띤 채 대답했다.
"그럼 부탁이니, 내일 불러주게."
"어렵지 않습니다. 내일 불러오겠습니다."
관리인은 이렇게 말하고, 아까보다 더 즐겁게 웃어 보였다.

"여간 교활한 놈이 아니더군!"
생전 빗질 한번 하지 않은 헝클어진 턱수염에 머리가 검은 한 노인이 잔뜩 처먹은 암말을 타고 건들건들 몸을 흔들면서, 다 떨어진 카프탄을 입고 멍에 소리를 내며 자기와 나란히 타고 가는 말라빠진 늙은 농부에게 이렇게 말했다.
그들은 밤이 되기만 하면 말을 끌어내어 한길에서 풀을 먹이기도 하고, 때로는 몰래 지주네 숲속으로 들어가기도 했다.
"서명만 하면 땅을 그냥 준다니! 지금까지 우리 형제들이 얼마나 속아왔는데, 안 될 말이지. 이젠 우리도 눈을 떴단 말이야."
그는 이렇게 덧붙이고 뒤따라오던 한 살배기 망아지를 부르기 시작했다.
"코냐시, 코냐시!"
그는 말을 멈추고 뒤를 돌아보면서 외쳤다.
"빌어먹을 망아지 같으니, 또 지주네 목장으로 들어가버렸군."
까만 머리에 턱수염이 헝클어진 농부는 이슬에 젖은 늪 냄새가 풍기는 풀밭에서 히힝 소리를 내며 날뛰는 망아지 소리를 듣고 이렇게 말했다.
"이봐, 목장 풀이 꽤 자랐는걸, 노는 날 여자들을 데려다가 풀을 뽑아줘야겠군그래. 그렇게라도 하지 않으면 낫을 버리거든."

다 떨어진 카프탄을 입은 말라빠진 농부가 말했다.

"서명을 하라고 하지만 서명이라도 해봐요, 산 채로 잡아먹힐 테니까."

턱수염 농부는 지주의 말에 대한 자기 의견을 계속 말했다.

"그야 물론이지" 하고 늙은 농부가 대답했다.

그들은 더는 아무 말도 하지 않았다. 그저 탄탄한 길을 걷는 말굽 소리만이 들릴 뿐이었다.

8

집으로 돌아온 네흘류도프는 자기 침실로 정해진 사무실에 이부자리가 두툼하게 깔려 있는 것을 보았다. 털요 위에 베개 둘이 포개져 있고 자잘한 꽃무늬로 수놓은 진홍빛의, 두꺼운 2인용 비단 이불이 놓여 있었다. 이것은 관리인의 아내가 시집올 때 가지고 온 것이 분명했다. 관리인은 점심에 먹다 남은 음식을 가져다가 권했으나 그가 사양하자, 변변찮은 음식과 잠자리를 사과하면서 네흘류도프를 홀로 남겨두고 나가버렸다.

농부들의 거절이 네흘류도프를 당황하게 하지는 못했다. 그뿐만 아니라 쿠즈민스코예에서는 자기 제안이 받아들여지고 연방 감사의 말을 들은 반면 여기서는 불신은 고사하고 적의까지 내보이고 있는데도 그는 마음이 침착하고 흐뭇하기만 했다. 사무실은 무덥고 더러웠다. 네흘류도프는 밖으로 나가서 정원으로 가볼까 했으나 문득 그날 밤의 일, 하녀 방의 창문이며 뒷문의 계단 등이 생각나서 죄스러운 추억으로 더럽혀진 그 장소를 거닐기가 싫어졌다. 그는 다시 현관 계단에 걸터앉아 어린 자작나무 잎사귀의 짙은 향기를 들이마시면서 오랫동안 어두워가는 정원을 바라보기도 하고, 물방아 소리와 밤꾀꼬리의 울음소리를 듣고 있었다. 관리인의 창문에는 불이 꺼지고, 헛간 뒤 동쪽 하늘에는 달빛이 훤하게 비쳐왔다. 번갯불이 점점 밝아지더니 정원에 만발한 꽃들과 다 쓰러져가는 집을 환히 비춰주었다. 멀리서 천둥소리가 들려오고 하늘의 3분의 1이 검은 구름으로 뒤덮였다. 밤꾀꼬리와 다른 새들도 울음을 그쳤다. 소란스러운 물방아 소리와 꽥꽥거리는 거위 소리가 들려오는가 하면, 관리인의 뜰과 마을에서 첫닭 우는 소리가 들려왔다. 무덥고 천둥이 치는 날은 다른 날보다 닭이 일찍이 울어대는 법이지만, 즐거운 밤에도 닭이 일찍 운다는 속담이 있다. 네흘류도프에게는 이보다 즐거운 밤이 없었다. 즐겁고 행복한 밤이었다. 순진하게 청년 시절을 보냈던 행복한 여름날의 추억이 그의 눈앞에 떠올랐다. 지금도 그때와 똑같이 행복하다고 느꼈을 뿐만 아니라, 자기 생애에서 가장 행복한 순간 가운데 한때라고 느꼈다. 그는 그때의 일을 상기했을 뿐만 아니라, 그가 열네 살 어린 소년이었을 때 진리를 계시해달라고 하나님께 빌던 시절이며, 그보다 더 어릴 때 어머니 곁을 떠나면서 자기는 좋은 사람이 되어서 결코 어머니를 괴롭히지 않겠다고 어머니 무릎에 엎드려 울던 그 시절로 되돌아간 듯한 생각이 들었다. 그리고 또 니콜렌카 이르테네프와 함께 언제나 선량한 생활을 하고 서로 도와 모든 사람을 행복하게 해주자고 맹세했던 그때의 자신으로 되돌아간 듯한 기분이 들었다.

이제 그는 쿠즈민스코예에서 유혹에 사로잡혀 집과 산림과 농원,

그리고 토지 등이 모두 아깝게 여겨지던 것을 상기하고 지금도 아까운지 스스로 자문해보았다. 그러나 이제 와서는 그런 것을 아깝게 생각했다는 것이 도리어 이상하게 생각될 정도였다. 그는 오늘 목격한 일들을 하나하나 되새겨보았다. 남편이 네흘류도프의 산림에서 나무를 몰래 베어갔다는 죄로 감옥에 갇혀서 여러 아이들을 데리고 홀로 고생하고 있는 아낙네며, 자기들 같은 비천한 여자는 주인 나리에게 몸을 파는 것이 당연하다고 생각하는, 아니 적어도 그런 이야기를 아무렇지도 않게 하는 무서운 마트료나를 생각했다. 또 그는 아이들에 대한 그녀의 태도며, 어린애들을 육아원으로 보내는 방법이며, 영양부족으로 죽어가면서도 누더기 모자를 쓰고 연방 생글거리기만 하던 늙어 보이는 불쌍한 갓난애를 상기하고, 또 과격한 노동에 지친 나머지 굶주린 자기네 소를 잘 돌보지 못했다고 해서 네흘류도프를 위해 강제 노동을 하지 않을 수 없게 된 허약한 임신부를 상기했다. 그러자 이번에는 감옥이며, 머리를 빡빡 깎은 중대가리며, 감방이며, 구역질 나는 악취며, 쇠사슬 등이 생각나고, 또 한편으로는 자기를 비롯해 도회지에 사는 귀족계급 전체의 지나치게 사치스러운 맹목적 생활이 생각났다. 이 모든 것은 너무나도 분명하고 의심의 여지가 없는 사실이었다.

보름달에 가까운 밝은 달이 헛간 뒤에서 떠올랐다. 검은 그림자가 뜰을 가리고, 무너져가는 집의 양철 지붕이 반짝반짝 빛났다.

그러자 이 달빛을 그대로 놓치기가 아깝다는 듯 멎었던 밤꾀꼬리가 다시 뜰에서 울기 시작했다.

네흘류도프는 쿠즈민스코예에서 자신의 생활을 곰곰이 생각해보며 장래 문제를 해결하려 했을 때, 상당히 망설이면서 해결을 하지 못한 일을 떠올렸다. 한 가지 문제에 대해 해답이 너무 많았다. 그러나 이제 그 문제를 자문자답해본 결과, 모든 문제가 아주 단순히 해결되는 데는 스스로 놀라지 않을 수 없었다. 그것은 그가 지금 앞으로 자신이 어떻게 될 것인가 하는 문제에 대해서는 생각지도 않은 데다 또 그런 일에는 흥미도 없었고, 다만 자기가 무엇을 하지 않으면 안 되는가 하는 문제만을 생각했기 때문이다. 그런데 더욱 놀라운 것은 자기에게 무엇이 필요한가 하는 문제는 아무리 애써도 해결되지 않았지만, 남을 위해서 무슨 일을 해야 하는가 하는 문제에 대해서는 명확하게 답이 나온다는 점이었다. 이제 그는 토지를 농민에게 나누어주지 않으면 안 된다는 것을 잘 알고 있었다. 토지 소유가 좋지 않은 일이라는 것을 알았기 때문이다. 그는 또 카튜샤를 버리면 안 된다는 것, 그녀를 돕고 그녀에게 속죄하려면 어떠한 일이라도 서슴지 말고 해야 한다는 것을 똑똑히 알고 있었다. 또한 다른 사람은 느끼지 못하는 무언가가 보이는 재판과 형벌에 대해서도 더욱 연구하고, 해석하고, 천명하고, 이해하지 않으면 안 된다는 것만은 틀림없이 알고 있었다. 그리고 이러한 굳은 신념은 그를 기쁨에 넘치게 했다.

 시꺼먼 비구름은 어느새 하늘 전체를 뒤덮고, 번개도 이미 먼 곳이 아니라 바로 머리 위에서 번쩍이며 넓은 뜰과 무너져가는 집과 부서진 층계를 환히 비춰주었다. 천둥소리도 머리 위에서 들렸다. 새들의 울음은 멎었으나 그 대신 나뭇잎들이 살랑대기 시작했고, 바람은 네흘류도프가 앉아 있는 현관 계단까지 몰려와 그의 머리털을 날렸다. 빗방울이 한 방울 두 방울 떨어져서 우엉 수풀이며 양철 지붕을 후두두 때리기 시작하더니, 온 하늘이 번쩍 타올랐다. 만물은 숨을 죽였다. 네흘류도프가 셋을 다 세기도 전에 머리 위에서 찢어지는 듯한 요란한 소리가 나더니 쿵 하고 하늘을 울리는 소리가 들렸다.

네흘류도프는 집 안으로 들어갔다.

'그렇다, 그렇다' 하고 그는 생각했다. '우리 생활에서 일어나는 모든 문제, 그 문제의 의의를 나는 알 수도 없거니와, 또 이해할 수도 없다. 고모들은 왜 살았을까? 왜 니콜렌카 이르테네프는 죽었는데 나는 이렇게 살아 있을까? 왜 카튜샤라는 여자는 태어났을까? 왜 나는 미친 짓을 했을까? 왜 그 전쟁이 일어났을까? 그다음에 시작된 내 방탕 생활은 무엇 때문이었을까? 이 모든 것을 이해한다는 것, 곧 조물주의 섭리를 이해한다는 것은 내 힘으로는 도저히 불가능한 일이다. 그러나 내 양심에 새겨진 조물주의 의지를 행하는 것은 내 힘으로 할 수 있다. 나는 그것을 분명히 알고 있다. 그것을 해낼 때 내 마음은 확실히 평안하다.'

비는 어느새 호우로 바뀌어 요란한 소리를 내며 지붕에서 홈통으로 떨어지고 있었다. 번개도 뜸해져서 가끔 마당과 집을 비춰주었다. 네흘류도프는 방으로 돌아와 옷을 벗고 침대에 누웠으나, 군데군데 찢어진 더러운 벽지를 보자 빈대가 있지나 않을까 은근히 근심이 앞섰다.

'그렇다, 나는 주인이 아니라 하인이라고 생각해야 한다.' 그는 이렇게 생각하고, 자기 생각에 기쁨을 느꼈다.

그의 걱정은 기우가 아니었다. 촛불을 끄기가 무섭게 빈대가 온몸을 물어뜯기 시작했다.

'토지를 내주고 시베리아로 간다면 벼룩, 빈대, 더러운 환경······.

그러나 그런 것쯤은 참아야지.'
 그러나 그러한 결심에도 그는 도저히 참아낼 수가 없었다. 그는 열린 창가에 앉아서 달려가는 비구름과 다시 얼굴을 내민 달을 바라보기 시작했다.

(2권에 계속)

옮긴이 **김학수**
한국외국어대학교 노어과를 졸업하고 미국 인디애나대학교 대학원을 졸업했으며 한국외국어대학교와 고려대학교 교수를 역임했다. 옮긴 책으로 투르게네프의 《첫사랑》,《사냥꾼의 수기》,《루진》, 톨스토이의 《인생의 길》, 안톤 체호프의 《체호프 단편선》, 도스토옙스키의 《죄와 벌》,《신과 인간의 비극》, 두진체프의 《빵만으로 살 수 없다》, 솔제니친의 《이반 데니소비치의 하루》,《1914년 8월》,《수용소군도》등이 있다.

부활 1

1판 1쇄 발행 2014년 1월 10일
2판 1쇄 발행 2025년 6월 16일

지은이　레프 톨스토이 ｜ 옮긴이　김학수
펴낸곳　(주)문예출판사 ｜ 펴낸이　전준배
출판등록　2004. 02. 11. 제 2013-000357호 (1966. 12. 2. 제 1-134호)
주소　04001 서울시 마포구 월드컵북로 21
전화　02-393-5681 ｜ 팩스　02-393-5685
홈페이지　www.moonye.com ｜ 블로그　blog.naver.com/imoonye
페이스북　www.facebook.com/moonyepublishing ｜ 이메일　info@moonye.com

ISBN 978-89-310-2497-5 04800
ISBN 978-89-310-2365-7 (세트)

• 잘못 만든 책은 구입하신 서점에서 바꿔드립니다.

&문예출판사® 상표등록 제 40-0833187호, 제 41-0200044호

■ 문예세계문학선

★ 서울대, 연세대, 고려대 필독 권장 도서 　▲ 미국대학위원회 추천 도서
● 《타임》 선정 현대 100대 영문 소설 　▽ 《뉴스위크》 선정 세계 100대 명저

| | 1 젊은 베르테르의 슬픔 괴테 / 송영택 옮김
▲▽ | 2 멋진 신세계 올더스 헉슬리 / 이덕형 옮김
▲●▽ | 3 호밀밭의 파수꾼 J. D. 샐린저 / 이덕형 옮김
| | 4 데미안 헤르만 헤세 / 구기성 옮김
| | 5 생의 한가운데 루이제 린저 / 전혜린 옮김
| | 6 대지 펄 S. 벅 / 안정효 옮김
●▽ | 7 1984 조지 오웰 / 김승욱 옮김
▲●▽ | 8 위대한 개츠비 F. 스콧 피츠제럴드 / 송무 옮김
▲●▽ | 9 파리대왕 윌리엄 골딩 / 이덕형 옮김
| | 10 삼십세 잉게보르크 바흐만 / 차경아 옮김
★▲ | 11 오이디푸스왕 · 안티고네
　　　　소포클레스 · 아이스킬로스 / 천병희 옮김
★▲ | 12 주홍글씨 너새니얼 호손 / 조승국 옮김
▲●▽ | 13 동물농장 조지 오웰 / 김승욱 옮김
★ | 14 마음 나쓰메 소세키 / 오유리 옮김
★ | 15 아Q정전 · 광인일기 루쉰 / 정석원 옮김
| | 16 개선문 레마르크 / 송영택 옮김
★ | 17 구토 장 폴 사르트르 / 방곤 옮김
| | 18 노인과 바다 어니스트 헤밍웨이 / 이경식 옮김
| | 19 좁은 문 앙드레 지드 / 오현우 옮김
★▲ | 20 변신 · 시골 의사 프란츠 카프카 / 이덕형 옮김
★▲ | 21 이방인 알베르 카뮈 / 이휘영 옮김
| | 22 지하생활자의 수기 도스토옙스키 / 이동현 옮김
★ | 23 설국 가와바타 야스나리 / 장경룡 옮김
★▲ | 24 이반 데니소비치의 하루
　　　　A. 솔제니친 / 이동현 옮김
| | 25 더블린 사람들 제임스 조이스 / 김병철 옮김
★ | 26 여자의 일생 기 드 모파상 / 신인영 옮김
| | 27 달과 6펜스 서머싯 몸 / 안흥규 옮김
| | 28 지옥 앙리 바르뷔스 / 오현우 옮김
★▲ | 29 젊은 예술가의 초상 제임스 조이스 / 여석기 옮김
▲ | 30 검은 고양이 애드거 앨런 포 / 김기철 옮김
★ | 31 도련님 나쓰메 소세키 / 오유리 옮김
| | 32 우리 시대의 아이 외된 폰 호르바트 / 조경수 옮김
| | 33 잃어버린 지평선 제임스 힐턴 / 이경식 옮김

| | 34 지상의 양식 앙드레 지드 / 김붕구 옮김
| | 35 체호프 단편선 안톤 체호프 / 김학수 옮김
| | 36 인간 실격 다자이 오사무 / 오유리 옮김
| | 37 위기의 여자 시몬 드 보부아르 / 손장순 옮김
●▽ | 38 댈러웨이 부인 버지니아 울프 / 나영균 옮김
| | 39 인간희극 윌리엄 사로얀 / 안정효 옮김
| | 40 오 헨리 단편선 O. 헨리 / 이성호 옮김
★ | 41 말테의 수기 R. M. 릴케 / 박환덕 옮김
| | 42 파비안 에리히 케스트너 / 전혜린 옮김
★▲▽ | 43 햄릿 윌리엄 셰익스피어 / 여석기 옮김
| | 44 바라바 페르 라게르크비스트 / 한영환 옮김
| | 45 토니오 크뢰거 토마스 만 / 강두식 옮김
| | 46 첫사랑 이반 투르게네프 / 김학수 옮김
| | 47 제3의 사나이 그레이엄 그린 / 안흥규 옮김
★▲▽ | 48 어둠의 속 조셉 콘래드 / 이덕형 옮김
| | 49 싯다르타 헤르만 헤세 / 차경아 옮김
| | 50 모파상 단편선 기 드 모파상 / 김동현 · 김사행 옮김
| | 51 찰스 램 수필선 찰스 램 / 김기철 옮김
★▲▽ | 52 보바리 부인 귀스타브 플로베르 / 민희식 옮김
| | 53 페터 카멘친트 헤르만 헤세 / 박종서 옮김
★ | 54 몽테뉴 수상록 몽테뉴 / 손우성 옮김
| | 55 알퐁스 도데 단편선 알퐁스 도데 / 김사행 옮김
| | 56 베이컨 수필집 프랜시스 베이컨 / 김길중 옮김
★▲ | 57 인형의 집 헨릭 입센 / 안동민 옮김
★ | 58 소송 프란츠 카프카 / 김현성 옮김
★▲ | 59 테스 토마스 하디 / 이종구 옮김
★▽ | 60 리어왕 윌리엄 셰익스피어 / 이종구 옮김
| | 61 라쇼몽 아쿠타가와 류노스케 / 김영식 옮김
▲▽ | 62 프랑켄슈타인 메리 셸리 / 임종기 옮김
▲●▽ | 63 등대로 버지니아 울프 / 이숙자 옮김
| | 64 명상록 마르쿠스 아우렐리우스 / 이덕형 옮김
| | 65 가든 파티 캐서린 맨스필드 / 이덕형 옮김
| | 66 투명인간 H. G. 웰스 / 임종기 옮김
| | 67 게르트루트 헤르만 헤세 / 송영택 옮김
| | 68 피가로의 결혼 보마르셰 / 민희식 옮김

(뒷면 계속)

- ★ 69 팡세 블레즈 파스칼 / 하동훈 옮김
- 70 한국 단편 소설선 김동인 외
- 71 지킬 박사와 하이드 로버트 L. 스티븐슨 / 김세미 옮김
- ▲ 72 밤으로의 긴 여로 유진 오닐 / 박윤정 옮김
- ★▲▽ 73 허클베리 핀의 모험 마크 트웨인 / 이덕형 옮김
- 74 이선 프롬 이디스 워튼 / 손영미 옮김
- 75 크리스마스 캐럴 찰스 디킨슨 / 김세미 옮김
- ★▲ 76 파우스트 요한 볼프강 폰 괴테 / 정경석 옮김
- ▲ 77 야성의 부름 잭 런던 / 임종기 옮김
- ★▲ 78 고도를 기다리며 사뮈엘 베케트 / 홍복유 옮김
- ★▲▽ 79 걸리버 여행기 조너선 스위프트 / 박용수 옮김
- 80 톰 소여의 모험 마크 트웨인 / 이덕형 옮김
- ★▲▽ 81 오만과 편견 제인 오스틴 / 박용수 옮김
- ★▽ 82 오셀로 · 템페스트 윌리엄 셰익스피어 / 오화섭 옮김
- ★ 83 맥베스 윌리엄 셰익스피어 / 이종구 옮김
- ▽ 84 순수의 시대 이디스 워튼 / 이미선 옮김
- ★ 85 차라투스트라는 이렇게 말했다 니체 / 황문수 옮김
- ★ 86 그리스 로마 신화 에디스 해밀턴 / 장왕록 옮김
- 87 모로 박사의 섬 H. G. 웰스 / 한동훈 옮김
- 88 유토피아 토머스 모어 / 김남우 옮김
- ★▲ 89 로빈슨 크루소 대니얼 디포 / 이덕형 옮김
- 90 자기만의 방 버지니아 울프 / 정윤조 옮김
- ▲ 91 월든 헨리 D. 소로 / 이덕형 옮김
- 92 나는 고양이로소이다 나쓰메 소세키 / 김영식 옮김
- ★ 93 폭풍의 언덕 에밀리 브론테 / 이덕형 옮김
- ★▲ 94 스완네 쪽으로 마르셀 프루스트 / 김인환 옮김
- ★ 95 이솝 우화 이솝 / 이덕형 옮김
- ★ 96 페스트 알베르 카뮈 / 이휘영 옮김
- ▲ 97 도리언 그레이의 초상 오스카 와일드 / 임종기 옮김
- 98 기러기 모리 오가이 / 김영식 옮김
- ★▲ 99 제인 에어 1 샬럿 브론테 / 이덕형 옮김
- ★▲ 100 제인 에어 2 샬럿 브론테 / 이덕형 옮김
- 101 방황 루쉰 / 정석원 옮김
- 102 타임머신 H. G. 웰스 / 임종기 옮김
- ● 103 보이지 않는 인간 1 랠프 엘리슨 / 송무 옮김
- ● 104 보이지 않는 인간 2 랠프 엘리슨 / 송무 옮김
- ▲ 105 훌륭한 군인 포드 매덕스 포드 / 손영미 옮김
- 106 수레바퀴 아래서 헤르만 헤세 / 송영택 옮김
- ▲ 107 죄와 벌 1 표도르 도스토옙스키 / 김학수 옮김
- ▲ 108 죄와 벌 2 표도르 도스토옙스키 / 김학수 옮김
- 109 밤의 노예 미셸 오스트 / 이재형 옮김
- 110 바다여 바다여 1 아이리스 머독 / 안정효 옮김
- 111 바다여 바다여 2 아이리스 머독 / 안정효 옮김
- 112 부활 1 레프 톨스토이 / 김학수 옮김
- 113 부활 2 레프 톨스토이 / 김학수 옮김
- ▲● 114 그들의 눈은 신을 보고 있었다 조라 닐 허스턴 / 이미선 옮김
- 115 약속 프리드리히 뒤렌마트 / 차경아 옮김
- 116 제니의 초상 로버트 네이선 / 이덕희 옮김
- 117 트로일러스와 크리세이드 제프리 초서 / 김영남 옮김
- 118 사람은 무엇으로 사는가 레프 톨스토이 / 이순영 옮김
- 119 전락 알베르 카뮈 / 이휘영 옮김
- 120 독일인의 사랑 막스 뮐러 / 차경아 옮김
- 121 릴케 단편선 R. M. 릴케 / 송영택 옮김
- 122 이반 일리치의 죽음 레프 톨스토이 / 이순영 옮김
- 123 판사와 형리 F. 뒤렌마트 / 차경아 옮김
- 124 보트 위의 세 남자 제롬 K. 제롬 / 김이선 옮김
- 125 자전거를 탄 세 남자 제롬 K. 제롬 / 김이선 옮김
- 126 사랑하는 하느님 이야기 R. M. 릴케 / 송영택 옮김
- 127 그리스인 조르바 니코스 카잔차키스 / 이재형 옮김
- 128 여자 없는 남자들 어니스트 헤밍웨이 / 이종인 옮김
- 129 사양 다자이 오사무 / 오유리 옮김
- 130 슌킨 이야기 다니자키 준이치로 / 김영식 옮김
- 131 실종자 프란츠 카프카 / 송경은 옮김
- 132 시지프 신화 알베르 카뮈 / 이가림 옮김
- 133 장미의 기적 장 주네 / 박형섭 옮김
- 134 진주 존 스타인벡 / 김승욱 옮김
- 135 황야의 이리 헤르만 헤세 / 장혜경 옮김